D0869842

Le refuge du lac des Saules

SUSAN WIGGS

Le refuge du lac des Saules

Titre original :
FIRESIDE
publié par MIRA®

Traduction française de SABINE BOULONGNE

Jade® est une marque déposée par le groupe Harlequin

Photos de couverture
Maison : © NATHALIE BRATSLAVSKY/ROYALTY FREE/ISTOCKPHOTO
Ponton : © ROYALTY FREE/ISTOCKPHOTO
Oiseaux : © MARK RASMUSSEN/ROYALTY FREE/FOTOLIA
Herbes : © ROYALTY FREE/ISTOCKPHOTO
Paysage : © ROYALTY FREE/PHOTOALTO/GETTY IMAGES
Feuilles enneigées : © ROYALTY FREE/GETTY IMAGES
Femme sur ponton : © DANA EDMUNDS/GETTY IMAGES

© 2010, Harlequin S.A.
83-85, boulevard Vincent-Auriol, 75646 PARIS CEDEX 13.
www.harlequin.fr
ISBN 978-2-2802-1373-8 — ISSN 1773-7192

Je dédie ce livre à mon ami Lois,
avec toute mon affection.

1

Les verres teintés ne cachaient rien, du moins pas grand-chose. Quand les gens voient une femme avec des lunettes noires un jour gris d'hiver, ils s'imaginent qu'elle cherche à cacher le fait qu'elle a bu, pleuré, ou qu'on l'a battue.

Ou les trois à la fois.

Dans certaines circonstances, Kimberly van Dorn avait plaisir à être le centre des attentions. La veille au soir, lorsqu'elle avait revêtu sa robe haute couture outrageusement fendue sur le côté, elle avait bel et bien dans l'idée de faire tourner les têtes. Elle était loin de se douter, alors, que la soirée se terminerait en catastrophe.

Après un long vol qui l'avait achevée en lui laissant des yeux rougis, elle résolut de garder ses lunettes sur le nez tandis que l'avion roulait au ralenti vers la passerelle télescopique. Classe économique. Elle ne voyageait *jamais* en classe économique. La veille au soir, toutefois, plus aucune place n'étant disponible en classe affaires, son confort personnel était passé après la nécessité, si bien qu'elle s'était retrouvée à la place 29-E, au milieu de la portion médiane de l'appareil, coincée entre deux inconnus. Le besoin de partir était plus impérieux que celui de pouvoir allonger confortablement les jambes. Même si les courbatures qu'elle avait ce matin auraient pu lui donner des raisons d'en douter.

Qui concevait les sièges des classes économiques ? Elle était convaincue d'avoir l'empreinte de l'oreille de son voisin sur l'épaule. Au bout de la quatrième bière, il n'avait pas arrêté de s'assoupir en piquant du nez vers elle. Que pouvait-on imaginer de pire qu'un individu dodelinant de la tête ?

« Un homme dodelinant de la tête dont l'haleine empeste la bière ! », pensa-t-elle amèrement, en essayant d'oublier cet abominable vol transcontinental. Mais les souvenirs subsistaient autant que les douleurs dans les jambes — le type somnolent qui ronflait et, de l'autre côté, un homme plus âgé, incroyablement bavard, qui lui avait parlé des heures durant de son insomnie. Ainsi que de son maudit gendre, de son goût pour les patates douces frites et les films avec Jude Law.

Pas étonnant qu'elle ne voyage jamais en classe économique ! Pourtant, ce vol cauchemardesque n'était pas la pire chose qui lui soit arrivée récemment. Loin de là.

Debout dans l'allée, elle attendait que les passagers des vingt-huit rangées devant elle descendent. Cela prenait un temps infini : les gens fourrageaient dans les compartiments à bagages au-dessus de leurs têtes, récupérant pêle-mêle leurs affaires tout en parlant au téléphone.

Elle sortit son portable à son tour, son doigt planant au-dessus du bouton pour l'allumer. Il fallait qu'elle appelle sa mère afin de lui annoncer sa venue. « Pas maintenant », se dit-elle en rangeant son téléphone. Elle était trop épuisée pour s'expliquer clairement. En outre, son portable avait sûrement un de ces systèmes de pistage cellulaire, et elle n'avait aucune envie qu'on la localise.

Maintenant qu'elle était arrivée, elle n'était plus si pressée. Du reste, elle ne se sentait pas du tout prête à affronter une matinée glaciale à New York en plein cœur de l'hiver. Ignorant les regards insistants des autres passagers, elle tenta de se comporter comme s'il était parfaitement normal de voyager en robe de soirée, espérant qu'ils supposeraient tout bonnement qu'elle avait perdu ses bagages.

Elle aurait aimé que ce soit aussi simple.

Tandis qu'elle avançait à pas comptés dans l'allée centrale de l'appareil, elle se sentait bel et bien dans la peau d'une victime. A plus d'un titre.

Dans son sillage, elle laissait un semis de paillettes. Ce n'était pas pour rien que les vêtements de ce genre étaient qualifiés de *tenue de soirée*. La robe de soie vierge, émaillée de paillettes, avait été conçue pour l'atmosphère romantique d'un club privé éclairé à la bougie, ou d'un jardin du Sud californien jalonné de torches. Et pas pour être exhibée en plein jour, dans la clarté impitoyable d'un banal samedi matin.

Incroyable, comme même une robe haute couture provenant de Shantung ou de Rodeo Drive pouvait faire pâle impression en pleine lumière. Surtout avec une fente sur le côté et des talons aiguilles à bout découpé, avec des lanières croisées sur la cheville. Hier soir encore, chacun de ces détails était synonyme de *classe*. Alors que, maintenant, elle avait l'air d'une prostituée. Pas étonnant si on la regardait d'un drôle d'air.

La veille au soir, au milieu de toute cette agitation, elle n'avait pas songé au matin. Elle n'avait qu'une seule idée en tête : ficher le camp. On aurait dit qu'un million d'années s'étaient écoulées entre-temps, depuis le moment où elle s'était habillée avec tant de soin, portée par l'espoir et l'optimisme. Lloyd Johnson, la star des Lakers et le plus gros client de la société de relations publiques pour laquelle elle travaillait, était à l'apogée de sa carrière. Plus important pour Kimberly, il avait trouvé la maison de ses rêves à Manhattan Beach. Ils avaient l'intention de s'y installer ensemble. C'était censé être *leur* soirée, un moment de triomphe, voire un tournant décisif, si Lloyd se décidait à poser la question. Un tournant s'était bel et bien opéré, mais pas dans le sens qu'elle escomptait. Elle avait mis toute son énergie dans sa carrière d'agent publicitaire au service du sport. Et du jour au lendemain tout s'était écroulé.

Elle finit par atteindre l'avant de l'appareil et murmura un mot de remerciement aux hôtesses. Ce n'était pas leur faute si le vol avait été atroce ; elles non plus n'avaient pas fermé l'œil de la nuit. Au moment où elle montait sur la passerelle, les portes de sécurité s'ouvrirent et un membre du personnel non navigant, en combinaison, un casque sur les oreilles, laissa entrer un souffle de vent glacial.

L'air arctique la gifla de plein fouet, soulevant sa robe de soie, enveloppant ses jambes nues. En poussant un cri, elle jeta sur ses épaules nues son châle à franges — le seul vêtement d'extérieur qu'elle avait en sa possession —, le serrant dans son poing tout en se cramponnant, de l'autre main, à son sac de soirée couleur paon incrusté de joyaux.

Elle avait oublié ce froid propre à la côte Est, qui n'avait pas son pareil où que ce soit sur le littoral californien. Elle tenta de dompter sa longue chevelure rousse, mais il était trop tard. Le vent lui avait déjà fait une horrible coiffure bouffante, et elle était à peu près certaine d'avoir perdu une boucle d'oreille. Charmant !

Elle émergea de la passerelle, la tête haute, et pénétra dans le terminal en marchant normalement, sans se presser, bien qu'elle eût l'impression d'être sur le point de défaillir. Ses Louboutin à semelles rouges, avec leurs talons de huit centimètres, tellement élégants avec sa robe fourreau à bretelle unique, lui semblaient à présent hideux.

En les maudissant intérieurement, cramponnée à son châle de soie, elle parcourut des yeux le hall en quête d'une boutique où acheter quelque chose à se mettre sur le dos pour le trajet qu'il lui restait à faire jusqu'à la ville d'Avalon, dans les Catskills, où sa mère résidait désormais. La veille au soir, elle n'aurait pas eu le temps d'emporter quoi que ce soit, même si elle n'avait pas eu la tête à l'envers. Elle avait eu son avion de justesse.

A son grand dam, les kiosques et les boutiques n'étaient pas encore ouverts. Jamais de sa vie, elle n'avait eu autant envie d'une paire de tongs et d'un T-shirt *I love NY* ! Le chemin jusqu'au hall des correspondances était interminable, surtout avec des talons pareils.

Elle croisa des gens emmitouflés dans des couches de vête-ments d'hiver, sans doute en partance pour un week-end de détente à la montagne. Elle fit mine de ne pas remarquer leurs regards interloqués et les commentaires chuchotés derrière des mains chaudement gantées. D'ordinaire, elle attachait beaucoup d'importance au point de vue d'autrui. Mais pas ce jour-là. Elle était trop fatiguée pour se soucier de ce que les gens pensaient d'elle.

Elle remarqua un homme adossé à un mur, un pied calé tout contre, qui la dévisageait. Et alors? Des tas de gens la regardaient d'un drôle d'air, non? Il devait faire au moins un mètre quatre-vingt-dix; il avait les cheveux longs. Il portait un pantalon de toile et une veste de l'armée avec de la fourrure autour du capuchon.

Elle s'en voulait de ne pas être capable de l'ignorer. Les hommes la perdraient. Elle ne l'avait donc pas encore compris? Et — *Oh, mon Dieu, non!* —, avec une parfaite désinvolture, il venait de s'écarter du mur et paraissait se diriger vers elle à pas lents. Elle n'avait jamais été très versée en littérature, mais, tandis qu'il s'approchait d'elle, une phrase de Dorothy Parker lui vint à l'esprit : « Dans quel nouvel enfer vais-je me fourrer? »

Plus rapidement que la prudence ne l'autorisait compte tenu de ses souliers délicats, elle s'élança vers le tapis roulant, regrettant qu'il ne soit pas magique et ne puisse l'emporter dans les airs, loin de ses problèmes. Au moment où elle montait dessus, elle sentit un de ses talons s'enfoncer dans un sillon entre deux plaques métalliques. En serrant les dents, elle se démena pour dégager son pied.

2

Bo Crutcher jaugea d'un coup d'œil la rousse à talons aiguilles qui venait de surgir de la porte face à lui. Elle avait débarqué du vol de nuit en provenance de Los Angeles. Il attendait une autre arrivée, celle du vol de nuit de Houston. L'écran au-dessus de la porte indiquait : *Retardé*.

La rousse de Los Angeles était tout à fait son type — grande, mince, avec une fabuleuse chevelure, une forte poitrine, une tenue osée. Il adorait ça, chez une femme. Elle le fusillait du regard, mais comme il avait du temps à perdre toute distraction était bienvenue. Elle incarnait à elle seule tout ce qui le faisait vibrer dans la vie — les petits verres de tequila, les riffs à la Stanley Clarke et le lancer de base-ball le plus parfait qui soit, de l'espèce qu'aucun batteur au monde ne pourrait jamais rattraper. Elle avait un postérieur à tomber à la renverse, et le visage d'une déesse sortie tout droit d'une toile de la Renaissance. Inoubliable.

Il n'était pas vraiment là pour la mater, mais il aurait été difficile de l'ignorer. Il l'étudia comme un amateur d'art examinerait la *Vénus* de Botticelli. Il n'avait jamais compris comment un artiste pouvait passer des heures à peindre une femme nue. Comment faisait-on pour se concentrer en présence d'un modèle à poil ?

Comme si elle avait deviné ses pensées déplacées, la rousse s'élança vers le trottoir roulant au milieu du terminal, claquant des talons en signe de désapprobation.

Du coup, Bo se rappela la raison de sa présence en cet endroit. Ce n'était pas ainsi qu'il avait prévu de passer le week-end. Il aurait dû être chez lui, en train de dormir pour se remettre d'une longue nuit à la Hilltop Tavern. Le match de l'année opposait Torres à Bledsoe, et Bo avait déboursé pas moins de mille dollars pour un accès satellite au bar. Il avait prévu de passer une nuit blanche, tirant bière après bière à l'intention des habitués et amis, soutenant le perdant face à l'écran plasma d'un mètre trente qui avait mis l'établissement dans le rouge et lui avait attiré les foudres de sa patronne, Maggie Lynn. C'était parti pour une supersoirée, quoi qu'il arrive !

Sauf que ça ne s'était pas du tout passé comme ça. Ses plans étaient tombés à l'eau à l'instant où il avait vérifié sa boîte vocale qui contenait l'appel le plus insolite qu'il eût reçu de sa vie. Un appel qui l'avait contraint à tout laisser en plan, à sauter dans sa voiture et à rouler à tombeau ouvert d'Avalon, dans le fin fond des Catskills, jusqu'à l'aéroport de LaGuardia, afin d'arriver à l'heure pour le vol de nuit de Houston.

Planté devant la porte 22 C du terminal, il transpirait à grosses gouttes sous l'effet d'une panique colossale. Et il lui restait une demi-heure à tuer. Il regarda autour de lui, puis focalisa de nouveau son attention sur la rousse qui glissait loin de sa vue sur le trottoir roulant. Elle semblait avoir des soucis avec ses chaussures. Pliée en deux, elle était en train d'essayer d'en défaire les brides, apparemment.

Comprenant qu'elle était coincée, Bo s'élança sur le trottoir à son tour et la rejoignit au pas de course.

— Vous avez besoin d'un coup de main, on dirait…

Elle continua à se démener avec la bride de sa sandale. Ses deux talons étaient pris au piège dans les rainures, semblait-il. Il jeta des regards affolés autour de lui, à la recherche d'un bouton d'arrêt d'urgence. A défaut, il se pencha, saisit une des chevilles de la jeune femme et libéra son pied d'une secousse. Elle poussa un cri de surprise mâtinée de panique.

— Eloignez-vous de moi, lança-t-elle. Je suis sérieuse, fichez le camp…

— Dans une minute.

L'autre chaussure refusait de céder, et ils se trouvaient presque

15

au bout du trottoir roulant. Elle risquait de se blesser gravement, à ce stade. Bo tira une dernière fois sur son pied, le libérant brusquement, et un bruit de déchirement se fit distinctement entendre. Il rattrapa la jeune femme au moment où elle allait tomber, et la souleva dans les airs avant de gagner le bout du trottoir à grandes enjambées. Il regagna ainsi la terre ferme, les bras chargés d'une rousse furibonde. Il la reposa et recula en brandissant les deux mains, paumes dressées, pour lui signifier qu'il ne lui voulait pas de mal.

Elle ne manifesta pas la moindre gratitude, ce dont il aurait dû se douter.

J'aurais mieux fait de la laisser s'étaler et se faire avaler par la bande passante...

En attendant, elle avait bel et bien un visage de déesse digne d'un musée. Il se demanda de quelle couleur étaient ses yeux, derrière ses lunettes noires.

Il avisa son élégante pochette, par terre, et se pencha pour la ramasser, faisant preuve d'une galanterie qui ne lui ressemblait guère.

— Madame...

Il lui tendit l'objet avec panache.

— Jolies plumes de paon. Elle n'a pas d'égale, cette Judith Leiber !

Cette remarque parut la désorienter encore plus. Les femmes étaient toujours étonnées quand il faisait étalage de ses connaissances en matière de designers. Certaines en concluaient qu'il était homosexuel. En réalité, c'était la preuve qu'il aimait les femmes et analysait leurs goûts et leurs aversions avec la minutie d'un anthropologue.

Elle lui arracha le sac des mains.

— Puis-je vous offrir un verre ? demanda-t-il en pointant le menton vers un bar en face, ouvert et bondé en dépit de l'heure indue.

Elle le dévisagea comme s'il avait des grenouilles qui lui sortaient par la bouche.

— Certainement pas.

— Je posais juste la question, répondit-il sans se départir de son sourire. La nuit a été dure ?

Un petit sourire crispé retroussa sa bouche ravissante.

— Je suis désolée, dit-elle, mais vous me prenez manifestement pour quelqu'un que je ne suis pas.

Elle s'exprimait avec ces intonations précises, un peu snobs, qu'il trouvait si sexy.

— Quelqu'un qui aurait un tant soit peu envie de s'entretenir avec moi, répondit-il.

Sur ce, elle fit volte-face et s'en alla, l'ourlet déchiré de sa robe offrant à Bo un aperçu intéressant de ses longues jambes fines.

— Il n'y a pas de quoi, marmonna-t-il en scrutant son postérieur tandis qu'elle s'éloignait.

C'était aussi bien. Il n'était pas là pour draguer. Il avait une rude journée devant lui.

Après que la rousse eut disparu à l'extrémité du terminal, il fut contraint d'affronter la réalité. Il se mit à faire les cent pas en lorgnant l'épaisse porte grise, tel un gladiateur attendant l'assaut de lions affamés. Elle était toujours hermétiquement fermée. Il avait déjà importuné l'agent en faction à quatre reprises en lui fourrant son passe sous le nez pour vérifier l'heure d'arrivée du vol.

Il jeta un coup d'œil à sa montre. Encore vingt minutes.

Il y avait du monde aux abords du bar, en train de boire un café ou un bloody mary tout en s'époumonant au téléphone, vérifiant leurs mails ou lisant le journal. Nom d'un chien ! Les gens ne prenaient-ils plus le temps de s'asseoir pour boire tranquillement un verre, de nos jours ? Depuis quand estimait-on nécessaire d'être sans arrêt occupé, même quand on savourait une bonne bière bien fraîche ?

Bo saliva à la pensée d'un demi à la pression. Pourquoi pas ? Il avait le temps. Il pouvait s'en jeter un vite fait, et être de retour près de la porte dans quelques minutes.

En suivant des yeux une file de passagers en train d'embarquer sur un vol à destination de Fort Lauderdale, il éprouva une pointe d'envie. Un petit séjour en Floride lui ferait certainement du bien. Presque sans s'en rendre compte, il se dirigea vers le bar d'une démarche nonchalante. Un quart d'heure était plus que suffisant pour s'enfiler une petite bière. Histoire de se remettre les idées en place. Il lui suffisait de s'installer au comptoir face à la caisse. C'était le meilleur endroit pour être bien servi. Il était bien placé pour le savoir, puisqu'il avait été serveur pendant des années. Chaque fois qu'un serveur s'approchait de la caisse, il apercevait le visage du client en question dans la glace. C'était la garantie d'un service rapide. Il irait juste se poser au comptoir et…

— Taylor Jane Purvis, viens ici tout de suite ! lança une voix courroucée.

Une toute petite boule d'énergie, hilare, passa devant Bo, tel un tourbillon, en direction du trottoir roulant qui avait failli engloutir la rousse. C'était une petite fille à la crinière blonde bouclée qui avait échappé à la surveillance de sa mère croulant sous une tonne de bagages. La gamine sauta sur le trottoir et détala. Profitant de la vitesse du trottoir roulant, elle distança sans peine sa mère affolée, qui semblait sur le point de perdre la tête.

Bo hésita en repensant à la rousse. Il n'avait pas forcément envie qu'on le traite de pervers deux fois dans la même journée. Mais la fillette s'éloignait de plus en plus de sa mère. Renonçant à sa place au bar, il courut le long du trottoir roulant ; il eut vite fait de rattraper l'enfant, se pencha par-dessus le rebord et la cueillit parmi le flot de piétons, tel un trophée à une fête foraine. Les pieds de la petite, interloquée, pédalèrent dans les airs.

— C'est toi, Taylor Jane ? demanda-t-il en la soulevant pour la regarder dans les yeux.

Elle hocha la tête d'un air ahuri.

— Eh bien, ta maman te cherche.

Remise de sa surprise, l'enfant poussa un hurlement et lui flanqua un coup de pied dans un endroit vulnérable.

Bo lui enseigna un mot nouveau en la reposant à terre avant de reculer, paumes levées, comme s'il avait affaire à un bâton de dynamite.

En arrivant à leur hauteur, la mère de la fillette lui saisit la main.

— Taylor Jane ! s'exclama-t-elle.

Puis, se tournant vers Bo, le regard empreint de terreur, elle ajouta :

— Laissez mon enfant tranquille ou j'appelle la sécurité !

— Mais certainement, répondit-il sans se donner la peine de lui expliquer qu'il avait juste voulu se rendre utile.

Il ne demandait que ça : s'éloigner de Taylor Jane. Il n'avait jamais su y faire avec les enfants, de toute façon.

Au final, ce petit incident le priva d'une bonne bière fraîche. Un avion s'était posé entre-temps et les nouveaux arrivants assoiffés avaient envahi le bar, rendant le comptoir inaccessible.

Au moment où il regagnait la porte 22 C, l'agent en uniforme ouvrait la porte de sécurité. Des porteurs coiffés de casquettes rouges affluaient, poussant des fauteuils roulants et des voiturettes électriques. Bo sentit qu'il se crispait et que tous ses sens étaient à l'affût, en proie à une vigilance extrême, comme lorsqu'il lançait la balle au cours d'un match. Plus aucun détail ne lui échappait. Le gaillard qui le dépassa à grandes enjambées. L'étui à guitare qui le heurta légèrement dans le dos. Les claquements nets de talons aiguilles sur le sol étincelant. L'odeur incongrue de fumée de haschich qu'exhalait le pardessus d'un homme d'affaires. La cadence staccato d'une conversation en espagnol entre deux porteurs. Tout le bombardait, à cet instant, et une montée d'adrénaline lui transmit une ultime mise en garde.

Il pouvait encore prendre la fuite. Il était encore temps de prendre ses jambes à son cou, de disparaître. Ce ne serait pas la première fois qu'il le ferait.

Il parcourut du regard les autres portes, notant au passage des vols à destination de Raleigh, Nashville, Oklahoma City… Les passagers à destination de La Nouvelle-Orléans étaient en train d'embarquer, le moniteur indiquant *Dernier appel*. Une petite transaction rapide. Il pouvait acheter un billet.

« Vas-y ! s'exhorta-t-il. Fais-le. » Personne ne l'en blâmerait.

Tout être sensé laisserait la situation entre les mains de personnes aptes à y faire face.

Il s'approcha du comptoir pour le vol de La Nouvelle-Orléans. L'agent, un gars costaud aux cheveux argentés, pianotant comme un beau diable sur son clavier, finit par lever les yeux.

— Que puis-je pour vous?

Bo s'éclaircit la voix.

— Reste-t-il des places sur ce vol?

L'homme hocha la tête.

— Il y a toujours de la place en rab pour la *Big Easy*.

Bo sortit son portefeuille de sa poche arrière. Au moment où il l'ouvrit, un vieux reçu et une pièce de monnaie en tombèrent. Il se pencha et ramassa la pièce. Elle était ancienne et frappée d'un symbole triangulaire. Il s'agissait d'un de ces jetons qu'on vous remettait jadis lors de réunions organisées dans le sous-sol d'une église où on jurait de rester sobre toute une année. Le moins qu'on puisse dire, c'est qu'il ne l'aurait pas mérité. Qui voulait passer toute une année sans boire une goutte? Certainement pas lui! C'était déjà assez difficile de tenir le coup durant toute la saison de base-ball. S'il avait gardé ce jeton, c'est parce qu'il était vieux, parce qu'il provenait d'une époque, d'un lieu, d'une personne qu'il ne connaissait pas, mais auxquels il était intimement lié.

— Monsieur? s'enquit le steward. Puis-je vous être utile?

Bo examinait la pièce dans le creux de sa main. *Service, unité, guérison.*

— Je crois que non, en fait, répondit-il à voix basse en fermant le poing autour de la pièce.

Sur ce, il regagna la porte 22 C. Un porteur tenait un émetteur qui grésillait tandis qu'il tripotait le syntoniseur.

Dans sa tête, Bo entendit le grondement lointain d'une foule, pareil au fracas de l'océan que l'on perçoit à travers les spires d'un coquillage collé à l'oreille. Les haut-parleurs du stade beuglaient une annonce:

« Mesdames, messieurs, nous jouons à guichets fermés ce soir au stade Yankee. Et voici le premier lanceur de l'équipe à domicile qui s'avance sur le terrain. C'est à coup sûr la marche la plus ardue et la plus triomphante de sa carrière, mes amis. Je dirais qu'à cet instant ce terrain est pour lui l'endroit le plus solitaire de la terre. Il est au diapason avec Tony Valducci. Le voilà prêt : balle rapide, haute, deuxième balle. On ne peut pas lui en vouloir de mettre la gomme, compte tenu de l'enjeu. Un All-American issu de Texas City, Crutcher, était déjà considéré comme un espoir recrutable dès le lycée… mais le recrutement est passé, il a fallu attendre encore treize années, et une sacrée veine, mais il est enfin là. Il est la preuve absolue que l'âge n'est parfois rien d'autre qu'un chiffre. Son heure de gloire est arrivée… »

Bo faillit se cogner au porteur. Il chassa ce rêve de son esprit et concentra son attention sur la porte. Les passagers du vol de Houston sortaient en un flot ininterrompu — des hommes d'affaires déjà pendus au téléphone, des couples et des voyageurs solitaires se dirigeant vers la zone de livraison des bagages, des parents visiblement à bout de forces accompagnés d'enfants tout ébouriffés, d'humeur ronchonne. L'avion semblait mettre un temps fou à se vider. Au point que Bo commença à avoir des doutes. Avait-il mal noté le numéro de vol ? S'était-il trompé d'heure, de compagnie aérienne, de jour ? S'agissait-il d'une terrible erreur, totalement saugrenue ?

Il était sur le point de se diriger vers l'agent en faction près de la porte quand un couple âgé apparut en marchant à pas lents. Les porteurs les aidèrent à se hisser dans une voiturette électrique. Pour finir, une hôtesse aux cheveux clairsemés et au regard las émergea de la passerelle, devançant quelqu'un. Elle s'approcha du comptoir et remit une écritoire à pince au préposé. L'ultime passager la suivit, traînant derrière lui un bagage à main tout défoncé, rafistolé avec du chatterton. Il portait un sac à dos couvert de tout un attirail clinquant et arborait une casquette de base-ball des Yankees, qui se trouvait être un cadeau de Noël que Bo en personne lui avait offert. La pochette transparente attachée à son cou avec une ficelle contenait une carte où l'on pouvait lire :

« Enfant non accompagné. »

Bo s'avança et prit sa plus belle pose.

— A.J. ? dit-il au garçon qu'il voyait pour la première fois de sa vie. C'est moi, Bo Crutcher. Ton père.

3

Kim clopina dans l'aéroport jusqu'au hall des correspondances. Sa robe déchirée, à deux doigts d'être indécente, battait contre ses jambes nues, glacées. Elle espérait attraper un vol d'une compagnie privée pour gagner le nord de l'Etat, de manière à éviter d'avoir à se rendre en ville et à s'embarquer pour un trajet en train encore long dans un wagon cahotant. La destinée se révéla de son côté. Pegasus Air avait une place libre sur un vol à destination de Kingston qui partait dans l'heure. Sans prendre la peine de vérifier le montant, elle griffonna sa signature sur le ticket de carte bancaire avant de se diriger vers la zone d'attente. Quelques minutes plus tard, le vol fut annoncé et un petit groupe de passagers s'aligna pour monter à bord de l'avion.

L'accès à l'appareil s'effectuait par le biais d'une passerelle en plein air, couverte d'un auvent en toile qu'un vent latéral glacial malmenait. Au bout du rouleau, Kim n'en avait plus rien à faire des regards curieux qu'elle attirait, mais rien ne la protégeait de la pure torture de ce froid cinglant qui lui lacérait les chevilles et les jambes. Des petits ruisseaux de neige fondue tourbillonnaient sous ses pieds, la pourchassant jusqu'à l'escalier monté sur un camion permettant d'accéder au Bombardier à double hélice.

Durant le vol bref mais agité, elle somnola. Elle se réveilla en sursaut quand l'appareil se posa sans ménagement sur la courte piste au milieu des collines tapissées de neige de l'Ulster County. Tandis qu'elle considérait le paysage hivernal gris et plat en clignant des paupières, un regain de doute l'envahit. Elle avait peut-être eu tort de foncer à l'aéroport sur un coup de tête après la soirée de la veille, abandonnant ainsi sa carrière, son petit ami, aussi peu recommandable soit-il, et tout ce qu'elle possédait. C'était probablement un peu extrême de venir se réfugier dans ce bled où sa mère avait élu résidence.

Cela dit, il y avait des moments où il fallait se fier à son instinct et, la veille au soir, chaque fibre de son corps l'avait exhortée à filer. Ses impulsions s'étaient souvent révélées erronées cependant. Il lui arrivait de se monter la tête à propos de quelque chose pour s'apercevoir en définitive que la situation n'était pas si catastrophique. C'était différent cette fois-ci, il fallait bien l'admettre. Car, au-delà du choc, de la panique, au-delà de l'humiliation et de la déception, quelque chose d'autre avait fait surface : la détermination.

Elle allait s'en sortir.

Redressant les épaules, elle endura la traversée du tarmac, digne de l'Arctique, et s'engouffra dans la salle d'attente du minuscule aéroport. S'il y avait une chose qu'elle savait faire, c'était donner l'illusion du calme. Au point qu'elle finissait par se sentir calme pour de bon. Personne ne pouvait se douter qu'elle était sur le point de hurler.

La salle d'attente se situait dans un vaste bâtiment en aluminium, plein de courants d'air, qui se changeait en tunnel aérodynamique virtuel chaque fois que la porte s'ouvrait. Kim posa sa pochette ornée de joyaux sur un comptoir vide. Lloyd la lui avait offerte à Noël ; elle valait des milliers de dollars. En regardant à l'intérieur, toutefois, elle vit à quel point elle était petite, et vide. Elle contenait la boucle d'oreille en diamants qui lui restait, cadeau du joueur de hockey avec lequel elle était sortie avant Lloyd. Ces boucles d'oreilles ne lui manqueraient pas dans la mesure où elles étaient lourdes et désagréables à porter. Le sac contenait aussi un bâton de rouge à lèvres, de l'anticerne, une carte de crédit et sa carte American Express platine. Outre son permis de conduire et une liasse de billets qu'elle avait tirés à un distributeur dans l'aéroport avec cette ultime carte. Les frais seraient à coup sûr exorbitants, mais elle n'allait pas s'en soucier maintenant. Elle avait des problèmes plus immédiats à régler.

Les dents serrées, elle sortit son portable à contrecœur, comme un peu plus tôt. L'allumer allait l'obliger à affronter les événements de la veille. En même temps, ce n'était pas en ignorant son téléphone qu'elle allait faire disparaître ses tracas. Elle appuya résolument sur le bouton pour l'allumer. Comme prévu, elle avait une kyrielle d'appels en absence. Elle les fit défiler sans écouter les messages. Elle savait que ce n'était qu'un chapelet de fulminations émanant de Lloyd, de son manager aussi, vraisemblablement, de ses entraîneurs et coéquipiers, sans oublier ses parents. Bon sang, il avait trente ans et il n'allait même pas au petit coin sans consulter d'abord ses parents !

Cette facette de sa personnalité n'allait certainement pas lui manquer. Rien, chez lui, ne lui ferait défaut, d'ailleurs, pas même son argent, ni son statut social, ni sa beauté, ni sa réputation. Rien de tout cela ne valait la peine qu'elle y perde son âme. Ou son estime de soi.

Alors qu'elle fixait le petit écran de son portable, il émit le signal indiquant *batterie faible* avant de s'éteindre. Tant mieux, pensa-t-elle. Si ce n'était qu'il fallait vraiment qu'elle passe un coup de fil.

Elle regarda autour d'elle en quête d'une cabine publique. La seule en vue se trouvait à une quinzaine de mètres de l'autre côté de la toundra glaciale du parking. Pour l'amour du ciel, non ! pensa-t-elle en s'approchant du comptoir.

— Excusez-moi, dit-elle à la jeune préposée. Y a-t-il un téléphone public à l'intérieur ? Mon portable est à plat.

— C'est pour un appel local ? demanda la jeune fille en lorgnant sa tenue.

— Oui.

Elle lui désigna un appareil mural entouré de petits mots gribouillés sur des Post-it.

— Prenez celui-là.

Kim regarda ses doigts enfoncer les touches comme s'ils appartenaient à quelqu'un d'autre. Elle s'aperçut avec horreur qu'elle tremblait sans pouvoir se contrôler. Elle eut toutes les peines du monde à composer le bon numéro. Après plusieurs vaines tentatives, elle finit par y arriver.

— Fairfield House.

Elle fronça les sourcils, momentanément désorientée.

— Maman?

— Kimberly! lança sa mère. Bonjour, ma chérie. Comment vas-tu? Tu es debout de bonne heure...

— Je ne suis pas là, répondit Kim. Je veux dire, je ne suis pas à Los Angeles. Je suis venue par l'avion de nuit.

— Tu es à New York?

— Je suis à l'aéroport du comté, maman.

Il y eut un moment de flottement, chargé de doute.

— Doux Jésus! J'ignorais que tu avais l'intention de me rendre visite.

— Pourrais-tu venir me chercher, maman?

A son grand dam, Kim se rendit compte qu'elle avait la gorge serrée et que ses yeux la piquaient. La fatigue, se dit-elle. Elle était fatiguée, rien de plus.

— J'étais en train de ranger la cuisine après le petit déjeuner.

« On s'en fiche, du petit déjeuner! », eut-elle envie de crier.

— Maman, s'il te plaît... Je n'en peux plus.

— Bien sûr. Je serai là en moins de deux.

Kim se prit à se demander combien de temps « moins de deux » prendrait. Sa mère employait toutes sortes d'expressions familières de ce genre. Cela rendait son mari dingue. Il les trouvait dépassées.

— Attends... Pourrais-tu m'apporter un manteau et des boots? s'empressa d'ajouter Kim.

Trop tard. Sa mère avait déjà raccroché. Elle se demandait ce que son père aurait pensé de son accoutrement. Enfin... pas vraiment. Elle le savait. Ce fourreau moulant lui aurait valu au mieux une réaction sceptique, et plus probablement sa réprobation, le mode de fonctionnement le plus courant chez lui.

J'aurais tant aimé que nous ayons le temps de nous pardonner l'un l'autre, papa...

Elle détourna ses pensées de lui, bien résolue à ne pas s'aventurer sur ce terrain dans l'état d'esprit où elle était. Un jour, elle entreprendrait de faire la paix avec le passé, mais pas ce matin. Ce matin, elle devait puiser dans ses réserves d'énergie pour éviter de se changer en esquimau à paillettes dans cette salle d'attente. Elle trouva un banc où s'asseoir et somnola telle une ivrogne.

Au bout d'un moment, elle se secoua pour sortir de sa torpeur et jeta un coup d'œil à la pendule. Il faudrait sans doute une dizaine de minutes encore avant que sa mère n'arrive. Dix minutes. Tant de choses pouvaient se produire en ce laps de temps. C'était suffisant pour livrer des fleurs. Pour rédiger un mail.

Pour rompre avec son petit ami, aussi. Ou donner sa démission. Ces dix minutes, pensa-t-elle, là, tout de suite, étaient le commencement du futur.

Cette idée la fit se redresser. A cet instant, tout de suite, elle pouvait choisir un nouveau chemin dans la vie. Oublier le passé, passer à autre chose. Les gens faisaient cela à tout bout de champ, non ? Pourquoi pas elle ?

Sa mère avait refait sa vie à Avalon, se rappela-t-elle. C'était faisable. Après le décès de son mari, Penelope Fairfield van Dorn avait déménagé dans cette petite ville de montagne pour s'installer dans la maison de son enfance. Kim ne lui avait rendu visite qu'une seule fois, deux étés plus tôt. Persuadée que sa fille trouverait Avalon trop calme, pour ne pas dire assommant, Penelope soutenait qu'elle préférait la voir en ville, déjeuner avec elle et se promener dans le quartier de l'Upper East Side où Kim avait grandi.

Elle était éblouie par le travail de sa fille, ses amis, son mode de vie, au point que c'en était touchant. Quelques semaines plus tôt, à Noël, elles s'étaient retrouvées à Palm Springs, dans la famille de Lloyd. Penelope avait adoré Lloyd, qui le lui rendait bien — c'était tout au moins l'impression que Kim avait eue. Après ce qui s'était passé la veille au soir, toutefois, elle n'était plus du tout sûre de le connaître. Elle en savait assez sur lui, en tout cas, pour se rendre compte qu'elle ne voulait plus jamais le voir. De sa vie.

Tout résonnait dans la salle d'attente vide. La fille derrière le comptoir et une poignée d'employés se tournaient les pouces en sirotant du café, tout en lui jetant des coups d'œil à la dérobée. Un jour normal, Kim, elle aussi, aurait bu un café en bavardant. Dans son secteur d'activité, le bavardage n'était pas simplement destiné à remplir le silence. C'était parfois un ennemi mortel contre lequel il fallait lutter comme la peste bubonique. A d'autres moments, c'était le moyen d'arriver à ses fins, un stratagème pour attirer l'attention d'un client. Kim en avait fait un instrument de pouvoir. Elle se demanda ce que l'on dirait d'elle à Los Angeles.

Elle a pété un câble, en plein milieu de la fête!

En même temps, qui aurait pensé qu'elle avait autant de répondant?

Rompre ainsi devant tout le monde…

Ses collègues n'avaient pas la moindre idée de ce qui s'était passé après la phase publique de leur rupture. Lloyd l'avait suivie dans le parking de l'hôtel, et là…

Elle se leva, tout agitée. Ses orteils étaient engourdis par le froid, si bien que ses chaussures ne la gênaient plus guère. Elle se rendit aux toilettes où elle ôta ses lunettes noires. En bonne Californienne, elle en avait toujours une paire sur elle, mais c'était la première fois qu'elle en faisait un tel usage.

Elle sortit son fond de teint de son sac et retoucha son maquillage. C'était un produit haut de gamme, utilisé par les maquilleurs professionnels pour dissimuler les défauts les plus flagrants. En un sens, c'était une sorte de prolongement de ce qu'elle faisait si bien dans sa carrière. Elle était passée maîtresse dans l'art de la dissimulation, le plus souvent, toutefois, au profit de ses clients, et non d'elle-même.

Satisfaite de se trouver tout à fait convenable, elle retourna dans la salle d'attente où elle alla se planter devant une fenêtre, exhortant mentalement sa mère à se dépêcher, tout en s'inquiétant de l'état des routes. Les hivers dans l'Etat de New York n'étaient pas faits pour les mauviettes. Un flux constant de voitures et de 4x4 roulaient au pas en dérapant sur la route. Kim ignorait le genre de voiture que sa mère possédait. Une petite hybride économique? Une rutilante Coccinelle?

C'était drôle de ne pas le savoir, et bizarrement divertissant d'essayer de deviner.

Une solide Volvo? Une Chevrolet bon marché ou une marque étrangère compacte? Peut-être était-ce cette Cadillac qui approchait tel un scarabée luisant. Kim n'en avait pas la moindre idée. C'était surprenant — et un peu déroutant — de songer qu'elle ne savait plus grand-chose de la vie de sa mère.

Depuis la mort de son mari, Penelope avait connu une transformation radicale. Au départ, elle avait été quasiment anéantie par ce deuil et les ravages de la solitude. Son chagrin se lisait sur son visage aux traits tirés, aux rides creusées par la souffrance et l'anxiété.

Pourtant, le vieil adage sur le pouvoir guérisseur du temps s'était confirmé. Au fil des semaines, des mois, elle avait repris du poil de la bête. Elle continuait à répéter que son mari lui manquait, mais elle avait le sourire facile et son exubérance naturelle refaisait progressivement surface, dans sa voix, ses attitudes. Comment était-ce possible? se demanda Kim. Comment se remettait-on d'une telle perte? Comment disait-on adieu pour toujours à un être qu'on avait aimé pendant plus de trente ans?

Elle aurait donné cher pour le savoir, parce qu'elle n'en menait pas large elle-même, alors que Lloyd et elle n'étaient sortis ensemble que deux ans.

Quand le PT Cruiser blanc et bouton-d'or quitta la route pour s'engager dans le parking du terminal en frôlant dangereusement le bord du trottoir, Kim colla son nez contre la vitre glaciale. Avant même de discerner le visage du conducteur, elle devina qu'il s'agissait de sa mère.

Un autocollant magnétique sur le côté du véhicule indiquait :

« Fairfield House — votre chez-vous loin de chez vous. »

Kim se demanda ce que cela pouvait bien vouloir dire, mais à cet instant elle était trop épuisée pour songer à quoi que ce soit, hormis se précipiter dehors et se laisser envelopper par les bras de sa mère. Des fragments de glace s'insinuèrent dans ses chaussures à bout découvert. Elle fit la grimace et un son s'échappa de ses lèvres, entre cri et sanglot. Ses genoux manquèrent de se dérober sous elle sous le coup de la réalité des événements de la veille.

— Que t'arrive-t-il, ma chérie ? demanda sa mère en s'écartant d'elle pour scruter son visage.

Kim chancela, sur le point de s'effondrer sur le trottoir enneigé, jonché de sel. Mais, en voyant la mine compatissante et interloquée de sa mère, elle prit sa décision au quart de tour. *Pas maintenant.*

— La nuit a été longue, c'est tout. Je m'excuse de ne pas t'avoir prévenue de mon arrivée. Je ne… Ce voyage n'était pas vraiment prévu.

— Eh bien, c'est une merveilleuse surprise.

L'expression de sa mère se voulait résolument enjouée, mais l'inquiétude se lisait dans ses yeux.

— Regarde-toi ! En tenue de soirée… Tu vas attraper la mort. Où sont tes bagages ? La compagnie les a perdus ?

— Rentrons, maman, tu veux bien ?

La fatigue s'abattit sur elle telle une déferlante à laquelle elle ne pouvait échapper.

— Il fait un froid de canard ici.

— N'en dis pas plus, lança sa mère en se glissant derrière le volant.

Kim monta à son tour dans la voiture, le bas de sa robe traînant dans la neige sale. Elle la tira d'une secousse à l'intérieur avant de claquer la portière.

Les pneus patinèrent quand la voiture s'écarta du trottoir,

rappelant à Kim que sa mère n'était pas la meilleure conductrice de la terre. Du vivant de son père, ils habitaient en ville et Penelope ne conduisait pour ainsi dire jamais, certainement pas par temps de neige. Elle résidait à la campagne, désormais, et apprenait à prendre le volant elle-même. La manière dont elle s'était manifestement adaptée à la situation prouvait qu'elle avait des réserves intérieures auxquelles Kim ne s'était pas attendue. Le nez anxieusement collé au pare-brise, Penelope déboîta prudemment, sortit du parking et prit la direction des Catskills. La route se réduisit à deux voies abondamment salées.

— J'ai quitté Lloyd, annonça Kim d'un ton calme et sans appel. J'ai donné ma démission. Je… Regarde devant toi, maman !

Un semi-remorque venait en sens inverse, monopolisant l'essentiel de la route.

— Oui, bien sûr.

La voiture vira vers la droite. Les roues du camion projetèrent un jet de neige fondue sur le pare-brise, mais Penelope ne se laissa pas démonter, se bornant à enclencher les essuie-glaces.

— Tu as quitté Lloyd ? Mon Dieu, je ne comprends pas… J'ignorais que vous aviez des problèmes.

Tandis qu'elle se mettait à l'aise et bouclait sa ceinture, Kim se rendit compte que l'histoire était trop longue et trop compliquée à raconter, et sa cervelle trop grillée par la fatigue et l'angoisse pour tout expliquer. Aussi opta-t-elle pour la version abrégée.

— Nous avons eu une dispute terrible hier soir lors d'une réception, dit-elle. Double coup dur — il m'a larguée et licenciée en même temps. C'était… effroyable, si bien que j'ai filé directement à l'aéroport avec juste ce que j'avais sur le dos, et cette pochette.

Elle effleura ses lunettes noires, mais décida de les garder.

— Ravissant, commenta sa mère après avoir jeté un rapide coup d'œil à la pochette en question.

Kim eut un flash de l'homme à la fourrure de loup la lui remettant à l'aéroport. Comment savait-il que c'était une création de

Judith Leiber? Etait-il homosexuel? A en juger d'après la manière dont il l'avait draguée, sûrement pas!

— Lloyd me l'a offerte pour Noël, dit-elle à sa mère.

— Je parie que tu pourrais la vendre sur eBay, répondit celle-ci en allumant le chauffage.

Kim savoura l'air chaud qui l'enveloppait peu à peu.

— Bref, je suis vraiment désolée de ne pas avoir téléphoné. J'étais à côté de la plaque, pour tout te dire.

— Et maintenant? demanda sa mère d'une voix douce. Tu regrettes?

— Non. Pas encore. En tout cas, me voilà.

— Pour de bon?

— Pour le moment.

Kim était consciente d'être en état de choc. Elle avait subi un traumatisme. Elle avait fait l'objet d'une attaque *publique*. Si ça se trouvait, sa rupture passait sur YouTube à l'heure qu'il était.

Les gens se remettaient de ce genre de mésaventures. Elle avait vécu assez longtemps à L.A. pour en voir des tas perdre leur job et rebondir. Cela pouvait arriver à tout le monde. Les victimes finissaient par se ressaisir. Elle en ferait autant, même si, pour le moment, elle avait du mal à imaginer comment.

— J'ai l'intention de m'installer ici, maman, s'entendit-elle dire.

Et, à cet instant, elle se rendit compte que cette décision avait été prise quelque part dans le ciel au-dessus du Midwest. Elle n'en avait peut-être même pas eu pleinement conscience sur le moment, mais maintenant qu'elle l'avait dit à voix haute, cela lui semblait être la seule décision sensée dont elle pouvait se prévaloir depuis longtemps.

— La boîte entérinera ma démission lundi matin à la première heure, acheva-t-elle.

— Ne dis pas n'importe quoi! Tu es le meilleur agent publicitaire de la côte Ouest, et je suis convaincue que tous tes collègues le savent pertinemment.

— Maman! Il est question de Lloyd Johnson. Des Lakers! Le

plus gros client qui ait jamais franchi le seuil de Will Ketcham Group. Leur mission consiste à lui donner tout ce qu'il exige. S'il veut qu'on tapisse les murs du bureau en écossais, ce sera fait dans la journée. Me licencier n'aura pas plus d'effet que de changer de fournisseur d'eau minérale.

— Ne choisiraient-ils pas plutôt de te garder en te confiant d'autres dossiers que celui de Lloyd ?

— Ça ne risque pas. Si leur principal client veut qu'on me mette à la porte — et ça ne fait aucun doute —, crois-moi, ils me ficheront dehors. Je fais bien mon travail, mais je ne suis pas irremplaçable. Pas à leurs yeux. *Certainement pas aux yeux de Lloyd.*

— Eh bien, dans ce cas, tant pis pour eux. Ils ont perdu une publicitaire pleine de talents.

Kim tenta de sourire.

— Merci, maman. J'aimerais bien que tout le monde dans ma vie soit aussi loyal que toi.

— Et tes affaires ?

— Tout est au garde-meubles, rappelle-toi. Je te l'ai dit.

Juste avant Noël, elle avait renoncé à son appartement.

— Lloyd et moi logions au Heritage Arms, à Century City, pendant qu'il cherchait une maison. Nous projetions de nous installer ensemble. Je pensais que ce serait merveilleux. Comment ai-je pu être bête à ce point-là ?

— Tu es juste d'un romantisme incurable.

Elle ? Romantique ? Kim médita la chose un instant. Elle s'était toujours considérée avant tout comme une femme d'affaires avisée. Sa mère n'avait pas tout à fait tort, cependant. Car sous la façade qu'elle affichait se cachait un cœur qui croyait en de folles aventures, comme tomber amoureux et le rester à jamais, confier les secrets de son âme à son meilleur ami et amant. Comme planifier un avenir fondé sur la confiance mutuelle au lieu d'attendre des promesses et des garanties.

Son romantisme foncier venait d'en prendre un coup !

— J'en ai par-dessus la tête des sportifs, maman.

— Tu ne t'en lasseras jamais, ma chérie. C'est ta passion!

— Que tu dis! Ils ne se ressemblent pas tous. En tout cas, ça fait des années que je n'avais pas eu un client qui soit un tel enf... je veux dire... *abruti.*

— Tu peux dire *enfoiré*, ma chérie.

Pour la première fois depuis la catastrophe de la veille, Kim esquissa un sourire.

— Maman!

— Il y a des moments où on ne peut pas exprimer les choses poliment.

Kim se plongea dans l'examen de ses ongles soigneusement manucurés.

— J'ai adoré ce métier, au début. Je travaillais avec des garçons qui avaient besoin de moi. Ces derniers temps, je me bornais à concocter des mensonges et des entourloupes pour couvrir des clients incapables d'avoir un comportement convenable. J'en suis venue à détester ce que je fais. Mon job consiste à convaincre les médias et les fans qu'on peut faire n'importe quoi dès lors qu'on est bon en sport. Ce n'était pas l'objectif au départ, et j'en ai assez.

— Oh! C'est vraiment regrettable.

— Pourquoi est-ce que tu dis ça?

Sa mère bifurqua dans la rue où elle habitait sans se donner la peine de répondre. King Street était une majestueuse avenue bordée d'érables et de marronniers imposants. Plus que centenaires, les demeures qui la jalonnaient avaient été construites par les magnats du chemin de fer, de la marine marchande et des banquiers d'une ère révolue. Chaque maison était un chef-d'œuvre d'une époque dorée, à l'abri derrière des murs de pierre et des clôtures en fer forgé. De nos jours, certaines appartenaient à des gens dont l'unique souci était de les préserver. D'autres tombaient en ruines d'autres encore — comme la Fairfield House — étaient la propriété de la même famille depuis des générations.

Penelope remonta un long chemin bordé de grilles, avant

de s'engager dans l'allée en faisant chasser les roues arrière du véhicule dans le tournant.

Médusée, Kim ne pouvait détacher son regard de la maison, l'une des plus vastes et des plus connues de la ville, en termes d'ancienneté historique.

— Maman?

— J'ai fait quelques rénovations.

— C'est ce que je vois.

La façade qu'elle avait sous les yeux n'avait plus rien à voir avec l'austère manoir retiré dont elle avait gardé le souvenir de son enfance.

— N'est-ce pas magnifique, chérie? Nous avons fini de la peindre à la fin de l'été. J'avais l'intention de t'envoyer des photos, mais je n'ai pas encore réussi à comprendre comment faire par mail. Qu'en dis-tu?

Kim était à court de mots. La structure, en soi, n'avait pas changé. Le vaste jardin, bien que tapissé d'une couche record de neige, ne semblait guère différent, même si une partie des arbustes avaient manifestement été sculptés selon le mode des topiaires.

Quant à la maison en elle-même, c'était une autre histoire. La Fairfield House dont Kim se souvenait, celle où ses grands-parents avaient vécu, était d'un blanc discret, rehaussé ici et là de noir. Elle arborait désormais des couleurs qu'on ne trouvait pas dans la nature. Qu'on ne trouvait en fait nulle part, sauf peut-être dans la maison de rêve de Barbie, ou dans un flacon de Pepto-Bismol.

Kim cligna des yeux, mais la vision ne voulait pas s'en aller. Elle n'arrivait pas à détourner son regard de cette façade aux tons criards. Avec sa rotonde, ses tourelles, ses pignons, la vieille demeure avait tout d'une pièce montée agrémentée de touches fluo. L'écurie et le belvédère se détachaient, eux aussi, dans des tons lavande et fuchsia sur la neige immaculée.

C'était peut-être une sous-couche. Les enduits d'apprêt avaient parfois de drôles de couleurs, non?

— Excuse-moi, maman, tu m'as bien dit que les travaux de peinture étaient finis ?

— Oui, c'est enfin terminé. Ça a pris tout l'été aux Hornets.

Sa mère se gara sous l'élégante porte cochère qui enjambait l'allée du côté de l'entrée de service. La rutilante bordure corail était rehaussée d'un ton sorbet au citron vert. Quant au plafond de la voûte, il était bleu clair.

— Ce sont les joueurs des Hornets qui ont repeint la maison ? s'étonna Kim.

— Absolument. Ils sont toujours en quête de petits boulots. Et ils ont fait un excellent travail !

Les Hornets étaient l'équipe de base-ball d'Avalon, un club professionnel affilié à la ligue Can-Am. L'ensemble de la communauté l'avait accueillie à bras ouverts quand elle avait débarqué, quelques années plus tôt, changeant cette paisible bourgade du bord du lac en une capitale légitime du base-ball. La ligue ayant un budget limité, les petits coups de main jouaient un rôle substantiel. Leurs supporters locaux proposaient des jobs, des logements et parfois même un soutien moral aux joueurs.

— N'existe-t-il pas une convention de voisinage s'opposant aux couleurs vives, maman ?

— Certainement pas, répondit sa mère. Si c'est le cas, personne ne m'en a jamais parlé.

Kim entra dans la maison. L'étourdissant kaléidoscope de coloris ne se limitait pas à l'extérieur. Les murs de l'entrée et ceux de l'escalier en arrondi, au centre de la maison, étaient aussi chamarrés que la façade.

Sa mère alla pendre son manteau dans le placard de l'entrée.

— Les couleurs sont un peu tapageuses, tu ne trouves pas ?

— Un peu.

— Je me suis juste dit, si je devais me lâcher sur les couleurs, autant y aller franco !

Kim parvint à esquisser un sourire.

— Une vraie philosophie de vie !

— Pour être parfaitement honnête, c'était une question de budget, avoua Penelope. Ces couleurs ne se font plus, si bien que la peinture ne m'a pratiquement rien coûté. J'ai utilisé un peu de celle-ci, un peu de celle-là... et puis j'ai exhorté les peintres à se montrer créatifs.

Il y avait sûrement de pires combinaisons de couleurs que celles concoctées par des joueurs de base-ball, mais sur le moment Kim n'arrivait pas à imaginer lesquelles.

— A propos d'y aller franco, es-tu sûre d'en avoir fini avec Lloyd ? s'enquit sa mère.

La principale fonction de Kim à l'agence consistait à faire en sorte que Lloyd et tous ses clients aient l'air sympathiques. Estimables. Dignes des sommes monstrueusement élevées qu'ils empochaient. Elle faisait si bien son travail, parfois, qu'il devenait impossible de faire la part des choses entre la personnalité façonnée par les médias et l'individu lui-même. Peut-être était-ce la raison pour laquelle elle n'avait pas vu venir la catastrophe qui s'était produite avec Lloyd. Elle avait fini par croire au battage publicitaire qu'elle avait elle-même fabriqué de toutes pièces.

— Kimberly ?

La voix de sa mère la fit sursauter.

— Sans aucun doute, répondit-elle. C'est terminé.

A cet instant, elle ressentit comme une onde de choc, un écho de la veille au soir, au point qu'elle se mit à trembler.

— Tu es blanche comme un linge ! s'exclama sa mère en lui prenant le bras pour la faire asseoir sur le banc de l'entrée. Veux-tu que je t'apporte quelque chose ?

On aurait dit que ces mots lui parvenaient amplifiés par un tunnel. Kim se rappela que cet épisode affreusement humiliant faisait partie du passé. Elle conseillait souvent à ses clients qui souffraient de blessures de dépasser la douleur en se concentrant sur la guérison. Le moment était venu de suivre elle-même cette recommandation.

— Ça va aller, assura-t-elle d'une voix douce, mais ferme.

Puis elle retira ses lunettes noires avec précaution et se servit d'un coin de son châle pour essuyer délicatement son maquillage.

Sa mère la dévisagea, passant en un instant de l'horreur à la colère. Penelope van Dorn n'était pas du genre à perdre facilement son sang-froid, mais, lorsque cela lui arrivait, elle s'enflammait aussi vite qu'un feu de brousse.

— Seigneur! Depuis combien de temps est-ce que ça dure?

Kim baissa la tête.

— Je suis idiote, maman, mais pas à ce point-là. J'ignorais qu'il était capable de frapper quelqu'un. Et puis, hier soir, nous avons eu une terrible prise de bec à propos d'une bêtise, et ça a dégénéré.

Elle réprima un haut-le-cœur au souvenir de la foule hébétée qui se pressait autour d'eux, de sa fuite avec Lloyd sur ses talons, jusqu'au parking. Son poing ne lui avait pas du tout fait l'effet d'un appendice humain, mais plutôt d'une arme brutale destinée à faire mal. Il avait surgi de nulle part, mû par la rage. Il fallait reconnaître qu'elle avait été rapide à la détente. Avant même qu'il ait le temps de redresser sa cravate, elle avait filé.

Les yeux de Penelope se remplirent de larmes.

— Je suis vraiment désolée, Kimberly...

— Je sais, maman. Ne t'inquiète pas. Il ne fait plus partie de ma vie, répondit-elle d'un ton ferme.

— Il faut que tu le poursuives en justice.

— J'y ai pensé. Mais je ne vais pas le faire. Je n'ai aucune chance face à un homme de sa réputation. Cela m'obligerait à revivre toute cette histoire. A quoi bon? Il ne lui arrivera rien.

— Mais...

— S'il te plaît, maman, ne t'apitoie pas sur mon sort et n'alerte pas les autorités. Je veux faire comme si Lloyd Johnson n'avait jamais existé. J'ai choisi la meilleure solution — venir ici. Recommencer à zéro.

Les bras de sa mère l'enveloppèrent alors, tendres et solides à la fois, et Kim se sentit submergée par un élément subtil, ineffable, qui lui avait terriblement manqué à son insu : l'odeur maternelle.

Elle inhala, en fermant les yeux, cette douce impression de sécurité qui remontait à loin. Une douceur pourtant pénétrante, s'insinuant presque imperceptiblement à travers sa souffrance et le choc. Des sanglots montèrent des profondeurs de son être, se déversant sur l'épaule rembourrée de sa mère. Elles restèrent là un long moment, Penelope lui caressant les cheveux et émettant des petits sons réconfortants jusqu'à ce que Kim se sente vidée — et purifiée.

Sa mère lui tendit une boîte de Kleenex pour qu'elle s'essuie le visage. Kim se tamponna les yeux.

— Ça va aller. J'ai subi de pires blessures en faisant du sport.

— Mais une blessure infligée par quelqu'un que l'on aime, en qui on a confiance, fait plus mal que n'importe quelle lésion physique.

Sa mère avait dit cela à voix basse avec une conviction qui alarma Kim.

— Maman?

— Allons t'installer, suggéra Penelope d'un ton presque brusque.

Kim la suivit à travers le salon — vert pomme — jusqu'au hall principal — couleur citrouille.

— Tu vas dormir dans la même chambre que lorsque tu venais voir tes grands-parents jadis. C'est sympa, non? Je n'y ai pour ainsi dire rien changé. Tu trouveras même quelques vêtements dans le placard. Tu vas pouvoir te mettre à l'aise. J'ai bien l'impression que tu n'as pas pris un gramme depuis le lycée.

Dans cette énorme maison silencieuse peuplée de tant de souvenirs d'enfance, Kim pénétrait dans l'univers de son passé. Le couloir du premier formait un T au milieu; à droite, c'était son domaine. En tant qu'unique petite-fille, elle avait eu toute l'aile pour elle.

— Pourquoi fais-tu la grimace? s'enquit sa mère.

— Je ne fais pas la grimace.

— Je t'assure que si ! Tu as pris ton air contrarié, soutint sa mère.

— Enfin, réfléchis un peu ! Je suis censée avoir une vie fabuleuse alors qu'en fait voilà que j'emménage chez ma mère.

Elle marqua un temps d'arrêt.

— Si tant est que cela te convienne…

— Si ça me convient ? C'est exactement ce qu'il nous faut à toutes les deux. J'en suis convaincue. Pars du principe que la boucle est bouclée. Ça va être merveilleux, tu vas voir !

« Qu'est-ce qui va être merveilleux ? », eut-elle envie de demander. Mais elle tint sa langue.

— Je vais te faire couler un bain. Ça va te faire du bien, lança sa mère en se précipitant dans la salle de bains voisine.

— Ce serait divin, reconnut Kim.

En entendant grincer la tuyauterie rouillée, elle posa sa pochette, abandonna le châle de soie au bout du lit et finalement — doux Jésus, *enfin* ! — elle retira ses chaussures. Elle passa quelques instants à explorer la pièce, se familiarisant de nouveau avec des choses qu'elle pensait avoir oubliées — sa collection de souvenirs du camp Kioga, un centre de vacances rustique situé à l'extrémité nord du lac des Saules. Kim y séjournait l'été lorsqu'elle était petite ; adolescente, elle y avait travaillé en tant que monitrice. Ses liens avec la petite bourgade étaient ténus, mais elle avait conservé de vifs souvenirs de cette époque. Chaque été passé au camp Kioga constituait un chapelet magique d'interminables journées dorées au bord du lac des Saules, un monde à des lieues de la vie dans l'Upper Manhattan qu'elle menait le reste de l'année. Ces dix semaines d'été avaient beaucoup compté, année après année, la façonnant aussi sûrement que la coûteuse école privée qu'elle fréquentait. La rame peinte, signée par toutes les filles de son dortoir, provoqua un regain de souvenirs d'histoires de fantômes et de fous rires. La rangée de trophées sur l'étagère témoignait de ses talents précoces en sport.

Elle sortit du placard un sweat-shirt gris à capuchon orné du logo du camp, datant de l'été de ses dix-sept ans, et l'enfila.

Trop grand, il lui descendait jusqu'à mi-cuisses. Le tissu tout doux la réchauffa, faisant resurgir des souvenirs secrets d'un lointain passé. Elle l'ignorait à l'époque, mais cet été-là avait défini l'orientation de sa vie. Elle ferma les yeux en songeant à quel point les choses lui paraissaient intenses alors, combien tout avait de l'importance. Mue par un idéalisme à tous crins, elle s'imaginait l'existence fabuleuse qu'elle mènerait. Une existence qu'elle avait cru avoir — jusqu'à la veille au soir.

La fenêtre à pignon offrait une vue imprenable sur les montagnes au-delà de la ville. Lorsque, petite fille, elle séjournait chez ses grands-parents, elle avait coutume de se blottir sur le rebord de la fenêtre pour contempler le paysage en se disant que sa vie future se situait quelque part au-delà de l'horizon. Ce qui avait été le cas, pendant quelque temps. A présent, comme sa mère le lui avait fait remarquer, la boucle était bouclée.

Sa robe de soirée tomba à terre en un flot luxueux de soie et de paillettes. Son soutien-gorge sans bretelles avait été conçu pour son efficacité plus que pour son confort. Elle poussa un soupir de soulagement en l'ôtant. Elle ne portait pas de culotte. Avec un fourreau aussi moulant, pas moyen de faire autrement.

— Les serviettes sont toujours dans le placard à linge ? cria-t-elle à l'adresse de sa mère.

— Bien sûr, ma chérie, lui répondit-elle avant d'ajouter quelque chose que le vacarme de l'eau qui coulait engloutit.

Kim se dirigea vers le placard, dans le couloir. En chemin, elle se retrouva nez à nez avec un inconnu en trench-coat qui la dévisagea. Il avait un certain âge, des cheveux argentés, un air coriace, et n'avait strictement rien à faire dans la maison de sa mère !

Une onde de panique remonta le long de sa colonne vertébrale, culminant en un cri. Dans le même temps, elle resserra son sweat-shirt autour d'elle en tirant désespérément le bas.

— Oh là, Seigneur ! Calmez-vous ! Je ne voulais pas vous faire peur, dit l'homme.

Kim tenta d'apaiser les battements de son cœur.

— Restez où vous êtes ! lança-t-elle à mi-voix sur un ton qu'elle espérait apaisant.

Maman ! pensa-t-elle. Il fallait qu'elle l'empêche de s'approcher de sa mère. Elle avait généralement un spray de gaz incapacitant sur elle, mais la veille au soir, bien évidemment, son mini-aérosol avait été confisqué par les agents de la sécurité à l'aéroport.

— Les objets de valeur sont au rez-de-chaussée, dit-elle. Prenez ce que vous voulez… et fichez le camp.

Elle désigna l'escalier, consciente que ses moindres mouvements permettaient à l'inconnu de se rincer l'œil.

— Vous devez être Kimberly, dit l'homme en levant les deux mains, paumes ouvertes. Penny parle de vous constamment.

Penny ?

Kim sentit son cœur se serrer quand sa mère surgit dans le couloir, manifestement intriguée.

— Il m'a bien semblé entendre des voix… Oh !

— Si vous posez la main sur l'une d'entre nous, reprit Kim sur le ton de l'avertissement, je vais vous faire mal, je vous préviens.

Elle connaissait les méthodes d'autodéfense, même si l'idée de les exécuter en étant pratiquement nue ne l'enchantait guère.

Sa mère éclata de rire.

— Chérie, je te présente M. Carminucci.

— Dino, renchérit-il. Appelez-moi Dino.

L'homme sourit, ce qui le fit ressembler à ce crooner italien, Tony Bennett. Décontenancée, Kim en resta muette. En butte au surréalisme du moment, elle esquissa un vague sourire, tout en essayant de comprendre ce que cet homme faisait dans le couloir du premier étage de la maison de sa mère. Il avait vraiment un air de famille avec Tony Bennett, jusqu'au regard brun chaleureux et aux cheveux ondulés d'un gris métallique. Il regardait sa mère comme s'il était sur le point de pousser la chansonnette. *Penny.* Personne n'appelait sa mère comme ça.

— Dino est un de nos clients, dit tranquillement sa mère. Tu rencontreras les autres au dîner.

Clients? Les autres? Kim ne chercha même pas à dissimuler sa confusion.

— Ravie d'avoir fait votre connaissance, mais...

Elle laissa sa phrase en suspens en esquissant un geste en direction de sa chambre. Elle repensa à l'autocollant sur la voiture. Le doute l'assaillit.

— Kimberly vient d'arriver de L.A. pour faire un petit séjour chez nous, expliqua sa mère à l'étranger. Elle a pris le vol de nuit.

— Dans ce cas, vous devez avoir envie de vous reposer, Kimberly. A tout à l'heure, mesdames.

Sur ce, il se dirigea vers l'escalier en sifflotant.

Kim saisit la main de sa mère et l'entraîna dans sa chambre.

— Il faut qu'on parle.

Le sourire de Penelope était teinté d'ironie.

— Absolument. Ça fait... euh... disons quinze ans que j'y pense.

Eh bien, peut-être le moment était-il venu de rattraper le temps perdu?

— Je t'ai fait couler un bon bain chaud avec de la mousse, ajouta sa mère. Nous pouvons parler pendant que tu t'y prélasses.

Kim était trop éreintée pour résister. Quelques minutes plus tard, elle était dans la baignoire ancienne à pieds en forme de griffe, au milieu d'un foisonnement de bulles parfumées à la lavande. C'était si réconfortant que ses yeux s'emplirent de larmes, qu'elle se hâta de chasser en cillant des paupières.

Assise sur le tabouret de la coiffeuse près d'elle, sa mère l'enveloppait d'un regard plein de tendresse.

— Cela fait plaisir de t'avoir à la maison, Kimberly.

— Si cela te fait tellement plaisir, comment se fait-il que tu ne m'aies jamais invitée depuis le décès de mamie?

Deux années s'étaient écoulées depuis lors. Une période de deuil pénible pour Penelope, qui avait perdu sa mère si vite après la disparition de son mari.

— Je pensais que tu préférais que nous nous voyions en ville ou que je te rejoigne à Los Angeles. Je m'imaginais que la vie à Avalon te semblerait terriblement ennuyeuse, après la grande ville.

— Allons, maman…

— J'avoue aussi que je doutais que tu m'encourages dans mon entreprise.

— Ton entreprise? Les « clients », tu veux dire?

— Eh bien, oui.

— De combien de personnes parle-t-on?

— Pour le moment, j'en ai trois. Dino a une pizzeria en ville. Il est en train de rénover sa maison. Il loge donc ici temporairement. M. Bagwell séjourne généralement dans le Sud l'hiver, mais cette année il a décidé de rester à Avalon et il avait besoin d'un toit. Et puis il y a Daphné McDaniel — oh, elle est absolument délicieuse. Je suis impatiente que tu fasses sa connaissance! Il y a encore de la place. Nous venons de finir de réaménager le dernier étage. J'espère trouver quelqu'un pour l'occuper très bientôt.

— Que se passe-t-il, maman? Pourquoi loges-tu tous ces inconnus? Te sentais-tu seule à ce point? J'aurais bien aimé que tu m'en parles…

— Ce ne sont pas des inconnus, mais des clients. Ils paient. Et, crois-moi, ils ne sont pas là pour te remplacer.

— Tu aurais dû me mettre au courant.

Kim fit la grimace, en proie à la culpabilité lorsqu'elle se rappela les rares moments qu'elles avaient passés ensemble durant les mois qui avaient suivi le décès de son père. Elles s'étaient retrouvées en Californie du Sud, à Manhattan, en Floride. Il ne lui était jamais venu à l'esprit que sa mère puisse avoir envie qu'elle vienne à Avalon. A la maison.

— Ma vie a beaucoup changé depuis que ton père n'est plus de ce monde, dit sa mère en guise d'explication.

Kim pensa à Dino Carminucci.

— C'est le moins qu'on puisse dire!

— J'ai obtenu une licence d'exploitation et j'ai ouvert le lendemain de la fête du Travail.

— Ouvert…?

— Mon entreprise. Fairfield House.

Kim avait la tête qui tournait. A cause de l'eau chaude, de la fatigue ou de son état de confusion, elle n'aurait pas su le dire.

— La nuit a été longue, maman. Ne m'en veux pas d'être un peu lente à la détente. Serais-tu en train de me dire que tu as fait de cette maison une pension?

— Absolument.

Elle avait dit ça avec autant de désinvolture que si elle parlait d'aller chez le coiffeur.

— D'ailleurs, poursuivit-elle, cela va dans le sens de la tradition familiale. Mon arrière-grand-père, Jérome Fairfield, a bâti cette maison avec la fortune qu'il avait gagnée dans le textile. C'était la demeure la plus élégante de la ville, en ce temps-là. Et puis, comme tant d'autres, il a tout perdu lors du krach de 1929, dont il ne s'est jamais vraiment remis. Sa femme et lui ont pris des pensionnaires, à l'époque. C'était le seul moyen d'empêcher que la maison tombe entre les mains de leurs créanciers.

Kim n'avait jamais entendu parler de cet épisode de l'histoire familiale.

— Alors, au fond, on pourrait dire que j'ai ça dans le sang, conclut Penelope.

Kim n'en revenait pas. Elle s'efforça de digérer cette information, un peu comme si sa mère lui avait annoncé qu'elle faisait du saut à l'élastique ou qu'elle était devenue nudiste.

— Et quand comptais-tu me faire part de tout ça? demanda-t-elle quand elle eut recouvré l'usage de la parole.

— Pour être honnête, j'ai repoussé l'échéance aussi longtemps que possible. Je me doutais que ça ne t'emballerait pas.

— C'est le moins qu'on puisse dire. Installer des étrangers chez nous, maman? Des hôtes payants? As-tu perdu la tête?

Sa mère se leva et posa une pile de serviettes pliées sur le tabouret de la coiffeuse.

— Tu peux dire ce que tu veux, Kimberly. En attendant, ce

n'est pas moi qui ai traversé le pays en avion, vêtue d'une robe de soirée et de talons aiguilles.

— Il y a une explication à ça, riposta Kim sur la défensive. C'est une situation de crise. Une crise personnelle.

Sa mère sourit.

— Tu as bien fait de venir ici, dans ce cas.

— Alors, cette pension... c'est un refuge pour gens en crise?

— Pas précisément. Disons plutôt des gens en période de transition. Ils semblent trouver naturellement leur chemin jusqu'ici. A la Fairfield House, acheva Penelope sur un ton bizarrement fier.

Kimberly étudia le visage affable de sa mère comme si elle avait une étrangère devant les yeux. Savait-elle encore qui elle était? L'avait-elle jamais su? Penelope Fairfield avait grandi à Avalon. Elle appartenait à la vieille garde locale — à l'élite, ses racines remontant à l'époque où les Roosevelt et les Vanderbilt possédaient des résidences d'été dans les montagnes environnantes. Tandis que la plupart de ces gens-là devenaient de plus en plus guindés et arrogants en prenant de l'âge, il semblait que le veuvage ait eu l'effet inverse sur elle. Le père de Kim n'avait jamais beaucoup aimé cette petite bourgade perdue dans les Catskills, bien que ce fût le lieu de naissance de son épouse. Il avait toujours préféré l'atmosphère trépidante des grandes villes. Penelope affirmait pourtant qu'elle était restée attachée à Avalon, et semblait tout à fait satisfaite de vivre dans la maison de son enfance. Enfant, déjà, Kim avait remarqué qu'elle semblait heureuse, dans cet environnement, comme elle ne l'était jamais en ville. C'était le seul endroit où elle se montrait vraiment détendue et à son aise.

Kim comprenait finalement pourquoi cette maison comptait aux yeux de sa mère, pourquoi elle tenait plus que tout au monde à la garder.

Elle trouva un jean, un T-shirt et une paire de grosses chaussettes posés sur le lit près du sweat-shirt. Ses vieux vêtements — pour ne pas dire ses vêtements antiques — étaient encore à sa taille, mais ils lui allaient différemment. Elle s'y sentait moins à l'aise. Cela dit, sa tenue était le cadet de ses soucis.

Elle se sécha les cheveux avec une serviette et se remaquilla. Après avoir jeté un coup d'œil dans le couloir pour s'assurer que la voie était libre, elle descendit dans la cuisine où il faisait délicieusement bon. Elle s'assit et prit entre ses mains le chocolat chaud que sa mère lui avait servi dans une grosse tasse.

La cuisine étincelait sous une couche de peinture rouge tomate, rehaussée de bordures d'un jaune criard. Tandis qu'elle regardait sa mère essuyer le fourneau et l'évier, de sinistres pensées lui traversèrent l'esprit — dépression chronique, début d'Alzheimer, une forme de démence rare...

— Maman...

— Je ne voyais pas d'autre moyen pour garder la maison, dit sa mère, répondant à sa question avant même qu'elle l'ait posée.

— Je pensais qu'elle t'appartenait en propre depuis le décès de mamie.

— C'est le cas. Seulement j'ai eu besoin d'argent, si bien que j'ai contracté un emprunt sans réfléchir. J'ai bien peur d'avoir pris une mauvaise décision.

C'était étrange de parler finances avec sa mère. Son père s'était toujours occupé des questions d'argent sans qu'elles aient à s'en mêler. Elles n'en entendaient même jamais parler.

— A ce point-là? s'enquit Kim. Tu veux dire que tu n'aurais pas les moyens de vivre ici sans prendre des pensionnaires?

— Ce que j'essaie de te dire, c'est que je ne pourrais pas subvenir à mes besoins sans faire quelque chose, répondit sa mère d'un ton à la fois calme et résigné.

— C'est de la folie, maman! Que s'est-il passé? Nous avions tout ce qu'il nous fallait. Papa gagnait très bien sa vie.

Elle scruta le visage de sa mère en se demandant pourquoi elle avait l'impression d'être face à une étrangère, tout à coup.

— Est-ce que je me trompe?

Penelope ne répondit pas tout de suite. Elle posa son chiffon et s'assit à la table de la cuisine.

— J'ai peut-être eu tort de te cacher la vérité, Kimberly, mais je ne voulais pas que tu te fasses du mauvais sang. Je savais que tu t'inquiéterais pour moi si je te faisais part de ma nouvelle situation.

— Que je m'inquiéterais? Tu crois vraiment?

— Inutile de prendre ce ton sarcastique, ma chérie. Nous avions toutes les deux des secrets l'une pour l'autre.

— Excuse-moi. Quelle partie de l'épisode « mon petit ami m'a fait un œil au beurre noir » t'ai-je cachée?

— Oh, Kimberly! C'est à moi de te faire des excuses.

— Dis-moi les choses franchement, maman. Je suis une grande fille. Je peux encaisser.

— Eh bien, la vérité est que ton père a laissé des dettes importantes.

Cela n'avait aucun sens. Ils n'avaient certainement pas vécu comme une famille endettée.

— Je ne comprends pas.

Sa mère lui sourit, tristement.

— J'avais espéré préserver la mémoire de ton père, mais c'était naïf de ma part, je suppose.

— Je ne comprends toujours pas. Il avait une vie secrète que tu n'aurais découverte qu'après sa disparition?

Penelope croisa les mains sur la table.

— En un sens, oui, si tu veux savoir. De son vivant, il n'a jamais fait allusion à d'éventuelles dettes. J'ignorais tout de la situation et, à ce jour, je ne mesure toujours pas vraiment ce qu'il en est. Il avait investi dans différents fonds spéculatifs qu'il a fallu réapprovisionner, si bien qu'il en a été réduit à hypothéquer nos biens à plusieurs reprises. Ne va pas t'imaginer que je ne tenais pas à ton père... Je l'aimais. Enormément. Nous avons bien profité de la vie, mais j'ignorais que nous vivions largement au-dessus de nos moyens. Il m'arrive de penser que c'est ce qui l'a tué. Tout ce stress... La tension liée au besoin de donner le change...

— Je tombe des nues, là!

Kim ferma les yeux en essayant de faire apparaître l'image

de son père, si distingué, si réservé. Ils avaient toujours eu une relation tumultueuse. Il en paraissait d'autant plus distant, à croire qu'elle n'avait jamais su qui il était vraiment.

— Tout s'est fait jour quand j'ai voulu régler ses affaires, reprit sa mère. J'ai été contrainte de prendre certaines mesures pour couvrir son passif. Il m'a fallu… liquider différentes choses.

Le trémolo dans sa voix provoqua un pincement au cœur chez Kim.

— Quoi, par exemple ?

— Eh bien… tout.

Tout ? C'était inimaginable. Ils possédaient un appartement à Manhattan, une résidence secondaire à Long Island ainsi qu'une maison de vacances à Boca Raton. Sans parler d'un portefeuille d'actions important.

— En es-tu sûre ? demanda-t-elle.

— C'est la question que j'ai posée à l'avocat et au juge en charge de la succession. Il y avait une seconde hypothèque en *subprime* sur l'appartement, sur le point de grimper en flèche à douze pour cent. La maison de Montauk et l'appartement de Largo avaient été saisis. Il ne restait rien des capitaux propres et des comptes épargne. Cette maison m'appartient dans la mesure où mes parents me l'ont léguée, mais ça s'arrête là.

— Je suis désolée, maman. Je n'avais aucune idée…

Kim se sentait trahie par deux hommes en qui elle avait confiance, deux hommes qu'elle croyait bien connaître.

— Moi non plus.

— Tu es vraiment certaine ? Tu ne t'es doutée de rien du vivant de papa ?

Le sourire de sa mère était teinté d'amertume.

— Absolument pas. Je me sens tellement bête d'être restée ainsi dans l'ignorance de nos finances…

— Tu n'as rien à te reprocher, maman. Tu avais toutes les raisons de lui faire confiance. Mais crois-tu que ce soit une solution de prendre des pensionnaires ?

— J'ai exploré toutes les voies possibles, crois-moi. Réfléchis,

Kim. J'ai fait des études de sociologie sur le rôle de la femme dans la société il y a des lustres de cela. Je n'ai jamais travaillé, je n'ai aucune aptitude susceptible d'intéresser quelqu'un sur le marché du travail. Il fallait que j'agisse au plus vite, de peur d'accumuler les arriérés et de me retrouver dans l'obligation de vendre Fairfield House.

— Je n'arrive pas à croire que papa t'ait laissée dans un pétrin pareil... Comment as-tu pu ignorer tout ça si longtemps ?

— Je ne pouvais pas savoir que j'étais censée chercher, répondit Penelope en se levant.

— Tu aurais dû m'en parler plus tôt.

— C'est vrai, mais cela me paraît tellement cruel de te mettre un tel fardeau sur les épaules... C'était déjà assez pénible que ton père meure aussi brutalement. Je ne voulais pas ajouter ça à ton chagrin.

— Et ton chagrin à toi ?

— Je suis parvenue à le juguler à force de colère et de ressentiment, répondit sa mère.

Kim ne savait pas trop si elle plaisantait ou non. Après tout ce qu'elle venait d'entendre, elle n'était plus sûre de rien.

— Richard était un maître de l'illusion, capable de montrer aux gens exactement ce qu'il voulait qu'ils voient.

C'était vrai, songea Kim. Tout le monde avait la même opinion de Richard van Dorn : c'était un homme raffiné et fortuné. A Manhattan, ils vivaient dans le « bon » quartier ; Kim avait fréquenté les « bonnes » écoles. Ils passaient des vacances luxueuses ; ses parents organisaient des dîners mémorables, et ils étaient conviés aux réceptions dont les chroniques mondaines ne manquaient pas de parler le lendemain. Ils appartenaient aux clubs les plus sélects, participaient aux galas de bienfaisance. Comment son père s'était-il débrouillé pour dissimuler le fait qu'il les avait fait sombrer dans le marasme de l'endettement ?

La situation actuelle l'aurait horrifié, se dit-elle. Il aurait méprisé le fait que sa femme ait pris des pensionnaires, ouvrant ainsi sa maison à des hôtes payants. Il aurait dû y penser, avant de s'enliser dans les dettes et de mourir en laissant tous ces problèmes humiliants à une épouse qui lui avait toujours fait confiance, les yeux fermés. Si ce n'était que sa mère ne semblait pas se sentir humiliée. Plutôt que de se laisser aller au désespoir, Penelope van Dorn avait pris son nouveau projet à bras-le-corps.

En fonçant vers l'aéroport en taxi, la veille au soir, Kim avait espéré trouver la paix et la sécurité chez sa mère. En définitive, elle avait atterri dans une maison remplie d'inconnus, peinte de toutes les couleurs de l'arc-en-ciel. Et elle venait de se rendre compte qu'elle avait beaucoup à apprendre sur son père. Pour l'heure, elle arrivait tout juste à réfléchir.

Maintenant qu'elle avait pris la mesure du fiasco financier à l'origine du déménagement de sa mère, elle se demandait si cette dernière ne faisait pas semblant de se plaire à Avalon. Semblant de croire que la transformation de sa demeure en pension était une sorte d'aventure merveilleusement excentrique.

Finalement, au plus fort de l'hiver, Kim comprenait à quel point l'existence de sa mère avait changé deux étés plus tôt, lorsqu'elle avait perdu son mari. Le contraste entre son mode de vie à Manhattan et la rudesse de l'hiver au nord de l'Etat de New York était saisissant. Pourtant, force était de constater qu'elle la connaissait mal. Elle ne s'était jamais donné la peine de creuser au-delà de la façade qu'affichait Penelope Fairfield van Dorn, se bornant à la juger sur les apparences, à l'instar du reste du monde.

Même si elle n'accomplissait rien d'autre à Avalon, elle pouvait au moins remédier à cela. Elle allait l'aider à mettre de l'ordre dans les finances. Elle comprenait désormais pourquoi sa mère ne l'avait pas incitée à venir la voir. Elle n'avait pas voulu faire peser sur elle la lourdeur de la situation. Ni gâcher les souvenirs qu'elle avait conservés de son père avec quelque chose d'aussi choquant que la vérité.

Les choses ne se produisaient pas par hasard. Kim ferait son possible pour prêter main-forte à sa mère. Si cela l'obligeait à s'installer dans cette petite ville de montagne et à retrousser ses manches, qu'il en soit ainsi! C'était loin d'être le genre d'existence qu'elle avait envisagé, mais ses propres objectifs, ses projets, son dur labeur l'avaient finalement conduite dans une impasse. Mue par le besoin d'impressionner son père, d'être à la hauteur de sa réputation, elle avait cherché à se forger un nom. En un sens, elle faisait exactement la même chose pour ses clients — elle soignait leur image. Il y avait manifestement une faille dans sa stratégie.

Elle ne pouvait guère espérer trouver la réponse à ses rêves à Avalon, mais sa venue engendrerait peut-être quelque chose de plus précieux : la possibilité de resserrer les liens avec sa mère. La possibilité de rendre la pareille à la seule personne au monde qui lui avait offert un amour inconditionnel. Et, si la chance était avec elle, peut-être trouverait-elle une voie qui ne conduisait pas à la catastrophe.

4

Bo avait un certain nombre de documents à signer avant que la compagnie aérienne ne libère officiellement son fils mineur non accompagné.

— A bientôt, A.J., dit l'hôtesse en tendant à Bo des copies des documents en question.

Elle était jolie dans son uniforme foncé. En d'autres circonstances, Bo aurait peut-être flirté avec elle ; il lui aurait proposé d'aller boire un verre — ce dont il avait besoin plus que jamais, à cet instant.

Elle le gratifia d'un sourire qui laissait supposer qu'elle n'aurait rien eu contre une telle proposition. Il avait du succès auprès des femmes, en général. Mais ce n'était pas vraiment le moment de batifoler.

— Il s'est débrouillé comme un chef, ajouta-t-elle à son adresse. Vous devez être fier de votre fils.

Bo hocha la tête, ne sachant que répondre. Que pouvait-il bien dire ? Le gamin avait vu le jour douze ans plus tôt — sa chair et son sang —, mais c'était la première fois qu'il posait les yeux sur lui. Il n'avait pas la moindre idée de ce qu'il avait dans la tête ; il devait le considérer comme un étranger, tout au moins comme un parent lointain.

Ce qui décrivait assez bien ce qu'il était. Un parent. Lointain.

C'était un imbroglio impossible. Et l'enfant n'y était pour rien. Aussi Bo gratifia-t-il l'hôtesse de son sourire le plus désarmant en répondant :

— Oui, madame. Je suis drôlement fier.

Un agent vérifia de nouveau les papiers contenus dans la pochette qu'A.J. portait autour du cou. Après quoi, il tendit à Bo un reçu, comme s'il s'agissait du chèque de caution d'une voiture de location.

— Tout est en règle, dit-il. Bonne journée. Merci d'avoir choisi notre compagnie.

Bo hocha la tête avant de fourrer le reçu dans sa poche.

— La zone de récupération des bagages est par là, dit-il en désignant une pancarte.

Ils se mirent en route, maintenant un écart certain entre eux, comme les étrangers qu'ils étaient l'un à l'autre. Naturellement, Bo ne put s'empêcher de passer l'enfant en revue. Il était petit. *Vraiment* petit. Il ignorait la taille qu'un gamin de douze ans était censé avoir, mais il était à peu près certain qu'A.J. était chétif.

En passant devant une poubelle, l'enfant ôta la pochette qu'il avait autour du cou et la jeta.

— Ecoute, j'aurais préféré qu'on se rencontre dans d'autres circonstances, lui dit Bo, faute de trouver mieux à dire.

Aucune réaction. Le môme était peut-être sous le choc, ou quelque chose comme ça. C'était compréhensible. Il venait probablement de vivre la journée la plus terrifiante de sa vie.

Bo ne cessait de repasser le coup de fil de Yolanda en boucle dans son esprit. Un appel pour le moins inattendu. Elle ne lui avait téléphoné qu'à de rares occasions, au fil des années — pour lui annoncer la naissance d'A.J., l'informer qu'elle épousait un gars du nom de Bruno et, l'année dernière, pour lui faire savoir qu'elle divorçait.

Pour des raisons qui le regardaient, Bo avait été plus que disposé à accepter les conditions qu'elle lui avait imposées d'emblée, à savoir lui envoyer des chèques sans rien demander en échange. La paternité n'était pas son fort, mais, question distribution d'argent, il s'y entendait !

Et puis, la veille… un appel urgent qui ne lui avait pas laissé le choix.

— Dieu merci, tu as décroché, avait-elle lancé d'une voix qu'il avait à peine reconnue.

— Yolanda?

— J'ai des problèmes, Bo. Il y a eu une rafle au bureau. Je suis au DSI de Houston.

Il lui avait fallu une seconde pour comprendre de quoi elle parlait. Et puis, cela avait fait tilt dans son esprit. Le Département de la sécurité intérieure. Et un terrible sentiment d'appréhension lui avait retourné les tripes.

— Ecoute, Yolanda, je ne vois pas trop ce que j'ai à voir là-dedans...

— Je n'ai pas le temps de t'expliquer. Je ne suis pas censée appeler qui que ce soit, mais c'est la catastrophe. Je suis en détention.

Il ne savait pas trop quoi en conclure, mais une chose était certaine : ce n'était pas de bon augure.

— Comment ça? En tant que clandestine? Ne m'as-tu pas dit que tu avais grandi aux Etats-Unis?

— C'est le cas. Ils disent que je ne figure pas dans les registres, et je n'ai rien pour leur prouver le contraire.

Il avait fait la grimace en entendant trembler sa voix. Il n'y avait rien de plus émouvant que la voix d'une femme dont le cœur était en train de se briser. A dire vrai, il n'avait plus qu'un vague souvenir de Yolanda Martinez, mais il se rappelait l'essentiel. Elle avait le cœur tendre et des yeux magnifiques. Elle avait été son premier amour. Il en avait été de même pour elle. Elle lui avait appris que l'amour, à lui seul, ne pouvait épargner la souffrance à qui que ce soit.

— Comment ça, leur prouver le contraire? Personne ne m'a jamais demandé de prouver que j'étais un citoyen américain.

Alors même qu'il prononçait ces mots, il s'était rendu compte qu'il feignait sciemment l'ignorance. On ne demandait pas aux Anglo-Saxons blonds aux yeux bleus de justifier leur nationalité. Ce genre de requêtes était réservé aux individus à la peau foncée, aux noms à consonance hispanique… comme Yolanda Martinez.

— Bon, prouve-leur qu'ils ont tort, alors, lui avait-il dit. Montre-leur les papiers qu'ils veulent voir et tout s'arrangera.

— Je n'ai rien à leur montrer. Tu ne te souviens donc pas, Bo? La façon dont les choses se sont terminées entre nous… L'attitude de mes parents?

Elle lui avait rappelé qu'elle était l'enfant unique de parents ultraconservateurs. La naissance d'A.J., alors que Yolanda n'avait que dix-sept ans, avait porté atteinte à sa relation avec eux, et les années n'avaient fait qu'accroître la distance. Son père avait disparu depuis assez longtemps, et sa mère était retournée à Nuevo Laredo, sa ville natale au Mexique, de l'autre côté du Rio Grande.

Yolanda n'avait pas pu s'étendre davantage sur sa situation, mais le fait est que Bo faisait brusquement partie de l'équation. Même s'il était désolé pour elle, il réprima un accès de colère à son encontre, qu'il s'abstint de manifester à A.J. L'enfant avait déjà assez de problèmes, sans qu'on lui annonce, en plus, que sa mère avait commis d'énormes erreurs. Loin de lui l'idée de rabaisser Yolanda aux yeux de son fils.

Embarquée lors d'une rafle massive de sans-papiers à l'usine où elle travaillait, Yolanda affirmait qu'elle n'avait personne vers qui se tourner, à part lui.

— On m'envoie dans un centre de rétention, lui avait-elle expliqué d'une voix vibrante de terreur. A.J. est à l'école…

Dans tous ses états, elle lui avait relaté le reste à mi-voix. La police armée jusqu'aux dents avait débarqué à l'improviste. Soixante-dix ouvriers en situation irrégulière avaient été rassemblés en vue d'être reconduits à la frontière. La plupart des enfants de ces malheureux, nés en Amérique, se retrouveraient seuls, à la merci des services sociaux, sauf si on parvenait à les envoyer chez des parents éloignés, dont un grand nombre n'étaient pas en règle non plus.

A.J. n'avait personne, lui avait expliqué Yolanda entre deux sanglots. Il était fils unique, elle était mère célibataire. Tous ses parents et amis de confiance avaient déjà été incarcérés ou expulsés. Faute de quelqu'un pour s'occuper de lui, A.J. serait envoyé dans un foyer, et perdu à jamais.

Le sang de Bo n'avait fait qu'un tour. Il ne voulait pas qu'on jette ce gamin aux loups, mais, bon sang, Yolanda et lui étaient encore au lycée, à l'époque où elle s'était retrouvée enceinte ! Ils menaient des existences totalement séparées ; le seul lien ténu avait été l'argent qu'il avait versé régulièrement sur un compte en main tierce, ouvert douze ans plus tôt. Voilà qu'après tant d'années ce lien ténu était fait de chair et de sang. A.J. avait besoin de lui.

Il avait déboursé l'argent nécessaire pour l'achat d'un billet. Le seul vol qu'il avait pu trouver à la dernière minute était celui de nuit, avec une escale à Chicago. Interminable. Mme Alvarez, l'assistante pédagogique à l'école d'A.J., leur avait donné un coup de main. Elle avait réussi à dénicher le certificat de naissance de l'enfant et l'avait mis dans l'avion.

— Il faut que j'appelle Mme Alvarez, dit Bo en sortant son portable. J'ai promis de le faire dès que ton vol serait arrivé. Elle aura peut-être des nouvelles de ta mère.

Finalement, une lueur d'intérêt brilla dans le regard du garçon. Il esquissa un hochement de tête. Ils continuèrent à marcher tandis que Bo faisait défiler ses contacts à la recherche du numéro de cette femme qu'il n'avait jamais rencontrée, mais dont le coup de fil semi-hystérique avait semé le chaos dans sa vie. Il pressa la touche *Appeler.*

— Madame Alvarez ? dit-il quand elle décrocha. A.J. est avec moi. Il vient d'arriver.

— Merci d'avoir appelé. Comment va-t-il ?

— Ça a l'air d'aller.

Il jeta un coup d'œil à ce petit inconnu aux yeux sombres.

— Pas très bavard, en tout cas.

— A.J. ? Ça ne lui ressemble guère.

— Des nouvelles de Yolanda ?

Bo sentit le regard de l'enfant rivé sur lui.

— Aucune. J'ai passé des heures à essayer d'obtenir des renseignements. Peine perdue. C'est un vrai casse-tête. Le DSI et le centre de rétention sont fermés pour le week-end. Personne ne sait ce qui se passe. On a de la chance que Yolanda ait réussi à vous joindre avant qu'ils traitent son cas au centre de rétention.

Cette terminologie sinistre le fit frémir.

— De la chance, si on veut... Eh bien, tenez-moi au courant.

— Certainement. Puis-je parler à A.J. ?

— Bien sûr.

Bo lui tendit le téléphone.

Le visage d'A.J. se crispa.

— Où est ma mère ? demanda-t-il.

Bo fut surpris par le son de sa voix. Il se rendit compte qu'il ne savait pas du tout à quoi il s'était attendu. Pas à ça, en tout cas. Pas à cette voix puérile, rauque d'émotion lorsque A.J. baissa la tête et demanda :

— Est-ce que ça va, pour elle ?

Puis il garda le silence un moment, la mine grave. Bo avait du mal à se faire à l'idée que cet enfant était le sien. Il s'efforça de discerner une ressemblance, un point de référence qui rendrait les choses un peu plus claires. Mais rien. La casquette Yankees et le coupe-vent, peut-être. Il les lui avait envoyés cette année pour Noël. Le fait qu'il les porte sur lui ne voulait probablement rien dire.

Evidemment... Ça ne voulait *strictement* rien dire. Des années plus tôt, lorsqu'il avait demandé à voir A.J., Yolanda lui avait déclaré qu'en faisant irruption dans la vie de l'enfant il ne ferait que semer la confusion dans son esprit.

Maintenant qu'il se trouvait face à lui, Bo se rendit compte que c'était faux. Cet enfant au regard vif, prudent, n'était pas du genre à se laisser désarçonner par quoi que ce soit.

A.J. lui rendit son portable. Tous les gamins avaient-ils des yeux aussi doux, des cils aussi interminables ? Cela faisait-il

58

toujours mal de voir le menton d'un gosse trembler tandis qu'il luttait contre les larmes?

Bo ne voulait pas lui dire qu'il s'était entretenu longuement avec son professeur principal et la conseillère pédagogique. Il avait tout fait pour empêcher que cela n'arrive. Pas parce que cela lui compliquait l'existence. Parce que ce déracinement brutal était cruel pour cet enfant. Bo se sentait coupable d'avoir cherché à se défiler. Jamais il ne ferait une chose pareille à un gamin. C'était juste la réaction de défense qu'il avait toujours face à l'inattendu.

Dans l'intérêt d'A.J., Bo se garda de lui faire part de l'entretien téléphonique qu'il avait eu avec son professeur. Mme Jackson n'était pas très optimiste sur les chances, pour Yolanda, de se sortir de cette situation très complexe.

— Cela se produit souvent par ici, lui avait-elle expliqué. Plus que les gens ne le réalisent. Des employés de longue date sont maintenus en détention, puis sommairement expulsés. Et personne ne semble se préoccuper vraiment de ce qu'il advient des enfants. Ceux qui sont en âge de scolarité sont autorisés à accompagner leurs parents, mais le plus souvent ces derniers s'y opposent. Je suis à peu près sûre que Mlle Martinez ne voudrait pas qu'A.J. subisse ce sort-là.

— Qu'advient-il des gosses qui ne vont pas avec leurs parents? avait-il demandé.

— Ils sont pris en charge par leur famille, s'ils en ont une, ou par les services sociaux. Certains, un trop grand nombre d'entre eux, se perdent en cours de route.

— Qu'entendez-vous par là?

— Que le… système perd leur trace. On les retrouve dans la rue, vivant dans des voitures. Ils squattent parfois des appartements.

— Quel pourcentage des parents finissent par reprendre une vie normale avec leurs enfants? avait-il ajouté.

Il y avait eu une longue pause, si longue qu'il avait cru que la ligne avait été coupée.

— Madame Jackson?

— D'après ce que j'en sais, ça ne s'est jamais produit.

A.J. n'avait vraiment pas besoin d'entendre ça.

— Essaie de ne pas trop te tracasser, dit Bo en rangeant son portable. On va trouver le moyen de sortir ta mère de là.

A.J. garda le silence, mais Bo sentit le doute irradier par tous ses pores.

— Ça va s'arranger.

— Tu n'en sais rien. Tu ne sais rien de moi.

— C'est un fait, mais je t'avise que, pour le moment, je suis tout ce que tu as sous la main.

Bo vit l'expression de l'enfant changer.

— Désolé, je me suis mal exprimé, ajouta-t-il. J'ai l'intention de t'aider, A.J. C'est ce que j'ai voulu dire. Je suis vraiment désolé que ta mère ne t'ait jamais rien dit de bon à mon sujet.

— Elle ne m'a jamais parlé de toi, point barre, répliqua le garçon.

Bo n'en revenait pas.

— Elle ne t'a pas précisé d'où venaient les chèques mensuels? Ou ce que je t'envoyais pour Noël et tes anniversaires?

A.J. secoua la tête.

— Je n'ai jamais entendu parler de chèques. Les cadeaux... on n'en parlait pas non plus. Elle me les donnait, c'est tout.

Bo réprima un nouvel accès de colère à l'encontre de Yolanda. Combien de fois l'envoi d'un chèque l'avait-il contraint à se passer de dîner ou à retarder l'acquittement de son loyer? Il ne l'avait jamais laissée tomber, pourtant, estimant que c'était le moins qu'il puisse faire, dans la mesure où elle élevait seule leur enfant. Il ne lui était jamais venu à l'esprit que Yolanda se passerait d'expliquer à l'enfant l'origine de ces cadeaux. Il serra les dents pour se retenir de dire ce qu'il avait sur le cœur.

— Peut-être qu'elle s'est abstenue de t'en dire davantage parce qu'elle voulait que tu aies le sentiment d'être le fils de Bruno.

— Je suis le fils de maman. Ni de Bruno ni de toi.

— Quand as-tu appris... mon existence?

— Quand mon père… quand Bruno est parti. Je pensais qu'on aurait un arrangement comme ça se fait dans les autres familles, tu vois ? On voit le parent qui est parti un week-end sur deux. Mais Bruno a refusé que ça se passe comme ça. Il a dit que ça n'était pas possible parce que je n'étais pas son fils.

« Quel salaud ! » pensa Bo.

Ainsi, A.J. avait dû faire face à cette dure évidence : son père se réduisait à des versements mensuels au lieu d'être une personne en chair et en os. Bo se demanda si l'enfant arriverait un jour à le considérer comme quelqu'un qui se sentait concerné, prêt à assurer sa sécurité et à faire son possible pour aider sa mère. Il y avait très certainement un élément de fierté là-dedans.

Il n'était pas le pauvre type que Yolanda avait décrit, et voilà qu'il tenait sa chance de le prouver à l'enfant.

— Bon, écoute… Ma maison est la tienne aussi longtemps que tu en auras besoin. Et je vais aider ta maman. L'avocate la plus futée de la planète se trouve être la femme de mon meilleur ami, Noah. Je n'exagère pas, je te jure. Sophie est experte en droit international.

— Maman a besoin d'un avocat spécialiste de l'immigration, répliqua A.J., d'un ton étonnamment adulte chez un enfant de son âge. C'est le cas de ta copine ?

— Sophie est la mieux placée pour nous aider, répondit Bo. Je lui ai expliqué ce qui était arrivé. Elle travaille déjà avec des juristes qu'elle connaît au Texas pour tâcher de comprendre ce qui se passe là-bas.

Sophie l'avait averti que la situation risquait de se compliquer. La détention « provisoire » avait de fortes chances de se prolonger.

Bo ne comprenait pas comment les autorités pouvaient maintenir une mère célibataire zélée à l'écart de son enfant. Cela lui paraissait non seulement absurde, mais carrément inhumain.

En arrivant dans la zone de récupération des bagages, Bo trouva le carrousel correspondant au vol d'A.J. Le tapis roulant déversait déjà des monceaux de valises et, de temps à autre, une caisse renforcée par du fil de fer, un rehausseur, une paire de skis.

— Dis-moi quand tu verras arriver ton sac.

Le gamin considéra le carrousel avant de jeter un coup d'œil à la valise bardée de ruban adhésif qu'il traînait derrière lui.

— Je l'ai déjà, dit-il.

Bo fronça les sourcils.

— Tu veux dire que tu n'as pas de bagages?

— Juste ça, confirma A.J. en désignant la valise en question et son sac à dos.

— Qu'est-ce qu'on fait là, alors?

L'enfant se borna à le dévisager.

Bon sang! Quelque chose l'attirait indiscutablement chez ce gosse grave, au comportement tellement mature. Et l'ADN n'avait rien à voir là-dedans.

— C'est la première fois que tu voyages en avion? demanda Bo.

— Jamais mis les pieds dans un objet volant de ma vie.

Enfin, une note d'humour.

— Bon, eh bien, c'est ici que les bagages enregistrés réapparaissent. Et comme tu n'en as pas on peut s'en aller.

Bo attrapa la valise et entraîna A.J. vers le parking. Au moment où ils franchissaient les portes automatiques, une bourrasque glaciale les assaillit, les glaçant instantanément jusqu'à la moelle. Des relents de kérosène et de gaz d'échappement au diesel montant en volutes épaisses des navettes leur emplirent les narines.

A.J. semblait abasourdi. Il remonta les épaules et fourra ses mains dans ses poches. Bo s'arrêta et souleva la valise.

— Tu n'aurais pas un manteau là-dedans?

L'enfant secoua la tête en tiraillant sur le Nylon de son coupe-vent des Yankees qui battait lamentablement autour de ses bras chétifs.

— C'est tout ce que j'ai.

Génial…

— Il faisait chaud, à Houston, ajouta-t-il.

Ça, Bo pouvait le comprendre. De temps à autre, une vague de froid s'abattait sur la côte du golfe du Mexique en un front serré baptisé le *Blue Norther*. Mais, le plus souvent, il faisait plutôt lourd, là-bas. Bo n'avait jamais eu de manteau, lui non plus, lorsqu'il y vivait, en dehors de sa veste de l'équipe de base-ball de l'université locale, que quelqu'un s'était procurée à son intention au club des supporters de son lycée ; il n'aurait jamais pu se l'acheter lui-même. Une véritable œuvre d'art — en laine noire, toute douce, avec des manches en cuir couleur beurre frais.

Il ôta sa parka vert olive et la tendit à A.J.

— Mets ça.

— J'ai pas besoin de ton manteau.

— Je n'ai pas envie que tu chopes un rhume, en plus de tout le reste. Mets-la.

Une rafale de vent cinglante s'engouffra dans le parking à plusieurs niveaux.

— Ce n'est pas en ayant froid qu'on attrape un rhume, décréta A.J. C'est une légende de vieille bonne femme.

— Enfile-moi ce manteau. On a du chemin à faire avant d'atteindre la voiture.

Le garçon hésita, mais il finit par obtempérer. Bo ne put dissimuler son soulagement. Qu'aurait-il fait s'il lui avait tenu tête ? Il était serveur. Joueur de base-ball. Pas papa.

Il sortit la clé de la voiture de sa poche. Ça lui faisait encore un drôle d'effet de la tenir dans sa main. Il enfonça le bouton rond et lisse de la télécommande, et la BMW Z4 surbaissée lui fit un clin d'œil. Il pressa une autre touche pour ouvrir le coffre. Carlisle, son agent sportif, avait su flairer la bonne occasion ; il s'était occupé des tractations. Bo se souvenait d'être resté planté là, sous une pluie glaciale de novembre, à contempler l'engin. Une BMW Z4. Décapotable.

Jamais il n'aurait imaginé posséder un jour un véhicule pareil. Mais la vie réservait parfois des surprises. Tout pouvait basculer en un clin d'œil. En un battement de cœur. Le temps de décrocher le téléphone. Au moment où la chance lui souriait enfin, il se retrouvait avec un gosse sur les bras.

— Voilà notre navette, dit-il en invitant A.J. à mettre ses affaires dans le coffre.

L'enfant obéit sans faire le moindre commentaire, même si Bo voyait bien qu'il lorgnait la voiture.

Cela avait été un de ses premiers achats, lorsqu'en novembre dernier un coup de fil avait mis son monde sens dessus dessous. Des années après avoir renoncé au rêve de faire carrière au sein d'une équipe de base-ball de ligue 1, il avait pris part aux épreuves de sélection — comme il le faisait chaque année. La différence étant que cette fois-ci les Yankees étaient intéressés. Bo était bien conscient d'avoir largement dépassé l'âge où la plupart des joueurs débutent dans les équipes de haut niveau. Il savait qu'il n'avait pas beaucoup de chances. Mais finalement, contre toute attente, l'occasion tant attendue se présentait. Certes, ils ne voulaient de lui que pour une saison. C'était une tactique de la part des Yankees, mais il était déterminé à tirer le meilleur parti du temps qui lui serait alloué au sein du club. Ce serait fabuleux de se faire une place parmi les quarante joueurs et l'équipe de lanceurs. Ses concurrents étaient sacrément plus jeunes que lui, mais il était plus motivé qu'eux tous.

Il avait prévu de passer l'hiver à se préparer à ce grand événement. Mais la vie semblait avoir d'autres projets pour lui.

— Tu es prêt? demanda-t-il.

— Ça empeste la fumée.

— Il m'arrive de m'offrir un cigare. En période de congé.

— Les substances cancérigènes ne prennent pas de vacances.

Bo fut tenté de l'envoyer promener, mais il résolut de la boucler. Il savait pourquoi A.J. était désagréable. S'il se comportait ainsi, c'est parce qu'il était mort de trouille, parce qu'il s'inquiétait pour son avenir et se rongeait les sangs à propos de la seule personne qui comptait dans sa vie — sa mère. Sans compter qu'il devait être fou de rage qu'on l'ait envoyé chez un père qu'il n'avait jamais rencontré.

Il fallait qu'ils discutent de pas mal de choses, mais mieux valait attendre qu'il s'adapte un peu à cette situation aussi bizarre qu'inattendue. La veille encore, il était allé à l'école comme n'importe quel autre jour. Il ne se doutait pas un instant qu'à la fin de la journée sa mère serait partie et qu'il se retrouverait à bord d'un avion à destination d'un endroit inconnu, pour rencontrer quelqu'un qu'il ne connaissait ni d'Eve ni d'Adam.

Le moteur rugit. Bo se dirigea vers la sortie du parking et paya le caissier. Ils ne tardèrent pas à quitter la zone de l'aéroport.

Le froid de la nuit se prolongeait; de gros nuages retardaient l'aube. Sans piper mot, A.J. s'agitait sur son siège en regardant droit devant lui, son visage courroucé se profilant dans la lueur jaunâtre des lampadaires de l'autoroute.

— Ecoute, je suis vraiment désolé de ce qui t'arrive, dit Bo. Je vais faire de mon mieux pour que les choses s'arrangent le plus vite possible.

— Je ne vois pas pourquoi je ne peux pas aller rejoindre maman là où elle est, répliqua A.J.

— Elle veut que cela se passe au mieux pour toi, et aller dans un...

Il s'interrompit, répugnant à parler d'un centre de rétention.

— Ta présence auprès d'elle ne l'aidera en rien. Je ne lui ai pas demandé de m'appeler, A.J., mais... je suis content qu'elle l'ait fait.

Bo n'aurait su dire s'il était sincère. Certes, il avait toujours eu envie de faire la connaissance de son fils. Mais quelle était sa motivation — la curiosité? Son ego? Ou tenait-il vraiment à lui?

A.J. recommença à s'agiter. Une agitation qui ne tarda pas à se changer en trémoussements.

— Il y a un problème? demanda Bo.

— J'ai besoin de faire pipi, répondit l'enfant d'un air penaud.

Et tu n'aurais pas pu t'occuper de ça à l'aéroport ? Bo serra les dents pour s'empêcher de poser la question à haute voix.

— Je vais trouver un endroit où s'arrêter.

Quelques kilomètres plus loin, il repéra l'enseigne d'un Friendly émergeant dans la grisaille. Plusieurs semi-remorques et caravanes étaient garés dans le parking. En sortant de la voiture, ils s'aperçurent qu'il faisait encore plus froid à cet endroit, hors des limites de la ville. Bo avait une sainte horreur du froid. En règle générale, il s'arrangeait pour passer l'hiver à s'entraîner au Texas ou en Floride, où il faisait toujours bon. Si l'affaire avec les Yankees marchait, il ne tarderait pas à filer à Tampa en vue des entraînements et des matchs-exhibitions.

De délicieux arômes flottaient dans le restaurant — de café et d'huile de friture. Bo attendit dans l'entrée, le temps qu'A.J. aille aux toilettes. La jeune hôtesse derrière son pupitre lui jetait des coups d'œil à la dérobée. Il fit mine de ne rien avoir remarqué tout en bombant le torse. Cet épisode fugace lui rappela qu'il y avait un bon moment qu'il n'avait pas eu de petite amie. Ce n'était pas difficile de décrocher un rendez-vous. Maintenir une relation l'était davantage.

A.J. réapparut, humant l'air tel un chien de chasse flairant un lièvre. Une lueur avide brillait dans son regard ; il était pâle et avait les traits tirés.

— Ça va ? demanda Bo.

— Ça va.

Les cheveux de l'enfant luisaient aux tempes, comme s'il les avait lissés avec de l'eau.

Pour une raison inexplicable, Bo fut touché par cette toilette de chat à la va-vite.

— Quand est-ce que tu as mangé pour la dernière fois ?

Un haussement d'épaules.

— On vous a donné de quoi grignoter, dans l'avion ?

— Ouais.

Bo avait la main sur la poignée de la porte. Quelque chose le fit hésiter. Il fit volte-face.

— Quoi ? Qu'est-ce qu'on vous a donné ?

— Un snack.

— Un petit sachet de cacahuètes et un Coca ?

— Ouais, sauf que j'ai pris du Sprite.

— Par ici, dit Bo en se dirigeant vers l'hôtesse qu'il gratifia d'un sourire éclatant. Auriez-vous une table pour deux, ma jolie ?

— Certainement, répondit-elle en prenant deux immenses menus brillants sur son pupitre. Suivez-moi. La serveuse s'occupe de vous tout de suite.

En dépit du petit flirt avec l'hôtesse, Bo se sentait agacé.

— Tu aurais dû me dire que tu avais faim, reprit-il. Je ne suis pas devin.

Assis en face de lui, A.J. le considéra d'un air grave.

— Je ne sais pas qui tu es. Je ne te connais pas.

— Je suis ton père. Voilà ce que je suis. Et ce n'est pas ma faute si tu ne me connais pas. Ni la tienne, d'ailleurs.

— Ben voyons ! Tout est la faute de maman, c'est bien connu !

Voilà qu'ils s'engageaient sur un terrain miné. Bo n'avait jamais été doué pour repérer à l'aveugle les zones vulnérables de ses semblables, surtout quand il s'agissait d'un enfant qu'il voyait pour la première fois de sa vie. Un enfant en colère, qui en voulait au monde entier.

— Je ne cherche pas à blâmer qui que ce soit, dit-il en prenant un ton raisonnable.

N'était-ce pas ainsi que l'on parlait aux gosses ? Gentiment ?

— Ta mère n'est responsable de rien, A.J. Elle a fait ce qu'elle estimait le mieux compte tenu des circonstances, ce en quoi je la respecte.

Impassible, A.J. regardait fixement le menu.

— Désolé si j'ai eu l'air en colère. C'est à moi que j'en veux, d'accord ? poursuivit Bo. Pas à toi. Je n'ai pas l'habitude… de m'occuper d'un enfant, je veux dire. J'aurais dû te demander si tu avais faim, si tu avais besoin d'aller aux toilettes. Je n'y ai pas pensé, je t'avoue. Je ne suis pas très subtil, A.J., ni très futé dans un certain nombre de domaines. Il va falloir que tu t'exprimes, que tu me dises ce dont tu as besoin. Tu crois que tu peux?

— Je suppose que oui.

— Bon.

Il prit la cafetière que l'hôtesse avait déposée sur la table.

— Tu en veux?

— Je suis un enfant. Je ne bois pas de café.

Ce que Bo savait sur les enfants n'aurait pas rempli la tasse en grès qu'il avait devant lui.

— Bon, dans ce cas, jette un coup d'œil au menu et choisis ce qui te plaît.

La serveuse arriva. A.J. commanda un muffin à la myrtille et un verre de lait.

— Tu peux faire mieux que ça, dit Bo. Je suis sérieux. Prends ce que tu veux.

A.J. engloutit son repas comme s'il avait un gouffre à l'intérieur du corps. Une pile de crêpes, un steak avec un œuf à cheval, un sandwich au jambon, un milk-shake à la vanille. En le regardant manger, Bo se sentit bizarrement satisfait, sans trop savoir pourquoi. Il y avait quelque chose de primitif dans le fait de nourrir ce garçon, de le regarder faire le plein tel un tanker emmagasinant du combustible. S'il continuait à dévorer comme ça, peut-être grandirait-il.

Bo avala un club-sandwich et un café, en regrettant que ce ne soit pas une bière. Au moment de régler l'addition, il sentit le regard d'A.J. posé sur lui.

— Qu'est-ce qu'il y a? Tu as besoin d'autre chose? Un dessert?

— Non… c'est juste… Merci.

Son regard s'orienta vers une série de tartes disposées dans une vitrine tournante éclairée.

— On va prendre ça aussi, indiqua Bo à la serveuse. La tarte aux pommes.

— Deux tranches?

— Non. La tarte entière. A emporter.

De retour sur la route, Bo se sentit d'humeur loquace, grâce au café.

— Alors qu'as-tu pensé de ton premier voyage en avion? demanda-t-il.

— C'était pas mal.

— J'étais encore plus vieux que toi la première fois que je suis monté dans un avion, tu sais. C'était l'été avant ma dernière année de lycée. J'ai fait le même trajet que toi — Houston-New York. Je faisais partie d'une équipe de base-ball qui regroupait des jeunes venus de tout le pays. Ça nous a donné l'occasion de travailler avec un entraîneur du nom de Carminucci. Dino Carminucci. Il a fait une brillante carrière chez les Yankees. Il ne joue plus, mais c'est le manager de l'équipe des Hornets. C'est d'ailleurs la raison pour laquelle je me suis retrouvé à Avalon il y a quelques années.

Il marqua un temps d'arrêt en essayant de déterminer si A.J. était intéressé par ce qu'il était en train de lui raconter.

— Les Hornets, reprit-il, c'est l'équipe de la ligue Can-Am à laquelle j'appartiens. C'est une ligue indépendante. A part des autres. J'ai fait toute ma carrière dans des ligues indépendantes. Je pensais qu'il en serait toujours ainsi, mais ça risque de changer. Si tout se passe bien cet hiver, ça va changer.

Il jeta un regard à l'enfant en coulisse. A.J. se moquait manifestement de tout ça, et, en toute honnêteté, Bo ne pouvait l'en blâmer.

— Désolé…, marmonna-t-il. Je parle pour ne rien dire. Tu es probablement fatigué, après ton voyage.

A.J. hocha la tête, mais ne dit rien. La remarque de Bo avait quelque peu apaisé l'atmosphère. Il se détendit en posant un poignet sur le volant, les yeux fixés sur la route. Il se rappelait son premier vol comme si c'était hier. Il était *en feu* à l'époque. Pas littéralement, bien sûr, même si à dix-sept ans c'était l'impression qu'il avait en permanence. Comme une allumette qu'on venait de gratter. Sans véritable autorité à la maison, et rien pour le retenir d'exploser, il s'adonnait à tout ce qui était susceptible de provoquer une montée d'adrénaline chez lui — nager dans les puits profonds des rizières à l'est de la ville, faire du skateboard dans les parkings, lancer des feux d'artifice avec ses copains, faire la course à bord de voitures gonflées dans les déversoirs et les bayous de Houston. En d'autres termes, une véritable bombe à retardement !

Il ne cherchait pas les ennuis. Simplement, tout dans la vie l'excitait, même si ce n'était pas toujours dans le bon sens. Cet été-là, il était particulièrement remonté. Il en voulait à sa mère qui était de nouveau fauchée au point de devoir renoncer au camping-car qu'ils occupaient sur le terrain de Wagon Wheel. Parfois, lorsque cela se produisait — et c'était récurrent dans leur vie —, Bo allait loger chez son grand frère, Stoney. Seulement, cette année-là, Stoney avait achevé ses études secondaires et il s'était fait embaucher sur une plate-forme pétrolière offshore ; il ne pouvait s'occuper de lui. Pas plus qu'il n'était en mesure de sortir leur mère de l'endettement. En règle générale, Stoney était aussi panier percé qu'elle, et tout aussi fauché.

Tandis que sa mère errait le long de la côte du Golfe et que son frère était quelque part en pleine mer, Bo s'apprêtait à passer encore un été dans une famille d'accueil. Il s'avéra que son entraîneur de base-ball, Landry Holmes, avait d'autres projets pour lui. Holmes avait joué au base-ball à la fac en Floride avec un dénommé Dino Carminucci. Ils avaient gardé le contact. En définitive, Holmes s'était retrouvé entraîneur au Texas, tandis que Carminucci avait pour tâche de dénicher de futurs grands joueurs pour l'équipe des Yankees. Holmes avait pris toutes les dispositions nécessaires pour que Bo soit intégré dans le programme des All-Stars, se débrouillant Dieu sait comment pour trouver les fonds pour le vol et l'argent de poche. Les entraîneurs étaient tous en relation les uns avec les autres, à la faveur d'un vaste réseau invisible. Ce plan était censé sortir Bo de l'ornière dans laquelle il s'était fourré, et lui permettre de tirer parti de son talent afin d'éviter de finir en vagabond comme sa mère et son frère aîné.

Si Bo était en feu cet été-là, c'était à cause des filles, un mal qui l'affligeait depuis la quatrième, lorsqu'il s'était retrouvé à côté de Martha Dolittle au cours de sciences sociales, à observer ses manières de mijaurée. S'il existait une échelle sur laquelle mesurer l'engouement pour les filles, entre un et cent, Bo se serait situé aux environs de quatre-vingt-dix-neuf. Il avait été amoureux de Yolanda Martinez l'été qui avait précédé leur dernière année de lycée, et ils avaient eu une dispute terrible à propos de son voyage dans le Nord pour aller jouer au base-ball. Elle s'estimait abandonnée, mais il lui avait affirmé que, s'il s'en sortait bien, il avait des chances de décrocher une bourse pour l'université, ce qui voulait dire qu'il arriverait peut-être à faire quelque chose de sa vie.

Il avait été le meilleur joueur à porter l'uniforme des Texas City Stings, cela dit sans se vanter. C'était un fait. Et finalement, Dieu merci, il s'était fait enrôler dans le programme de base-ball le plus sélect du pays ; il allait s'entraîner aux côtés des joueurs des lycées nationaux au plus haut niveau, sous le regard attentif de découvreurs de talents, qui plus est.

Il n'avait pas fermé l'œil durant tout le vol jusqu'à New York. Il était fatigué, bien sûr, et le trajet lui avait paru interminable, mais il n'avait pas voulu rater une seule seconde de cette expérience sans précédent. Toute sa vie, il avait regardé les avions survoler Texas City, des éclairs gris argenté dans le ciel brumeux, et il s'était imaginé à bord, volant au-dessus de la pollution terne, en des lieux où le ciel était clair et l'air doux. Peu lui importait la destination. L'essentiel était de partir, même si cela l'obligeait à laisser Yolanda, qu'il n'avait pas encore réussi à attirer dans son lit.

La seule chose qui comptait, c'était de voler dans les airs. Quand l'hôtesse avait vu la taille qu'il faisait, elle lui avait désigné un siège au premier rang, près d'une issue de secours, avec beaucoup de place pour les jambes. Il s'était contenté de lui dire qu'il serait prêt à se rendre utile en cas d'urgence. Ce qui était pure vantardise, parce qu'en cas d'urgence il aurait hurlé comme tout le monde. Il savait néanmoins qu'il était préférable de ne pas le préciser. Il avait emporté une copie du rapport de projets du camp d'entraînement, comportant un compte rendu détaillé sur chaque joueur, ainsi qu'un livre appelé *The Celestine Prophecy*. C'était l'un des best-sellers des années quatre-vingt-dix, en vitrine dans toutes les librairies, ainsi qu'à l'aéroport. Il lisait vite et c'était un petit bouquin, si bien que, même en regardant périodiquement par la fenêtre, il l'avait fini pendant le trajet.

Le héros de *The Celestine Prophecy* était à la recherche d'un ancien manuscrit. Il avait continuellement des visions d'ordre spirituel qui lui permettaient de découvrir, entre autres, que c'était génial d'être végétarien et que chacun de nous devait déterminer sa mission dans la vie. Le bouquin ne valait pas grand-chose, mais Bo avait vu plusieurs autres personnes le lire dans l'avion, et il avait persévéré dans sa lecture en espérant que ça deviendrait intéressant. Le plus souvent, toutefois, il avait contemplé la vue. On se serait cru dans un paysage de rêve. A certains moments, il ne voyait rien d'autre qu'une infinité de nuages pareils à de la barbe à papa. C'était à cela que le paradis ressemblait, dans tous les films qu'il avait vus sur le sujet. De temps à autre, le temps s'éclaircissait et il pouvait contempler le monde. Le paysage tout vert était veiné par les rubans argentés des fleuves, des ruisseaux, des routes en croisillons. Tout paraissait minuscule, si net que c'en était presque surnaturel. Il avait l'impression de survoler une carte de la planète.

Son voisin était un homme d'affaires, le genre de type qui avait tout vu, tout fait. Quand les hôtesses étaient arrivées avec le chariot contenant les plateaux-repas, Bo n'avait pas pu se contenir. Il mourait de faim, et voilà qu'on lui apportait des plats chauds. C'était un repas de roi — des boulettes de viande comme des miniballons de foot, avec de la sauce sur un lit de riz et des haricots verts en accompagnement. Il y avait aussi une petite salade dans son propre récipient avec un tout petit pot de vinaigrette. Un petit pain et un brownie au chocolat. Bo avait jeté un nouveau coup d'œil par le hublot. Il était bel et bien au paradis.

Il avait englouti son dîner presque sans souffler, ainsi que le berlingot de lait. A la fin, l'homme d'affaires à côté de lui s'était penché dans sa direction.

— Tu ne voudrais pas mon plat ? Je n'y ai pas touché.

— Volontiers. Merci beaucoup.

Il lui avait tendu la viande mystérieuse dans sa barquette en aluminium, ainsi que son petit pain. La glace était rompue, apparemment, parce qu'il avait ajouté :

— C'est la première fois que tu vas à New York ?

Bo avait hoché la tête.

— La première fois que je vais où que ce soit, pour tout vous dire.

En dehors des déplacements avec son club sportif, il n'était jamais allé plus loin que La Nouvelle-Orléans. L'été précédent, Stoney et lui avaient roulé la moitié de la nuit pour se rendre à la *Big Easy* dans l'intention de coucher avec des filles. Ça ne s'était pas tout à fait déroulé comme prévu, parce que son frère — qui ne brillait pas particulièrement par son intelligence — n'avait pas réussi à persuader la moindre gonzesse qui soit majeure. Ils avaient fini par dénicher un night-club dont le videur n'était pas trop pointilleux, mais les stripteaseuses super-sexy en costumes à paillettes moulants s'étaient avérées être des hommes. Bo avait encore la chair de poule au souvenir de cette nuit. Ils avaient filé sans demander leur reste.

— Où vas-tu loger ? lui avait demandé son voisin.

Il lui avait tendu la brochure contenant le programme des All-Stars. Un opuscule en papier glacé avec des images de lacs et de forêts, où il faisait frais même au plus fort de l'été.

— Il faut être invité, expliqua-t-il à l'homme d'affaires. Le programme est dirigé par un gars qui est en cheville avec les Yankees.

— Eh bien ! avait commenté l'homme avant de boire une gorgée de café. Tu dois être bon.

— Je serai fixé là-dessus cet été.

A cet instant, Bo s'était considéré comme le garçon le plus chanceux du monde. Il se souvenait encore de la sensation grisante qu'il avait éprouvée à la pensée que tout était possible. C'était l'impression qu'il avait chaque fois qu'il s'élançait sur le terrain, ses doigts tripotant les croisillons sur la balle. Le base-ball avait toujours été sa passion, sa planche de salut, même lorsque les blessures, un calendrier inopportun, le mauvais sort avaient ruiné ses chances de se faire recruter, année après année. Il n'avait jamais renoncé, pourtant ; il avait persévéré, même après la trentaine, ce qui lui avait valu le sobriquet de « Crutch la Déveine ». Le jour où un bleu peu délicat lui avait demandé pourquoi il continuait, Bo s'était forcé à sourire et lui avait rétorqué : « J'estime qu'il faut que je sois là pour le jour où la roue tournera. »

Et, dix ans plus tard, c'était précisément ce qui était en train de se produire. A l'automne dernier, la chance lui avait de nouveau souri, à la faveur d'un coup de fil de Gus Carlisle, un agent sportif. Une place s'était libérée dans l'équipe de lanceurs des Yankees. Ils souhaitaient entamer des négociations en vue d'un contrat. Bo était invité à prendre part au programme de préparation des bleus cet hiver, et, s'il progressait comme il le souhaitait, il participerait à l'entraînement du printemps et aux matchs-exhibitions.

Tout à coup, il se sentit très proche de l'enfant assis à côté de lui dans la voiture.

— Tu aimes le base-ball ? demanda-t-il, espérant qu'il serait peut-être un peu plus disposé à parler maintenant.

— Pas vraiment.

— Pas même les Astros ?

— Je ne les suis pas vraiment. Ni eux ni aucune autre équipe.

— Merde alors ! siffla Bo en tapotant son volant du bout des doigts. Qu'est-ce qui t'intéresse ?

Il tripota le bouton de la radio.

— La musique ? Tu aimes la musique ? Je joue dans un groupe, à Avalon. On n'est pas très doués, mais on s'amuse bien. L'un de nous est vraiment bon. Il s'appelle Eddie Haven.

Bo était loin d'être un virtuose, mais, depuis le lycée, il avait toujours fait partie d'un groupe ou d'un autre. Au cinéma, ces groupes s'apparentaient à une deuxième famille ; ce n'était jamais le cas dans la vraie vie. Tous ceux avec qui il avait joué étaient aussi déstructurés que sa propre famille, pour ne pas dire plus. Sauf les musiciens avec lesquels il faisait équipe maintenant. Il faut dire qu'ils passaient plus de temps à boire des bières et à se raconter leurs histoires qu'à faire de la musique. Bo jouait de la basse, Noah, son meilleur ami, de la batterie ; il y avait aussi Rayburn Tolley, policier de son état, au clavier, et Eddie qui chantait et jouait de la guitare. Le seul vrai talent de la bande.

Le silence se prolongea. Bo était toujours étonné de rencontrer des gens qui n'étaient pas fans du base-ball. Et plus encore quand ils n'avaient pas un groupe favori — ou une chanson. Il jeta un coup d'œil à A.J., puis un autre. Un faisceau de lumière froide, hivernale, flottait sur son visage. Le poing serré sous son menton, il s'était apparemment assoupi.

— Tu pétilles d'esprit, Crutch, littéralement ! murmura Bo. Impressionnant !

Il reporta son attention sur la route à contrecœur. Il avait toutes les peines du monde à se retenir de contempler ce visage endormi. Se ressemblaient-ils ? Quelque empreinte indélébile démontrait-elle sa paternité ? Il n'aurait pas su le dire. Il fit le reste du trajet en écoutant Stanley Clarke et Jaco Pastorius sur le MP3 dernier modèle de la BMW.

La musique n'était jamais un simple bruit de fond, pour lui. C'était comme un endroit où il allait dans sa tête, un sanctuaire. Un havre, où il se sentait en sécurité. Il avait inventé ce stratagème quand, enfant, il se retrouvait seul dans ce village de mobil-homes bruyant de Texas City où il habitait. L'odeur âcre de produits pétroliers brûlés empestait l'atmosphère à cause des raffineries voisines, et le ciel était perpétuellement d'un ton ambre terne. Même la nuit, parce qu'une raffinerie ne dort jamais. Sa mère et son frère étaient absents la plupart du temps, et la musique était une manière de remplir les coins sombres du camping-car et de noyer les disputes des voisins, les aboiements et le vacarme des allées et venues des camions et des motos.

Lorsqu'il avait douze ans environ, son frère Stoney lui avait fait cadeau d'une basse électrique et d'un ampli. L'instrument avait été volé, bien évidemment ; c'était le cas de tous les objets de valeur que Stoney rapportait à la maison. Bo ne s'en était pas offusqué. C'était mal de voler, bien sûr, mais Stoney savait y faire et il n'arnaquait que les gens qui lui devaient de l'argent.

Bo avait appris à jouer d'oreille.

Il jeta un regard à A.J. en se demandant s'il appréciait la musique. Ou quoi que ce soit ! Ce gosse auquel il avait légué son ADN lui était parfaitement inconnu. Bo ne se faisait pas d'illusion : les liens de sang ne suffiraient pas à nouer entre eux une relation profonde et éternelle.

Son propre père avait eu vite fait de lui ôter cette idée de l'esprit. Wiley Crutcher avait épousé sa mère, Trudy ; il était resté avec elle juste le temps de lui donner un patronyme qui faisait penser à un appareil orthopédique, ainsi que deux fils costauds et sportifs. Bo n'était qu'un bébé lorsqu'il avait fichu le camp. Le seul souvenir qu'il avait gardé de son père était lié à une rencontre qui avait eu lieu alors qu'il était au collège. Wiley avait assisté à un match d'une petite ligue. Bo n'avait jamais compris pourquoi. Sa mère avait fait les présentations juste avant le match.

— C'est lui ? avait demandé Wiley.

— Oui. C'est Bo. Bo, voici ton père.

Bo se souvenait de la sensation cuisante de ce regard posé sur lui en train de l'évaluer. Wiley Crutcher avait porté à ses lèvres la bouteille qu'il tenait dans un sac en papier. Puis il s'était essuyé la bouche du revers de la main en disant :

— Il ne paye pas de mine !

— C'est un excellent joueur. Attends, tu vas voir.

— Ah ouais ?

Il lui avait lancé une pièce. Il y avait un triangle dessus et quelques mots.

— Tiens, petit. Ça te portera chance.

Certains enfants recevaient des vélos, des gants de base-ball de leur père. Bo avait eu droit à une unique visite, et à cette pièce. Wiley n'était pas resté pour le match, mais la pièce lui avait porté chance. C'était déjà quelque chose. Bo avait remporté sa première victoire ce jour-là. Son équipe et l'entraîneur étaient fous de joie, mais à la fin de la partie il s'était aperçu que son père avait déjà pris la poudre d'escampette. Il était parti chercher une bière, lui avait expliqué sa mère, mais il n'était jamais revenu.

Alors, en voyant cet enfant, maintenant, ce fils inconnu qu'il avait récupéré à l'aéroport comme un bagage égaré, il ne se leurrait pas en se disant que la tendresse qui faisait vibrer son cœur, quand il le regardait manger et dormir, pouvait être autre chose que de la compassion. Cueillie lors d'une rafle à l'usine où elle travaillait depuis dix ans, sa mère était en détention en attendant d'être reconduite à la frontière. Pas étonnant que le pauvre enfant soit paniqué.

Sophie allait arranger ça, se répéta Bo pour se rassurer. Peut-être même d'ici à la fin du week-end. Elle excellait dans le domaine juridique. Si bien qu'au fond cela ne valait pas la peine de s'attacher à ce gosse. A.J. serait de retour auprès de sa mère en un rien de temps.

Quelques heures plus tard, ils atteignirent Avalon, une bourgade trop jolie pour être vraie, de l'avis de Bo et de la plupart des visiteurs. Blottie autour de l'extrémité sud du lac des Saules, c'était une ville oubliée par son époque, où les saisons changeaient, mais pas le paysage. Pour l'heure, le lac était gelé — vaste étendue blanche voisine de l'enfer, du point de vue de Bo. Il aimait mieux rester à l'intérieur, où les vrais hommes se calfeutraient en jouant au billard et en sifflant de la bière.

Il aurait préféré se faire arracher une dent plutôt que de s'adonner aux « joies » des sports d'hiver. C'était un homme *estival*, dans chaque fibre de son corps. Il avait grandi sous le soleil torride du Texas. Ce n'était pas par choix qu'il vivait dans la toundra ! S'il s'était installé à Avalon, au départ, c'était parce que les Hornets avaient bien voulu de lui dans leur équipe de lanceurs. Il s'y était enterré en attendant cette opportunité exceptionnelle qui ne lui paraissait pas encore tout à fait réelle.

Au centre-ville, il y avait une gare d'où partaient chaque jour des trains à destination de Grand Central Station à New York, d'Albany et diverses autres villes plus au nord. Le tribunal, des boutiques et des restaurants fréquentés toute l'année par les touristes entouraient la grande place. De là se déployait tout un réseau de petites rues résidentielles comportant des écoles et des lieux de culte. Il passa devant L'Auberge du Pommier, un restaurant haut de gamme où on emmenait les filles qu'on voulait impressionner, histoire d'améliorer ses chances de finir au lit. Quant au country-club d'Avalon Meadows, il était réservé aux richards du coin, qui y sirotaient des Martini en échangeant leurs récits de voyage.

Et puis, il y avait la Hilltop Tavern. Le domaine de Bo depuis qu'il vivait à Avalon. Elle appartenait à Maggie Lynn O'Toole, qui avait racheté la part de son mari lors du règlement de leur divorce. Située dans un édifice en brique historique au sommet de la colline des Chênes, la taverne avait vu le jour dans la clandestinité à l'époque de la Prohibition. Elle avait connu de nombreuses transformations au fil du temps. C'était désormais le bar le plus populaire de la ville.

Bo vivait dans un studio au-dessus du bistrot. Lorsqu'il s'engagea dans le parking presque désert au bout de la vieille allée en brique et éteignit le moteur, A.J. dormait toujours. Que faire ? Il répugnait à le réveiller, après la nuit qu'il avait passée. Le sommeil était certainement le meilleur refuge qui soit, pour ce gamin qui se rongeait les sangs au sujet de sa mère. Mais ils ne pouvaient pas passer la journée dans la voiture.

— Hé, A.J., on est arrivés ! lança Bo.

Pas de réaction.

Il sortit de la voiture en faisant du bruit, et alla prendre les sacs dans le coffre. Il les monta à l'étage avant de redescendre à la hâte s'assurer que l'enfant allait bien. Il ouvrit la portière côté passager, cette fois-ci.

— On est arrivés, répéta-t-il. Montons. Tu pourras dormir.

Il dormait déjà. A poings fermés. L'air froid qui s'engouffra dans la voiture le fit frissonner, sans le réveiller pour autant. Bo songea à le secouer, mais il décida que ce serait cruel de le tirer d'un sommeil aussi profond pour le projeter dans un monde glacial et inconnu, peuplé d'angoisses. Il se pencha pour détacher la ceinture de sécurité. A moitié accroupi, dans une posture extrêmement inconfortable, il glissa un bras derrière les épaules de l'enfant, l'autre sous ses genoux, et le souleva.

A.J. ne broncha même pas. Etonnant… Tout autant que le fait que, pour la première fois de sa vie, Bo tenait son fils dans ses bras. Douze ans trop tard, il serrait son enfant contre lui. Un poids mort. Il était petit, mais pas tant que ça. Bo chancela, cherchant son équilibre sur le sol verglacé du parking. Nom d'un chien! Il allait se fracasser un genou. Et cela ficherait tous ses projets en l'air.

Il avança prudemment, pas à pas, à l'affût d'une sensation de rapprochement avec son petit fardeau humain. Peut-être cela se produirait-il, maintenant qu'il était physiquement en contact avec lui?

Un flot de musique rythmée s'échappait du bar, entrecoupé de rires et d'éclats de voix. La clientèle de l'après-midi n'était pas trop chahuteuse, mais il l'entendait désormais d'une autre oreille. Il fit le gros dos instinctivement, comme pour protéger l'enfant de cette intrusion sonore.

— Rentrons vite, mon petit gars, murmura-t-il en accélérant le pas.

La moquette qui tapissait l'entrée et l'escalier était salie par les gros godillots d'hiver. Il ne s'en était jamais aperçu. Il résolut d'en toucher un mot à Maggie Lynn et de lui suggérer de la changer. Une fois dans l'appartement, il déposa l'enfant sur le canapé défoncé qui occupait tout un mur, sous une pendule-réclame pour la bière Rolling Rock. Toujours endormi, A.J. se borna à soupirer doucement en pliant les jambes sous lui, lui tournant le dos.

Bo alla chercher un oreiller dans son lit, ainsi que sa couette dont il enveloppa le garçon. Puis il baissa les stores et resta planté là quelques minutes, totalement perdu, ne sachant que faire. Il ne s'était jamais rendu compte que son appartement était aussi petit, aussi encombré. Il prêta l'oreille au chahut qui montait de la taverne. Etait-ce toujours aussi bruyant ? Aussi odieux ? Cela lui paraissait insupportable, tout à coup. Il s'approcha du réfrigérateur, en sortit une bière. La bouteille siffla, comme soulagée, quand il la décapsula.

Il resta assis un long moment à boire à petites gorgées, tout en se remémorant son enfance. Lui aussi avait une mère célibataire. Ils avaient vécu dans des tas d'endroits différents, tous sans intérêt. Il n'avait jamais attaché d'importance au logement, jusque-là. La présence d'A.J. le rendait ultraconscient de sa tanière, exiguë et miteuse. Il ne supporterait pas de faire honte à l'enfant, que ce soit à cause de lui-même ou de l'endroit où il habitait. Il avait vécu ça lui-même, et ces souvenirs sordides continuaient à le hanter.

Il avait les moyens de s'installer ailleurs, maintenant. C'était juste qu'il n'avait pas pris la peine de chercher.

Sans quitter A.J. des yeux, il se demanda ce qu'il allait faire. Il pensa à Landry Holmes, l'entraîneur qui l'avait pris sous son aile quand il avait à peu près cet âge. A maints égards, Holmes était plus un parent, pour lui, que sa mère ne l'avait jamais été. Il l'avait repéré un jour où Bo jouait au base-ball avec des copains, sur un terrain vague infesté de détritus qui volaient comme des boules d'amarante sur l'herbe morte. Ils se servaient de vieux sacs de Circle K en guise de bases, et comptaient les points en faisant des traits avec un bâton sur la terre argileuse.

Holmes avait vu la force prometteuse de ce bras d'un lanceur de douze ans, et il avait résolu de s'occuper de lui. Quand Trudy s'était retrouvée endettée jusqu'au cou et qu'il avait fallu placer ses fils, Holmes et sa femme, Emmaline, les avaient accueillis chez eux ; ils les avaient nourris, leur avaient fait faire leurs devoirs, leur avaient fait couper les cheveux, les avaient emmenés à l'église. Les Holmes assistaient régulièrement aux entraînements et aux matchs, ce qui n'était pas toujours le cas de sa mère. Non que Bo s'en soit plaint, pour la bonne raison que partout où elle allait elle provoquait un esclandre. Elle se crêpait outrageusement les cheveux et portait des jupes ultracourtes. Le moins qu'on puisse dire, c'est qu'elle ne passait pas inaperçue.

En dépit de la gentillesse que Landry et Emmaline lui avaient témoignée, Bo ne se sentait pas du tout prêt à jouer son rôle de père. C'était probablement la raison pour laquelle il avait cette désagréable impression de se désolidariser, écartelé entre l'envie de fuir sans avoir à se mêler de tout ça et le besoin de protéger ce gamin à tout prix. Il se l'était coulée douce pendant des années, en envoyant néanmoins la pension même quand il n'en avait pas les moyens, dans la mesure où cela lui donnait le sentiment d'apporter sa contribution sans qu'il lui faille s'investir sur le plan affectif. Et voilà que, tout à coup, il se retrouvait avec, sur les bras, un gosse qui avait désespérément besoin de lui. Il ne pouvait plus tourner le dos à ses responsabilités, ni se contenter d'un chèque dans l'espoir de faire disparaître le problème. Quoique… c'était encore faisable, sauf qu'il n'était pas salaud à ce point.

A.J. était jeune, et petit pour son âge. Il n'en occupait pas moins une place considérable. Un éléphant dans un magasin de porcelaine, comme on dit.

— Je vais tâcher de faire de mon mieux…, marmonna-t-il à l'adresse de l'enfant.

5

Kim avait pensé dormir toute une semaine quand elle avait posé la tête sur l'oreiller, mais des petits démons perturbateurs la tirèrent de son sommeil à l'aube. Elle resta allongée sans bouger, dans cette chambre qui lui paraissait à la fois familière et étrangère. Il y avait des années qu'elle n'avait dormi dans ce lit, et pourtant les souvenirs qui se terraient dans les coins sombres et les plis des draperies étaient aussi vifs que le rêve qu'elle venait de faire. C'était son port d'attache lorsqu'elle était petite, un havre de paix et de clarté. La demeure de ses grands-parents, dont elle était l'unique petite-fille adorée, avait toujours été empreinte de magie à ses yeux.

Enfant, elle n'avait jamais compris pourquoi elle aimait tant venir à Avalon. En grandissant, elle avait fini par se rendre compte que c'était parce que, dans cette maison, on l'acceptait telle qu'elle était, sans lui imposer de restrictions ni d'attentes. Son père estimait, pour sa part, que ses grands-parents maternels la gâtaient trop.

Elle avait ce mot en horreur. *Gâtée.* Elle supportait mal que son père ait pu la qualifier ainsi, de même que la plupart des hommes avec qui elle était sortie, des années plus tard, Lloyd Johnson en particulier. « Gâter » supposait quelque chose d'irrémédiable. Quelque chose de nauséabond qu'il fallait enfermer hermétiquement et flanquer dehors.

Elle poussa un long soupir en se dressant sur son séant, la couette sous le menton. Peut-être était-elle effectivement une enfant gâtée. Peut-être devrait-on la flanquer dehors.

En y réfléchissant, c'était exactement ce que Lloyd avait fait. Mais elle le chassa de son esprit. En vérité, elle en avait par-dessus la tête de penser à lui. Elle en avait assez d'elle-même. De ses problèmes, de ses dilemmes, de sa vie. Toutes ces ruminations étaient déprimantes et ne la menaient nulle part.

Elle jeta un coup d'œil soupçonneux en direction de son portable. La batterie était à plat et ne reprendrait pas vie tant qu'elle n'aurait pas fait l'acquisition d'un nouveau chargeur. Elle n'était pas pressée de le faire, sachant qu'elle découvrirait toute une kyrielle de messages désagréables. Pourquoi ne pas se débarrasser de ce téléphone et recommencer à zéro avec un autre ? Les gens faisaient-ils ça ? Leur arrivait-il de jeter leurs portables à plat, sans prendre la peine de récupérer leurs messages ? Elle trouvait l'idée séduisante. Peut-être un nuage invisible de messages ignorés planait-il quelque part dans la sphère numérique, à l'insu de leurs destinataires.

Les gémissements de la plomberie antique dans les murs de la vieille maison lui rappelèrent qu'elle était loin d'être seule. En plus de M. Carminucci, il y avait deux autres pensionnaires ; et il y avait de quoi en loger deux de plus au dernier étage. Elle n'arrivait toujours pas à admettre le « projet » surprise de sa mère. Incroyable. Kim ne savait même pas que cela se faisait encore, de tenir une pension.

Elle se demanda ce que ses grands-parents auraient pensé de l'entreprise de leur fille. Elle se rallongea, puis se dressa sur son coude pour examiner la vieille photo de M. et Mme Fairfield qui trônait sur la table de chevet. Ce portrait fait par un professionnel datait des années soixante-dix ; les couleurs étaient passées, mais les sourires aussi étincelants que le jour où le cliché avait été pris.

— J'aimerais tant que vous soyez là..., leur chuchota-t-elle.

Ils étaient morts trop tôt tous les deux. Sa grand-mère avait succombé à un cancer un an et demi plus tôt. Comme c'était l'été, Lloyd était venu avec elle à l'enterrement. Elle avait bêtement pensé que sa présence la réconforterait. Il avait insisté pour loger à l'auberge du lac des Saules plutôt qu'avec la mère de Kim, sous prétexte de ne pas déranger. Elle aurait dû se rendre compte à quel point c'était égoïste de sa part, et combien elle avait été sotte de le laisser creuser ce fossé entre sa mère et elle.

— Je suis revenue, dit-elle aux grands-parents de ses souvenirs. J'espère juste qu'il n'est pas trop tard.

Elle ferma les yeux, remontant mentalement le fil du temps. Elle avait toujours pensé que son engouement pour le sport lui venait de son grand-père. C'était un grand fan, amoureux de tous les sports, sans discrimination. En tant qu'unique petite-fille, elle était devenue sa compagne de prédilection aux matchs tant professionnels qu'amateurs. Elle aimait l'enthousiasme de la foule, la lutte élémentaire de la compétition, que ce soit sur un terrain de basket, de base-ball ou sur la patinoire de hockey. Par-dessus tout, elle savourait la sensation qu'elle éprouvait en partageant cette expérience avec son grand-père qui l'adorait.

Un jour, lorsqu'elle avait douze ans, il était venu lui rendre visite en ville et lui avait donné des billets pour la saison des Mets, en lui promettant qu'elle serait réussie. Le lendemain, il lui avait dit au revoir en l'embrassant tendrement avant de s'en retourner chez lui. Elle ne pouvait pas savoir alors qu'elle le voyait pour la dernière fois.

Les risques qu'un golfeur soit frappé par la foudre doivent se situer aux environs d'un sur un million. S'il y a bien une chose à laquelle personne ne pense, c'est cette fatalité-là. Le moins qu'on puisse dire, c'est qu'il avait joué de malchance.

Les gens avaient dit que c'était une bénédiction, en un sens, dans la mesure où il était mort en faisant quelque chose qu'il adorait, que c'était une bénédiction de partir instantanément, sans souffrance ni crainte. Juste un clin d'œil cosmique, et plus de grand-père. Kim avait compris qu'on essayait simplement de la consoler. Elle avait même essayé d'accepter ces explications. Mais, en dépit de tous ses efforts, elle n'avait pu s'y résigner.

Par la suite, elle avait supplié son père de l'emmener à des matchs, mais il était toujours trop occupé. Elle y allait donc toute seule, se rendant au stade Shea ou au Madison Square Garden en bus ou en métro. De cette manière, elle avait le sentiment de se rapprocher de son grand-père. Quand elle était prise par le feu de l'action, il lui manquait un petit peu moins. Parfois, même, la terrible douleur causée par sa disparition s'estompait, ne serait-ce que quelques minutes.

A ce souvenir, allongée là sur le lit de son enfance, elle se fit une promesse. Son amour du sport était un cadeau que son grand-père lui avait fait, et elle n'avait aucune raison de laisser Lloyd Johnson ou qui que ce soit d'autre l'en priver.

Elle fut tentée de tourner le dos à la lumière qui filtrait par la fenêtre de la chambre, d'enfouir sa tête sous les couvertures et de dormir encore. Des jours, des mois. Pour toujours.

Seulement, chaque fois qu'elle fermait les yeux, elle repensait à la soirée à Los Angeles. Elle était consciente que le problème venait de Lloyd et pas d'elle. Pourtant, en repassant la scène dans son esprit, elle ne cessait de se demander si la catastrophe n'aurait pu être évitée, si elle s'y était prise différemment, si elle avait dit les choses autrement. Dès qu'elle sentait que ses pensées s'orientaient dans cette direction, elle se secouait mentalement. Ce n'était pas sa faute si Lloyd avait un ego démesuré et un caractère de cochon.

— Bon, c'est parti ! dit-elle en repoussant le duvet.

Elle aperçut le reflet de sa longue chevelure rousse dans le miroir au-dessus de la coiffeuse.

— Berk ! Sur ces belles paroles, levons-nous et allons voir ce que la journée nous réserve.

En descendant dans la cuisine, elle y trouva une étrangère assise face à la télévision posée sur le comptoir, branchée sur la chaîne des dessins animés. Enfin pas tout à fait une étrangère. L'une des pensionnaires de sa mère. Une certaine Daphné McDaniel. Il allait falloir qu'elle s'habitue à voir des gens qu'elle ne connaissait pas dans la maison.

— Waouh, ça me ramène des années en arrière ! lança Daphné

en baissant le son, les yeux rivés sur le sweat-shirt de Kim avec son logo du camp Kioga. Du café ?

— Merci.

Kim lui prit la tasse fumante des mains et but une gorgée avec bonheur. Elle avait enfilé un vieux jean, le sweat-shirt du camp à capuchon, de grosses chaussettes et des Crocs que sa mère lui avait donnés la veille. Avant de descendre, elle s'était rapidement passé de l'eau sur la figure et s'était fait une queue-de-cheval.

— Ces habits datent... d'un siècle. C'est l'impression que j'ai, en tout cas. Je... n'ai pas apporté grand-chose.

Tout ce qu'elle possédait se trouvait à L.A., l'essentiel au garde-meubles du boulevard de Manhattan Beach. Elle avait abandonné son appartement pour vivre avec Lloyd. Elle finirait par se faire envoyer ses affaires, mais elle n'avait pas envie d'y penser tout de suite.

Elle éprouvait bizarrement le besoin de se confier à Daphné alors qu'elles venaient à peine de se rencontrer. Ses copines lui manquaient. Dans son monde — son ancien monde —, amies et ennemies se mêlaient et échangeaient parfois leurs rôles. On avait même inventé un mot pour qualifier ça : des « amies-en-nemies ». Des gens à qui on ne pouvait pas toujours se fier. Kim se rendit compte qu'elle n'avait pas tant d'amies que ça. Des collègues, certes. Mais il n'y avait personne qu'elle puisse désigner en disant : c'est *vraiment* mon amie. Elle espérait que Daphné se révélerait plus authentique.

— Il va falloir que j'aille faire un tour en ville pour m'acheter une ou deux choses, dit-elle.

— Essayez Zuzu's Petals, sur la grande place. C'est la meilleure boutique du coin.

D'ordinaire, Kim faisait ses emplettes dans des boutiques fréquentées par des vedettes de cinéma en chapeaux à bords flottants et des femmes à la tête d'une fortune qui défiait le bon sens. Elle se considérait comme partie intégrante de ce groupe, mais se jura à cet instant de changer.

— Merci du conseil. Etes-vous allée au camp Kioga quand vous étiez plus jeune ?

Daphné rit, un peu tristement.

— Je n'ai jamais été plus jeune, ma chérie. Apprenez que je vis actuellement mon enfance dans la mesure où je suis passée à côté la première fois.

Kim vida la moitié d'un sachet de saccharine dans son café. Elle jeta un regard en coulisse à la jeune femme, juchée sur un tabouret au comptoir, en train de manger des céréales Frankenberry dans un bol jaune vif. On aurait dit une rockeuse punk, avec ses mèches roses et ses piercings audacieux sur le visage. Comparée aux filles sophistiquées et distinguées que Kim fréquentait à L.A., elle avait quelque chose de rafraîchissant — décalé, certes, mais authentique.

Daphné repêcha un petit sachet en plastique transparent dans son bol.

— Super ! s'exclama-t-elle. J'ai eu le cadeau ! Ça me ravit toujours.

Elle essuya le petit jouet avec sa serviette.

— Un troll ! lança-t-elle en le brandissant tel un trophée minuscule. *J'adore !*

Kim porta la main à ses cheveux, consciente d'avoir une certaine parenté avec le troll. Puis elle leva sa tasse.

— Buvons au bonheur de l'enfance, dit-elle.

— Le week-end au moins.

— Que faites-vous pendant la semaine ?

Kim l'imaginait travaillant sur une piste de roller ou surfant sur internet en quête de sites d'amateurs de marque-pages.

— Je travaille dans un cabinet d'avocats. Il se trouve au-dessus de la librairie. Ça ne me déplaît pas. Mais je préfère les samedis. *Looney Tunes*, du matin jusqu'au soir, vous voyez ce que je veux dire ?

Kim lui décocha un grand sourire.

— Ce sont ceux que je préfère... Un cabinet d'avocats, vous dites ?

— Parkington, Waltham & Shepherd. Nous traitons toutes sortes d'affaires. Je m'occupe de l'accueil et de la gestion du bureau.

Daphné porta le bol à sa bouche et but une gorgée, décorant sa lèvre supérieure d'une moustache blanche.

— Alors vous voyez, il n'y a pas de quoi s'inquiéter. Votre mère n'abrite pas une bande de zinzins. Ses pensionnaires sont des gens tout ce qu'il y a de plus normal qui ont juste envie de vivre simplement.

— Je ne suis pas inquiète, protesta Kim.

— Allons! J'ai vu la tête que vous faisiez quand votre maman nous a présentées. Vous aviez peur que je sois une sorte de bête de foire, ajouta Daphné d'un ton léger. C'est le cas de la plupart des gens que je rencontre. Faites-moi confiance, je suis tout à fait réglo. C'est juste que je vis mon enfance avec un peu de retard, comme je vous l'ai dit. Je suis l'aînée de cinq enfants. Ma mère est tombée malade et mon père a fichu le camp, si bien que j'ai élevé mes frères et sœurs. Je ne m'en suis pas trop bien sortie, d'ailleurs, vu que je n'avais que onze ans quand ça a commencé. C'est la raison pour laquelle je ne veux pas avoir d'enfants. Je n'ai même pas envie d'avoir mon propre appartement.

— Parce que vous êtes passée à côté de votre enfance?

— Oui.

Daphné porta son bol et sa cuillère dans l'évier et s'empara d'un pichet de jus d'orange au passage.

— J'ai décidé de la vivre maintenant, et c'est pour ça que j'habite ici, où je n'ai pas à me soucier des responsabilités d'adulte. A savoir la taxe d'habitation, la préparation des repas, les relations à long terme, et j'en passe.

Kim l'observa un instant. Elle passa en revue le caleçon en laine noire, la veste en cuir confortable, les Doc Martens, les ongles peints en noir. Daphné avait l'air tellement bien dans sa peau...

— Ça me paraît sensé, dit-elle. Il reste du jus d'orange?

Daphné lui en servit un verre.

— Des céréales ? proposa-t-elle en lui tendant le paquet.

— Non, merci. Sans le cadeau, à quoi bon ?

Daphné sourit.

— J'aime bien votre manière de raisonner.

Kim lui rendit son sourire, ravie de se sentir aussi à l'aise en sa présence.

— Bonjour, lança Penelope en faisant irruption dans la pièce.

Elle avait l'air toute fraîche et faisait plus jeune que son âge, avec son chandail de Fair Isle, son jean et ses bottes Ugg. De fait, elle semblait plus jeune qu'à l'époque où elle était une experte de l'Upper Manhattan avec ses tailleurs St John et ses colliers de perles.

— Bien dormi ? demanda-t-elle en enfilant son tablier.

— Pas mal, répondit Kim en buvant une gorgée de café. J'ai été licenciée. Par mail interposé.

— C'est dur, commenta Daphné.

— C'est lâche, renchérit Penelope.

— Il n'y a rien de lâche là-dedans. Je ne suis pas assez importante pour leur faire peur. C'est une question de commodité, voilà tout.

— Je suis désolée, lui dit sa mère.

— Pas de souci. C'était le pire job qui soit.

Ce n'était pas vraiment le cas, mais cela faisait du bien de le dire.

— Et moi qui pensais que tu t'y plaisais !

— Qu'est-ce que vous faites ? demanda Daphné. Ou plutôt
— que faisiez-vous ?

Kim s'installa en face d'elle et se mit à peler une orange sanguine.

— J'étais dans les relations publiques auprès de sportifs de haut niveau. Ça me semblait une carrière intéressante. J'ai toujours aimé le sport, durant toutes mes études scolaires et universitaires. Après mon diplôme, je suis allée chercher du travail à LA. Sur un coup de tête, j'ai essayé d'intégrer l'équipe des Lakers. Je n'en revenais pas quand ils m'ont prise comme remplaçante. Ça a été les trois mois les plus éreintants de mon existence. Et une période d'apprentissage accéléré. L'entraînement, j'en faisais mon affaire. Même les tensions au sein du groupe. Je voyais les autres filles s'effondrer, mais je tenais le coup. Il s'est avéré que j'étais particulièrement douée pour les relations publiques. Quand j'ai été blessée...

— Vous avez été blessée?

— Déchirement du muscle rotateur, répondit-elle en portant inconsciemment la main à son épaule droite. Cela a mis un terme à une très brève carrière sportive, assez peu propice au demeurant chez les Lakers. De là, il me paraissait logique de m'investir dans les relations publiques sportives. Je n'avais manifestement pas l'étoffe d'une athlète de haut niveau, mais je savais ce que cela demandait, de les représenter.

On lui avait assigné un bleu de l'équipe de réserve, un certain Calvin Graham. Au lendemain de l'ouragan Katrina, la presse l'avait harcelé à propos du Lower 9th Ward, le quartier de La Nouvelle-Orléans où il avait grandi. Voyant qu'il n'en menait pas large, elle lui avait prêté main-forte. Dans la semaine qui suivit, Calvin Graham s'était élevé au rang de président honoraire d'une association humanitaire qui avait pour mission de lever des fonds afin d'aider les sinistrés à reconstruire des logements. Il n'avait pas fait une grande carrière dans la NBA, mais il était à l'origine d'une fondation qui, aujourd'hui encore, fournissait des prêts à faible intérêt aux victimes de l'ouragan. Kim s'était félicitée d'avoir joué un rôle dans cette affaire.

Au fil du temps, toutefois, elle avait fini par oublier à quel point elle aimait son travail. Enfin, *oublier* n'était peut-être pas le mot. On lui avait confié le sort d'autres joueurs, et son rôle de mentor s'était perdu peu à peu. Elle s'apercevait qu'elle disait des choses du genre : « Sors du lit, ivrogne », « Apprends à vérifier l'âge d'une fille avant de coucher avec elle ». Les garçons comme Calvin — les types bien — lui manquaient.

— Ça doit être sympa, comme job, remarqua Daphné.

— C'était très satisfaisant parfois, je dois le reconnaître. J'ai plaisir à travailler avec des athlètes talentueux, bénis des dieux. Cela dit, ma tâche consistait principalement à adoucir les mœurs.

— A ce point-là ?

— J'avais affaire à des gars qui n'avaient pas froid aux yeux face à une barrière de *linebackers* assoiffés de sang, mais qui avaient tendance à tomber en miettes face à un micro. Dans ce domaine-là, j'étais là pour les aider. Il n'y avait pas trop de problèmes, la plupart du temps. Mais il se passe quelque chose de curieux, quand on travaille avec des gens comme ça. C'est difficile à expliquer. La relation est bizarrement intime avec les clients, même si ce n'est qu'un boulot. J'ai fait en sorte que tout reste aussi impersonnel que possible — jusqu'au jour où j'ai rencontré Lloyd. Ça a tout de suite collé entre nous. Pendant un moment, au moins.

Elle ressentit de nouveau la joie douce-amère qu'elle avait éprouvée en tombant amoureuse de lui alors qu'elle avait la charge de le former à s'entretenir avec la presse. On aurait dit une comédie romantique de deuxième zone — dès lors qu'elle aurait réussi dans sa mission, elle était sûre de le perdre, dans la mesure où, ayant maîtrisé l'art d'affronter les journalistes, il passerait à autre chose.

Hormis que les choses ne s'étaient pas passées ainsi avec Lloyd. Elle avait commis l'erreur de croire que ça pouvait marcher entre eux. On ne l'y reprendrait pas !

6

Bo se réveilla de bonne heure. Grelottant de froid, il tendit le bras pour attraper sa couette. Et puis il se rappela qu'il l'avait donnée à A.J. la veille au soir. Cette pensée le fit se dresser sur son séant en scrutant la pénombre.

La forme allongée sur le canapé confirma ses soupçons. L'enfant était bel et bien là. Chez lui. Son fils. Bo attendit d'éprouver... quoi ? Un sentiment paternel ? Ça ne venait pas. Cet enfant était sa chair et son sang, et Bo avait la ferme intention de faire tout son possible pour qu'il retrouve sa mère. Mais il n'arrivait pas à se sentir dans la peau d'un père.

Il bâilla, s'étira, puis se leva pour aller aux toilettes en s'efforçant de ne pas faire de bruit. Il ne se levait jamais d'aussi bonne heure, sauf en période d'entraînement. Etonnant, avec quelle facilité on émergeait, quand on s'était abstenu d'engloutir un demi-pack de bière la veille au soir. C'était marrant... Enfin, rien de comique, mais suffisamment pour qu'il envisage de le faire plus souvent.

Appelle-moi, disait le message gribouillé sur un Post-it collé sur la glace de la salle de bains. *Chardonnay*, avec le numéro de téléphone de la fille, ponctué par un baiser au rouge à lèvres. C'était assez déprimant de penser qu'il était sorti avec une fille du nom de Chardonnay. Il n'avait gardé aucun autre souvenir d'elle.

Il détacha le petit mot et le rangea dans un tiroir. Puis il se ravisa et le fourra dans sa poche. Dans le tiroir, il avisa une boîte de préservatifs. Il la transféra dans le placard sous le lavabo, derrière les tuyaux, avant de passer la pièce en revue pour s'assurer qu'il ne restait rien de suspect en vue.

Il n'avait pas l'impression d'avoir tellement de secrets, mais il y avait un enfant dans sa vie, pour le moment ; il fallait qu'il lui fasse de la place. Cette responsabilité soudaine lui pesait terriblement, mais que pouvait-il y faire ? Mettre de l'ordre dans ses affaires, pour commencer.

Quand il était lui-même enfant, sa mère ne lui avait rien épargné — ni ses visiteurs nocturnes, ni les rires, ni les bagarres, ni les inconnus qu'il rencontrait dans la maison quand il se levait la nuit pour faire pipi. Ces épisodes l'avaient ébranlé, faisant de lui un gosse méfiant, sur ses gardes, qui s'était changé en un homme tout aussi méfiant et casse-cou.

Il était suffisamment sensé pour se rendre compte qu'il y avait un certain nombre de choses qu'un enfant n'avait pas besoin de voir. Tout au moins jusqu'à ce que quelqu'un d'autre que lui puisse les lui expliquer.

Stoney et lui avaient grandi sans père. En revanche, ils avaient eu un grand nombre d'oncles. Pas vraiment apparentés à eux, bien sûr. Ce terme était un euphémisme désignant les bons à rien et fouteurs de merde qui couchaient avec leur mère.

Même s'il ne s'y entendait pas le moins du monde en matière d'éducation, il était bien placé pour savoir qu'il ne fallait rien imposer aux enfants avant qu'ils ne soient prêts à y faire face. Il se souvenait des innombrables nuits qu'il avait passées éveillé, l'estomac retourné, à écouter la voix basse d'un inconnu à travers la mince paroi du mobil-home. L'un de ses plus vieux souvenirs était une autre voix, celle de son frère lui disant : « Si tu fais encore pipi au lit, je te défonce la bouille. Je le jure ! »

Stoney et lui avaient pris l'habitude de se soulager dans des bouteilles de Coca vides au lieu de se lever la nuit en risquant une rencontre avec l'oncle Terrell, l'oncle Dwayne ou celui qui évitait à leur mère de se sentir seule la nuit.

C'était ainsi qu'elle expliquait ces visites aux garçons. *Ça m'évite de me sentir seule.*

— Je peux te tenir compagnie, lui avait dit Bo innocemment,

quand il était encore tout petit et ne comprenait pas très bien. Je peux chanter pour toi. Te jouer de la guitare. Il n'était pas très doué pour ça, mais il connaissait toutes les paroles de M. *Bojangles*.

Sa mère lui avait ébouriffé les cheveux en lui souriant tristement.

— Ce n'est pas ce genre de solitude-là, mon bébé. Tu ne peux rien pour moi.

Avec le temps, Bo avait fini par ouvrir les yeux, mais il n'avait jamais oublié ses frayeurs d'enfant. Jamais il n'imposerait ça à A.J. Pour le reste du week-end — ou le temps que le garçon séjournerait chez lui —, il allait vivre en moine.

Il entendait déjà ses copains. Tous les gens de son entourage savaient qu'il ne passait jamais une semaine sans avoir un rancard.

Il s'efforça d'être aussi discret que possible en se déplaçant dans l'appartement. Jusqu'à la veille au soir, il avait considéré comme un luxe de ne pas avoir à prendre sa voiture pour rentrer chez lui à la fin de la journée. Son humble logis, situé au-dessus du bar où il travaillait presque tous les soirs, lui offrait le trajet le plus court qui soit au monde. Il n'avait qu'à monter l'escalier et se laisser tomber à plat ventre sur son lit.

Sauf, bien sûr, quand la chance lui souriait, ce qui lui arrivait, Dieu merci, assez souvent. C'était toujours agréable de se réveiller avec une femme dans son lit. Il adorait les femmes. Leur peau douce, toutes les mixtures délicieusement parfumées qu'elles utilisaient pour la rendre encore plus douce. Il adorait le son harmonieux de leur voix, quand elles riaient d'une plaisanterie qu'il avait faite ou soupiraient d'aise au creux de son oreille lorsqu'il les serrait dans ses bras. Il avait eu une foule de petites amies au fil des années, et il les avait toutes aimées aussi fort qu'il en était capable.

Quand elles le quittaient, elles emportaient toujours avec elles un fragment de son cœur. Il se gardait bien de le leur dire. Il ne se plaignait jamais. Il leur était reconnaissant du temps et de l'affection qu'elles lui avaient accordés.

La plupart d'entre elles s'en allaient convaincues qu'il les avait oubliées dès qu'elles avaient disparu de sa vue. Elles se trompaient lourdement. Les femmes qu'il avait aimées et perdues restaient gravées dans son esprit comme autant de beaux rêves qui ne s'effaçaient pas une fois le matin venu.

Savoir aimer une femme ne lui avait jamais posé de problème. La garder, c'était une autre affaire. Un grand nombre d'entre elles prenaient la poudre d'escampette dès qu'elles se rendaient compte qu'il était proprement incapable de partager le quotidien, d'anticiper l'avenir, d'entretenir des liens suffisamment forts pour durer toute la vie. D'autres, quand elles découvraient que tous les sportifs professionnels n'étaient pas logés à la même enseigne. La ligue Can-Am était pourtant une organisation on ne peut plus professionnelle, mais les joueurs qui en faisaient partie étaient là pour l'amour du jeu, pas pour empocher des fortunes. De quoi décourager une bonne partie de ses conquêtes.

Quant à Yolanda Martinez, elle avait emporté plus qu'un fragment de son cœur.

Des mois après que Yolanda eut rompu avec lui, il avait appris qu'il était papa. Il n'y avait pas moyen de situer précisément le moment de la conception parce qu'à vrai dire, dès lors qu'ils s'étaient mis à la chose, Yolanda et lui n'avaient pas arrêté ! Ils n'étaient que des gamins, mus par leurs hormones, et découvraient avec bonheur les premiers élans de tendresse et d'extase.

Ils s'étaient rencontrés en cours d'anglais, où ils se débattaient tous les deux avec les phrases pesantes du *Dernier des Mohicans*, qui leur faisait l'effet d'un pensum tout en les rapprochant dans leur souffrance. Ils en étaient venus à rester tard à la bibliothèque pour étudier, s'interrogeant mutuellement sur des mots de vocabulaire qu'aucun être humain n'aurait jamais l'occasion de prononcer : *Eloges. Fourberie. Chasteté.*

Ces séances d'étude n'étaient en fait qu'un prétexte pour s'asseoir l'un à côté de l'autre, se regarder dans les yeux au-dessus des pages de livres poussiéreux, échanger des sourires, puis des caresses, accidentelles d'abord, délibérées ensuite, et des chuchotements qui se changeaient en baisers. Yolanda faisait naître en lui un sentiment de protection qui lui donnait l'impression de pouvoir affronter le monde entier. Bien qu'elle fût la fille unique de parents très stricts, il avait réussi, par une chaude journée de septembre, à la persuader de l'accompagner dans une rizière qu'il connaissait, où un torrent d'eau fraîche se déversait d'une grosse conduite dans un vaste réservoir naturel de la taille d'un terrain de base-ball. Pour les gens sans le sou, c'était la piscine idéale où se rafraîchir en période de canicule.

Ils avaient plongé dans les eaux cristallines en se tenant par la main, riant et battant des pieds. Ils s'étaient embrassés tandis que l'eau tourbillonnait autour d'eux en volutes sensuelles. Plus tard, ils s'étaient allongés sur un tas de serviettes de bain à l'arrière de sa camionnette toute rouillée.

Bo s'était demandé si Yolanda savait qu'il n'avait jamais couché avec une fille. Alors que tous ses copains étaient passés à l'acte, il s'était bêtement cramponné à un idéal chevaleresque. Il n'avait pas envie de connaître une telle intimité avec une fille à moins de l'aimer vraiment. Cela n'avait aucun sens, pour tout un tas de raisons : notamment le fait qu'il n'était pas sûr de savoir ce qu'était l'amour. Comment aurait-il pu, alors qu'il avait grandi sans amour ? Sa mère passait d'un mec à l'autre telle une abeille butinant du nectar de fleur en fleur, le suçant jusqu'à la moelle avant de passer au suivant sans un regard par-dessus son épaule.

Toute sa jeunesse, Bo avait assisté à un défilé continuel de types allant et venant dans leur vie. Sa mère reconnaissait parfois qu'il y en avait un qu'elle aimait bien, parce qu'il la laissait conduire sa belle Volvo quand elle en avait envie, ou parce qu'il travaillait dans un magasin de disques et lui donnait des CD gratuits. Quand Bo avait été assez grand pour se poser des questions sur sa mère, elle s'était expliquée en se dénigrant elle-même : « Je me suis servie de mes charmes tant que j'en avais, mon bébé. »

Il s'était demandé où les charmes d'une personne disparaissaient. Au fond d'un placard, abandonnés là, en tas, comme le costume d'Halloween de l'année dernière ? Et pourquoi les hommes cessaient-ils d'aimer sa mère, à moins que ses charmes ne soient la seule chose qui les intéressait chez elle ?

Chaque fois que Bo s'efforçait de déterminer ce qu'était l'amour, il pensait à son entraîneur, Landry Holmes, et à Emmaline, sa femme. Emmaline était une femme plutôt ordinaire, pour dire les choses gentiment. Landry avait pourtant une manière de la regarder qui la rendait belle : c'était aussi simple que ça. Il avait une expression particulière quand il posait les yeux sur elle, et lorsqu'elle lui rendait son regard elle semblait comme éclairée de l'intérieur. Le mot « beauté » était loin de correspondre à ce qui émanait d'elle dans ces moments-là. La mère de Bo redoutait de perdre ses charmes, mais Emmaline ne se départirait jamais des siens.

C'était le genre de sentiment que Bo était destiné à connaître. Il en était convaincu, alors. Il n'avait guère eu de chance… jusque-là. D'une main tremblante, il lui avait ôté son maillot. Il avait été bouleversé par sa beauté, sa fougue timide, hésitante. C'était la première fois pour elle comme pour lui, avec toute la tendresse maladroite que cela supposait. Il n'avait pas trop su comment s'y prendre avec le préservatif, il y avait eu du sang, de la douleur, mais elle s'était cramponnée à lui en affirmant qu'elle pleurait parce qu'elle l'aimait. Avec le temps, leur passion et leur audace avaient grandi et il avait appris à la combler, sanglotant presque lui-même quand elle criait de plaisir. Après quoi, remplis d'une sensation exaltante d'accomplissement qu'ils appelaient amour, ils restaient allongés dans les bras l'un de l'autre et se bâtissaient un avenir. Il irait au lycée, jouerait au base-ball. Elle ferait de la couture, ce qu'elle adorait, créant des robes de mariée, des tenues élégantes. Un jour, ils se marieraient et auraient une maison à eux, avec une terrasse, un petit jardin où ils écouteraient les cigales chanter au crépuscule.

Bo se souvenait d'avoir essayé de graver ce moment dans son cœur, sachant que c'était la première fois qu'il connaissait le miracle d'un bonheur parfait. Au fil des semaines, ils avaient appris à se réfugier dans des lieux secrets où ils faisaient l'amour, parfois avec une hâte affamée, frénétique, à d'autres moments avec une passion délicieuse, en prenant tout leur temps. Il ne saurait jamais quelle nuit précisément le préservatif avait eu une défaillance. Mais cela s'était produit, indéniablement, et le corps fertile de Yolanda, en plein épanouissement, avait fait ce pour quoi il était fait. La division invisible de cellules qui deviendraient un jour son fils s'était produite à son insu.

Il avait commencé à se douter de quelque chose quand Yolanda avait cessé de venir à l'école. Inquiet, il avait fait une entorse à la règle capitale qu'elle lui avait imposée : il lui avait téléphoné. Elle le lui avait formellement interdit, pourtant. Son père avait répondu et lui avait déclaré d'un ton catégorique qu'il ne devait plus jamais l'appeler, mais Bo ne s'était pas laissé intimider. Il était allé chez elle pour se voir refuser l'entrée par un Hector Martinez fou de rage. Ensuite, il avait volé une échelle sur un chantier pour grimper jusqu'à sa fenêtre en pleine nuit. Il l'avait réveillée en tapant au carreau ; elle l'avait accueillie en chuchotant nerveusement, apeurée, les yeux bouffis. Sa vue avait suffi à provoquer une érection, ce dont il avait eu un peu honte vu qu'elle n'était manifestement pas d'humeur.

— Va-t'en, l'avait-elle imploré. Si mon père te surprend, il va te casser la figure.

— Que se passe-t-il ? avait-il demandé, désespéré.

— C'est fini entre nous, voilà ce qui se passe.

— Mais pourquoi ? Je t'aime, Yolanda. Je ne supporte pas de ne pas te voir.

Elle avait pleuré, la joue contre sa poitrine. Elle lui avait paru si menue, si fragile…

— Moi aussi, je t'aime, avait-elle murmuré, mais nous ne pouvons pas être ensemble. Je suis enceinte, Bo, et tu ne peux pas être impliqué là-dedans.

Enceinte. Cette nouvelle lui avait retourné l'estomac. Il ne ressentait aucune joie. Il était juste terrorisé, confus, affreusement déçu.

— Je vais t'aider, lui avait-il dit. On réglera ça ensemble.

Elle avait pleuré de plus belle.

— Ce n'est pas possible. Tout a changé. Je ne suis plus la même. Je ne suis plus la fille que j'étais, celle qui aimait qu'on s'embrasse à la bibliothèque et qu'on file en secret dans les rizières. C'est la vraie vie. J'attends un bébé et nous ne sommes prêts ni l'un ni l'autre. Et moi, je n'ai pas le choix. Toi si.

— Je choisis de rester avec toi et de t'aider à passer ça.

— Un bébé, ça ne passe pas, comme tu dis. Je sais que tes intentions sont bonnes. Je sais aussi que tu ferais de ton mieux. Mais nous deux, on n'a rien, Bo. Rien. Ça ne peut pas marcher.

— J'arrêterai l'école. Je trouverai un boulot.

— Et le base-ball? Que fais-tu de tes rêves?

— Ça ne compte pas autant que toi.

Elle avait souri tristement.

— J'étais sûr que tu dirais ça. Mais moi, je ne veux pas qu'on soit ensemble. Je ne veux pas vivre avec quelqu'un qui sacrifie un rêve pour moi.

— Ce n'est pas un sacrifice, avait-il protesté.

A peine avait-il prononcé ces mots, il avait su qu'il mentait. Il espérait qu'elle ne s'en était pas aperçue.

Il n'avait jamais pu en avoir le cœur net. Ses parents avaient fait irruption dans la chambre et avaient fait attendre Bo dans la cage d'escalier, en silence, le temps que la police arrive.

— Je veux prendre soin d'elle, monsieur Martinez. Je vous le jure, avait-il protesté.

Comme Yolanda l'avait prédit, son père l'avait giflé à toute volée. Un filet de sang avait coulé au coin de sa bouche. Mais il n'avait pas bronché. Les petits amis de sa mère lui avaient appris par la manière forte que cela ne servait à rien.

On l'avait arrêté pour tentative de cambriolage, et pour le vol de l'échelle. La dernière fois qu'il avait vu Yolanda, elle était à une fenêtre éclairée, ses yeux sombres agrandis par la tristesse.

Au bureau de police, ils avaient reconnu son nom qui leur était déjà familier grâce à son frère. « On pensait bien qu'un jour ou l'autre on ferait la connaissance de l'autre Crutcher », avait dit le policier qui l'avait appréhendé. Son acolyte s'était montré plus compatissant. Peut-être à cause de l'âge de Bo et de sa lèvre enflée, sanguinolente. « Je suis fan des Stings, lui avait-il dit. J'ai joué pour l'équipe moi-même quand j'étais au lycée. Tu as un sacré lancer, mon garçon. »

— Oui, monsieur.

Bo n'avait pas su quoi dire d'autre. Pour finir, il avait raconté toute l'histoire au policier qui l'avait écouté attentivement.

— Je sais que tu en pinces pour cette fille, mon garçon, mais, fais-moi confiance, il serait préférable pour tout le monde que tu laisses sa famille gérer cette affaire à sa manière. T'opposer à eux ne ferait qu'aggraver les problèmes, et de toute façon tu seras perdant. Mieux vaut passer à autre chose, crois-moi.

L'inculpation avait été abandonnée à la condition que Bo ne cherche plus à joindre Yolanda. Faute de pouvoir s'offrir les services d'un avocat pour se défendre, il avait baissé les bras. La famille Martinez avait déménagé, et aucun ami ni voisin n'avait été disposé à lui dire où Yolanda était partie. Par la suite, il avait appris qu'on l'avait envoyée vivre chez sa tante paternelle à Laredo.

Quelque temps plus tard, une chance inouïe s'était présentée à lui — l'occasion de s'entraîner avec une équipe de jeunes affiliée aux Astros de Houston —, et il l'avait saisie. Il s'était dit qu'il ne cesserait jamais de chercher Yolanda, mais il ne savait plus comment faire.

« Et ce n'était que la première fois où je t'ai tourné le dos… », avoua-t-il à l'enfant endormi dans son salon. Même si Yolanda lui avait interdit de le voir, il regrettait à présent de ne pas s'être bagarré davantage pour ses droits paternels.

Il défit discrètement la fermeture Eclair de la pochette qui contenait la carte d'identité d'A.J. et examina la copie de son certificat de naissance. Pas étonnant que le gamin se fasse appeler « A.J. » plutôt que par son prénom en entier ! Lieu de naissance :

Laredo, Texas. Son regard se fixa sur la date tandis qu'il tentait en vain de se rappeler ce qu'il avait fait ce jour-là, plus de douze ans plus tôt.

Après Yolanda, il était sorti avec toutes les filles qui voulaient bien de lui. Il voulait savoir si Yolanda avait raison — s'il était amoureux d'elle spécifiquement ou si c'était de l'amour qu'il s'était entiché. Il s'était avéré qu'elle n'avait ni tout à fait tort ni tout à fait raison. Il avait sincèrement aimé toutes ses petites amies. Pourtant, dès que Yolanda appelait, il était prêt à tout laisser tomber pour courir auprès d'elle, si ce n'est qu'elle ne voulait pas en entendre parler.

— Je t'appelle juste pour te dire que j'ai eu un petit garçon hier soir. A.J. A.J. Martinez, lui avait-elle annoncé.

— Je peux venir le voir?

— Ce n'est pas une bonne idée.

— Bon sang, Yolanda! Pourquoi est-ce que tu t'es donné la peine de me téléphoner, alors?

— J'ai pensé que tu aurais envie de le savoir.

— Ce que je voudrais savoir, c'est pourquoi tu as coupé les ponts avec moi, alors que je voulais vivre avec toi. Et pourquoi on m'exclut de tout ça!

— Parce que nous vivons à Laredo, maintenant. Ma tante a une boutique de robes de mariée...

Il lui avait parlé du compte en banque, celui qu'il avait ouvert pour le bébé. Holmes l'avait aidé à faire les démarches et lui avait expliqué comment ça fonctionnait. Un employé de banque avait suggéré un compte en main tierce auquel le tuteur légal de l'enfant pouvait avoir accès. Ce n'était pas grand-chose, vu qu'il gagnait des clopinettes en faisant des petits boulots ici et là. Mais il s'était engagé à y verser régulièrement de l'argent.

— Pourquoi ferais-tu ça? lui avait demandé Yolanda après un long silence.

— Parce que tu ne me laisses rien faire d'autre, avait-il répondu.

Il avait du mal à ne pas en vouloir à Yolanda de l'avoir maintenu à l'écart d'A.J., pour les rapprocher finalement en catastrophe quand aucune autre solution ne s'offrait à elle. En réalité, même si elle lui avait proposé de prendre part à la vie d'A.J., il aurait probablement gardé ses distances. La pension alimentaire qu'il lui faisait volontiers parvenir était une sorte de châtiment. Il avait provoqué la venue au monde d'un enfant, après tout.

Il s'approcha du canapé et jeta un coup d'œil à A.J. Il dormait toujours. Toute la tension, l'anxiété, la colère de la veille au soir avaient disparu de son visage. Il était plutôt mignon, en dépit de son allure chétive. Il ressemblait probablement à sa mère. Bo se souvenait de son joli sourire, de ses cils interminables, de ses grands yeux de biche qui semblaient pétiller juste pour lui. A.J. donnait l'impression qu'il ne sourirait plus jamais, et Bo ne pouvait l'en blâmer.

Ce visage endormi recelait des secrets dont il ignorait tout. Il y avait une minuscule cicatrice blanchâtre près de la bouche. Un pansement sur le pouce droit. Etait-il droitier? Ou gaucher, comme son père?

A.J. ne serait là qu'une brève période, mais s'il ne faisait qu'une seule chose pour lui Bo ferait en sorte qu'ils apprennent à se connaître mutuellement. C'était le moins qu'il puisse faire.

Il prit une douche rapide et s'habilla chaudement, accumulant les couches de vêtements avant d'enfiler de grosses chaussettes. En passant la tête dans l'encolure de son maillot de corps, il sentit un regard posé sur lui.

— Salut, A.J., dit-il.

Ce dernier était assis sur le canapé, au milieu des couvertures froissées. Il cillait des paupières dans la pénombre. On aurait dit un poussin qui venait de sortir de l'œuf, désorienté, cherchant quelque chose pour le guider dans la bonne direction. Ses cheveux noirs étaient en bataille, son visage un peu bouffi. Il avait l'air penaud, comme si on l'avait grondé. Cela lui arrivait peut-être… Voire pire. A la pensée que quelqu'un ait pu frapper son fils, le sang de Bo se figea. Il reconnaissait toutefois que ce sentiment protecteur survenait avec douze ans de retard.

— Est-ce qu'on pourrait appeler maman ? demanda l'enfant.

— Bien sûr.

Bo composa le numéro à Houston, comme il l'avait fait la veille, à plusieurs reprises. Il doutait que la situation ait changé, mais il le fit quand même.

— Pas de réponse, dit-il quand le répondeur se mit en route.

— Laisse-moi essayer.

Bo lui tendit le combiné et observa son visage grave tandis qu'il écoutait l'annonce d'accueil joyeuse enregistrée par sa mère en deux langues. Ses grands yeux bruns s'emplirent d'une expression si triste que Bo eut envie de flanquer son poing contre le mur. Il savait pertinemment que rien n'avait changé depuis qu'ils avaient appelé de l'aéroport, mais l'enfant avait besoin de le voir faire *quelque chose*.

— Essayons le centre de rétention, proposa-t-il.

Mme Alvarez lui avait donné le numéro. Un agaçant menu bilingue s'enclencha aussitôt, l'exhortant à enfoncer touche après touche jusqu'au moment où il crut qu'il allait expédier le téléphone à l'autre bout de la pièce. Au bout de plusieurs minutes de ce manège horripilant, il aboutit à un message enregistré. Il raccrocha avec un soin excessif.

— C'est fermé le week-end et après 18 heures, sauf en cas d'urgence.

— C'est urgent.

— Je comprends ce que tu ressens. Essaie de tenir le coup, d'accord ? Tu veux appeler quelqu'un d'autre ? Un parent, un voisin ?

— Mme Alvarez, ou ma prof, Mme Jackson.

— J'ai leurs numéros sur mon portable.

Bo afficha l'un des deux et appuya sur la touche *Appel*. Messagerie. Idem pour le deuxième appel.

— On essayera plus tard, dit-il avec douceur. Bon, et ton… beau-père ?

Oui, où était-il passé, celui-là? Yolanda avait épousé ce Bruno, et ils avaient déménagé à Houston. Pendant plusieurs années, il avait joué le rôle de père auprès d'A.J. Il n'était sans doute pas en mesure de faire grand-chose dans la situation actuelle, mais l'enfant trouverait peut-être rassurant d'entendre une voix familière.

— Je peux pas l'appeler, dit A.J.

— Pourquoi pas?

— Je ne connais pas son numéro.

Bo se mordit la langue. Il fallait être une sacrée ordure pour disparaître ainsi de la circulation! Il tressaillit, en proie à une pointe de culpabilité. Il aurait aimé croire qu'il n'en aurait pas fait autant à sa place, mais allez savoir?

Il prit un gros pull de pêcheur irlandais et l'enfila. Sophie, la femme de son meilleur ami, le lui avait donné pour Noël. Il n'était ni irlandais ni pêcheur, mais elle lui avait précisé que la laine provenant de moutons à face bleue avait une qualité particulière qui la rendait plus étanche et plus chaude. Les motifs torsadés et d'autres points complexes étaient jadis la marque spécifique de chaque tricoteuse, enveloppant celui qui portait le chandail de son esprit, de manière à le protéger du mal et à lui porter chance.

Il espérait que cela ferait effet ce jour-là. Ils en avaient sacrément besoin, A.J. et lui.

— Flûte! Ça gratte, dit-il en passant son index dans l'encolure.

— Pourquoi tu le mets, alors?

— Parce que c'est Sophie qui me l'a offert. Et nous allons la voir aujourd'hui à propos de ta mère. C'est toujours une bonne idée de porter ce qu'une femme t'a donné, quand tu vas la voir. Les femmes sont comme ça. Oui, c'est une bonne règle de conduite. S'il y a une chose dont je suis sûr, c'est que si une fille te donne un pull il faut le mettre.

— Même si ça te gratte?

— J'ai enduré pire pour faire plaisir à une femme, répondit Bo, se rappelant tout à coup quelque chose à quoi il n'avait pas pensé depuis longtemps. Sais-tu que, quand j'étais petit, je mangeais de la bouillie de maïs concassé au petit déjeuner, chaque fois que ma mère en faisait pour moi. Tu aimes ça?

A.J. se saisit la gorge en faisant mine de s'étrangler.

— C'est tout à fait mon avis. A propos de petit déjeuner, je vais te trouver quelque chose à manger.

Il alla dans la cuisine et ouvrit le frigo.

— On a la tarte aux pommes qu'on a rapportée hier soir de chez Friendly... Tu aimes la pizza aux pepperoni?

A.J. hocha la tête.

— Alors viens manger. Tu as bien dormi?

A.J. haussa les épaules.

— C'est assez bruyant par ici, alors...

Un bip puissant noya le reste de sa phrase. Un camion d'ordures était en train de reculer, dehors. Suivit un sifflement de pistons hydrauliques, puis le vacarme retentissant d'une benne qu'on vidait.

— Le bar du dessous est assez animé parfois, expliqua-t-il quand ce chalut s'atténua, surtout le week-end.

Son petit nid au-dessus de l'établissement lui avait paru le meilleur des mondes jusque-là. Maintenant il avait l'impression... de ne pas être à sa place, bizarrement.

— Ecoute, reprit-il d'un ton qui se voulait enjoué, que dirais-tu de t'habiller pour qu'on puisse aller chez Sophie? Elle pourra se mettre au travail pour régler cette affaire.

A.J. attrapa quelques vêtements au vol dans son sac et se dirigea vers la salle de bains. La douche se mit à siffler.

Quelques minutes plus tard, il réapparut, auréolé d'un nuage de vapeur. Il avait mis un jean et un T-shirt un peu fripés, mais propres. Ses cheveux étaient peignés avec une raie de côté, nette comme un coup de rasoir. Sa peau mate, frictionnée avec vigueur, luisait. Sous l'éclairage diffus, on aurait dit un ange, si beau que Bo en perdit momentanément l'usage de la parole.

Le ventre plein de pizza froide, de tarte aux pommes et d'Orange Crush, ce qui s'apparentait le plus à du jus d'orange dans ce que

Bo avait en réserve, ils dévalèrent l'escalier. Il avait neigé pendant la nuit, et le pare-brise était couvert de givre.

Bo lâcha un juron qu'il retint à mi-parcours, inventant du même coup un nouveau mot.

— Mer... *perlipopette*, improvisa-t-il en sortant une raclette du coffre de la Z4. Difficile à croire que les gens choisissent de vivre dans ce bord... *bourbier*.

Il s'interrompit, se rendant compte qu'A.J. ne l'écoutait pas.

Il était en train de faire des glissades sur la surface verglacée du parking, les yeux brillants. Fasciné. De la vapeur montait de ses cheveux encore mouillés et de sa bouche. Le chasse-neige avait laissé de gros tas de neige dans son sillage, tapissés d'une couche de poudreuse. La neige avait presque enfoui quelques voitures, que leurs propriétaires avaient eu la sagesse de laisser là après une soirée bien arrosée. Du sommet de la colline, on avait une vue d'ensemble sur la ville en contrebas et le lac au loin, les toits étant eux-mêmes capuchonnés de blanc.

Il essaya de s'imaginer l'effet que ce monde faisait à A.J. Personne ne lui avait demandé son avis pour l'extraire de la grande métropole méridionale qu'était Houston et le larguer dans cette petite bourgade bloquée par la neige. Il était un étranger, en terre inconnue.

— C'est dingue, hein, toute cette neige ?

— Il fait tellement froid..., répondit A.J.

Il disparaissait presque entièrement dans la parka vert olive de Bo, taille XXL. Elle lui arrivait aux genoux, et les manches pendaient, faisant disparaître ses mains.

— Un froid polaire. Surtout pour un gosse de Houston. Fais attention, ça glisse !

A.J. fit mine de patiner sur la surface luisante du parking. Ses Chuck Taylor basses n'adhéraient pas le moins du monde et il tendit les bras pour ne pas perdre l'équilibre.

— C'est la première fois de ma vie que je vois de la neige.

— Eh bien, tu vas en voir des tonnes dans cette ville, lui assura Bo. Je déteste ça, pour ma part.

A.J. prit une poignée de neige sur le toit d'une voiture garée en faisant la grimace et la regarda fondre dans sa paume.

— On va commencer par aller t'acheter des boots et des vêtements chauds, suggéra Bo. Et puis, j'ai besoin d'un bon café. Ensuite nous irons voir Sophie pour déterminer le meilleur moyen d'aider ta mère.

Dès qu'il eut fini de déblayer la neige de la voiture, ils s'y engouffrèrent. Il montra à A.J. le bouton qu'il fallait presser pour chauffer son siège. Son air hébété quand il sentit la chaleur monter le fit sourire.

— On pourrait rabattre la capote? demanda A.J.

— On va geler!

— J'ai bien assez chaud dans ce manteau.

Bo hésita. C'était la première fois qu'il voyait la neige, se rappela-t-il. Lui-même n'avait jamais connu ça, enfant. Il avait eu droit à des ouragans, à des tempêtes de grêle, à des inondations, des invasions de fourmis, mais il n'avait jamais vu la neige avant d'être adulte.

— Je te rappellerai que c'est toi qui as demandé, l'avertit-il en mettant le chauffage à fond.

Puis il enfonça une touche sur le tableau de bord, et la toile de la décapotable se rétracta en se pliant soigneusement. Il s'engagea dans la rue et prit la direction du centre-ville.

— Les gens vont penser que je suis totalement givré, marmonna-t-il.

Cela valait la peine pourtant, songea-t-il en voyant le regard ébloui de l'enfant. C'était une de ces rares journées d'hiver où l'air était aussi limpide que glacial. Le soleil brillait intensément, projetant une clarté si vive qu'on aurait dit qu'elle allait se briser. Ses rayons déposaient une pellicule d'or sur le paysage immaculé.

Les sièges chauffants les empêchèrent de mourir de froid tandis qu'ils roulaient à découvert avec la musique à fond — un morceau de Stevie Ray Vaughan.

Sur la grande place, ils eurent droit à quelques regards hébétés de la part des flâneurs, tandis que Bo cherchait un emplacement pour se garer. L'espace de quelques instants, il se sentit… presque heureux. Il ne s'était pas attendu à ça. Cette joie. Cette sensation de rapprochement. C'était terrible, ce qui arrivait à A.J., et Bo avait la ferme intention de faire tout ce qui était en son pouvoir pour régler la situation, mais pendant ce bref moment, tandis qu'il roulait au soleil à côté de son fils, il se sentit heureux.

— C'est dommage qu'on se rencontre à cause des problèmes de ta maman, dit-il, mais j'ai toujours eu envie de faire ta connaissance.

— Pourquoi n'as-tu rien fait pour, alors? demanda A.J.

La question était simple, directe, dévastatrice.

— C'était pas compliqué, ajouta-t-il.

— Ta mère trouvait que ce n'était pas une bonne idée, et je devais respecter son point de vue.

Les choses ne s'arrêtaient pas là, mais Bo estimait qu'A.J. n'avait pas besoin de le savoir. Pas maintenant, en tout cas.

Il monta le son de la stéréo. Au moment où il tournait à l'angle d'une rue, son regard fut attiré par une rousse à longues jambes qui sortait d'une boutique appelée Zuzu's Petals. Elle tenait un grand sac à la main. Son intérêt fut aussitôt éveillé. Se pourrait-il que ce soit… Non, se dit-il. Il prenait ses désirs pour la réalité, voilà tout.

7

Les trépidations d'une stéréo de voiture attirèrent l'attention de Kim au moment où elle sortait du magasin de prêt-à-porter. Elle s'était équipée de l'essentiel — des sous-vêtements en Thermolactyl, un pantalon en laine et quelques pull-overs. Vêtue d'un jean, de bottes et d'une veste flambant neufs, elle se sentait fin prête à profiter de l'hiver. Cela lui avait manqué, tout le temps où elle avait vécu en Californie du Sud. Les hivers blancs, cristallins, le patinage, le snowboard.

Elle n'avait jamais travaillé avec des athlètes de sports d'hiver. Enfin, il y avait failli en avoir un. On lui avait confié la charge d'un joueur de hockey du nom de Newton Granger, auquel il manquait tellement de dents qu'on aurait dit qu'il avait des problèmes d'élocution. En dépit des risques multiples qu'il encourait sur la patinoire, il avait une peur pathologique des dentistes. Kim s'était évertuée à lui forger l'image d'un homme coriace et taciturne, mais il avait le sourire facile, un peu niais, édenté qui plus est, et cela fichait tout en l'air.

« Les sportifs ! pensa-t-elle. Plus jamais ! » Elle se préparait à des choses meilleures, de plus grande envergure. Elle ne savait pas trop lesquelles, mais il ne faisait aucun doute dans son esprit qu'elles seraient meilleures et de plus grande envergure.

Comme elle s'élançait sur le trottoir, ses paquets à la main, elle repéra la source du vacarme qui lui cognait dans les oreilles. C'était une voiture de sport — capote baissée ! — qui venait de s'engager sur la grande place. La clarté du soleil se reflétait sur la décapotable, qui aurait été davantage à sa place à Malibu que dans l'Etat de New York en plein cœur de l'hiver.

La voiture se glissa dans un emplacement devant Sport Haus, un magasin spécialisé dans les vêtements et les équipements d'hiver. La capote en toile noire se dressa et couvrit l'habitacle, dissimulant le conducteur et son passager. Quelques secondes plus tard, un homme de grande taille s'extirpa du véhicule. L'espace d'un instant, elle crut le reconnaître, mais elle n'aurait pas su dire où elle l'avait vu. Un garçonnet apparut du côté passager. Il avait l'air aussi gelé qu'elle l'était elle-même, emmitouflé dans sa veste trop grande, sans bonnet, les mains enfouies dans ses poches. Il n'arrêtait pas de regarder autour de lui d'un air ahuri, pareil à une marmotte à l'affût. Le type avait tout du genre d'homme que les filles bien n'étaient pas censées trouver attirant… Il avait un air nonchalant qui laissait supposer qu'il cherchait à se donner une contenance. Elle avait l'art de flairer ces choses-là. Son travail consistait à observer l'image qu'une personne projetait et, dans le cas de ses clients, à l'affiner afin qu'elle séduise son public.

Pendant qu'elle faisait ses achats, Kim s'était rendu compte qu'elle avait faim. Elle songea qu'elle n'avait pas eu le moindre appétit depuis la réception à Los Angeles. Le buffet, ce soir-là, se composait de minuscules timbales aux légumes et de mesclun à la vinaigrette et à l'huile de truffe.

Tant pis pour le régime, se dit-elle en mettant le cap sur la boulangerie Sky River, l'un des commerces les plus anciens et les plus populaires de la place. Elle ne manquait jamais d'y aller quand elle était à Avalon.

A l'instant où elle pénétrait dans l'atmosphère chaleureuse de la boulangerie bondée, elle sentit que c'était la meilleure décision qu'elle avait prise depuis longtemps. Une douceur planait littéralement dans l'air, des arômes de sucre, de levure, de beurre qui l'envahirent au point de chasser tout le reste. La chaleur et toutes ces odeurs en devenaient presque insupportables — cannelle, chocolat, café fraîchement moulu, pain chaud. Les glouglous d'une machine à café ponctuaient les conversations et les rires.

La boutique était magnifique, avec son sol en damier et son décor éclectique.

Kim passa en revue les vitrines étincelantes remplies d'une étourdissante foison de pâtisseries — kolaches, galettes au beurre, croissants à la pâte d'amandes, à la framboise, au chocolat, somptueux gâteaux décorés avec des ornements en pâte à sucre faits main, pains à l'ancienne. Elle commanda une tasse de thé et une barre au sirop d'érable. Dès lors qu'elle faisait une entorse à son régime, autant y aller franco, comme aurait dit sa mère. Dans le quartier où elle vivait à Los Angeles, s'offrir une pâtisserie comme celle-là passait pour un crime !

Elle déambula dans la boulangerie en attendant qu'une place assise se libère. Peut-être avait-elle une conscience suraiguë des couples heureux, mais ils semblaient être partout — se souriant aux tables du café, se tenant par la main dans la file d'attente, échangeant des regards intimes. Si vite après l'échec de sa relation avec Lloyd, elle n'aurait pas dû avoir de tels pincements au cœur, mais c'était plus fort qu'elle. Elle n'aimait pas se retrouver seule dans une foule. Elle n'avait pas envie d'être seule, point barre.

« Je devrais m'estimer heureuse de vivre dans une maison remplie de gens », se dit-elle.

Les citadins venus pour le week-end ou une excursion dans la journée avaient l'air ravis à la perspective d'explorer le parc des Catskills, une réserve naturelle qualifiée de « sauvage à jamais » par les guides. Les activités sportives hivernales abondaient dans cette région où l'on pouvait toujours compter sur une généreuse couche de neige couvrant le paysage d'un tapis immaculé digne d'une carte postale. Emmitouflé dans des parkas et coiffé de bonnets colorés, tout ce petit monde discutait avec animation des conditions climatiques idéales — la neige toute fraîche, le ciel limpide. Kim supposait que certains d'entre eux prendraient le chemin de Deep Notch pour faire de l'escalade, tandis que d'autres iraient dévaler les pentes de la Saddle Mountain. On pouvait aussi patiner sur le lac des Saules, et faire de la raquette ou de la motoneige dans l'arrière-pays. Chacun semblait excité à la perspective de passer la journée dans le froid vivifiant, loin des portables, des mails, sous la rude emprise de Mère Nature. Ils avaient tous l'air... *comblés*. Une sensation qui avait été hors de sa portée dans toutes les relations qu'elle avait eues, au point qu'elle avait cessé de croire que c'était possible.

« J'adorais l'hiver, autrefois », pensa-t-elle. Peut-être était-ce encore le cas. Ces derniers temps, elle ne prêtait plus guère attention à ce qui lui faisait plaisir.

Une place se libéra au comptoir face à la vitrine. Elle s'y installa avec le journal, sa pâtisserie et sa tasse de thé. Dès qu'elle planta ses dents dans ce délice riche et moelleux, elle vit des étoiles. C'était absolument divin. Elle se retint de gémir. Dans ce bref instant, elle oublia Lloyd, sa vie sens dessus dessous, sa fofolle de mère, son avenir incertain. « Si tout le monde commençait la journée avec une barre au sirop d'érable, pensa-t-elle, le monde vivrait en paix ! »

Elle remarqua une série de photos d'art, magnifiquement encadrées, représentant Avalon, le lac des Saules, le parc des Catskills sous leurs plus beaux aspects — baignés d'une lumière dorée, avec des couleurs douces, sourdes, comme peintes par un grand maître.

A côté de la caisse, des livres s'empilaient, sous un petit écriteau qui indiquait : « Nouveau ! Signés par l'auteur. » L'ouvrage volumineux s'intitulait : *De la nourriture pour l'esprit : Sagesse culinaire issue d'une boulangerie familiale*, de Jennifer Majesky McKnight. La couverture représentait les mains couvertes de farine d'une femme âgée pétrissant une boule de pâte à pain blanche.

Tout un tas de quotidiens étaient déployés sur un comptoir latéral. En attendant que son thé refroidisse, Kim feuilleta l'*Avalon Troubadour*. En plus du livre qu'elle avait écrit, Jennifer Majesky McKnight y rédigeait une chronique : le sujet du jour était une méditation sur les bienfaits du cacao.

Kim sirota son thé en parcourant le journal, s'étonnant au passage de la juxtaposition des naissances, des décès, des mariages sur la même page. Commencement, milieu, fin. Avec tout un tas de points de suspension au milieu. Il y avait une rubrique baptisée « Jalons », relative aux diplômes et aux promotions. Une autre intitulée « Fiançailles » montrant des jeunes couples souriants, suprêmement sûrs de leur avenir. Pourquoi n'annonçait-on pas aussi les ruptures ? se demanda-t-elle. La fin d'un amour était un événement majeur dans l'existence. Quand les gens se fiançaient, ils le criaient sur les toits. Pourquoi n'en faisait-on pas autant quand on se faisait larguer ? Pourquoi en faisait-on un secret, quelque chose de honteux ? Pourquoi ne pas le proclamer comme une étape cruciale, plus lourde de conséquences qu'un diplôme ou une promotion ? Voire une rétrogradation ou un licenciement ?

Kim était spécialiste de la communication. Elle avait été l'agent de sportifs depuis qu'elle avait achevé ses études à l'université d'USC, et elle se savait douée pour ça. Elle s'étonnait que les producteurs de chocolat et les fabricants de cartes de vœux n'aient pas tiré parti des ruptures et des divorces pour en faire une industrie. Elle imaginait l'annonce qu'elle aurait fait paraître elle-même dans la presse.

Kimberly van Dorn vous fait part de sa rupture avec Lloyd Johnson, star de la NBA et pivot des Lakers de L.A...

« La fierté des Lakers », comme on avait surnommé Johnson, était son client vedette. Lorsqu'il l'avait remerciée, haut et fort, en public, lors d'une réception qui ne réunissait que des gens de renom, elle avait commis le pire impair qui soit en lâchant sa coupe de champagne. Le fracas avait attiré l'attention de toutes les personnes présentes. Ce n'était pas seulement le bris de verre, mais aussi la pulvérisation de sa carrière. Quant à la scène qui avait suivi dans le parking, Dieu merci, il n'y avait pas eu de témoin.

Le thé lui brûlait l'estomac, et les arômes qui flottaient dans la boulangerie lui parurent suffocants, tout à coup. Comment pourrait-elle jamais manger de nouveau ? Comment affronter le monde sans que la panique la prenne à la gorge ?

Pour se distraire, elle jeta un coup d'œil à la page des bandes dessinées, où elle trouva sa préférée, *Respire !* Il était question d'une jeune femme venue s'installer chez sa mère une fois que sa vie s'était écroulée. Ouille ! Cela collait un peu trop à la réalité, en l'occurrence… Kim doutait de percevoir la moindre trace d'humour dans cette situation, désormais.

Elle posa le journal et regarda la vue par la fenêtre. En Californie, elle se réveillait face à un paysage embrumé par la pollution et résonnant du grondement incessant de la circulation au cœur de Los Angeles. La vision de cette ravissante bourgade de montagne, si pittoresque, lui donnait le sentiment d'être entrée dans une nouvelle dimension. Les vieux édifices en brique de la grande place se blottissaient les uns contre les autres. On déroulait les auvents des boutiques et des autres commerces ; on salait les trottoirs avant d'entamer la journée.

Kim se sentait étrangère dans cette ville qu'elle connaissait mal, belle comme une illustration, surtout l'hiver, quand tout s'enveloppait d'un voile immaculé de neige toute fraîche. Pendant qu'elle était là à contempler la vue, le grand type et le petit garçon qu'elle avait remarqués plus tôt traversèrent la place en direction de la boulangerie. L'homme avait l'air décidé ; le gamin suivait, quelques pas derrière lui. Il portait un anorak bleu marine et des gants, et pliait et dépliait les doigts comme s'il n'avait pas l'habitude d'en mettre.

Ils ne tardèrent pas à pénétrer dans la boulangerie en faisant retentir la cloche joyeuse au-dessus de la porte. Kim ne voulait pas avoir l'air de s'intéresser à eux, aussi étudia-t-elle leur reflet dans la vitrine. L'homme lui disait quelque chose, mais elle n'arrivait toujours pas à savoir où elle l'avait vu. Puis il repoussa son capuchon, libérant ses longs cheveux.

Oh, mon Dieu… Elle comprenait à présent pourquoi il avait attiré son regard… Cette crinière de lion ! Elle se raidit en faisant le dos rond pendant qu'il se servait en café au comptoir. Le gosse, à côté de lui, mangeait une kolache. Quelques minutes plus tard, l'homme alla payer à la caisse en bavardant tranquillement avec la fille derrière le comptoir. Kim le vit prendre une boîte de pâtisserie attachée avec de la ficelle.

— Allez, A.J., dit-il. On ferait bien d'y aller.

Kim ferma les yeux. Alors qu'il passait derrière elle, elle l'entendit la saluer à voix basse. *Madame...*

Ils sortirent de la boulangerie.

Madame...

Interloquée, Kim pivota sur son tabouret et tendit le cou pour lui jeter un ultime coup d'œil. Impossible. Elle ne pouvait pas croire que ce soit...

Ils montèrent dans la petite voiture de sport et disparurent avant qu'elle arrive à décider si l'inconnu était bel et bien celui qu'elle pensait.

Elle en avait déjà le cœur net, bien sûr. Une partie de son être l'avait compris dès l'instant où elle l'avait aperçu de l'autre côté de la place. C'était l'homme de l'aéroport. Parmi tous les petits bleds perdus de l'Etat de New York, il avait fallu qu'il choisisse le sien !

8

— La maison de Sophie et de Noah va te plaire, dit Bo.

Avec un A.J. nanti d'un nouvel anorak, de boots et de gants, et une boîte de kolaches encore chaudes en guise de cadeau, ils étaient en route pour leur rendez-vous avec Sophie. Elle avait un bureau en ville, mais le week-end elle tenait absolument à rester chez elle avec sa famille.

— Je te le garantis. Ils vivent dans une ferme. Noah est vétérinaire. Tu aimes les chiens?

— Un chien m'a mordu l'année dernière quand j'ai voulu le caresser.

A.J. effleura le coin de sa bouche où une petite cicatrice formait une ligne blanche discrète.

C'était donc de là qu'elle provenait.

— Aucun chien ne va te mordre, assura Bo. Et les chats? Tu aimes bien les chats?

A.J. haussa les épaules.

— Les chevaux, alors. Tout le monde aime les chevaux, non?

— Ils me font éternuer.

Et de trois! Fin de la partie.

— J'ai un aveu à te faire, reprit Bo. Je n'apprécie pas trop les chevaux moi-même. Quand je me suis installé ici, tout le monde me prenait pour un cow-boy sous prétexte que je venais du Texas.

Sa remarque ne suscita aucun commentaire.

— Bon. Les hamsters, ça te plaît, les hamsters ? Tu as quelque chose contre ?

— Je n'en ai jamais vu de ma vie. Ils en ont, là-bas ?

— Je n'en sais rien, reconnut Bo en négociant un virage sur la route qui longeait le lac. Ecoute, je me rends compte que ça doit te faire bizarre d'être là. Je sais que tu te fais du souci pour ta maman. Nous allons faire notre possible pour l'aider. D'accord ? acheva-t-il en jetant un coup d'œil à son passager.

A.J. enfouit son menton dans le col duveteux de son anorak en hochant la tête.

— Sophie saura ce qu'il faut faire. Ce ne sont pas des paroles en l'air. Elle a travaillé au Tribunal international de La Haye. C'est quelque part en Europe.

— En Hollande, précisa A.J. Siège du gouvernement néerlandais.

— Tu en sais, des choses, remarqua Bo, impressionné. La plupart des gens n'ont jamais entendu parler de cette ville. Je n'y connais pas grand-chose moi-même, si ce n'est qu'il faut être un sacré avocat pour se faire embaucher là-bas.

Il avait une confiance absolue en Sophie, l'épouse de son meilleur ami, Noah Shepherd, depuis le printemps dernier. Elle avait été impliquée dans une violente tentative de prise d'otages à La Haye ; cette sinistre expérience l'avait incitée à se rapatrier à Avalon. Elle avait deux enfants d'un précédent mariage, et Noah et elle avaient adopté des frère et sœur originaires d'un petit pays du sud de l'Afrique. Bo avait une profonde admiration pour des gens prêts à faire un aussi bel acte de foi, en se mariant et en fondant une famille dans la foulée. Il voyait mal comment on pouvait manifester une telle assurance, être à ce point convaincu d'aimer une femme et de vouloir être père.

Il arrivait à peine à organiser sa propre existence. Le mariage, une famille — autant de choses qui lui paraissaient hors de sa portée, aussi loin de lui que la lune.

L'arrivée soudaine d'A.J., c'était le pavé dans la mare. Il avait souvent pensé à lui, durant toutes ces années. Mais c'était la première fois qu'il le voyait comme un être en chair et en os, mû par des sentiments, des besoins, avec un regard empreint de tant de souffrance et de peur qu'il lui faisait l'effet d'un coup de couteau. Son cœur saignait pour l'enfant. Etre arraché à sa mère et expédié dans un endroit glacial, qui vous était totalement étranger, relevait du cauchemar et des contes de fées les plus sombres. Avoir un beau-père qui se souciait de lui comme d'une guigne, et dont il n'avait même pas le numéro de téléphone, ne faisait qu'aggraver les choses. Voilà qu'il découvrait son père en la personne de Bo Crutcher. Il devait se demander ce qu'il avait fait pour mériter ça.

Ancienne laiterie, le domaine de Noah se dressait sur un versant surplombant le lac des Saules. Il se composait d'un vaste bâtiment et de plusieurs dépendances, dont un silo, une grange, un enclos, outre la clinique vétérinaire. Une pancarte indiquant *Clinique vétérinaire Shepherd* marquait l'entrée de l'allée. La laiterie avait été fondée par les grands-parents de Noah. Ce dernier y avait grandi sans jamais la quitter, hormis pour aller faire ses études à l'école vétérinaire de Cornell. Bo avait de la peine à imaginer l'effet que cela pouvait faire, d'appartenir à une famille qui avait des racines, de rester si longtemps au même endroit, et ensemble. Noah était l'homme le plus heureux et le plus équilibré qu'il connaissait, ce qui, à son avis, n'était pas étranger au profond sentiment de sécurité que son ami avait éprouvé toute sa vie. Il aurait donné cher pour qu'A.J. puisse en dire autant. Il était peut-être trop tard.

Ils se garèrent sur le côté de la maison. Dès qu'ils sortirent de la voiture, deux grosses formes poilues dévalèrent la colline enneigée dans leur direction. Réagissant à la vitesse de l'éclair, A.J. retourna dans la voiture et claqua la portière. Bo avait l'habitude de ces clebs pas méchants pour un sou appelés Rudy et Opal, mais il comprenait qu'ils puissent terrifier un petit garçon qu'un chien avait mordu au visage.

— Du calme, ordonna-t-il aux deux bêtes qui bondissaient autour de lui. Allez-vous-en! Du balai!

Heureusement, les deux molosses avaient été dressés à la perfection. Ils s'écartèrent aussitôt et gardèrent leurs distances, tandis que Bo faisait signe à A.J. de sortir.

— N'aie pas peur. Ils n'approcheront pas. Tu n'as rien à craindre.

A.J. hésita.

— N'aie pas peur, répéta Bo. Il n'y a pas de problème, je te jure.

A.J. sortit lentement de la voiture et se dirigea vers la porte d'entrée. Bo n'avait pas le sentiment de l'avoir aidé à vaincre sa peur. Il était conscient que l'enfant cherchait avant tout à sauver la face.

Sophie les attendait sur le seuil, le sourire aux lèvres. Elle était blonde et douce comme un lever de soleil. Et ravissante malgré son jean usé et un pull-over sur lequel il semblait y avoir une tache de confiture.

— Salut, Bo, dit-elle, avant de sourire plus chaleureusement encore à A.J. Je m'appelle Sophie. Tu dois être A.J.

— Oui, m'dame.

Une fois dans l'entrée, il regarda autour de lui d'un air incertain.

— Donnez-moi vos vestes, dit Sophie, leur faisant signe de la suivre.

En épousant Noah, elle avait transformé tous les aspects de sa vie, y compris sa maison, même si à l'époque où il était célibataire elle lui convenait parfaitement telle quelle. Les pendules-réclames, le baby-foot s'étaient volatilisés, ainsi que la batterie qui occupait auparavant un angle du salon où ils avaient l'habitude de répéter. Tout cela avait été relégué dans le garage, ce dont personne ne se plaignait, dans la mesure où il était chauffé et contenait un tonnelet de bière réfrigéré.

Noah avait accepté ces modifications sans sourciller. Il était tellement heureux et ivre d'amour que Sophie aurait pu décorer toute la maison en chintz rose sans qu'il proteste le moins du monde. Des photos de leur toute nouvelle famille recomposée avaient remplacé l'attirail masculin.

— Noah est à la clinique, expliqua Sophie en désignant vaguement le bâtiment d'en face. Les enfants sont en train de finir de déjeuner.

Elle les entraîna dans un couloir menant à une vaste cuisine rustique dont les murs jaunes s'ornaient d'une multitude de dessins d'enfants — faits avec les doigts pour la plupart, pareils aux pétroglyphes des cavernes préhistoriques.

— Oncle Bo!

Aissa, sa nièce honoraire, agita un toast couvert de confiture de raisins dans sa direction. Elle avait quatre ans environ, et elle était tellement mignonne qu'il en avait presque les larmes aux yeux quand il la regardait.

— Bas les pattes! lança-t-il. Toi aussi, Buddy, ajouta-t-il à l'intention du frère de la petite fille, âgé d'à peu près sept ans.

Son vrai nom était Uba, mais on avait eu vite fait de le remplacer par son équivalent américain.

Aissa tendit ses deux pieds chaussés de boots roses miniatures.

— Je veux aller jouer dehors, annonça-t-elle.

— C'est de la folie, tu sais, lui répondit Bo. Il fait un froid de canard.

Les deux petits étaient sous la surveillance de leur frère aîné, Max, le fils que Sophie avait eu de son premier mari. Max était en troisième, et semblait savoir y faire avec les deux plus jeunes. Pendant les présentations, A.J. se montra timide ; il s'empressa de refuser le toast et le verre de jus de pomme qu'on lui proposait. Sur leurs gardes, Max et lui se mesuraient maladroitement du regard.

— Des kolaches, lança Bo en tendant la boîte à Max. Donnez-vous-en à cœur joie.

— Super!

Max se jeta dessus, ainsi que les deux petits. Avant de s'attaquer à l'une des pâtisseries, il marqua un temps d'arrêt.

— Tu en veux? demanda-t-il en tendant la boîte à A.J.

— Non, merci.

— Il faut que nous allions dans mon bureau travailler un moment, intervint Sophie pour détendre l'atmosphère. Tu peux t'occuper des petits, Max?

— Bien sûr. Pas de problème.

Ils se rendirent dans le bureau, une petite pièce bien agencée, comportant un ordinateur, plusieurs meubles de rangement, ainsi qu'un grand panneau où s'affichaient des cartes et des articles de la presse internationale. Les étagères étaient couvertes d'un mélange de manuels juridiques et de photos de famille que Bo entrevit comme un océan de visages souriants. Sophie avait eu sa part d'épreuves et de chagrins, il le savait. Ces clichés étaient la preuve en couleurs qu'on pouvait se remettre des pires difficultés.

Sophie posa une main rassurante sur l'épaule d'A.J. Ce contact eut un effet tangible sur l'enfant. Il se détendit visiblement, ses traits crispés s'adoucissant. Un geste aussi simple pouvait donc réconforter, pensa Bo. En dehors du moment où il l'avait porté maladroitement à l'étage pendant qu'il dormait, il ne l'avait pas touché. En voyant le bienfait que ce bref contact avait sur l'enfant, il se rendit compte que cela n'avait rien de bizarre, somme toute. Et il avait des tas de choses à apprendre sur son rôle de parent. Vu la jeunesse qu'il avait eue lui-même, il allait falloir qu'il procède au jugé.

— J'ai commencé à passer des coups de fil hier, dès que Bo m'a téléphoné au sujet de ta mère, dit Sophie à A.J. Je sais que c'est un moment terrible pour toi et pour ta maman, alors nous allons tâcher de régler tout ça aussi vite que possible.

— Combien de temps il faudra? demanda A.J. Quand est-ce que je pourrai revoir ma maman? Rentrer chez moi?

— Je ne peux pas te le dire tout de suite. Les affaires d'immigration sont assez compliquées, en général. Cela peut nous aider, en un sens. Dans un cas comme celui-là, tout peut arriver. Je travaille dans un cabinet qui se spécialise dans l'immigration.

Elle lui effleura de nouveau l'épaule.

— Tu vois ce document sur mon écran? C'est un acte judi-ciaire d'appel d'urgence. Nous allons le transmettre au tribunal fédéral lundi matin à la première heure. Je leur explique qu'un citoyen américain mineur s'est retrouvé sans tutelle légale. Dans un premier temps, nous espérons obtenir un statut provisoire pour ta mère.

Les plis d'inquiétude réapparurent sur le front d'A.J. Il fixait l'écran d'un air pitoyable.

— J'ai juste besoin de voir maman. Je ne peux plus attendre.

Bo eut envie de le prendre dans ses bras, tant il lui faisait de peine. Mais il redoutait de franchir une certaine frontière avec lui. Bon sang, c'était intenable! Se souvenant du geste que Sophie avait eu plus tôt, il tendit la main et tapota l'épaule du garçon.

— Ça devrait finir par se régler, mais toutes ces démarches juridiques vont prendre du temps.

— Combien de temps? insista A.J. en se dégageant.

Bo échangea un coup d'œil avec Sophie.

— On ne peut pas encore le dire, répondit Bo.

A.J. lui décocha un regard soupçonneux.

— Pourquoi est-ce que je ne peux pas rejoindre maman où elle est? Au centre de rétention, au Mexique, je m'en fiche…

— Tu es un citoyen américain et ce serait tout aussi compliqué de t'envoyer là-bas que de la faire revenir, dit Bo, ce qui lui valut un hochement de tête approbateur de la part de Sophie. De plus, ce n'est pas ce que ta mère souhaite pour toi.

Yolanda avait été catégorique à ce sujet au téléphone. A.J. ne connaîtrait que danger et incertitude là où elle se trouvait, avait-elle dit.

— Je suis un enfant, rappela inutilement A.J. Ça ne compte pas? Je suis un enfant et je suis censé être avec ma mère.

— C'est ce que stipulait la loi jusqu'à récemment, intervint Sophie. La réforme de l'immigration récente a tout changé. Avant, dès lors que des parents sans-papiers prouvaient que leur expulsion mettrait en péril un citoyen américain — en l'occurrence, toi, A.J. —, le juge pouvait les autoriser à rester. La nouvelle loi rend la reconduite systématique.

Elle leur montra un document qu'elle avait imprimé.

— Vers le milieu des années quatre-vingt-dix, il y avait quarante mille reconduites par an environ. De nos jours, on atteint trois cent mille. Le DSI et l'ICE vous diront qu'ils se débarrassent ainsi d'éléments criminels, mais ce n'est pas toujours le cas. Des tas de travailleurs, et même des anciens combattants, se font ramasser lors de ces rafles.

— Ça ne nous aide pas, dit Bo qui observait A.J.

— Non. Je veux savoir où on en est, répondit l'enfant. Même si ce sont des mauvaises nouvelles.

— Ce n'est pas forcément mauvais, précisa Sophie. Il faut que nous trouvions une autre stratégie, c'est tout. En attendant, tu vas rester à Avalon, avec Bo.

Ce dernier essaya de ne pas s'offenser de la réaction du garçon.

— Bon, d'accord, je ne mérite certainement pas la médaille du papa de l'année, reconnut-il, mais je suis prêt à faire face à la situation.

Quand il lançait une balle sur le terrain de base-ball, il était capable de lire l'expression du batteur. Il savait ce que le type sur la base pensait — ce à quoi il s'attendait, d'après sa posture, sa manière de se comporter, l'orientation de son regard et les mouvements de sa mâchoire. Il se demanda si cette technique pouvait fonctionner avec A.J. Si tel était le cas, l'attitude de l'enfant laissait supposer un mélange de peur et de rage, un cocktail de mauvais augure. Un batteur qui affrontait le lanceur dans cet état d'esprit s'attendait à une balle rapide, irrattrapable.

Bo tendit de nouveau la main vers l'épaule d'A.J. pour tenter de le rassurer, mais cette fois-ci ce dernier s'y attendait et s'esquiva à la hâte.

— Je vais voir s'il reste une kolache, dit-il en se dirigeant vers la cuisine.

Bo se tourna vers Sophie.

— Qu'est-ce que tu veux que je te dise ? Il m'adore.

Elle sourit, mais la lueur de doute qui brillait dans son regard en disait long.

— Il est terrifié, et cela se comprend. Vous allez vous en sortir tous les deux, j'en suis sûre.

— Bon alors, Sophie, dis-moi les choses clairement. Quelles sont les chances de Yolanda ?

— Comme je l'ai dit à A.J., tout peut arriver. L'essentiel pour le moment, c'est d'analyser en profondeur chaque aspect de cette affaire. Il faut que nous sachions le maximum de choses sur Yolanda, y compris des éléments qu'elle n'aurait peut-être pas envie de nous dévoiler.

— A quel sujet ?

— Je ne sais pas très bien. Je présume que ça va prendre plus de temps qu'A.J. et toi le souhaitez. J'essaie juste d'être réaliste, Bo. Les choses ne se produisent pas toujours au moment le plus opportun.

— Je ne peux pas assumer ça, Sophie. Je ne suis pas du tout prêt. J'habite au-dessus d'un bistrot, pour l'amour du ciel !

— A.J. est-il en sécurité, là-bas ?

— Bien sûr, mais mon appartement est minuscule. Bruyant, qui plus est. C'est loin d'être l'endroit idéal pour élever un enfant. Si cela doit durer un certain temps, il va falloir que je trouve un autre endroit où loger.

— Je te suggère de le faire, dans ce cas.

Il hocha la tête puis sortit son portable de sa poche.

— Il faut que je passe un coup de fil.

— Je vais aller me chercher une kolache avant qu'il n'y en ait plus, répondit Sophie en se dirigeant vers la cuisine.

Dino Carminucci répondit à la première sonnerie.

— Salut. Quoi de neuf ?

Dès la veille, Bo avait informé Dino de la situation. Ce dernier n'en était pas revenu, mais comme d'habitude il avait proposé de l'aider. *Si je peux faire quelque chose pour toi…*

Peut-être bien. Bo lui fit part des derniers événements.

— Sophie, mon amie avocate, dit que tout ça va prendre un certain temps.

— Ça va, le petit ?

— Pas vraiment, répondit Bo. Comment veux-tu qu'il aille, alors que sa mère a fait l'objet d'une rafle ? Ecoute, j'ai vécu des week-ends pénibles, mais là...

Il s'interrompit, inspira à fond.

— Il va falloir que je change de crémerie pendant quelque temps. Cette turne au-dessus du Hilltop me convient très bien, mais ce n'est pas un endroit où loger un gosse.

— Tu as bien fait de m'appeler, dit Dino. J'ai la solution idéale. Passe me voir après ta visite chez l'avocate. Nous allons régler ce problème en moins de deux.

— C'est ça que tu appelles une meilleure solution ? lança A.J. en fixant la maison rose bonbon d'un air sceptique.

— Dino m'a assuré que c'était un endroit très agréable. Tu sais ce qu'on m'a dit ? Il paraît que cette bicoque appartient à une veuve un peu barjo.

Le regard d'A.J. s'illumina.

— Vraiment ?

— Oui. Quelques gars de mon équipe l'ont aidée à rénover la maison.

Bo regarda les environs, la grande avenue flanquée de grands arbres rectilignes. D'imposantes demeures vieilles d'un siècle, voire davantage, se dressaient de part et d'autre au milieu de vastes pelouses. Bâties par des familles aisées avides d'échapper à la chaleur étouffante de la ville l'été, la plupart d'entre elles avaient été entretenues avec soin et restaurées par la nouvelle élite d'Avalon — de jeunes cadres prospères qui avaient fait fortune dans la technologie, la loi ou la finance. D'autres avaient été transformées en bureaux pour des entrepreneurs ou des hommes d'affaires locaux, ou encore en cabinets médicaux, mais leur façade avait été soigneusement préservée.

Bo jeta un coup d'œil à A.J. pour voir sa réaction face à ce paysage sorti tout droit d'un livre d'images. La neige créait une atmosphère paisible, comme issue d'une autre époque, si bien qu'on s'attendait presque à voir surgir une calèche tirée par des chevaux. L'enfant avait détourné la tête, les bras croisés sur sa poitrine en un geste protecteur. Bo n'avait aucun mal à identifier cette posture — une armure contre toute émotion.

Telle une prostituée à l'église le dimanche, la Fairfield House détonnait dans ce contexte, avec sa façade aux tonalités criardes. Les moindres détails architecturaux avaient été rehaussés dans divers tons de rose. Une pancarte sur le portail en fer forgé indiquait : *Fairfield House. Circa 1886. Chambres à louer.*

— Cette dame a deux chambres à louer au dernier étage, expliqua Bo. Elle propose un petit déjeuner sous forme de buffet et un dîner chaque soir. Je n'ai pas droit à ça actuellement, même en vivant au-dessus d'un bar.

En attendant, le côté pièce montée de cette maison lui donnait la chair de poule. Résolu à la jouer cool, il sortit de la voiture et fit signe à A.J. d'en faire autant. Il poussa le portail qui grinça sur ses charnières rouillées. Leurs semelles crissèrent dans l'allée salée qui menait aux marches bariolées du perron. L'élégant mobilier de la terrasse, en osier blanc, disparaissait sous des housses en plastique à fermeture Eclair. Plusieurs plantes squelettiques pendaient lamentablement de l'auvent, vestiges oubliés d'une saison plus clémente.

Bo redressa les épaules avant de sonner. A la dernière seconde, il ôta son bonnet en se rappelant que Dino lui avait décrit la propriétaire comme une femme distinguée. A.J. resta un peu en arrière, dans son ombre. Il était sans doute en train de calculer mentalement le temps qu'il lui faudrait pour foncer jusqu'à la voiture. Bo appuya de nouveau sur la sonnette d'un geste impatient.

On aurait dit un gong plutôt qu'une sonnette. La vitre ondulée à petits carreaux de la porte s'ornait d'un rideau en dentelle ouvragé. En guignant à travers, il vit quelqu'un approcher. Il ne se sentait vraiment pas dans son élément. Il sortit de sa poche la carte que Dino lui avait donnée pour vérifier le nom. Penelope van Dorn.

Van Dorn. Drôlement classe… Un nom qui en imposait. Ce devait être un genre d'institutrice.

La porte s'ouvrit brusquement.

— Que puis-je pour vous?

L'espace d'un instant, Bo ne put ni parler, ni bouger, ni penser.

Rien à voir avec une maîtresse d'école.

Il avait devant lui un bon mètre soixante-quinze ultrasexy de la tête aux pieds. Ses longs cheveux brillants lui tombaient en cascade jusqu'au milieu du dos. En dépit de sa taille, elle avait assez de formes pour qu'on ait envie de dessiner un halo d'oiseaux et d'abeilles de dessins animés autour de sa tête. La chanson *Foxy Lady* de Jimi Hendrix lui vint à l'esprit. Tandis qu'il contemplait, bouche bée, cette créature rousse incroyablement belle, sa bouche devint toute sèche, sa langue se changea en poussière âcre. Quand il força son cerveau à se remettre en branle, une seule pensée jaillit.

Il était dans le pétrin.

9

« Ce n'est pas possible », pensa Kim en s'écartant pour laisser entrer les visiteurs. Sa mère ne devait pas se douter de la balle à effet qu'elle lui avait lancée. Elle avait dit que deux nouveaux pensionnaires étaient attendus à Fairfield House. Kim ne pouvait pas s'imaginer que ce serait ce type-là. Quelles étaient les chances qu'une coïncidence pareille se produise ? Elle s'était mis tout l'univers à dos, ma parole !

L'un des problèmes, quand on était une rousse à peau claire, c'est qu'on rougissait facilement. Lorsqu'elle piquait un fard, cela se voyait comme le nez au milieu de la figure, et c'était malheureusement le cas chaque fois qu'elle était gênée, contrariée, subjuguée, intriguée, ou tout cela en même temps.

Pour l'heure, c'était tout en même temps, et son visage avait dû prendre des nuances rose soutenu pour le prouver.

Il avait peut-être oublié. Sûrement même, se répéta-t-elle pour se rassurer. Leurs chemins s'étaient croisés à l'aéroport, voilà tout. Les hommes avaient tendance à occulter les moments où ils se comportaient comme des imbéciles, si bien qu'elle ne risquait probablement pas grand-chose.

— Bonjour, madame, dit-il. Je me souviens de vous avoir vue à l'aéroport. Je suppose que le moment est venu de faire les présentations.

Un silence malaisé s'ensuivit. Il n'avait donc pas oublié. Ce qui voulait dire qu'il estimait ne pas s'être comporté comme un imbécile, ou qu'il s'en souciait comme d'une guigne. Elle le regarda en plissant les yeux, déterminée à ne pas succomber à son pseudo-charme de cow-boy.

— Moi aussi, je me souviens de vous…

Elle jeta un coup d'œil à la fiche que sa mère lui avait remise quand elle l'avait priée de recevoir les nouveaux arrivants. Crutcher, lut-elle. Et fils.

Le regard de l'enfant passa du grand type à elle. Celui-ci portait un sac à dos sur l'épaule. Il avait de beaux yeux avec des cils interminables, et une expression sérieuse qui lui donnait un air grave, presque adulte.

Elle se demanda quel âge il avait, qui était sa mère, où elle était.

— Je m'appelle A.J., dit-il d'une voix râpeuse, bizarrement touchante. A.J. Martinez.

— Bonjour, A.J., lui répondit-elle en souriant. Moi, c'est Kimberly. Kimberly van Dorn. Tu peux m'appeler Kim.

Il regardait autour de lui en écarquillant les yeux. Il était chétif, hésitant, aux antipodes de son père.

— Tu peux aller explorer, si tu veux, ajouta-t-elle en prenant sa veste. La cuisine est par là. Il y a une bibliothèque et une salle télé. La grande pièce ronde avec toutes les fenêtres, on l'appelle la rotonde.

Imitant son père, il rangea ses boots dans le casier prévu à cet effet à l'entrée. Puis, les mains dans les poches, il s'aventura au rez-de-chaussée, aussi discret et prudent qu'un visiteur de musée. C'était bon signe, au moins. Sa mère avait dû lui apprendre à ne pas faire de chahut dans une maison afin d'éviter d'importuner les autres occupants.

— Dites-moi, monsieur Crutcher, est-il toujours aussi silencieux ?

— Oui. Pour le moment, il n'a pas dit grand-chose.

Pour le moment… Qu'est-ce que ça voulait dire ?

— Je m'appelle Bo, à propos.

Elle l'examina à la dérobée. Il était bel homme, à sa manière — dégingandé, cheveux un peu longs, un regard expressif et un sourire doux. En même temps, il émanait de lui quelque chose de douloureux, de mystérieux.

— Bo, répéta-t-elle. Comme Beau Bridges ? Le beau de Beaufort, ou de Beauregard ?

— Ce sont des mots que j'arrive à peine à prononcer, madame.

— Alors Bo, comme dans... Bo Peep ?

Son visage s'anima, mais son sourire demeura réservé, ne révélant pas grand-chose.

— C'est un bon exemple. Ma mère n'était pas très douée en orthographe.

— Et vous ? Etes-vous doué en orthographe ?

— J'ai des talents dans un certain nombre de domaines.

— Comme faire preuve de courtoisie dans un aéroport ?

— Ça n'est pas mon fort. En revanche, nouer des liens avec les jolies femmes, ça, je m'y entends assez bien, en général.

— Merveilleux. Mon Lothario personnel s'installe chez nous !

— Comment ?

— Lothario. C'est un personnage littéraire.

— Je prends ça comme un compliment, répondit-il en souriant.

Son sourire lui plut, et elle s'en défendit.

— Vous n'êtes pas difficile à contenter.

— J'essaie juste de déterminer la manière d'expliquer à une femme comme vous...

— Une femme comme moi ? Qu'est-ce que ça veut dire ?

Il haussa les épaules.

— Je n'en sais rien. Le genre de femme qui ne connaît pas beaucoup de prénoms inspirés de chansons country.

— C'est le cas du vôtre ?

— *Mr. Bojangles*. Mon prénom complet est Bojangles. T. Crutcher. Ça me faisait affreusement honte, quand j'étais petit. La chanson n'est pas mal, mais un prénom pareil, c'est un poids qui pèse toute votre vie sur vos épaules. Ma mère en pinçait pour Jerry

Jeff Walker. Elle l'aimait tellement qu'elle s'était fait tatouer ses initiales, JJW, au creux des reins.

— Elle devait vraiment être fan, remarqua Kim, impassible.

— Elle a changé son prénom de Gertrude en Trudy, le titre d'une autre de ses chansons. Et puis j'ai un frère qui s'appelle Stoney.

— Un autre succès de Jerry Jeff Walker, devina-t-elle.

— Exact. A propos d'un mystique amateur de vin. Je vous la jouerai un de ces quatre.

— Vous êtes musicien ?

— Je joue de la basse, et parfois de la guitare slide à pédale. En amateur, précisa-t-il. Et, ne vous inquiétez pas, je mets toujours un casque quand je répète.

— Où travaillez-vous ? demanda-t-elle.

Il lui semblait logique de poser la question. Elle n'avait pas l'habitude de gérer une pension, mais cela devait faire partie des choses qu'on était censé savoir.

— J'ai été lanceur pour l'équipe des Hornets à Avalon. Je suis employé comme serveur à l'Hilltop Tavern hors saison, quand je n'ai pas les moyens d'aller au sud pour l'hiver. Au printemps prochain, je vais m'entraîner chez les Yankees dans l'espoir de me faire une place dans l'équipe.

— Les Yankees, répéta-t-elle, sentant son estomac chavirer. De New York, vous voulez dire ?

— Oui, madame. Ça faisait un moment que j'attendais ça. En novembre, j'ai pris part aux épreuves de sélection en Floride, comme tous les ans. Et, chaque année, je me dis que je vais avoir droit au même boniment — plus de place. Or cette fois-ci il s'est trouvé qu'il y avait une ouverture.

Kim commençait à avoir des suées froides. Un bassiste, elle pouvait s'en accommoder. Un grand blond aux cheveux longs et aux yeux bleus, ça aussi, elle pouvait l'affronter. Mais un sportif ? De haut niveau ? C'était un cauchemar. Après le fiasco avec Lloyd, elle avait décidé qu'elle ne voulait plus entendre parler d'athlètes, sous quelque forme que ce soit. Plus jamais. Et voilà que celui-là s'apprêtait à s'installer sous le même toit qu'elle. Elle devait être maudite. De quel dieu s'était-elle attiré les foudres? Quelle frontière karmique avait-elle franchie?

Le sourire du nouveau pensionnaire s'évanouit peu à peu tandis qu'il la dévisageait.

— Vous êtes sûre que ça va?

— Euh, oui... Pourquoi me demandez-vous ça?

— Je vous trouve un peu pâlotte. En général, j'ai droit à une tout autre réaction quand je dis aux gens que je vais jouer pour les Yankees. Ou bien on m'accuse de raconter des histoires.

— Je vous crois, dit-elle après avoir avalé péniblement sa salive. Vous devez être très content.

— Sans déc... Oui, je le suis.

Il sourit de nouveau, comme s'il ne pouvait pas s'en empêcher.

Cette rencontre aurait été de bon augure dans des circonstances différentes — une spécialiste des relations avec la presse sportive et un joueur de ligue 1, recruté depuis peu. Elle ne put se retenir de l'évaluer : c'était comme une seconde nature chez elle. Le plus évident, c'est qu'il n'était plus tout jeune, pour un bleu. A en juger d'après son apparence et l'âge de son fils, Bo Crutcher devait approcher la trentaine, ou l'avoir dépassée. Elle se surprit à se lancer dans des conjectures, à s'interroger sur son histoire. Malgré elle, elle pensa à son image. S'il disait vrai, s'il ne délirait pas, il allait avoir besoin d'un sacré coup de main.

Elle avait un sixième sens, quand il s'agissait des conditions à remplir pour réussir dans le domaine du sport. Le talent n'était que le point de départ. De nos jours, les grands athlètes faisaient l'objet d'un *package* qui devait tout inclure. Le talent en faisait partie, bien sûr, mais d'autres éléments étaient indispensables à la réussite d'un sportif de haut niveau. Sa détermination, son courage. Ainsi que son physique, sa personnalité, la manière dont il se présentait. Surtout quand il s'agissait des Yankees. A tout moment au cours de la saison, il pouvait y avoir non moins de cinquante journalistes dans le club-house, et seules quelques zones leur étaient interdites. L'image publique d'un joueur était cruciale. Ce type-là, ce Bo Crutcher... Il y avait quelque chose dans sa crinière léonine, dans ce visage... Elle avait du mal à détourner les yeux. Elle se rendit compte, soudain, qu'elle était en train de détailler ses traits, la clarté limpide de son regard, la forme de sa bouche...

Elle s'obligea à mettre un terme à ses spéculations. Il était loin d'être au point. Elle se demanda s'il en était conscient. Et pour quelle raison elle s'en préoccupait. Elle sentit monter en elle une bouffée de colère à l'encontre de sa mère, partie au marché, lui laissant la situation sur les bras. Elle lui avait dit que le nouveau venu était « un jeune homme sympathique avec son fils », que Dino lui avait recommandé. Mais jamais, même dans ses moments les plus fous, Kim n'aurait pu imaginer qu'il s'agissait d'un sportif professionnel. Elle n'avait pas l'habitude d'associer l'adjectif « sympathique » avec « athlète ». Il y avait sûrement des tas de sportifs de haut niveau qui l'étaient, mais il semblait qu'elle soit plutôt destinée à rencontrer ceux de l'espèce opposée.

— C'est mon jour de chance, on dirait, reprit-il. Je voulais justement vous expliquer ce qui s'était passé à l'aéroport...

— Mieux vaut oublier tout ça, l'interrompit-elle. Monsieur Crutcher... Elle croisa son regard. Je ne vais pas vous mentir. Si la décision m'appartenait, je vous demanderais de trouver un autre logement. Mais cet établissement est la propriété de ma mère, et compte tenu de la recommandation de M. Carminucci elle souhaite vous accueillir ici.

Il lui décocha son sourire le plus chaleureux, comme si elle venait de lui ouvrir grands les bras.

— Nous allons nous entendre à merveille, affirma-t-il. J'ai le sentiment que cette maison est tout à fait ce qui convient à A.J.

Par la porte ouverte, ils apercevaient le garçon dans la rotonde. Une pâle lumière hivernale filtrait à travers les fenêtres à meneaux. Il passait en revue les étagères remplies de livres usagés, qui recelaient aussi une collection de pipes Meerschaum, ainsi que l'échiquier du grand-père de Kim dont les pièces étaient alignées, telle une armée prête à la bataille. Le navire enfermé dans une bouteille ne manquait jamais de fasciner les visiteurs. A.J. semblait traiter avec respect ces curiosités qu'il découvrait tour à tour. Peut-être parce qu'il se savait observé. Ou parce qu'il était bien élevé, à la différence de son père.

Cet enfant avait besoin d'un toit.

Kim se trouva mesquine, tout à coup.

— Pendez donc votre manteau, dit-elle à Bo. Je vais vous montrer la maison.

En pilotage automatique, elle le conduisit dans la cuisine, d'où on accédait à la salle à manger par des doubles portes recouvertes de feutre vert.

— Le petit déjeuner et le dîner sont servis ici — sous la forme d'un buffet. Vous vous servirez dans la cuisine et mangerez à la salle à manger. Enfin, si vous décidez de rester, je veux dire.

« S'il vous plaît, dites non, pensa-t-elle. Dites que vous allez chercher autre chose. »

— C'est parfait, répondit-il.

A.J. était en train d'inspecter la cuisine. Comme tout le reste de la maison, elle avait été repeinte dans des tons saisissants — les murs jaune canari, les plinthes mandarine. Elle n'en avait pas moins conservé son cachet grâce à son plafond haut, son lambrissage, ses hauts placards aux portes de verre dépoli et son évier profond à l'ancienne. Il y avait un comptoir garni d'une planche de bois de boucher et une longue table de bois ; des rideaux en dentelle garnissaient les fenêtres.

— C'était la maison de mes grands-parents, expliqua-t-elle à l'enfant alors qu'une foule de souvenirs lui revenaient tout à coup à la mémoire — des odeurs, des sons, des bribes de conversation. Nous fêtions toujours Thanksgiving ici.

Elle revoyait sa grand-mère avec son tablier à fleurs et ses énormes maniques, apportant le festin à table. Son grand-père, qui avait rempli de magie les journées de sa jeunesse, avait coutume d'improviser des *bénédicités* qui lui venaient aussi naturellement que les propos les plus badins.

— Elle est chouette, cette maison, commenta A.J.

Kim leur montra ensuite le salon, équipé d'une télévision, d'une stéréo et d'une bibliothèque.

— Je suis contente que ça te plaise, dit-elle. J'ai passé d'innombrables après-midi heureux, ici, quand j'étais enfant.

En ce temps-là, elle était pleine d'espoirs et de rêves, mais c'étaient les rêves d'une petite fille qui ignorait qui elle était. Voilà qu'aujourd'hui, des années plus tard, elle ne le savait toujours pas. Enfin, plus du tout ! C'était passablement déprimant de penser qu'elle s'était bâti une belle carrière en Californie, pour se retrouver du jour au lendemain dépourvue de tout. Compte tenu du contrat rigoureux qu'ils avaient signé, ses autres clients continueraient à faire appel à la firme et se passeraient de ses services.

— Vos chambres sont au dernier étage, dit-elle en se dirigeant vers l'escalier.

Des questions fusaient dans son esprit, mais elle n'osait pas les poser. Ce n'était pas simple, cette affaire de pension. Sa mère appelait les résidents ses hôtes, ce qu'ils n'étaient pas vraiment. Ils n'avaient pas été conviés, et leur séjour se prolongeait au-delà de quelques jours. En fait, la maison était remplie d'étrangers qui payaient leur chambre. Penelope jurait qu'ils venaient exclusivement grâce au bouche-à-oreille et présentaient tous des références impeccables. Bo avait été envoyé par Dino, en qui elle semblait avoir une grande confiance.

Kim avait le sentiment qu'elle ne s'habituerait jamais à cet arrangement, pas plus qu'elle ne pensait pouvoir se faire à l'infime distinction entre intimité et vie privée. Quoi qu'il en soit, ce n'était pas de son ressort. Tant qu'elle vivrait sous ce toit, elle devrait se plier aux règlements de sa mère.

Elle imaginait assez bien le libellé des références de Bo : *Talent hors pair pour le base-ball et le flirt.*

Un homme avec un enfant, et pas de femme, apparemment.

Elle ouvrit la porte conduisant au dernier étage de la maison et s'effaça pour les laisser passer, se sentant un peu dans la peau d'un groom. Une douce clarté, reflétée par la neige couvrant le toit en pente, emplissait la pièce. Ce rai de lumière s'infiltrant par les fenêtres à petits carreaux lui rappela une époque lointaine où elle contemplait le paysage les jours de neige, en s'imaginant qu'elle était un flocon provenant de *Casse-noisettes*, résidente d'un royaume enchanté. Elle se demanda si A.J. ferait comme elle ou s'il était trop grand pour ce genre de rêveries.

La pièce formait un L. Un lit occupait une alcôve, un autre l'angle opposé. Il y avait un coin-salon avec un bureau et une petite télévision, et une salle de bains adjacente.

— C'est là qu'on va dormir, m'dame? demanda A.J.

Elle lui sourit en tournant le dos à Bo.

— Tu peux m'appeler Kim, dit-elle.

— Oui, m'dame… Kim.

— Tu dois être du Texas, hein? Les gens de là-bas disent souvent « m'dame ».

— Oui, m'dame.

Il sourit pour la première fois depuis qu'il avait mis le pied dans la maison, et ce sourire était à couper le souffle. C'était comme entrevoir le soleil au milieu des journées les plus mornes de l'hiver — radieux, animé par un esprit invincible. Voyant qu'elle le regardait avec insistance, il reprit aussitôt son air grave.

— Ça me paraît très bien, déclara Bo. Très bien.

Il avait donc pris sa décision, pensa-t-elle en frissonnant involontairement.

— Si tu rangeais tes affaires? suggéra Bo. Je vais descendre chercher le reste.

A.J. hocha la tête sans le regarder, puis il posa son sac à dos sur une chaise.

— D'accord.

— Tu vois cette bibliothèque? dit Kim, sentant un courant de tension entre eux. Elle contient tous les livres que je préférais quand j'étais petite — *Superfudge*, *Maniac Magee*, et toute la série de Matt Christopher. Mes amies me trouvaient bizarre parce que j'adorais ses bouquins.

— Comment ça se fait ?

— Ils parlent de sports. Elles pensaient qu'une fille n'était pas censée s'intéresser à ça, je suppose. J'aimais ça pourtant. J'aime toujours. Et toi, ça te plaît, le sport ?

A.J. haussa les épaules.

— Pas vraiment.

Bo Crutcher entra dans la pièce à cet instant, les bras chargés. Le froid lui avait rosi les joues et ses yeux paraissaient encore plus bleus.

— Hé, lança-t-il, je croyais que c'était juste le base-ball que tu n'aimais pas !

A.J. se raidit et écarta la mèche raide qui lui tombait dans les yeux d'un mouvement de tête.

— Je ne suis pas très fan du sport en général, dit-il. Ce n'est pas un crime.

Ignorant son attitude, Bo l'enveloppa d'un regard chaleureux.

— Ce n'est pas un crime. Juste une surprise. Je n'ai rien contre les surprises de temps en temps.

— O.K., dit l'enfant en hochant la tête.

« Intéressant, pensa Kim, après avoir observé ce manège : ils se comportent comme s'ils étaient étrangers l'un à l'autre, mais quand chacun pense que l'autre regarde ailleurs il l'étudie avidement. »

Elle montra à A.J. un guide des activités dans la région.

— Il y a des tas de choses à faire par ici, dit-elle en déployant une carte colorée. Là, c'est le terrain de golf d'Avalon Meadows. L'hiver, il fait office de terrain pour le ski de fond ; on y fait aussi de la luge.

Puis elle désigna Saddle Mountain, à l'extrémité ouest de la ville, sillonnée de vastes pistes de ski et striée de lignes noires représentant les télésièges.

— Là-haut, c'est la station de ski. La plupart des jeunes font du snowboard, maintenant.

A.J. mit sa main en visière pour regarder, mais ne fit aucun commentaire.

— Pour moi, le sport d'hiver se résume à regarder un match de foot à la télé bien au chaud au coin du feu, intervint Bo. Qu'est-ce qu'il en est du football, A.J.? Ça te plairait d'aller à un match de foot?

— Pas vraiment, répondit l'enfant.

— Moi, j'adore les sports d'hiver, dit Kim à l'adresse d'A.J. Le snowboard, la luge, le patinage — tout ce qui se fait en plein air. Le lac des Saules se couvre d'une couche de glace suffisante pour qu'on puisse y patiner. Tu as déjà essayé?

— Je n'y connais rien, aux sports d'hiver, avoua A.J.

— Tu tenteras peut-être le coup cet hiver.

— Pour moi, une balade dans la neige est à peu près aussi excitante qu'une visite chez le dentiste, déclara Bo. Je n'ai jamais chaussé de skis de ma vie. Je n'ai jamais fait de snowboard non plus. Ça ne m'a jamais tenté. J'estime que c'est de la folie de s'attacher une planche sous les pieds pour dévaler une pente à cent kilomètres-heure.

Il alluma la télévision et tendit la télécommande à A.J.

— Installe-toi, d'accord? Je vais descendre et discuter un peu avec Mlle van Dorn.

Il avait marqué un temps d'arrêt afin qu'elle puisse lui dire : « Appelez-moi Kim. » Ce qu'elle s'abstint de faire.

— Nous serons dans le salon, A.J., dit-elle.

Elle était impatiente d'apprendre ce qui se passait entre cet homme et ce garçon qu'il semblait à peine connaître. Elle le devança dans l'escalier, sentant son regard posé sur elle. Que voyait-il en elle? La personne qu'il avait accostée à l'aéroport? Une femme vaincue par sa propre carrière? Qui aurait régressé en devenant logeuse?

Parvenue en bas des marches, elle se retourna vivement et vit qu'il était en train de la mater. Super! Il ne manquait plus que ça...

— Enfin, voyons!

— Désolé, dit-il. Je ne... je veux dire... Accordez-moi une seconde.

— Une seconde pour quoi faire ? demanda-t-elle en se tripotant les cheveux.

— Vous savez, quand je vous ai croisée à l'aéroport, j'ai pensé que je n'avais jamais rien vu d'aussi beau au monde.

Ses paroles la désarmèrent. En dépit de toute l'expérience qu'elle avait accumulée dans le domaine des relations publiques, certaines choses arrivaient encore à la désarçonner. Comme un grand joueur de base-ball aux yeux bleus, la regardant bien en face en lui tenant ce genre de propos.

— Mais je m'étais trompé, ajouta-t-il.

Oh...

— Je pense maintenant que vous êtes ce qu'il y a de plus beau *dans tout l'univers.* Je suis sérieux.

Oh...

— Monsieur Crutcher...

— Je sais, j'aurais mieux fait de me taire, mais tous les gens qui me connaissent savent que j'ai une gueule grande comme celle d'une grenouille-taureau au printemps. Quand je m'y mets, je suis intarissable. Mon agent — je viens juste de commencer à travailler avec lui — dit qu'il faut absolument que j'apprenne à la fermer.

Elle lutta contre le rouge qui lui montait aux joues et perdit la bataille.

— Voudriez-vous boire quelque chose ? dit-elle, regrettant aussitôt son offre.

— Dans un petit moment, peut-être, répondit-il avec désinvolture.

Ils gagnèrent le salon, la plus grande pièce du rez-de-chaussée, peuplée de meubles et de souvenirs de sa grand-mère, ses lampes à l'ancienne, ses tableaux. La pièce avait été repeinte en bleu vif — encore une couleur dont on avait arrêté la production ! Sa mère avait baptisé Fairfield House « la maison des couleurs abandonnées ».

Bo prit place sur une chaise aux pieds grêles, son imposante carrure rapetissant la pièce. Il s'adossa au dossier, posa une de ses chevilles sur le genou opposé et la considéra, l'air d'attendre quelque chose.

Elle se sentit mal à l'aise sous son regard insistant.

— Parlez-moi d'A.J. et de vous, dit-elle. Il m'a l'air d'un gentil garçon.

— Je l'espère, mais pour tout vous dire je n'en sais rien.

Comment pouvait-on dire une chose pareille au sujet de son propre enfant ?

— Il a douze ans, poursuivit Bo. Il est né au Texas où il a vécu toute sa vie. Je l'ai vu hier matin pour la première fois. C'était la raison de ma présence à l'aéroport, quand nous... J'étais là pour le récupérer.

— Vous ne l'aviez jamais rencontré auparavant ?

— C'est sa mère qui en a décidé ainsi. Pas moi. Après la naissance d'A.J., elle a épousé quelqu'un d'autre. Cet homme est le seul père qu'A.J. ait jamais connu. Yolanda — sa mère — ne voulait pas me voir de peur que je sème la confusion dans l'esprit du gamin.

Il parlait à voix basse, sur un ton empreint de regrets.

— Je n'ai jamais eu de père, et ça m'était vraiment dur de savoir qu'A.J. était sur cette terre et que je ne le verrais jamais. J'ai quand même respecté le souhait de sa mère. Je n'ai jamais tenté de le voir, jusqu'à ce qu'elle m'appelle vendredi pour me dire qu'elle avait besoin que je m'occupe de lui pendant quelque temps.

Kim essaya d'imaginer ce qui pouvait pousser une femme à confier son fils à un être qu'il ne connaissait ni d'Eve ni d'Adam.

— A-t-elle... des problèmes ? Qu'est-ce qui lui a fait changer d'avis à propos d'une éventuelle rencontre entre A.J. et vous ?

— C'est une longue histoire. Son mari l'a quittée, et elle a eu maille à partir avec le DSI.

— Le Département de la sécurité intérieure, vous voulez dire ?

Il hocha la tête en joignant le bout de ses doigts.

— On l'a conduite dans un centre de rétention temporaire à Houston. Sans le moindre préavis. Il n'y avait personne pour s'occuper d'A.J. Ils n'ont pas d'autre famille dans ce pays, ni amis ni voisins pour les aider. Elle est fille unique, voyez-vous. Après le décès de son père, sa mère est retournée vivre à Nuevo Laredo. C'est dans la vallée du Rio Grande, côté Mexique.

Kim sentit son cœur se serrer.

— Vous voulez dire qu'elle est partie travailler un matin et que, le soir venu, on lui a interdit de rentrer chez elle ?

Elle n'arrivait même pas à imaginer ce que cela avait dû signifier pour l'enfant.

— C'est exact, répondit Bo. Il était hors de question que je les laisse envoyer A.J. dans un foyer. Seulement, j'habite un appartement au-dessus de la Hilltop Tavern. C'est trop bruyant pour un gamin. Nous sommes venus ici parce que je voulais qu'il soit dans un endroit où il se sente chez lui.

— Dans un endroit où il se sente chez lui, répéta-t-elle à mi-voix.

Et, pour la première fois, elle comprit l'enthousiasme de sa mère pour sa nouvelle entreprise.

— Absolument. Si je n'avais pas été là, A.J. aurait été placé dans une famille d'accueil. C'est une véritable loterie, croyez-moi. Ça peut être la meilleure chose qui puisse arriver à un gosse, ou un cauchemar.

Il avait dû lire sa réaction sur son visage parce qu'il s'empressa d'ajouter :

— J'en ai fait l'expérience moi-même.

Kim repensa à sa propre enfance, où tout était prévisible et sans risque. En dépit des égarements financiers de son père, pas un seul instant elle n'avait eu à craindre d'être abandonnée.

— Vous avez vécu dans une famille d'accueil ?

— Deux. La première fois, on se serait cru dans un roman de Stephen King. Puis un autre couple m'a pris en main, et c'est la meilleure chose qui me soit jamais arrivée. Parfois, quand ma mère passait par une période difficile, j'allais loger chez mon entraîneur, un gars du nom de Landry Holmes. Nous ne possédions pas grand-chose quand j'étais gamin, mais Landry m'a appris à me concentrer sur l'essentiel.

Kim était intriguée malgré elle, et elle se surprit à penser en agent publicitaire. Il avait une histoire personnelle forte. Un peu compliquée, mais cela faisait partie du défi à relever. L'honnêteté dont il faisait preuve lui rappelait le genre de clients auxquels elle avait eu affaire dans les premiers temps, avant qu'elle ne se retrouve avec des gens comme Lloyd sur les bras. Elle préférait de loin ceux qui méritaient d'avoir leur chance plutôt que ceux qui s'estimaient en droit d'en avoir une.

Le « pauvre type » de l'aéroport s'estompait à une vitesse grand V, occulté par un être en chair et en os. A côté de ce qu'A.J. était en train de vivre, sa situation n'avait rien de catastrophique, songea-t-elle.

— Ce n'est qu'un gosse, reprit-elle. Je n'arrive pas à croire qu'on puisse séparer une mère de son enfant.

— Ça se produit souvent, apparemment. Plus souvent qu'on ne croit.

— Que comptez-vous faire ?

— J'ai fait appel à un avocat. Sophie Bellamy-Shepherd. Vous la connaissez ?

— Je connais le nom Bellamy, mais non, pas Sophie.

— C'est la femme d'un de mes amis. Noah Shepherd. Elle a déjà trouvé un spécialiste de l'immigration. Ils ont adressé une requête au Bureau des appels en matière d'immigration. Quelqu'un s'occupe de faire des recherches sur les antécédents de la famille de Yolanda, mais Sophie m'a prévenu que cela risquait de prendre du temps.

— En attendant, A.J. reste avec vous.

— Oui.

— Il doit se faire un sang d'encre pour sa mère, dit Kim.

Elle supposait par ailleurs que ces événements inattendus perturbaient sérieusement les projets de Bo, qui s'apprêtait à rejoindre les Yankees afin de s'entraîner à l'approche de la saison.

Soit il niait cette réalité, soit il dissimulait son anxiété pour le bien de l'enfant.

— Il est très inquiet, c'est sûr, confirma Bo. Comment est-ce qu'il pourrait en être autrement ? Mais il garde tout pour lui. Enfin, c'est l'impression que ça donne… J'aimerais bien le connaître mieux.

La situation de cet homme et de son enfant, au-delà du fait qu'elle l'intriguait, la touchait profondément. Elle ne s'était pas attendue à ça. Il arrive que les gens se comprennent d'emblée à un niveau profond, sans qu'il soit nécessaire qu'ils se connaissent depuis longtemps. Elle se demanda s'il avait ressenti cela chez elle.

— Vous avez donc l'intention de loger ici pour le moment, reprit-elle.

— Oui. Et il va falloir que je l'inscrive à l'école à Avalon. Dès lundi.

— Il sera peut-être content. Certains enfants aiment bien l'école.

Bo lui décocha un regard sévère.

— On est au milieu de l'année. Il vient d'un autre Etat et ne connaît personne ici.

— Bon, d'accord. Je fais peut-être preuve d'un excès d'optimisme, là…

— Je vais le lui annoncer ce soir. Après le dîner.

Il jeta des coups d'œil autour de lui, manifestement perturbé.

— En tout cas, je vous suis reconnaissant, Kim.

— De quoi ?

— De ne pas avoir paniqué quand vous m'avez vu.

— Pourquoi aurais-je paniqué ?

— Quand vous nous avez ouvert la porte, j'ai pensé que j'étais… foutu.

Pas très flatteur.

— A propos… l'attitude que j'ai eue l'autre matin à l'aéroport. Ça ne me ressemblait pas, dit-elle.

143

— J'ai pensé que vous aviez probablement eu une sale journée.

— Une sale *vie*, vous voulez dire, répondit-elle en secouant la tête.

A.J. Martinez était la preuve flagrante qu'il pouvait vous arriver bien pire dans l'existence que d'être confronté à Lloyd Johnson. Après son brusque départ, elle avait reçu une kyrielle de coups de fil de ses anciens collègues, mais cela s'était déjà tassé. Ils ne tarderaient pas à arrêter de l'appeler — probablement avant la fin de la journée. Telle était la nature de son secteur d'activités. On ne faisait qu'une bouchée des gens avant de les régurgiter, une fois qu'ils ne vous étaient plus d'aucune utilité. Elle avait cru avoir les reins assez solides. Ce n'était plus le cas maintenant.

— Pas très encourageant, commenta Bo. Alors que faisiez-vous à l'aéroport, sur votre trente et un ?

— J'ai dû quitter L.A. à la hâte. Je n'ai pas eu le temps de me changer.

— Vous êtes en cavale ? s'enquit-il en l'observant de près.

Elle esquissa un petit sourire triste. *Je fuyais ma propre vie.*

— Vous en posez des questions !

Encore ce sourire ravageur. Elle aurait juré qu'il flirtait avec elle.

— Mais vous ne répondez à aucune, répondit-il. Ça va aller ?

Elle songea de nouveau à A.J., à l'incertitude qui était la sienne. Ainsi qu'à Bo, se retrouvant avec un enfant privé de sa mère sur les bras alors qu'il ne l'avait jamais vu de sa vie.

— Oui, ça va aller, dit-elle.

— Peut-être pourrez-vous me parler de vous un de ces jours ? Nous allons devoir apprendre à nous connaître.

Je ne vois pas pourquoi, pensa-t-elle, même si elle se sentait dangereusement attirée par le sourire qui flottait en permanence sur ses lèvres, y compris lorsqu'il abordait des sujets délicats.

*
* *

Daisy Bellamy était de nouveau en retard. Charlie avait un an et demi déjà, mais elle n'avait toujours pas maîtrisé l'art de coordonner à temps tout ce dont elle avait besoin avant de sortir de chez elle, même pour un simple trajet jusqu'au camp Kioga où elle était conviée à une réunion de famille. Elle avait beau s'y prendre à l'avance, elle se débrouillait toujours pour être en retard.

Ce soir-là, elle avait tout prévu — les vêtements de Charlie, son sac d'affaires, son appareil photo —, mais au moment où elle s'apprêtait à partir Charlie avait déniché un biscuit Oreo qui traînait quelque part. Le temps qu'elle s'en rende compte, il avait un sourire couleur chocolat et une grosse tache humide sur le devant de son pull-over.

— Oh, Charlie! s'exclama-t-elle. C'est le pull que mamie O'Donnell t'a tricoté, et elle sera là ce soir...

Les grands-parents paternels de Charlie avaient fait le déplacement spécialement de Long Island pour le voir. Daisy s'empara d'une éponge et tenta de faire disparaître la tache, mais ses efforts ne firent qu'aggraver les choses. En babillant joyeusement à son adresse, le petit se débrouilla pour saisir le chemisier de sa mère d'une main crasseuse et le souiller à son tour.

— Tu as raison, marmonna-t-elle, les dents serrées. C'est tout sale.

En faisant passer le chandail par-dessus sa tête, elle réussit à étaler du biscuit mouillé sur la frimousse et dans les cheveux de Charlie. Sur le point de perdre patience, elle le débarbouilla du mieux qu'elle put, se lava les mains et alla chercher des hauts propres pour eux deux. C'était bien la peine d'avoir voulu faire de l'élégance! Et de s'être mise en quatre pour être à l'heure.

— Ma vie n'était pas censée se passer comme ça, bougonna-t-elle en se précipitant vers la voiture avant qu'il arrive autre chose.

— Non, reconnut Charlie, recourant à son mot préféré.

— On est au moins d'accord sur quelque chose, lui dit-elle. Je te jure, Charlie, il y a des moments où...

Elle s'interrompit avant d'en dire trop. Même s'il était trop petit pour comprendre, elle ne voulait pas qu'il l'entende se plaindre. Elle l'attacha sur son rehausseur et se mit en route en direction du camp Kioga, le long du lac. Dans des moments comme celui-ci, la réalité de son existence lui paraissait presque insoutenable. Elle avait son travail de photographe. Et Charlie. Ses cours. Et Charlie. Toujours Charlie. Il était tout pour elle, et l'amour qu'elle éprouvait pour lui était d'une telle intensité que cela faisait presque peur. Mais ses responsabilités, accablantes, n'en finissaient jamais. Charlie se réveillait à l'aube, infailliblement, et dès lors que la journée avait commencé Daisy n'avait plus une minute à elle. Elle n'avait jamais pensé que ce serait facile d'être mère célibataire. Il y avait des moments où elle avait envie de se rouler en boule histoire d'échapper à tout ça, ne serait-ce qu'un instant. Avec un bambin plein d'énergie, il ne fallait même pas y songer.

Elle chassa sa mauvaise humeur en concentrant son attention sur la beauté du paysage au crépuscule. Les arbres ployant sous le poids de la neige formaient comme un dais au-dessus de la route. Alors qu'elle négociait un tournant, ses phares illuminè-rent le tapis de neige qui couvrait le lac. Elle n'avait que vingt minutes de retard, d'après la pendule du tableau de bord. Ce n'était pas trop mal.

Sa cousine, Olivia, et Connor, son mari, avaient transformé le camp Kioga, une retraite rustique appartenant à la famille depuis des générations, en un lieu d'accueil ouvert toute l'année. Ce soir-là, le jeune couple avait organisé une fête d'adieu pour Julian Gastineaux, le jeune frère de Connor. Julian s'apprêtait à partir en Caroline du Sud pour un entraînement spécial au sein du ROTC. Il disait que, s'il s'était engagé dans ce programme de formation destiné aux officiers de réserve, c'était dans le but de financer ses études. Mais Daisy savait qu'il y avait une autre raison à cela. Julian adorait prendre des risques — le parachutisme, le tir, les manœuvres de terrain. Il était emballé à l'idée de passer des nuits à s'entraîner au combat au beau milieu de nulle part.

Daisy était fascinée par la personnalité de Julian, et cela depuis longtemps. Elle était tombée à moitié amoureuse de lui l'été où elle avait fait sa connaissance, quelques années plus tôt. A moitié seulement. L'autre partie de son être avait commis des sottises, comme coucher avec un autre garçon, se retrouver enceinte et avoir un bébé toute seule. Elle avait souvent l'impression que Julian avait envie de lui rendre son amour, mais elle n'était pas disposée à le laisser faire. Il était sur le point de vivre un rêve dont elle ne pouvait faire partie. A quoi bon se faire des illusions ? Julian était en train de s'engager dans une voie qui menait tout droit à l'université et à une carrière dans l'armée, une voie qui l'éloignerait d'elle à jamais.

L'allée conduisant au camp avait été déblayée ; elle était bien éclairée. Daisy se gara et se chargea de tout son attirail avant d'extraire Charlie de son siège. Il insista pour marcher jusqu'au pavillon principal en se dandinant dans ses boots minuscules, si bien qu'il leur fallut cinq bonnes minutes avant de se retrouver à l'intérieur. Avec un enfant en bas âge, tout prenait cinq bonnes minutes de plus qu'en temps normal. Elle se considérait comme quelqu'un de patient, mais il y avait des moments où elle ne pouvait pas se retenir de marmonner : « Bon, tu te décides ? »

La fête battait son plein quand elle pénétra dans la salle vibrante de musique et d'éclats de voix. Un opulent buffet avait été dressé sur des tables à tréteaux. Des grosses bûches crépitaient dans l'âtre, projetant une lueur ambrée alentour. Daisy posa ses affaires et pendit la veste de Charlie et la sienne sur le portemanteau près de l'entrée. Elle aperçut sa cousine Jenny en compagnie de son mari, Rourke. Ils ne l'avaient pas vue arriver. Ils parlaient tous les deux en se tenant par la main. La clarté du feu auréolait le ventre de Jenny arrondi par une grossesse avancée. Daisy éprouva une pointe de jalousie. Ils allaient avoir un enfant comme il était convenu de le faire — c'est-à-dire ensemble. Comme des partenaires qui se soutiendraient l'un l'autre pendant le moment aussi terrifiant qu'exaltant de l'accouchement, durant les nuits agitées et les sempiternelles lessives. Ils partageraient toutes ces étapes qu'elle-même avait vécues seule — le premier sourire du bébé, sa première dent, ses premiers pas hésitants. Elle ne leur en voulait pas, mais il y avait des moments où elle enviait tellement leur situation que cela faisait presque mal physiquement.

De grands éclats de rire jaillirent du bar ; des verres tintèrent. Intimidé par toute cette foule tapageuse, Charlie geignit en se cramponnant à sa jambe. Elle le prit dans ses bras et le posa sur sa hanche, en un geste qui lui était devenu aussi naturel que le fait de respirer.

— Ne t'inquiète pas, mon cœur, dit-elle. Ces gens sont nos amis et nos parents, et tout le monde ici t'adore. Ils sont gagas de toi !

— Gaga, répéta-t-il en écho.

En passant en revue la bande regroupée autour du bar, elle n'eut aucun mal à repérer Julian. Elle l'observa une minute. Sa réaction en sa présence était toujours la même — son cœur se mettait à battre la chamade, son estomac chavirait. Elle n'en revenait pas de le voir la tête rasée. Toutes ces magnifiques dreadlocks, rebelles, volatilisées ! Pourtant, ce look boule à zéro ne faisait qu'accentuer ses remarquables pommettes, sa bouche sensuelle, ses yeux sombres, son joli teint café au lait.

Comme s'il avait senti son regard posé sur lui, il se tourna vers elle. Un sourire de pur bonheur illumina son visage, et il s'empressa de se frayer un chemin jusqu'à elle. L'espace de quelques secondes, Daisy s'autorisa à fantasmer. Il allait traverser la pièce, la prendre dans ses bras, la faire tourbillonner et lui déclarer sa flamme.

Il se borna à la serrer un bref instant dans ses bras.

— Salut, Daisy, dit-il, avant d'ébouriffer légèrement les cheveux roux de Charlie, doux comme du duvet. Hé, petit gars, comment tu vas ?

Charlie enfouit son visage contre le cou de sa mère.

— Ça doit être la coupe de cheveux, commenta Julian. Allez, viens. Je vais te chercher quelque chose à boire. Tu veux une bière ?

— Volontiers.

Ils venaient juste d'avoir vingt ans tous les deux. Cela lui faisait un peu bizarre de boire une bière dans une pièce où se tenaient son père, plusieurs de ses oncles et tantes, ses grands-parents. Elle accepta néanmoins la bouteille d'Utica Club glacée qu'il lui tendait. Ils trinquèrent.

— A ta santé, dit-elle. Tu dois être tout excité à l'idée de partir.

— Et comment! Mais, Daisy...

Il retrouva son sérieux, la joie s'effaçant de son regard.

— Tu vas me manq...

— Papa!

Charlie s'agitait comme un beau diable dans les bras de sa mère, si bien qu'elle renversa un peu de bière sur elle ainsi que sur l'enfant.

— Papa, répéta-t-il en battant des jambes pour qu'on le pose par terre.

Daisy n'avait pas besoin de se retourner pour savoir qui venait d'apparaître. Charlie n'avait cette réaction que face à une seule et unique personne.

— Salut, Logan, dit-elle, accueillant le père de son enfant.

Charlie se jeta quasiment sur lui. Ils avaient en commun une tignasse flamboyante et une vision ensoleillée de la vie. A tous égards, Logan se situait aux antipodes de Julian. C'était peut-être la raison pour laquelle elle avait couché avec lui, si longtemps auparavant, à l'époque où elle était en rébellion, et carrément stupide. Logan saisit le petit garçon et l'expédia en l'air.

— Salut, mon grand, dit-il, tout sourires.

Après quoi il salua Daisy et Julian. Il y eut un moment de malaise quand il fixa son attention sur la bouteille de bière qu'elle tenait à la main. Il avait achevé sa cure de désintoxication, mais rester sobre était pour lui un combat de tous les instants.

— Pourquoi ne l'emmènes-tu pas voir tes parents? suggéra-t-elle en plaquant la bouteille contre sa jambe.

C'était ridicule. Il lui avait répété d'innombrables fois qu'il n'attendait pas d'elle qu'elle s'abstienne de boire en sa présence.

C'était à lui de tenir le coup. Pourtant, elle ne pouvait s'empêcher de le plaindre.

— D'accord. Ils m'ont demandé où il était. Allons-y, fiston.

Elle le regarda s'éloigner avec leur fils, en proie à des émotions contradictoires. Malgré un départ orageux, Logan s'était révélé un bon père. Parfois, quand ils se retrouvaient tous les trois, elle arrivait à s'imaginer qu'ils pourraient vivre ensemble. Elle jeta de nouveau un coup d'œil dans la direction de Jenny et Rourke, sur le point de fonder une famille.

— Tu peux me dire ce que les O'Donnell font à ma fête d'adieu ? demanda Julian d'un ton taquin.

Elle lui administra une petite tape sur le bras.

— C'est une fête familiale aussi, tu le sais très bien. Grâce à Charlie, ils font partie de la famille.

— C'est cool. Je n'en ai jamais vraiment eu une moi-même.

— Tu en as une, maintenant, souligna-t-elle en désignant la pièce d'un geste circulaire.

Les retrouvailles entre son frère, Connor, et lui, quelques années plus tôt, lui avaient ouvert tout un monde nouveau. Il l'avait confié à Daisy et lui avait un peu parlé de son enfance, de sa mère. Il avait reconnu qu'il s'était senti seul durant toutes ces années.

Sa soif étanchée, elle posa sa bière.

— Ça va ? demanda-t-il.

— Bien sûr. Je suis un peu jalouse quand même. De toi, parce que tu t'apprêtes à te lancer dans une nouvelle aventure. De Sonnet aussi, parce qu'elle vit à l'étranger.

Elle pensa à sa meilleure amie partie étudier tout un semestre à Francfort.

— Quand on était petites, on se disait toujours qu'on voyagerait ensemble dans le monde entier. Je suis jalouse parce que ce genre de possibilité ne s'offre plus à moi. Et puis je pose les yeux sur mon petit garçon, et j'oublie tout ça. Alors, inutile de trop t'apitoyer sur mon sort.

— Ce n'est pas du tout ce que je ressens.

Que ressens-tu alors ? Elle aurait voulu avoir le courage de lui poser la question. Il y avait tellement de non-dits entre eux…

Elle pensa à la seule et unique fois où il l'avait embrassée. Cela remontait à plus d'un an, mais c'était le genre de baiser qui ne s'oublie pas. Elle aurait donné cher pour qu'il recommence. Mais ce n'était jamais le bon moment, apparemment.

— Va voir les autres, lui dit-elle en lui faisant signe de s'éloigner. Tous ces gens sont là pour toi.

— Et toi ? demanda-t-il. Tu es là pour moi ?

Elle hésita à lui répondre honnêtement.

— Je viendrai te dire au revoir à la gare lundi prochain, quand tu partiras, répondit-elle.

Il esquissa un sourire en l'enveloppant d'un regard qui en disait beaucoup plus long qu'un discours.

— J'ai l'impression que je passe mon temps à te dire au revoir.

10

Dans la maison-bonbonnière, Bo se sentait comme un éléphant dans un magasin de porcelaine, au milieu de tous ces bibelots fragiles, disposés dans des pièces dont les noms lui faisaient penser à un jeu de société des temps jadis — le parloir, la bibliothèque, la rotonde. Le majordome dans la remise avec le maillet à viande. La soubrette dans l'armoire à linge avec le plumeau. Le joueur de base-ball dans la chambre avec Kimberly van Dorn...

En dépit du mobilier chargé, c'était très agréable de se réveiller à la Fairfield House. A.J. dormait comme un sonneur dans sa petite alcôve ; Bo prit garde à ne pas le réveiller. Le sommeil était l'unique échappatoire que le pauvre enfant avait pour oublier ses inquiétudes.

Sur sa table de nuit, il y avait une petite photo dans une pochette en plastique. C'était la seule qu'il avait de Yolanda. Ils y figuraient ensemble, dans les bras l'un de l'autre, souriant à l'objectif. En arrière-plan, on distinguait une fête foraine ou un carnaval. Bo s'efforçait de voir la fille qu'il avait aimée jadis dans cette femme souriante, aux cheveux foncés, mais trop de temps s'était écoulé. Elle lui faisait l'effet d'une étrangère. Les liens qui unissaient A.J. et elle étaient tangibles sur ce cliché. Il adorait manifestement sa mère, et se la voir arracher ainsi était probablement l'équivalent d'une amputation. Bo espérait qu'ils parviendraient à résoudre le problème sans tarder, de manière à mettre un terme à sa souffrance.

Il descendit dans la cuisine où il se retrouva nez à nez avec Kimberly van Dorn. Dès qu'il la vit, il se sentit instantanément attiré par elle, un réflexe aussi automatique que la respiration, pour la bonne raison qu'elle était incroyablement belle. Peu lui importait qu'elle lui ait envoyé des signaux dissuasifs à la minute où il avait surgi sur son pas de porte.

— Salut, dit-il.

— Bonjour.

En jean et pull tout simple, les cheveux encore mouillés après la douche, elle avait quelque chose de vulnérable, pour ne pas dire fragile.

— Le petit déjeuner est prêt. Servez-vous.

— Merci.

Il prit une orange dans la coupe à fruits et la pela au-dessus de l'évier.

— Comment va A.J.?

— Aussi bien que possible, étant donné les circonstances. C'est gentil à vous de poser la question.

Elle emporta son café dans la salle à manger en hochant la tête. Bo se sentit un peu plus à l'aise après ce bref échange. Elle paraissait disposée à lui accorder le bénéfice du doute, au moins, même si elle restait sur ses gardes. Il n'aurait peut-être pas dû lui faire des compliments, mais, bon sang, ce serait comme croiser une fille de *Playboy* sans s'arrêter pour l'admirer! Pour le moment, le magazine en question était à peu près tout ce qu'il pouvait espérer, comme relation avec une femme. La présence d'A.J. ne lui laissait guère le loisir de faire autrement.

Concernant A.J., les choses n'allaient pas trop bien. Quelques minutes plus tard, affalé dans le siège passager de la Z4, il regardait fixement devant lui, sans dire un mot, alors qu'ils roulaient vers la ville dans le but de l'inscrire à l'école.

— Je n'avais jamais vu la neige, sauf en photo, jusqu'à ce que je vienne m'installer ici en 2004 pour jouer au base-ball, dit Bo. Comment peut-on vivre ici quand rien ne vous y oblige? Ça me dépasse.

En chemin, ils passèrent devant les bureaux de Peyton Byrne, un avocat de la région. Une pancarte discrète, écrite à la main, signalait la présence du cabinet. Bo ne la regardait jamais sans que cela lui rappelle un souvenir désagréable. L'année précédente, Byrne avait représenté une folle qui avait entamé une action en recherche de paternité contre lui. Bo avait dû faire appel à Sophie Bellamy rien que pour que le tribunal entérine les résultats des analyses — négatifs. Après la naissance d'A.J., il avait fait scrupuleusement attention à ne pas prendre de risques.

Bo jugea préférable de ne pas partager cet épisode avec son fils. Pourtant, il avait envie de se rapprocher de lui. De gagner un peu sa confiance. En temps normal, cela ne lui posait pas de problèmes. Compte tenu de l'enfance qu'il avait eue, il avait appris très jeune à user de son charme pour obtenir ce qu'il voulait. C'était l'unique arme dont il pouvait se prévaloir, dans certains cas.

— Il y a un carnaval d'hiver chaque année, ajouta-t-il en désignant le parc Blanchard alors qu'ils passaient devant. On construit une sculpture en glace aussi grande qu'une maison, avec d'énormes blocs de glace découpés dans le lac.

— Mmm..., fit A.J., embuant la vitre de la voiture de son souffle, en regardant obstinément dans la direction opposée à celle qu'on lui indiquait.

— Tu as lu le *Dernier des Mohicans*? demanda Bo, désespérément en quête d'un terrain commun, sachant que A.J. aimait lire.

— Non.

— C'est de James Fenimore Cooper. On nous l'a fait lire en cours d'anglais quand j'étais au lycée. Je dois t'avouer que c'est le bouquin le plus emmerdant que je me suis farci dans ma vie. Ça parle d'Indiens qui vivaient ici à l'époque où les Français et les Anglais ont débarqué pour la première fois. Ils avaient un mot pour désigner une étendue d'eau entre des forêts boisées — ils appelaient ça *l'eau scintillante*. Je n'ai pas aimé le bouquin, mais je me souviens encore de ça. Quand je regarde le lac, je comprends assez bien comment Cooper a pu inventer cette expression. Je t'assure, l'été, il scintille. Le reste de l'histoire, je peux m'en passer. En général, quand je lis un livre, j'aime bien qu'il y ait de la bagarre, mais dans celui-là, même quand il y a de la castagne, c'est à mourir d'ennui ! C'est l'histoire d'un Blanc qui s'appelle Natty Bumppo et qui vit avec les Indiens. Comment veux-tu qu'on le prenne au sérieux avec un nom pareil ? Natty Bumppo… Non mais, franchement !

— Je ne vois pas en quoi c'est plus bizarre que Bo ? dit A.J.

— Tu m'as eu, là ! Ecoute, j'ai pensé que quand on en aurait fini avec cette affaire d'école on pourrait aller au gymnase. Il faut que je m'entraîne. Soixante lancers par jour, minimum. Ça te plaira peut-être. Il y a un terrain de basket, une piscine. Le bar est génial, en plus. Qu'en dis-tu ?

— Si tu veux.

Autant parler à un mur. En toute honnêteté, Bo comprenait qu'A.J. soit malheureux et se méfie de lui. Vu la description que Yolanda avait faite de son père, il n'y avait rien d'étonnant à ce qu'il soit sur ses gardes. Pour soulager sa conscience, ou apaiser celui qui était désormais son ex-mari, elle avait poussé l'enfant à croire que son père biologique ne s'intéressait pas suffisamment à lui pour chercher à le voir, et que les cadeaux et les chèques mensuels qu'il lui faisait parvenir étaient inspirés par la culpabilité. Elle l'avait dépeint comme un joueur de base-ball qui menait la belle vie. Ce en quoi elle n'avait pas tout à fait tort. Si boire et faire l'amour régulièrement représentaient la belle vie, il n'allait pas dire le contraire. Mais c'était négliger le fait que, quelques mois plus tôt encore, le base-ball ne lui rapportait pour ainsi dire rien. Les chèques qu'il envoyait au Texas correspondaient souvent à son budget alimentaire de la semaine. Pourtant, il n'avait jamais songé à léser A.J. Il était bien placé pour savoir ce que c'était que de grandir dans la pauvreté, et il ne souhaitait ça à aucun gamin.

La perspective d'avoir à s'intégrer dans une nouvelle école contribuait sûrement à l'humeur maussade d'A.J.

Bo s'abstint de tout commentaire, résolu à supporter sans sourciller son silence. A.J. ne s'en sortait pas si mal quand on songeait à tout ce qu'il avait enduré.

Ils s'engagèrent dans une rue qui venait d'être déblayée en direction de la grande place, une zone animée de boutiques et de restaurants parmi d'anciens édifices en brique. Quelques pâtés de maisons plus loin, ils arrivèrent à destination : le collège d'Avalon. Quand la Z4 se glissa dans un emplacement sur le parking des visiteurs, Bo eut la sensation qu'il n'y avait plus une once d'air respirable à l'intérieur du véhicule, tant la tension qui y régnait était forte et palpable.

— Ça va al...

Il s'interrompit, se ressaisit. Inutile de remplir sa tête de lieux communs.

— Ecoute, on n'a pas le choix. Le mieux que tu puisses faire pour ta mère, c'est de te plier à la règle, et cela veut dire aller à l'école...

A.J. emplit ses poumons d'air, tel un nageur sur le point de se jeter dans une eau glacée, et se força à sortir de la voiture.

Parvenu à l'entrée principale, Bo se présenta par l'intermédiaire de l'Interphone ; on leur ouvrit le portail. Un écriteau indiquait que les bureaux se trouvaient un peu plus loin dans le couloir. C'était un long couloir désert, jalonné de casiers d'un côté et de bannières et de panneaux d'affichage de l'autre. Un avis annonçait un tournoi de *broomball*, un sport sans doute aussi étranger à A.J. que le théâtre kabuki. Les portes des classes étaient fermées, mais Bo le vit jeter des coups d'œil nerveux vers les vitres étroites, comme s'il cherchait à apercevoir les autres élèves à l'intérieur.

Il hâta le pas, à croire qu'il n'avait pas envie de s'attarder dans le couloir. Son intuition s'avéra correcte, car quelques secondes plus tard une sonnerie retentit dans tout l'établissement. Nom d'un chien ! Bo avait oublié ce son strident spécifique aux écoles, mais pas A.J., à l'évidence. Il fourra ses mains dans ses poches et tenta de s'enfoncer dans sa parka telle une tortue dans sa coquille. Les vannes s'ouvrirent et les élèves jaillirent en une masse tourbillonnante des salles de classe.

Autre chose que Bo avait oublié — le boucan infernal que faisaient les jeunes. Ils poussaient des cris, riaient à tue-tête, tapaient des pieds. Une poignée de gosses le repérèrent et firent un détour. C'était un adulte. Un intrus. Ils furent encore moins nombreux à remarquer la présence d'A.J., mais ceux-ci le transpercèrent du regard. En les observant, Bo se rendit compte que la diversité n'était pas la marque de cette école. Parmi ces enfants pour la plupart anglo-américains, A.J. faisait déjà figure d'inadapté. Luttant contre le flot d'élèves qui déferlait dans leur direction, ils s'acheminèrent tant bien que mal jusqu'au bureau. Plus calme que le couloir, c'était néanmoins une véritable ruche d'activités, entre les employés derrière leurs ordinateurs, les enseignants venus relever leur courrier et l'infirmière s'affairant auprès de deux élèves pâlots. Bo attendit un moment au comptoir, mais personne n'avait l'air de s'être rendu compte de leur présence.

— Excusez-moi, madame, dit-il à l'une des femmes devant son écran.

Elle lui jeta un coup d'œil, soucieuse manifestement et surmenée. Elle avait des cheveux blonds, très clairs, pas très fournis. Un écriteau sur son bureau indiquait qu'elle s'appelait Mlle Jensen et qu'elle était secrétaire.

— Puis-je vous aider ?

Il se fendit de son plus beau sourire, celui qui faisait généralement son effet sur les femmes les plus revêches.

— Bo Crutcher, dit-il. Et voici mon fils, A.J. Martinez. J'ai téléphoné plus tôt. Je suis venu l'inscrire.

Le sourire n'eut pas l'impact escompté. La bouche de la jeune femme se changea en une prune ridée. Elle prit une écritoire à pince et la lui tendit.

— Il faut que vous remplissiez cette fiche pour son dossier. Datez-la et signez en bas.

Sa brusquerie agaça Bo. A.J. n'avait pas l'air surpris. Sur la réserve, plutôt.

Bo avait apporté tous les documents qu'il fallait, comme Sophie le lui avait précisé. Il remit à Mlle Jensen une épaisse enveloppe en papier kraft.

— Voici son certificat de naissance, son carnet de vaccinations, son dernier bulletin scolaire et les coordonnées de son école. Ainsi qu'une fiche indiquant la personne à prévenir en cas d'urgence. Il vient d'arriver de Houston.

Elle feuilleta rapidement les documents.

— Comment ça se fait?

— Sa mère a dû partir... temporairement.

— Je ne vois pas en quoi cela constitue une urgence.

— Je ne vois pas en quoi cela vous regarde, répondit Bo avec un sourire, mais sa remarque lui cloua le bec.

— Justificatif de résidence.

— Voilà, dit-il en désignant le contrat de location qu'il venait de signer avec Mme van Dorn.

— Carte de sécurité sociale?

Bo se tourna vers A.J.

— Tu en as une?

L'enfant secoua la tête.

— La mienne conviendrait-elle? demanda Bo en la sortant de son portefeuille.

Mlle Jensen le considéra en plissant les yeux.

— Il a trente jours. C'est la règle en vigueur dans ce pays.

Il venait de comprendre — cette attitude, ce regard méfiant. Elle s'était déjà fait une opinion sur A.J., elle l'avait jugé et condamné alors qu'elle ne savait rien de lui en dehors de son nom.

— Dans ce pays, l'éducation est obligatoire, répliqua-t-il.

— Parle-t-il anglais? demanda-t-elle. Parce que les cours de rattrapage ont lieu dans un autre établissement...

— Je vais vérifier. *Ola, A.J., hablas inglès?*

— J'en sais rien. C'est ça qu'ils parlent comme langue, dans ce pays? demanda A.J. d'un ton calme mais plein d'ironie.

Mlle Jensen le dévisagea en pinçant les lèvres, puis elle se plongea dans l'examen des documents qu'ils avaient apportés.

— Ceci n'est pas certifié, dit-elle en maniant le certificat de naissance d'A.J. comme s'il sentait mauvais.

— C'est un certificat. Cela ne signifie pas qu'il est certifié?

— J'ai besoin d'un certificat certifié. Pas d'un certificat provenant d'un hôpital. Pas d'une copie-souvenir. Un certificat *certifié*. Je ne peux pas l'inscrire sans ce document ainsi que son dossier scolaire complet. Et je ne peux pas requérir son dossier tant que ce formulaire ne sera pas rempli, dit-elle en précisant les encadrés concernés sur l'écritoire à pince.

— Je vais me dépêcher, madame, dit Bo en continuant de remplir la fiche.

Il se mordit la langue, conscient que, s'il sortait de ses gonds, il allait au-devant de gros ennuis.

— Vous devez être pressée d'aller à votre rendez-vous chez le médecin, lui dit-il toutefois, incapable de se contenir plus longtemps, en lui remettant le formulaire rempli.

Elle se renfrogna.

— Je n'ai pas de rendez-vous chez le médecin.

— Vraiment? Vous feriez peut-être bien d'en prendre un, madame.

— Je vous demande pardon?

— Vous savez, pour régler ce problème de parapluie.

— Je ne comprends pas du tout ce que vous me dites.

— Mais si! Le parapluie. Celui que vous avez avalé. Vous vous sentirez beaucoup mieux quand on vous l'aura enlevé. Viens, A.J., on y va.

Le couloir s'était dégagé entre-temps.

— Tu n'aurais pas dû dire ça, murmura A.J.

— Ça m'a fait du bien, répondit Bo, sentant un premier élan de camaraderie entre eux. Tu as vu sa tronche?

Un employé de ménage était en train d'éponger la neige fondue avec une serpillière près de l'entrée. Bo se rendit compte que c'était le seul Hispanique qu'ils avaient vu de toute la matinée. En jetant un coup d'œil à A.J., il devina que ce détail ne lui avait pas échappé non plus.

Il ne fit aucun commentaire, mais feuilleta à la hâte la brochure destinée aux nouveaux élèves qu'on lui avait remise.

— Il va falloir qu'on t'achète des fournitures, on dirait, dit-il en ajoutant mentalement cette donnée à sa liste de choses à faire.

En songeant à toutes les démarches à entreprendre avant qu'A.J. n'entame l'école, il se rendit compte à quel point sa vie s'était compliquée. Se retrouver brusquement responsable d'un enfant était nettement plus complexe que sauver un chaton ou s'acheter un poisson rouge. Ce petit être dépendait de lui vingt-quatre heures sur vingt-quatre. Finie l'époque où tout tournait exclusivement autour de Bo Crutcher.

Les gens passent leur temps à jongler entre le travail et la famille, se rappela-t-il. Il n'avait jamais vraiment réfléchi à la manière dont ils s'y prenaient.

Avant le coup de fil de Yolanda, il s'impliquait pleinement dans sa carrière. L'accord passé avec les Yankees était la réponse à tous ses rêves. Pourtant, il répugnait à expliquer à A.J. ce que cela allait signifier précisément sur le plan pratique. Une carrière au sein d'une équipe de ligue vous accaparait purement et simplement, et sa vie n'allait pas tarder à devenir un vrai cirque. D'ici peu, il prendrait le chemin de la Virginie afin de suivre le programme d'entraînement annuel des bleus, baptisé « Ecole de la Gloire ».

Annoncer la nouvelle à A.J. le tourmentait d'avance. On l'avait déjà arraché à sa mère. Bo n'était peut-être pas un père à proprement parler, mais l'enfant n'avait personne d'autre que lui pour le moment. Instinctivement, il sentait qu'A.J. n'apprécierait guère le fait que lui aussi allait le planter là, quelle qu'en soit la raison. Il avait élaboré divers scénarios destinés à lui expliquer la situation, mais il n'y avait pas vraiment de bon moyen de le faire. Il devait lâcher le morceau, voilà tout.

Ce soir. Il se lancerait. Pendant le dîner, il lui parlerait du contrat avec les Yankees et de son départ imminent pour la Virginie.

Ce qui ferait probablement le même effet qu'un hoquet lâché en pleine messe.

— Quoi encore ? demanda A.J. d'un ton revêche en bouclant sa ceinture de sécurité.

— Si on s'amusait un peu cet après-midi? dit Bo. Allons au gymnase.

— C'est ça que tu appelles s'amuser?

— On pourrait toujours retourner à l'école et donner un peu plus de fil à retordre à la secrétaire?

A.J. savait pertinemment ce que Bo avait en tête. Il faisait ce qu'il pouvait pour qu'il oublie à quel point sa mère lui manquait. Ça ne marchait pas trop mal. De temps en temps.

— Je sais ce que tu es en train de faire.

— Tu m'en vois ravi, répondit Bo sur un ton rieur. Parce que la plupart du temps je n'en ai pas la moindre idée.

— Je veux dire que je sais ce que tu fais *avec moi*. Tu essaies de me pousser à aimer cet endroit en faisant des trucs sympas avec moi.

— En plein dans le mille, commenta Bo. Et ça marche?

— Peut-être un peu...

— Ta mère va te manquer quoi qu'il arrive, A.J. Ça ne veut pas dire que tu dois souffrir chaque seconde de son absence. Ça ne l'aide en rien, et elle ne voudrait pas que tu sois malheureux. Tu es d'accord?

L'enfant haussa les épaules et se tourna vers la fenêtre. Il s'étonnait déjà de sentir qu'il était en train de s'habituer à cette petite ville. Sans doute parce qu'elle se réduisait à pas grand-chose. Main Street, la grande place, le parc au bord du lac, la gare.

Bo s'engagea vers le parking du grand bâtiment pareil à une grange qui abritait le complexe sportif. Les enfants n'avaient pas école, cet après-midi; un grand nombre d'entre eux traînaient par là. Du coup, A.J. pensa avec regret à ses copains. Ils n'allaient jamais au gymnase ni quoi que ce soit. Il n'y avait pas d'argent pour ça. Il repensa à tous les prospectus distribués par l'école — *Inscrivez-vous au club de football! Epreuves de sélection de la petite ligue la semaine prochaine. L'équipe de natation commence bientôt!* —, prospectus qui n'atteignaient jamais sa maison. La réaction de sa mère était toujours la même : « Ça fait beaucoup d'argent, *chico tierno...* » Dès le CP, il avait appris à laisser toutes ces brochures dans la poubelle.

— Nous y voilà, annonça Bo. Gymnase Arthur Rey et centre aquatique. Sophie m'a prêté une des tenues de gym de Max pour toi. On dénichera des maillots de bain dans les objets trouvés.

— Pas question que je me baigne, répondit A.J. en croisant les bras.

— Pas tout de suite en tout cas, répondit Bo. On va commencer par faire une partie ensemble.

— Laisse tomber!

— Bon, d'accord. Tu peux rester assis sur un banc pendant que je me trouve un partenaire.

A.J. hésita.

— Tu vois? C'est ça que je déteste. Je n'ai que deux choix et ils sont aussi nuls l'un que l'autre.

Il vit que Bo était meurtri, à son expression. A.J. aurait préféré ne pas voir ça. Il aurait bien aimer continuer à s'en ficher, que Bo soit blessé ou non.

— Pourquoi est-ce que tu t'obstines à vouloir faire de moi quelqu'un que je ne suis pas? lâcha-t-il.

— Qu'est-ce que ça veut dire?

A.J. fronça les sourcils.

— Tu voudrais que je sois sportif comme toi. Ce n'est pas le cas. Je ne suis ni cool ni sportif.

— Je vais te dire un truc. La seule chose qui ne va pas chez toi, c'est ton attitude. Tu sais très bien que j'ai raison.

Il éteignit le moteur et se tourna vers lui.

— Quand j'étais au lycée, comme tous les autres gamins du Texas, je voulais tenter ma chance au foot. On m'aurait pris, en plus. Mais, lors des épreuves de sélection, l'entraîneur m'a renvoyé chez moi.

— Comment ça se fait? Tu étais si mauvais que ça?

— J'étais plutôt bon. Et j'aurais pu être sélectionné. L'entraîneur m'a même pris à part en me disant que j'avais des chances de décrocher une bourse.

— Pourquoi est-ce qu'il t'a viré, alors ?

— Parce qu'il avait d'autres ambitions pour moi. Il redoutait que je me fasse mal au foot. Je risquais d'être blessé, tu comprends, peut-être même de subir une lésion qui provoquerait des dommages permanents. Et m'empêcherait de me consacrer à un sport pour lequel j'avais davantage de talent.

— Comme le base-ball.

— Oui ! Mais, nom d'un chien, quelle humiliation ! A l'époque, je n'ai même pas compris l'énorme faveur qu'on me faisait.

— Je n'ai toujours pas envie de me mettre en tenue de sport. Et encore moins en maillot de bain. Les gens vont se payer ma tête.

— Je ne vais pas t'obliger à quoi que ce soit.

Sur ce, Bo sortit de la voiture et alla prendre son sac de sport dans le coffre. Il se plia en deux pour se pencher dans la voiture.

— Tu peux me suivre… ou rester là. A toi de décider.

A.J. sortit à son tour et claqua la portière.

— Encore une chose, dit Bo alors qu'ils se dirigeaient vers le bâtiment. Tu t'inquiéterais moins de ce que les gens pensent de toi si tu savais à quel point ils s'en fichent.

Ils allèrent se changer dans les vestiaires. A.J. revêtit un grand T-shirt gris et un short long, trop grand pour lui. Il se sentait ridicule, mais personne ne lui prêtait attention. Le terrain de basket était occupé par des joueurs absorbés par leur partie. Les ballons rebondissant à terre et les grincements des baskets sur le bois poli résonnaient dans la salle. Bo saisit un ballon au vol et le fit dribbler sans effort en cercle autour de lui avant de le passer à A.J.

Il brandit les deux mains pour se protéger, arrêtant la balle.

— Je suis nul, déclara-t-il.

— Pas du tout. Tu as besoin d'un peu d'entraînement, c'est tout.

Bo alla chercher un autre ballon et lui fit la démonstration de différentes techniques de dribble.

— Souple, dit-il. Souple et décontracté. Traite le ballon comme si c'était un petit pain chaud, tout juste sorti du four. Il faut à peine le toucher.

Ces conseils parurent faire leur effet. Ils s'exercèrent à dribbler et à se faire des passes pendant un moment. Bo n'avait pas l'air de se soucier de marquer des paniers, ce qui convenait très bien à A.J. dans la mesure où il était convaincu qu'il n'en marquerait pas un seul lui-même.

— Arrête de réfléchir, dit Bo.

— Comment tu sais que je réfléchis ?

— Ça ralentit tes mouvements et ça les rend raides.

— Comment je fais pour arrêter ?

Le ballon lui arriva en pleine poire. Il le récupéra et dribbla avant de le renvoyer à Bo.

— Exactement comme ça, répondit Bo en souriant. Laisse tes réflexes prendre le dessus. Mets ton cerveau au repos.

A.J. n'arrivait pas à comprendre pourquoi cette technique fonctionnait, mais le fait est que ça marchait. Il ne tarda pas à dribbler et à faire des feintes comme un vrai joueur. Bizarre... Personne ne s'était jamais donné la peine de lui apprendre à jouer à quelque jeu que ce soit. Son beau-père avait toujours quelque chose d'autre à faire, et sa mère n'y entendait rien en sports. Bo l'incita presque imperceptiblement à s'exercer à marquer des paniers. A.J. en rata la plupart, mais il en réussit tout de même quelques-uns.

— Tu apprends vite, nota Bo.

A.J. jeta un coup d'œil à la pendule. A son grand étonnement, il s'aperçut qu'une heure était passée. Il ruisselait de sueur. Bo aussi.

— Faisons une partie de vingt et un, suggéra Bo, après quoi il lui expliqua quelques règles simples. Le vainqueur a le droit de choisir ce qu'on fera après.

— C'est pas juste, protesta A.J.

— La vie n'est pas juste. Faut que tu t'y fasses !

A.J. était déterminé à gagner, mais il n'avait aucune chance face à Bo. Cela ne l'empêcha pas d'essayer. Il fit une feinte, pivota sur lui-même, essaya panier après panier et fit des progrès, mais au final Bo atteignit le score de vingt et un bien avant lui.

— Ne le prends pas mal, dit Bo en lui lançant le ballon pour qu'il le range. En sports, je suis imbattable.

— C'est bon à savoir.

Deux gamins étaient entrés dans la salle ; ils les observaient. A.J. se dit qu'ils allaient se mettre à ricaner ou à se chuchoter des trucs à l'oreille le concernant, mais à la place ils approchèrent quand Bo leur fit signe.

— Salut, dit l'un d'eux à A.J. Ça te dirait de jouer avec nous ?

A.J. se tourna vers Bo qui hocha la tête en disant :

— Vas-y. Je vais chercher de l'eau.

La partie avec les autres garçons ne se passa pas trop mal. Il ne l'emporta pas, mais s'en sortit plutôt bien. Ils ne tardèrent pas à dégouliner de transpiration comme lui. Ils s'appelaient Shane et Lehigh. Ils étaient au lycée et connaissaient Bo Crutcher. A.J. se demanda si cela voulait dire que Bo était célèbre.

— Si on allait faire un plongeon dans la piscine, suggéra Shane.

— Bonne idée ! répondit Lehigh. Tu viens, A.J. ?

— Je n'ai pas de maillot.

— Tu n'as qu'à y aller avec ça, dit Bo en désignant le long short en Nylon qu'il portait.

Il les avait observés à distance tout en éclusant une bouteille d'eau minérale.

— Je n'ai pas de serviette.

— Il y en a une dans mon sac de sports.

Génial ! A.J. suivit les autres à la piscine. « Serrons les dents », se dit-il.

Après avoir glissé ses chaussures et ses chaussettes sous un banc, il enleva son T-shirt. Il passa sous la douche aussi vite qu'il le put, et s'élança pour plonger dans la piscine du côté le plus profond. Il n'était pas très bon nageur, mais il n'avait pas froid aux yeux. Tous les gosses de Houston devaient savoir nager, faute de quoi ils risquaient de se noyer dans la piscine de leur immeuble.

Bo les rejoignit. En faisant des « boulets de canon » géants du haut du plongeoir, il provoqua d'énormes éclaboussures et nagea comme s'il n'avait jamais quitté le Texas, avec souplesse et aisance.

— Il est cool, ton père, dit Lehigh en battant des pieds à côté d'A.J.

— Je suppose.

— Tu supposes? Quoi? Tu ne trouves pas ça cool d'avoir un père qui fait partie de l'équipe des Yankees? Il te bat ou quoi?

— Seulement au basket, s'empressa de répondre A.J. Il est plutôt sympa. C'est juste… On se connaît pas très bien, se borna-t-il à dire, préférant ne pas s'étendre sur le sujet. C'est la première fois de ma vie que je passe du temps avec lui.

— Elle est où, ta mère?

— Elle est… partie. Elle passe par une période difficile. C'est pour ça que je suis avec mon… avec Bo pendant quelque temps.

A.J. n'en revenait pas d'être capable de parler d'elle sans brailler comme un bébé.

— Attrapez, cria quelqu'un en expédiant une balle de water-polo dans leur direction.

Sans réfléchir, A.J. récupéra la balle en plein vol. Bo avait raison là-dessus au moins. C'était plus facile quand on ne réfléchissait pas trop.

11

A.J. cessa de s'enquérir de sa mère, parce que chaque fois qu'il posait des questions à ce sujet on lui annonçait une mauvaise nouvelle. Encore un délai. Un rapport selon lequel d'autres documents étaient requis. Ou les documents fournis étaient incomplets. Quelques jours plus tôt, elle avait été transférée avec tout un groupe du lieu de rétention provisoire où elle se trouvait dans un autre. Elle n'était pas autorisée à téléphoner de là-bas, mais il avait le droit de lui laisser un message enregistré chaque jour. Super! Comme si cela pouvait leur faire du bien à l'un et à l'autre! Ça paraissait tellement bidon de répéter chaque fois la même chose — Je vais bien, ne t'inquiète pas pour moi, on va t'aider. Les avocats sont vraiment bons. Il faisait de son mieux pour prendre un ton assuré. Bo n'avait pas eu à le mettre en garde en lui disant que cela ne servirait à rien de se plaindre.

Tout en sachant pertinemment que ça ne servirait à rien non plus, il composa le numéro de la maison. Il voulait juste entendre le son de sa voix, même si ça faisait mal. « Ici Yolanda. Laissez-moi un message, et je vous rappelle. » Ce n'était pas tant les mots que le son de sa voix, suivi par le bip l'invitant à parler : « Maman, dit-il, maman, où es-tu? J'ai vraiment peur et je voudrais qu'on soit de nouveau ensemble. » Il savait bien qu'elle n'était pas à la maison pour entendre son message, mais il ajouta quand même : « Je t'aime, maman. *Te quiero.* Bon, salut. »

Chaque fois qu'il raccrochait, il examinait la seule photo d'elle en sa possession, celle prise à la Foire aux bestiaux et du rodéo à

Houston l'année précédente. Elle s'était trouvée par hasard dans la poche de son sac à dos. Sinon, il n'aurait rien.

Après l'avoir longuement regardée, il fermait les yeux en s'efforçant de faire resurgir des souvenirs dans l'espoir de se sentir plus près d'elle. Son odeur, le contact de sa main quand elle écartait ses cheveux de son front. Sa voix quand elle chantait avec la radio. Les plis d'inquiétude qui apparaissaient sur son front quand elle croyait qu'il regardait ailleurs, la manière dont elle entortillait le fil du téléphone autour de son doigt en parlant à voix basse pour qu'il n'entende pas. Il se rappelait les bons moments aussi. Comme l'été dernier, quand il faisait tellement chaud qu'on n'arrivait plus à voir clair. Elle l'avait emmené nager dans un lieu secret — un grand bassin naturel appelé puits de rizière, rempli d'une eau fraîche et claire pompée dans le sol.

— C'est un lieu qui m'est très cher, lui avait-elle avoué.

— Pourquoi?

Une lueur de nostalgie avait adouci son regard.

— Cela me rappelle un moment très particulier de ma vie.

— Quel moment? avait-il voulu savoir.

Mais au lieu de lui répondre elle avait ri avant de lui plonger la tête sous l'eau. Après ça, ils avaient fait halte chez Sonic pour manger des glaces à l'italienne, et A.J. avait pensé qu'il aimerait bien que sa mère ait davantage de temps libre.

Chaque année, le 4 juillet, elle l'emmenait au déversoir du bayou, à l'ouest de la ville. Ils s'installaient tout en haut de la rive escarpée pour regarder les feux d'artifice s'élever dans le ciel dans des couleurs patriotiques. Il voyait encore les lueurs se reflétant sur son visage et son regard pétillant levé vers le ciel tandis qu'elle contemplait ce spectacle, émerveillée. « Tu vois ça, *hijo*? Des fleurs qui s'épanouissent dans le ciel. Tout est possible. Quand j'avais ton âge, mes parents m'emmenaient voir des champs de fleurs près du Rio Grande. »

— Parle-moi de quand tu étais petite.

Son visage s'était assombri, la nostalgie avait troublé son regard.

— On habitait à Laredo, au fond d'une vallée. Il y avait de la musique tous les soirs, et la nourriture était délicieuse... Mon père travaillait dur, il était sévère, mais il m'aimait. Maman était une remarquable cuisinière. On traversait sans problème la frontière à l'époque, si bien que, de temps en temps, nous allions rendre visite à la famille de ma mère à Nuevo Laredo, sur l'autre rive du fleuve. Du côté mexicain.

D'après son certificat de naissance, A.J. était né à Laredo, bien qu'il n'eût que de vagues souvenirs de ses *abuelos*. Il ne les avait pas revus depuis qu'il avait commencé la maternelle. Il se souvenait encore du chagrin de sa mère quand elle lui avait annoncé que son *abuelito* était mort et que sa grand-mère retournait vivre au Mexique, dans la vallée. Elle avait déjà épousé Bruno en ce temps-là, et ils s'étaient installés à Houston pour travailler.

Quand A.J. demandait s'ils pouvaient aller voir sa grand-mère, la tristesse voilait le regard de sa mère.

— Ce n'est pas sûr, disait-elle, et il comprenait maintenant ce que cela voulait dire.

Ce n'était pas *sûr* d'être un Latino, pauvre par-dessus le marché. Il fallait parfois donner des preuves de son identité, et il s'était vite rendu compte que ce n'était pas chose facile pour des gens comme sa mère.

Les victimes de la rafle s'étaient entendu dire qu'elles pouvaient accepter la reconduite immédiate ou opter pour une *audience*. Mme Bellamy-Shepherd, l'avocate blonde, lui avait expliqué que cela consistait à se présenter devant un juge fédéral afin d'expliquer les raisons pour lesquelles on s'estimait en droit de rester dans le pays au lieu d'être contraint de partir.

Le problème, c'est qu'il fallait attendre longtemps avant d'avoir une audience, à cause de quelque chose appelé *arriérés*. Même si les avocats avaient envoyé les documents nécessaires en urgence, cela pouvait prendre des semaines, voire des mois. En plus — A.J. l'avait compris en consultant internet sur le MacBook de Bo —, le centre de rétention était ni plus ni moins une prison.

Une prison... Il n'arrivait pas à imaginer sa mère en prison. Il la voyait bien en train de l'écouter réciter un poème. De lire le journal du dimanche en robe de chambre, en buvant son café dans une grande tasse au son de la radio. Il la voyait l'attendant dans le couloir de l'école avant une réunion de parents d'élèves. Elle mettait toujours son plus beau chemisier aux manches soigneusement repassées ; ses cheveux étaient relevés par une barrette. Elle mettait un peu de rouge à lèvres. Il la revoyait quand elle rentrait tard de l'usine, si fatiguée qu'elle devait faire un effort pour sourire. Il se rappelait quand elle lui dégageait le front en lui disant : « Il faut qu'on te fasse couper les cheveux, *hijo mio*, pour que je puisse voir tes longs cils. »

Il voulait se l'imaginer d'une centaine de manières. Mais pas en prison.

Pis encore, Mme Bellamy-Shepherd lui avait expliqué que ce serait risqué de contester la détention, dans la mesure où on pouvait être presque certain qu'on accuserait sa mère d'avoir fait quelque chose d'illégal.

— Elle n'a rien fait d'illégal, avait-il protesté.

— Tu as raison, j'en suis sûr. Mais quelque chose pourrait resurgir — une amende, une vignette expirée, un formulaire mal rempli, des déchets répandus sur la voie publique. Il y a eu des cas de gens renvoyés parce qu'ils avaient voté. Ou pris des cours d'anglais sans fournir de papiers. D'autres ont eu des ennuis pour la simple raison qu'ils se trouvaient au mauvais endroit au mauvais moment.

— Elle était au travail. Comme tous les jours.

Il savait pertinemment où était le problème. Sa maman avait la peau foncée et parlait anglais avec un accent.

— Je suis désolée, A.J. Le système est très imparfait, et il arrive que des gens comme ta mère en fassent les frais.

Il se retrouvait ainsi, à des milliers de kilomètres du seul foyer qu'il avait jamais connu, vivant dans cette maison dingue avec une bande d'inconnus.

Et, le plus bizarre dans tout ça, c'est qu'à certains moments il avait l'impression d'avoir une grande famille.

Il aurait trouvé la situation nettement plus cool s'il ne s'était pas fait autant de souci pour sa mère. Quand il l'aurait retrouvée, peut-être pourrait-il vivre dans un endroit comme celui-là avec elle. Ça serait vraiment génial. Il avait toujours rêvé d'une grande famille, même s'il savait que les frères et sœurs se chamaillaient et se piquaient leurs affaires. C'est juste qu'il aimait bien cette ambiance et la sensation d'être entouré par plein de gens dans un endroit où il avait sa place. Après le départ de Bruno, il n'y avait plus eu que sa mère et lui à la maison, ce qui voulait dire qu'il était seul, le plus souvent, pendant qu'elle était au travail.

Se retrouver dans ce petit bled enfoui sous la neige, dans cette grande baraque de zinzins, signifiait qu'au moins il ne s'ennuierait pas en attendant qu'elle revienne. C'était déjà quelque chose. La maison en elle-même était comme un manoir sorti tout droit d'un vieux roman, élégant et un peu lugubre à la fois. Il y avait une tourelle — ronde, haute de trois étages —, des chambres à l'ancienne avec des plafonds hauts et du bois travaillé. Le mobilier aussi était vieux, mais bien entretenu. Des empreintes fraîches de petits animaux non identifiés sillonnaient le jardin. Mme van Dorn trônait sur tout ça. Elle avait un visage ouvert, des yeux doux, et puis, elle faisait bien la cuisine, à en juger d'après les dîners servis le soir.

Il n'aurait pas eu à se plaindre, dans l'ensemble, si sa mère avait été là auprès de lui.

Au dîner, il prit une pleine assiette de spaghettis aux boulettes de viande et de la salade avec des croûtons faits maison. Il s'assit à sa place, à côté de Bo, dans la salle à manger aux tons pimpants. Un fond de musique provenant d'un haut-parleur dissimulé derrière une plante verte se mêlait aux conversations feutrées des pensionnaires, qui prenaient des nouvelles les uns des autres et complimentaient Mme van Dorn sur son repas. C'était vraiment bizarre, mais agréable, de vivre avec ce groupe de gens. Une grande famille, peut-être pas heureuse, mais au moins qui ne s'ennuyait pas.

Mme van Dorn était assise en bout de table, le dos tourné aux portes de la cuisine. Un gars du nom de Dino Carminucci, à la tête de l'équipe de base-ball de Bo, qui s'appelait quelque chose comme les Hornets, était à sa gauche. A sa droite, il y avait le receveur de l'équipe, Bagwell, alias Early. En général, l'hiver, il jouait en République dominicaine, mais il s'était blessé au poignet et la saison était fichue pour lui.

A.J. était en face de Daphné McDaniel. Il l'avait surnommée « Daffy » en secret, à cause de ses mèches roses, de ses tatouages et de ses piercings au visage. Elle était employée dans le cabinet de Mme Bellamy-Shepherd, même si elle n'avait pas une tête à travailler dans un bureau. Ce qu'elle aimait vraiment, en fait, c'étaient les bandes dessinées. Elle était obsédée par le dessin, et avait même commencé une série appelée *L'Ange d'acier*.

A l'autre bout de la table, il y avait Kim, la fille de la propriétaire. Avec sa longue chevelure rousse et ce joli visage, on aurait dit une vedette de cinéma. Elle était encore plus belle que Miss Texas, qu'il avait vue à la Foire aux bestiaux de Houston. C'était difficile de ne pas la fixer, mais A.J. savait être cool. Surtout qu'elle se comportait comme quelqu'un d'ordinaire, même si Bo avait l'air de la rendre nerveuse. A.J. se demandait bien pourquoi.

— Encore du lait ? proposa Bo, le faisant sursauter.

— Euh… non, merci.

Il ne savait pas trop quoi penser de Bo. Il fallait être un drôle de zigoto pour avoir un enfant et l'oublier pendant douze ans, non ? C'est vrai qu'il se démenait pour aider sa mère, mais c'était juste pour se débarrasser de lui.

A.J. se disait que ce sentiment était mutuel, même si Bo faisait copain-copain avec lui, allant jusqu'à vanner la secrétaire de l'école où il n'avait pas l'intention de mettre les pieds. Un bahut rempli de gens qu'il ne connaissait pas. Il serait peut-être obligé de céder et d'y aller quand même, mais avant toute chose il voulait concentrer son attention sur la libération de sa mère. Plus vite ce serait fait, mieux ce serait pour tout le monde.

Les gens de Fairfield House évitaient de lui poser des questions indiscrètes. C'était déjà bien. Ils n'avaient aucune raison de se préoccuper de savoir d'où il venait et ce qu'il faisait là. Il ne demandait qu'une seule chose : retrouver sa mère. Chaque fois qu'il pensait à elle, il avait une boule dans la gorge, si grosse que ça faisait vraiment mal. Il essayait d'oublier un instant, en portant son attention sur son assiette et les gens réunis autour de la longue table.

A un moment donné, il y eut un silence. Mme van Dorn se tourna vers Bo et lui, et sourit.

— Tout va bien, maintenant que vous avez eu la possibilité de vous installer ?

— Très bien, madame, répondit Bo. Pas vrai, A.J. ?

— Euh... ouais. Hum... Oui, madame.

A.J. se disait qu'il valait mieux afficher des bonnes manières plutôt que d'essayer de se donner un genre.

— Eh bien, nous sommes ravies de vous avoir, n'est-ce pas, Kimberly ?

— Absolument.

— Nous vous sommes très reconnaissants, ajouta Bo. Dino et Early m'avaient dit que vous étiez la meilleure cuisinière d'Avalon. Ils avaient raison.

Le regard de Mme van Dorn s'illumina un peu plus.

— Quand ma fille disait que vous étiez un charmeur, elle disait vrai.

Bo sourit à Kim.

— Un charmeur ? Vous m'avez qualifié de charmeur ?

— Effectivement.

Elle s'efforçait de prendre un air dégagé, mais A.J. la vit rougir.

— Mais qu'est-ce qui vous fait penser que c'est un compliment ? poursuivit-elle.

— Elle voulait peut-être vous comparer à un charmeur de serpents ! lança Bagwell.

— Dino m'a dit qu'il vous connaissait depuis des années, reprit Mme van Dorn. Il sait que je trie mes pensionnaires sur le volet.

Bo sourit de nouveau.

— Nous allons nous efforcer d'être d'une sagesse exemplaire, dit-il en croisant le regard de A.J.

— Alors, A.J., lança Dino Carminucci en souriant à son tour à Bo, c'est une sacrée bonne nouvelle pour ton père, hein? Qu'en penses-tu?

C'était bizarre comme tout le monde avait l'air d'apprécier Bo.

Le sourire de ce dernier s'effaça.

— Minute, Dino...

— Quelle nouvelle? s'enquit Mme van Dorn.

« Bonne question », pensa A.J.

— Quelle nouvelle? demanda-t-il à son tour.

Bo posa sa fourchette, s'essuya la bouche.

— Eh bien, à vrai dire, je comptais t'en parler aujourd'hui, A.J., mais Dino a vendu la mèche.

Quelle mèche, voulait savoir A.J. Qu'est-ce que c'était que cette histoire?

— Je vais participer à un programme d'entraînement spécial pour les bleus.

— Où ça? s'enquit A.J. d'un ton soupçonneux.

— En Virginie. Ça ne durera pas longtemps.

A.J. sentit qu'il se durcissait comme une pierre. C'était le seul moyen de ne pas se briser en mille morceaux.

Daphné parut se rendre compte que son humeur s'était assombrie.

— Ça te plaît, le base-ball? demanda-t-elle.

Il commençait à en avoir marre qu'on lui pose la question. Tous les gens qu'il avait rencontrés récemment s'imaginaient que, sous prétexte que Bo faisait du base-ball, ce serait une passion chez lui aussi. Des conneries, tout ça! Il n'en avait rien à faire, du base-ball.

— Je n'aime pas vraiment le sport, dit-il sans se donner la peine de prendre des gants. Le sport en général.

— Qu'est-ce qui t'amuse, alors? intervint Bagwell.

Cette question le blessa. Rien ne l'amusait. Comment voulez-vous vous amuser quand votre mère est enfermée dans un centre de rétention comme une criminelle internationale ?

« Eh bien, j'aime bien arracher leurs pattes aux insectes », fut-il tenté de répondre. Ça, c'était sympa. Mais il préféra ne rien dire.

Le problème, c'est qu'il ne pouvait accuser personne de sa situation. Quoique... Pas si sûr. Il pouvait blâmer Bo. Si Bo Crutcher avait fait ce qu'il fallait quand il avait appris que sa mère était enceinte, s'il l'avait épousée, elle n'aurait pas eu de problèmes avec la justice, et rien de tout cela ne serait arrivé. Si bien qu'au fond tout était sa faute.

— Tu es gaucher, comme ton père, je vois, observa Dino en le gratifiant d'un grand sourire.

A.J. posa sa fourchette.

— Oui, monsieur.

— Voudrais-tu un autre petit pain ? proposa Kim en lui tendant le panier.

Elle était la seule à avoir l'air de se rendre compte que cette conversation le mettait terriblement mal à l'aise.

— Merci, dit-il avant de dévorer le petit pain en un temps record. Je peux sortir de table ? demanda-t-il ensuite.

Avant que quiconque puisse lui dire non, il posa sa serviette et se leva. Il luttait contre les larmes en courant vers la pièce que la propriétaire appelait la rotonde. C'était une sorte de refuge pour lui, cette vaste pièce ronde remplie de livres. Il y avait un coin confortable pour s'asseoir et toute une rangée de fenêtres garnies de rideaux en dentelle. A.J. se jeta dans un gros fauteuil et pressa ses poings contre ses yeux.

« Interdiction absolue de pleurer », se dit-il. En appuyant fort sur ses paupières, tout en serrant les mâchoires, il réussit à endiguer ses larmes. S'il se mettait suffisamment en colère, la rage les ferait disparaître, comme des gouttes d'eau sur une poêle brûlante.

Personne ne l'avait suivi. A.J. n'aurait pas su dire si Bo s'en était abstenu pour son bien, sachant qu'il n'aurait pas envie qu'on le voie ainsi, ou s'il lui lâchait la grappe parce qu'il n'en avait rien à faire de lui. C'était probablement ça. Il n'en avait rien à faire. Cela faisait douze ans qu'il se fichait de lui comme d'une guigne, et ce n'était pas maintenant qu'il allait commencer à se préoccuper de son sort.

A.J. s'approcha de l'ordinateur portable de Bo, dont il avait l'autorisation de se servir quand il voulait. Chez lui, à Houston, il n'avait pour ainsi dire jamais l'occasion d'en utiliser un. Ceux de l'école étaient toujours pris d'assaut, et à la bibliothèque il ne se sentait pas à sa place. C'était assez génial d'avoir un Mac pour lui tout seul. En cherchant des renseignements sur l'immigration, il tomba sur des tas d'organismes qui prétendaient pouvoir fournir leur aide. La plupart d'entre eux se trouvaient à New York, à quelques heures de train d'Avalon. Il voulut consulter les horaires de train, mais en entendant Bo approcher il s'empressa de fermer la page. En s'emparant à la hâte d'un gros livre illustré sur la mythologie grecque, il fit mine de lire comme s'il y était plongé depuis un bout de temps.

Il concentra son attention sur une histoire à propos d'un certain Kronos, tellement envieux du pouvoir de son père qu'il l'avait castré avec une faucille, ce qu'A.J. trouva absolument dégueu, mais la mythologie grecque, c'était toujours un peu comme ça.

A.J. ne savait pas trop l'effet que ça faisait d'avoir un père. Bruno ne s'était jamais vraiment intéressé à lui, et Bo était un étranger pour lui.

— Ça va ? demanda ce dernier.

A.J. haussa les épaules en gardant obstinément les yeux baissés. Kronos avait payé pour l'histoire de la faucille, parce que le sang de son père avait coulé dans la mer ; les Titans avaient vu le jour, et tout le monde savait qu'il ne fallait pas mettre un Titan en colère.

Il ferait peut-être mieux de ne pas se mettre Bo à dos, lui non plus, parce que, étranger ou pas, il était le seul rempart qui le préservait de la famille d'accueil, le seul à payer l'avocate, le seul qui avait l'air de se soucier de faire revenir sa mère.

— Je ne voulais pas que tu apprennes cette histoire d'entraînement en Virginie comme ça, dit Bo. Je tenais à te le dire moi-même, sans qu'il y ait tout un tas de gens autour de nous.

— Ça m'est égal. Enfin, je te félicite, mais peu importe si je l'ai appris en même temps que tout le monde, répondit A.J.

Il ne tenait pas à ce que Bo lui accorde un statut particulier. De son point de vue, ils étaient colocs. Il s'absorba dans l'examen d'une illustration représentant Kronos confronté à un sale Titan baptisé Cyclope.

Bo garda le silence quelques minutes. A.J. continua à faire semblant de lire, mais les mots sur la page étaient tout flous.

Le fauteuil face à lui soupira quand Bo se laissa tomber sur le coussin en cuir.

— Je sais que c'est une vacherie, ce qui est arrivé à ta mère, dit Bo.

Ben voyons. Tu n'as pas autre chose de plus intéressant à me raconter?

— Et ça doit te faire flipper encore plus quand les gens te parlent de ce qui m'arrive.

— Je ne vois pas pourquoi.

— J'imagine que la dernière chose que tu as envie d'entendre, ce sont des bonnes nouvelles concernant les autres.

A.J. releva finalement les yeux. Il ne s'attendait pas à ça — pas à ce que Bo le comprenne.

— C'est super, dit-il d'une voix monocorde. Le truc des Yankees.

— C'est gentil à toi de dire ça, mais il faut qu'on parle de toi.

A.J. cessa de faire semblant d'être intéressé par la mythologie.

— Parler de moi?

— Tu risques d'être coincé avec moi un peu plus longtemps

qu'on le pensait, on dirait. D'après Sophie, ta mère a peu de chances d'obtenir une audience avant six semaines.

A.J. sentit son estomac se nouer. Il regrettait d'avoir mangé une pleine assiettée de spaghettis. Six semaines. Un mois et demi. Et juste pour une audience ! Comment savoir ce qui se passerait après ça ?

— Bref, Mme van Dorn ne voit pas d'inconvénient à ce que nous restions ici aussi longtemps que nécessaire, reprit Bo. C'est déjà ça. Mais il y a une chose...

Son estomac se serra encore plus.

— Quoi ? Vas-y, dis-moi.

— Il faut que je te donne des explications à propos de ce dont Dino a parlé tout à l'heure. Il ignorait que tu n'étais pas encore au courant pour le programme d'entraînement. Il s'agit de former les nouveaux venus dans l'équipe sur le comportement à avoir avec les représentants, les gens du sportswear, la presse, les fans, ce genre de choses... Dans les équipes de ligue 1, tu comprends, le base-ball, ce n'est pas seulement du base-ball. Cela revient à apprendre un tout nouveau business. Le problème, c'est que je suis censé y aller à la fin de la semaine prochaine.

A.J. resta là, comme piégé, tandis que la colère montait en lui.

— Ouais ? Et alors ?

— Alors, je suis confronté à un dilemme, maintenant. Je suis responsable de toi. Je ne peux pas filer comme ça.

— Pourquoi pas ? riposta A.J. sans pouvoir se contenir. C'est ce que tu as fait toute ta vie.

— Attends...

— Tu n'as qu'à y aller, déclara A.J. en se levant pour remettre le livre dans les rayonnages d'un coup de coude hargneux. Je me débrouillerai.

A son grand soulagement, Bo ne fit même pas mine de l'arrêter quand il sortit de la pièce à grandes enjambées.

Il garda la tête baissée en montant les marches deux par deux, si bien qu'il faillit se heurter à Kim sur le palier du premier.

— Pardon, marmonna-t-il.

— Il n'y a pas de mal. Ça n'a pas l'air d'aller, A.J.

Ce qu'il vit dans ses yeux en relevant la tête le sidéra. Une gentillesse et une compréhension infinies. D'où est-ce que ça sortait ? Il fut encore plus étonné de s'entendre dire :

— C'est super que Bo fasse partie des Yankees. Pas de problème. Mais moi, je dois commencer l'école lundi, et ça, c'est moins cool.

Ils n'avaient toujours pas de certificat de naissance *certifié*, mais Bo avait court-circuité la secrétaire du collègue et réussi à amadouer quelqu'un à un échelon plus élevé, afin d'obtenir une inscription provisoire.

— Désolée.

La plupart des adultes lui auraient probablement énuméré tous les avantages de l'école. Pas Kim.

— Je détestais l'école, avoua-t-elle. Toi aussi ?

— Ça peut aller, répondit-il en haussant les épaules.

Il songea à Mme Jackson, et à la fierté qu'il avait éprouvée en se retrouvant dans le groupe de lecture le plus avancé, même si cela l'obligeait à lire des livres plus difficiles. Il aimait bien Mme Alvarez, l'assistante, qui parlait espagnol le plus souvent, dans la mesure où la plupart des élèves de la classe étaient latinos. Avec ses grandes allées dégagées, ses cours de récré baignées de soleil, son école au Texas n'avait pas grand-chose à voir avec le bâtiment en brique coiffé de neige d'Avalon, peuplé de gosses anglo-américains aux airs méfiants.

— Mais ça te fait bizarre d'être nouveau, souligna Kim, devinant juste.

Il hocha la tête.

— Puis-je t'aider en quoi que ce soit ? Ne me regarde pas comme ça, A.J. !

— Comment ça, « comme ça » ?

Mais il savait. Il l'avait regardée d'un drôle d'air parce qu'il se demandait pourquoi elle se souciait de tout cela.

— Comme si je te racontais des histoires. Ce n'est pas le cas.

Je tiens vraiment à savoir si je peux t'aider d'une manière ou d'une autre. Je débute, là, tu vois…

— En quoi est-ce que vous débutez ?

— Avec toi. Je n'ai pas l'habitude d'avoir un ami de ton âge. Je t'aime bien, et je ne veux pas te voir souffrir. Alors dis-moi ce que je peux faire.

A.J. n'en revenait pas. Elle semblait tout émue, en plus. Il ne savait pas trop comment réagir. Il n'y avait qu'une seule personne au monde sur laquelle il pouvait compter — sa mère, et elle n'était plus là. Voilà qu'une étrangère paraissait déterminée à être gentille avec lui. Une partie de son être avait envie de craquer, de se mettre à pleurer, mais il n'était pas question qu'il se laisse aller devant elle. Ni qui que ce soit, d'ailleurs.

— A.J., murmura-t-elle.

Il inspira à fond, s'armant de courage.

— Rien. Ça craint, c'est tout. Tout craint.

Là encore, elle n'essaya pas de prendre un ton faussement enjoué. Elle lui effleura l'épaule et le serra à la va-vite dans ses bras.

— Je comprends ce que tu ressens.

12

— Je n'y vais pas.

A.J. fusilla Bo du regard de l'autre extrémité de la cuisine de Fairfield House, plongée dans la pénombre.

Bo serra les dents, jurant en silence de ne pas laisser la situation dégénérer en affrontement. Ils étaient les premiers debout, en ce lundi matin glacial. Il avait neigé toute la nuit, mais pas au point de bloquer les gens chez eux, d'après le bulletin météo régional. La municipalité avait l'habitude des intempéries ; les chasse-neige étaient déjà entrés en action pour déblayer les rues.

— Oh que si !

Bo se cramponna au comptoir et lorgna la cafetière d'un œil mauvais, l'exhortant à se dépêcher.

— Je ne veux pas, et tu ne peux pas me forcer.

Il ne s'était pas attendu, ni préparé, à un refus catégorique. Ces mots lui paraissaient bizarrement intimidants, venant d'un gamin. *Tu ne peux pas me forcer.* Bo avait subi toutes sortes de railleries et de commérages sur le terrain de base-ball, mais rien de tout cela ne l'avait ébranlé à ce point. Parce qu'en dépit de tout ce qu'on pouvait dire ou faire le base-ball n'était qu'un jeu. Alors que, là, ce n'était pas le cas.

Il jeta un coup d'œil à A.J. par-dessus son épaule, le jaugeant à la hâte comme il le ferait d'un adversaire puissant, émergeant tout frais des vestiaires. Il avait le visage fermé, quelque chose d'agressif dans le regard.

— Désolé de te dire ça, mon petit gars, reprit-il d'un ton

résolument désinvolte et raisonnable. Mais je peux parfaitement t'y forcer. Autant que tu te fasses à cette idée.

Le café était enfin prêt. Bo se servit une tasse. Au bout de deux gorgées, il se sentit presque humain.

— Ecoute, on en a déjà parlé. Il n'y a pas moyen de faire autrement. Tu dois aller à l'école comme tout le monde.

— Je ne suis pas comme tout le monde, rétorqua A.J. d'un ton calme, mais sans appel. Qu'est-ce que ça peut faire que j'y aille ou pas?

— J'y *tiens*!

Bo avait dit ces mots d'un ton agacé. Et puis flûte! Il était exaspéré. Machinalement, il servit un verre de jus d'orange à A.J. et le lui tendit.

— Tu vas y aller, que cela te plaise ou non. Et ça ne te plaira probablement pas. Mais ça ne sera pas la fin du monde non plus.

— Peut-être pas pour toi! Tu te fous que j'aille à l'école ou pas. La seule chose qui t'intéresse, c'est que je dégage pour que tu puisse filer en Virginie.

— Tu dis des conn... bêtises, A.J., et tu le sais très bien, répondit Bo en brandissant deux paquets de céréales distincts.

A.J. désigna celui qu'il tenait dans la main gauche. Bo remplit deux bols. Il pela une banane et se mit à la découper, puis se rendit compte qu'A.J. avait sombré dans le silence.

— Qu'est-ce qu'il y a?

— Rien.

A.J. s'assit et attendit.

— Mange quelque chose. Il faut que tu prennes un petit déjeuner.

— Je n'ai pas faim. J'ai mal au cœur.

C'était probablement vrai. Il était tout pâle.

— J'ai des crampes au ventre quand je dois affronter une situation nouvelle, dit Bo en s'attaquant à son bol. Il m'est même arrivé de dégobiller une ou deux fois. Notamment quand j'ai disputé mon premier match dans une équipe de série, juste après le lycée. Je me suis fait saquer direct, cette saison-là, et j'ai mis ça sur le compte des nerfs, mais quand j'y repense je crois bien que j'avais la tête ailleurs.

— La tête ailleurs, à cause de quoi ?

— De ta mère, pour tout te dire. Elle avait quitté Texas City pour retourner vivre à Laredo avec sa famille, et je n'arrêtais pas de penser à toi, même si tu n'existais pas encore dans les faits puisque tu n'étais pas encore né.

A.J. enfourna une autre bouchée.

— Tu t'es quand même débrouillé pour m'accuser d'avoir ruiné ta carrière.

— Allons, A.J. !

Bo se mit en garde contre une attitude défensive. L'enfant cherchait manifestement à le provoquer. Il mangeait son petit déjeuner, au moins.

— Tu veux que je te dise la vérité ? J'étais un pauvre imbécile de gosse à peu près tout seul, et j'étais terrorisé à l'idée de te bousiller. Ce qui ne m'empêchait pas de penser tout le temps à toi.

A.J. engloutissait ses céréales à une cadence soutenue, à présent.

— Tu n'as pas de famille ?

— Ma mère — elle s'appelait Trudy — est morte il y a cinq ans. Mon grand frère, Stoney, travaille sur une plate-forme pétrolière. Je parie que tu serais content de faire sa connaissance un jour.

Il remplit le verre d'A.J. de jus d'orange.

— J'aimerais tellement ne pas avoir à partir, répéta-t-il.

— Je te crois, va ! Je suis sûr que tu crèves d'envie de rester ici dans la neige, à jouer les baby-sitters.

Cette remarque cinglante avait un fond de vérité, et cela le mit hors de lui. Et cette expression rageuse, sans doute inspirée par la douleur de la trahison, n'avait pas fini de le hanter. Il y avait bien longtemps que Bo n'avait pas été confronté à elle, mais il s'en souvenait parfaitement. Il la voyait jadis chaque fois qu'il se regardait dans la glace. Cela le faisait d'autant plus enrager lui-même qu'il savait pertinemment ce qu'A.J. éprouvait.

— Je n'ai jamais dit ça ! Je suis censé aller en Virginie pour ce programme particulier. C'est pour mon travail, A.J. *C'est ma vie.* Pendant mon absence, tu auras Dino et tout le monde ici pour te tenir compagnie. Je serai de retour en un rien de temps.

Tout en disant ces mots, Bo se rendait compte de l'effet qu'ils devaient produire sur A.J., dont la mère était partie travailler un jour, elle aussi, pour ne pas revenir.

Ils étaient conscients l'un et l'autre que la situation n'était pas tout à fait la même. Les services de la sécurité intérieure n'allaient pas attraper Bo dans leurs filets. A un niveau plus profond, toutefois, c'était une nouvelle forme d'abandon. Dans sa courte vie, A.J. avait dû faire le deuil de son grand-père, puis sa grand-mère était partie vivre de l'autre côté de la frontière. Il avait aussi perdu son beau-père et, pire encore, sa mère. Voilà que Bo s'apprêtait à prendre la poudre d'escampette à son tour. Il se doutait bien qu'il ne comptait pas tant que ça pour A.J., mais c'était tout de même la goutte qui faisait déborder le vase.

— Tout le monde va à l'école, dit-il. Sans exception. Tu t'en remettras. Si ça se trouve, ça te plaira. Sois toi-même, tu es un sacré gamin, tu sais. Fais-toi des amis...

— Il n'est pas question que j'y aille.

Face à une telle attitude de défi, Bo avait l'impression de se retrouver confronté à une belette ou à une louve. C'était déroutant et inquiétant à la fois. Comment s'y prendre ? Il se sentait stupide d'être intimidé par un gosse, mais il n'arrivait pas vraiment à se ressaisir. Comment faisaient les gens ?

— Je ne veux pas me bagarrer avec toi à ce sujet, dit-il d'un ton calme. Va préparer tes affaires. Il ne faudrait pas que tu rates le bus le premier jour. A moins que tu aies changé d'avis et que tu préfères que je te conduise.

Il le lui avait proposé plus tôt, mais A.J. avait refusé, horrifié par cette suggestion.

— Je n'ai pas changé d'avis, marmonna A.J. Pas question que tu m'emmènes.

Puis, au grand soulagement de son père, il enfila sa parka en faisant la moue, glissa ses pieds dans ses boots neuves et mit ses gants.

— Tu as tout ce qu'il te faut ? demanda Bo, encouragé par cette attitude coopérative.

— Ouais. Euh, non… attends.

A.J. monta en courant dans leur chambre d'un pas pesant. De retour en bas, il fourra la photo de Yolanda qu'il était allé chercher dans une poche de son sac à dos.

En le voyant faire, Bo regretta de ne pas pouvoir le serrer dans ses bras en lui assurant que tout allait bien se passer. Mais A.J. n'aurait pas voulu d'un tel élan d'affection, et tout allait de travers, aussi Bo s'abstint-il de tout commentaire. C'était dur pour n'importe quel gamin de se retrouver dans une nouvelle école. Il était bien placé pour le savoir. Combien de fois Stoney et lui avaient-ils changé d'établissement, dans leur enfance, en se chargeant eux-mêmes du transfert, qui plus est ? Il suffisait qu'on arrive bizarrement habillé, qu'on ait une odeur particulière ou que l'on ne ressemble pas aux autres d'une manière ou d'une autre, et tout était fichu.

— Attends. Il faut que je te donne de l'argent pour la cantine. Tu vas en avoir besoin.

Bo sortit quelques billets de sa poche et en tendit un de vingt dollars à A.J.

— Je n'ai pas de monnaie, mais ça devrait faire l'affaire, non ? dit-il.

— Je suis censé acheter une carte perforée, je crois, répondit A.J. après un instant d'hésitation.

Sophie y avait effectivement fait allusion, mais Bo n'avait pas prêté attention aux détails. Lorsqu'elle s'était mise à lui parler d'école et d'autres dispositions à prendre à long terme, il était encore dans un état d'esprit de déni, convaincu que la situation serait rapidement réglée, ou que, d'une manière ou d'une autre, les choses se résoudraient d'elles-mêmes. Il avait fallu plusieurs jours, et toute une série d'entrevues avec elle à propos des paramètres juridiques à prendre en compte, pour que la réalité s'impose à lui. A.J. était là pour un bout de temps !

Il sortit un autre billet de vingt qu'il lui remit.

— Je ne sais pas combien coûtent ces cartes.

Mieux valait trop que pas assez.

Même s'il s'avérait que cela coûtait cent dollars, il payerait volontiers. Il était prêt à payer n'importe quel prix dès lors qu'A.J. se montrait coopératif.

— Quoi d'autre ? Tu as pris toutes les fournitures qu'il te fallait, à la papeterie, l'autre jour ? Des feuilles, des stylos ? Et... comment est-ce que vous appelez ces trucs en demi-cercle ? Un rapporteur ?

— C'est ça, dit Kim qui venait d'entrer en coup de vent dans la cuisine. Bonjour, A.J. Bonjour, Bo.

Dès qu'elle fut dans la pièce, l'atmosphère changea. Même la lumière paraissait différente, comme si les nuages gris laissaient filtrer davantage de rayons de soleil. On aurait dit un mannequin pour une pub sensuelle. Fraîche et dispose. D'une beauté parfaitement naturelle.

— Du café ? proposa Bo.

— Dans une minute.

Elle se tourna vers A.J. et sourit.

— Je t'ai attrapé juste à temps.

Bo avait les yeux rivés sur elle, comme d'habitude. Elle portait une robe noire à col roulé, des collants noirs, des bottines à talons. Elle avait mis des anneaux à ses oreilles et un peu de rouge à lèvres rose. Les rousses sont toujours à leur avantage, tout de noir vêtues.

Elle tendit un sac à A.J.

— Voilà quelques affaires pour l'école, dit-elle. Des chemises, un classeur, des cahiers à spirale. Une calculatrice, une règle. Une équerre et un rapporteur. Je suis désolée de te le dire, mais tu vas sans doute en avoir besoin. Les profs de maths adorent vous coller des problèmes d'angles, non ?

Tout en parlant, elle se servit une tasse de café. Lait écrémé, sans sucre.

— Merci, dit A.J.

Il ôta un de ses gants, rouvrit son sac à dos et y rangea ses nouvelles fournitures.

Bo n'en revenait pas. Elle s'était débrouillée pour prévoir la plus grande partie de ce qu'il avait négligé d'acheter à la papeterie. Il chercha son regard, hocha la tête en guise de remerciement.

— Bon, dit-il. Il est temps d'aller à l'arrêt de bus.

Il accompagna A.J. jusqu'à la porte.

— Prends soin de toi, d'accord ? On se voit ce soir.

— Salut.

A.J. sortit dans la pénombre glaciale de ce matin d'hiver. Il s'engagea dans l'allée qui coupait en deux le jardin couvert de neige, puis bifurqua pour prendre le chemin qui menait à la rue. Dans la lueur bleutée, les épaules voûtées pour se protéger du froid, on aurait dit un condamné à mort sur le point d'être exécuté. Il marchait en traînant les pieds, tel un vieillard, le regard rivé au sol. L'Abribus se trouvait au milieu du pâté de maisons ; une poignée d'enfants attendaient déjà.

Bo ferma la porte, mais il resta planté devant la fenêtre, à regarder dehors jusqu'à ce que A.J. disparaisse de sa vue.

— Et merde ! marmonna-t-il, désemparé par la douleur qui lui était tombée dessus.

Il ne s'était pas attendu à souffrir autant.

— Et merde, et merde !

— Ça s'est bien passé, fit une petite voix derrière lui.

— Vous trouvez ? dit-il en se tournant vers Kim. Je voulais l'emmener, au moins le premier jour. Mais il a refusé.

— Vous avez bien fait de respecter son souhait, dans ce cas.

— Je ne me rendais pas compte que ce serait aussi dur.

— Ce n'est pas censé être facile, répondit-elle en le regardant droit dans les yeux d'un air plein de défi. Je ne suis pas experte en la matière, mais ça au moins je le sais.

— Ce n'est pas parce qu'on ne peut en vouloir à personne que je vais garder mon calme. Moi non plus, je ne suis pas un expert. La plupart des gens ont la possibilité de s'adapter à leur rôle de parent. Je suis en cours d'adaptation moi-même. Ma paternité s'est limitée à un acte biologique.

Il lui fit face sans se donner la peine de cacher la souffrance qui éclatait dans son regard.

— Je pensais passer l'hiver à prendre un cours accéléré de base-ball en ligue 1, mais ce dont j'ai besoin, en fait, c'est un cours de paternité. Je ne sais pas du tout comment m'y prendre.

— Vous voulez que je vous dise une chose? Vous n'avez pas le temps de prendre des cours. A.J. a besoin que vous soyez un père pour lui là, tout de suite. Que vous soyez présent *maintenant*. N'essayez pas d'être parfait. Il suffit parfois d'être là.

Il aimait bien quand elle prenait ce ton autoritaire.

— Compris, patron. Comment avez-vous fait pour être aussi futée?

— Je ne suis pas futée.

Il étudia son visage, ravissant même quand elle était aussi sérieuse. Elle se maquillait tous les jours, habilement, mais cela ne l'avait pas empêché de remarquer une meurtrissure presque indétectable sous son œil gauche, qui s'estompait de jour en jour. Le fard arrivait presque à la camoufler. Compte tenu de l'enfance rude qui avait été la sienne, Bo savait à quoi ressemblait une femme quand elle s'efforçait de cacher le fait que quelqu'un l'avait battue. Il savait aussi qu'elle piquerait une colère s'il faisait le moindre commentaire. C'est pourquoi il n'en fit rien.

Kim regagna la cuisine.

— Venez. Je vous offre un café.

— Pourquoi êtes-vous aussi gentille avec moi?

— Parce que j'ai de la peine pour A.J. et vous.

— Cela veut-il dire que vous commencez à m'apprécier? Un petit peu, peut-être?

— Cela veut juste dire que vous me faites de la peine.

« D'accord », pensa-t-il. Venant d'une fille comme elle, il s'en contenterait.

— J'aimerais pouvoir faire disparaître tous les problèmes d'un geste, dit-il.

— Si vous faisiez ça, vous ne seriez pas un père. Vous seriez un personnage de bandes dessinées, ou, je ne sais pas, un super-héros. Ecoutez, A.J. doit aller à l'école, quoi qu'il arrive. Une fois qu'il aura dépassé le malaise initial, tout ira bien pour lui.

— Oui, mais…

Elle posa la main sur son bras. C'était la première fois qu'elle le touchait sciemment, et cela eut un effet détonant sur lui. Ce contact chaleureux, vivant, lui donna soudain l'intime conviction, à tort ou à raison, qu'il n'était pas complètement seul avec ses problèmes.

— Arrêtez de vous ronger les sangs, dit-elle. Il va s'en sortir à merveille.

En descendant le chemin en direction de l'arrêt de bus, A.J. jeta un coup d'œil par-dessus son épaule vers la grande maison bigarrée derrière lui. Bo s'était écarté de la porte en poussant sans doute un gros soupir de soulagement. Il mourait d'impatience de se débarrasser de lui, A.J. en avait la certitude.

Quelques gamins s'étaient regroupés sous l'Abribus, qui se résumait à un banc sous un auvent. Deux garçons et une fille. Il les entendait discuter, et ricaner de temps en temps. Leur souffle formait des petits nuages de buée, pareils aux bulles dans les bandes dessinées.

Ils ne l'avaient pas encore repéré. A la faveur de la semi-obscurité, il était pratiquement invisible. Il avait l'impression d'être un espion étranger se glissant dans les ombres, dissimulé par les troncs des arbres qui bordaient le trottoir.

Le grondement d'un moteur Diesel fit vibrer l'air au moment où le bus s'engagea dans King Street. Il venait le chercher. Ses phares pareils à des yeux de chouette balayaient les alentours comme des projecteurs. Instinctivement, A.J. se plaqua contre un tronc deux fois plus gros que lui. Il se tint parfaitement immobile, sans même respirer de peur que les vapeurs de son souffle ne le trahissent. Il fallait qu'il se dépêche, s'il ne voulait pas rater le bus.

Il continua à rester sans bouger, même quand il entendit le chuintement des freins à air comprimé du car, puis le grincement de la porte. Quelques minutes plus tard, elle se referma d'un bruit sec et le bus se remit en route en laissant des effluves nauséabonds dans son sillage. Le silence s'installa de nouveau sur le tapis de neige, et A.J. laissa échapper le souffle qu'il avait longuement retenu à son insu. Seigneur! Qu'avait-il fait? Il allait rater l'école. Quand avait-il pris cette décision? Il n'avait jamais fait l'école buissonnière de sa vie. Ce n'était pas qu'il aimait tellement l'école, mais il aimait encore moins les ennuis. Et manquer l'école ne pouvait que lui attirer des ennuis.

C'était ainsi qu'il voyait les choses avant. Il les envisageait sous un autre œil, maintenant. Quand les autorités détenaient votre mère, certaines choses comme l'école buissonnière avaient nettement moins d'importance, lui semblait-il.

Un vent froid se leva, et des flocons lui bombardèrent la figure, la piquant comme de minuscules aiguilles. A.J. n'avait aucun plan. Il avait agi sous le coup d'une impulsion. Il était certain d'une chose, en tout cas — il ne pouvait pas rester là jusqu'à se changer en glaçon humain, en attendant que le soleil veuille bien pointer son nez.

Il ne pouvait pas rentrer à la maison non plus. Si tant est qu'on puisse appeler ainsi Fairfield House. S'il y retournait, Bo le forcerait à monter dans la voiture et le conduirait à l'école. Se faire conduire à l'école comme un môme de maternelle, en retard qui plus est, ne ferait qu'aggraver les choses.

Sa main se porta sur la poche extérieure de son sac à dos. La veille au soir, il avait imprimé quelques cartes et des informations récupérées sur internet qu'il avait rangées là. Peut-être son projet avait-il déjà germé dans sa tête à ce moment-là.

En rentrant la tête dans les épaules pour se protéger du vent, il se mit en route. Un voyage de mille kilomètres commence par un premier pas. C'est ce que les gens disent, en tout cas.

Il ne connaissait pas la ville, mais il avait dans l'idée que s'il descendait la colline en direction du lac il finirait par atteindre le centre qui regroupait des magasins, des restaurants, la mairie et la bibliothèque.

Ainsi que la gare.

D'après Bo, il y avait des trains pour New York tous les jours.

Son cœur s'emballait à mesure qu'il accélérait l'allure. Il ne savait toujours pas ce qu'il allait faire. Il se rendait compte que c'était de la folie, qu'il n'avait strictement rien prévu. Il n'avait rien d'autre que son sac à dos rempli de fournitures scolaires, les cartes, les quelques renseignements qu'il avait recueillis et quarante dollars en poche.

Soit probablement plus que ce que sa mère possédait quand on l'avait enfermée.

Ce n'était pas bien difficile de se repérer dans cette petite ville, avec le grand lac plat tout blanc au loin, que le soleil levant nimbait de rose. Si Bo ne le lui avait pas désigné, A.J. n'était pas certain qu'il aurait été capable de le reconnaître en tant que tel, dans la mesure où il était totalement gelé et recouvert d'un tapis de neige uniforme, si froid, si beau qu'il en avait mal aux yeux. En y regardant de plus près, il repéra quelques indices révélateurs de ce qu'il devait être à la belle saison. Des pontons jalonnaient ici et là la vaste étendue immaculée. En passant devant un parc désert, il aperçut une chaise en haut d'une sorte d'échafaudage et une pancarte indiquant :

« PLAGE NON SURVEILLÉE. MAÎTRE-NAGEUR ABSENT. »

Il continua à marcher en direction du centre-ville. Les réverbères s'éteignaient un à un tandis que le jour se levait. Quelques restaurants étaient ouverts, et la boulangerie Sky River était déjà bondée, sa vitrine illuminée tout embuée. En dépit des délicieux arômes qui s'en échappaient, A.J. poursuivit résolument sa route.

Après avoir repéré un passage à niveau, il suivit les voies sur une courte distance jusqu'à la gare.

« Bon, se dit-il en se joignant au flot de voyageurs qui s'acheminaient vers la vieille gare. C'est parti ! »

Il perdit sa belle assurance quand il consulta le tableau d'affichage aux lumières clignotantes qui comportait une vertigineuse liste de destinations. Comment déterminer quel train le mènerait en ville ? Et, une fois parvenu à New York, que ferait-il ?

Il s'attarda un moment dans la gare, profitant des grosses souffleries qui envoyaient de l'air chaud du plafond. Devant lui se déployait une rangée d'affiches vantant les charmes d'Avalon et du lac des Saules ; elles représentaient des familles heureuses en train de faire du canoë, d'admirer des feux d'artifice, de skier ou de contempler les flamboyantes couleurs de la nature en automne. En les examinant, il en fut réduit à secouer la tête. Quand il était petit, il croyait encore que ce genre de famille existait. Il savait à quoi s'en tenir, maintenant. Ces gens-là étaient des modèles qu'on avait embauchés pour faire les photos. Ils ne se connaissaient probablement même pas !

A.J. détourna son esprit de ces pensées pour se concentrer sur ce qu'il devait faire. Il y avait quatre quais, une caisse, ainsi que des distributeurs automatiques pour acheter des billets. Il observa plusieurs passagers. Ils se procuraient un billet, le glissaient dans la fente d'un tourniquet et passaient en récupérant leur ticket de l'autre côté. A un moment donné, il vit un adolescent regarder furtivement autour de lui avant de prendre appui des deux mains de part et d'autre du tourniquet et de sauter par-dessus, avec la rapidité de l'éclair.

Il fallait vraiment savoir ce qu'on faisait, si on avait l'intention de frauder. A.J. résolut de ne pas tenter le coup. Il se ferait prendre, à coup sûr. Mieux valait se mêler à la foule et ne pas se faire remarquer. Il passa en revue les autres voyageurs — certains étaient pendus au téléphone, d'autres vérifiaient leurs mails, d'autres encore bavardaient.

… Appelle-moi quand tu arrives à New York, d'accord ? dit quelqu'un.

Une voix douce, féminine.

— Tu sais bien que je le ferai, répondit une voix grave.

A.J. se rapprocha du jeune couple. Ça se présentait déjà un peu mieux. Le gars allait à New York. A.J. n'avait plus qu'à copier ce qu'il faisait et monter dans le même train que lui.

C'était un grand Noir à la tête rasée. Sa petite amie était blonde. Jolie. Elle poussait un landau. Le bébé était emmitouflé dans une combinaison duveteuse avec un capuchon garni de petites oreilles. Avec sa peau claire et une frange de cheveux poil de carotte qui s'échappaient du capuchon, il ressemblait à ces baigneurs aux grands yeux écarquillés qu'on gagne dans les foires.

— Prends soin de toi, Julian, dit la jeune femme.

Puis, désignant la poussette, elle ajouta :

— Tu vas beaucoup nous manquer, à Charlie et à moi.

Le grand type se pencha au-dessus du bébé.

— Occupe-toi bien de ta mère, d'accord ? dit-il.

Le bébé se tortilla en poussant un petit cri. Le type se redressa.

— A bientôt, Daisy.

Les traits de la fille se crispèrent tandis qu'elle étreignait farouchement son compagnon.

— A bientôt. Promets-moi de m'appeler. Et d'écrire.

— Tous les jours, répondit-il en se penchant et en inspirant très fort, comme s'il humait ses cheveux. Je te le jure.

A.J. se sentait un peu gêné de les observer ainsi, comme s'il les épiait. Ce n'était pas le cas. Il cherchait juste à savoir comment prendre le train pour New York. Au moins, le grand type n'embrassa pas la fille ni rien, même s'il donnait l'impression d'en avoir drôlement envie. Il la serra une dernière fois dans ses bras, puis se joignit à une petite file d'attente devant un distributeur de billets. La blonde qui s'appelait Daisy le suivit des yeux, au bord des larmes.

Le type allait peut-être beaucoup plus loin que New York, comme lui.

A.J. se glissa dans la queue derrière lui. Il y avait une étiquette sur son sac de paquetage. J. GASTINEAUX, et le nom d'une université — Cornell. Il glissa un billet de vingt dollars dans la machine et enfonça quelques touches. A.J. observa ses gestes avec attention. La machine cracha un peu de monnaie et un billet imprimé.

Quand ce fut son tour, il introduisit l'argent que Bo lui avait donné pour la cantine dans la machine, pressa les mêmes touches que son prédécesseur, puis il retint son souffle et attendit. Les secondes lui parurent interminables, mais finalement la machine cracha de nouveau de la monnaie et le billet à bande magnétique apparut. Il se hâta de gagner le tourniquet que le gars venait de franchir ; le ticket fonctionna comme une clé magique. Il courut presque pour le rattraper alors qu'il montait quelques marches avant de s'engager sur une passerelle grillagée pour redescendre sur le quai numéro quatre.

Il y avait une salle d'attente vitrée ; elle était bondée. A.J. se glissa juste à l'entrée.

Il était bien obligé de réfléchir à ce qu'il allait se passer ensuite, à ce stade. Que ferait-il, une fois à New York ? Tenter de regagner Houston d'une manière ou d'une autre ? Sa mère n'était plus là. Il avait bien quelques amis, mais ils ne l'accueilleraient probablement pas, de peur d'avoir des problèmes. Leurs parents s'inquiéteraient sans doute d'enfreindre la loi ou quelque chose comme ça. En réalité, il n'avait pas de solution viable. Aucune.

Le train entra en gare, énorme, imposant, dans un tourbillon de vapeur. Les passagers affluèrent sur le quai et s'empressèrent de monter à bord. A.J. suivit Julian. Il ne savait pas pourquoi. Peut-être parce qu'il avait été gentil avec le petit bébé. La seule chose qui importait, c'est qu'il était en route, à présent.

13

Julian se poussa pour lui faire de la place.

— Installe-toi, dit-il. C'est libre.

Il s'assit en posant son sac sur ses genoux. Julian se tourna vers la fenêtre pour regarder le paysage. Il n'y avait rien d'autre à voir. Daisy était partie. Pourtant, il la revoyait encore parfaitement en esprit et sentait toujours l'odeur de ses cheveux.

Il aurait dû l'embrasser avant de partir. Il regrettait de ne pas l'avoir fait.

Telle était l'essence de ses rapports avec Daisy Bellamy, et cela depuis le jour où il avait posé les yeux sur elle, un bel été. Il y avait des moments où leur relation lui semblait faite d'une succession d'adieux. Maladroits, qui plus est. Il passait son temps à regarder par-dessus son épaule en s'en voulant de ne pas avoir fait quelque chose, dit quelque chose, au lieu de la laisser partir comme ça.

Dès qu'il était question de Daisy, il perdait tous ses moyens. Il ne fonctionnait plus qu'avec son cœur, et pas sa tête. Tant de fois, au cours des dernières années, il aurait voulu que son fichu cœur lui dise de s'en aller… et de ne pas revenir. Sa vie serait nettement plus simple s'il s'était plié aux circonstances. Mais, bien évidemment, entre Daisy et lui, rien n'était simple.

En allongeant ses grandes jambes jusque sous le siège face à lui, il sortit un vieux roman écorné qu'il replia, content en un sens d'avoir un long trajet jusqu'en ville. Repos forcé. Ça ne lui arrivait pas souvent. Atteindre le niveau pour être admissible à Cornell, surtout avec la matière principale qu'il avait choisie — physique appliquée et ingénierie — lui avait demandé des efforts considérables. En outre, il lui avait fallu intégrer ROTC, dans l'armée de l'air, pour pouvoir prétendre au diplôme qu'il convoitait et qui était en train de lui bousiller la vie. La formation des officiers de réserve de l'armée de l'air était un engagement colossal, mais pas autant que les frais d'inscription dans une grande université. Certains pensaient qu'il faisait fausse route en s'enrôlant dans l'armée. Mais les militaires offraient un programme concret, une chose qui lui avait fait défaut toute sa vie. Il y avait une certaine satisfaction à savoir exactement ce qu'on attendait de lui.

Lorsqu'il songeait aux autres options qui étaient les siennes, il ne faisait aucun doute dans son esprit qu'il avait fait le bon choix. S'il ne s'était pas démené pour intégrer cette école, il se serait sûrement retrouvé dans un bistrot graisseux d'une banlieue perdue du sud de la Californie, affublé d'un chapeau en papier à la place d'un parachute.

Daisy avait peur pour lui à cause de la mission de formation qu'il s'apprêtait à suivre. Elle savait qu'il allait devoir s'entraîner à sauter d'un avion volant à 20 000 pieds, sans se briser le cou !

Pourtant, parmi toutes les contraintes que ROTC lui imposait, entre les défis physiques et mentaux, les réveils à l'aube, les entraînements draconiens pour mettre son endurance à l'épreuve, les manœuvres abrutissantes, c'était certainement ce qu'il trouvait de plus cool.

Son petit voisin s'agita nerveusement sur son siège. Julian sentait bien qu'il était anxieux. Ou plutôt qu'il avait peur. Une peur presque palpable qui éveilla sa curiosité. Il émanait de cet enfant une certaine dureté qui aurait rebuté la plupart des gens. Pas lui. Il ignorait tout de ce garçon, mais il reconnaissait en lui l'être qu'il avait été il n'y avait pas si longtemps. Un jour, il s'était retrouvé seul dans une foule, il avait été mort de trouille, comme lui, et il avait dissimulé sa terreur sous cette même réserve farouche.

— Ça va ? demanda-t-il.

Pas d'une manière faussement intéressée. Il entrouvrait juste un peu la porte, au cas où le gosse aurait envie de parler.

L'enfant se tourna et lui jeta un rapide coup d'œil. Julian savait qu'il intimidait les gens, parfois. Bien que métis, il donnait l'impression d'être noir à cent pour cent. Il avait toujours été d'une taille imposante, mais il avait pris de la carrure et des muscles depuis l'entraînement physique impitoyable imposé par l'Air Force. Il avait la boule à zéro, maintenant. Auparavant, il avait des dreadlocks, mais c'était bien évidemment hors de question dans l'armée, si bien qu'il les avait abandonnées sur le sol d'un coiffeur le jour de son intégration dans le programme.

Le petit Latino haussa les épaules.

— Ça pourrait aller mieux, répondit-il.

Julian ne voulait pas le pousser à en dire plus, mais il était intrigué.

— Ah oui ? Comment ça se fait ?

— C'est rien, marmonna le garçon, en se disant probablement qu'il ne fallait pas faire confiance à un inconnu.

— Tu vas à New York ? ajouta Julian d'un ton désinvolte, toujours déterminé à ne pas lui forcer la main.

— Ouais.

Il mentait, même si Julian n'aurait pas su dire comment il le savait. Ou bien il cachait quelque chose. Ou les deux.

— Moi, je vais à Montgomery, en Alabama, dit-il avant de tendre la main. Julian Gastineaux.

— A.J., répondit l'enfant.

Mais, quand ils se serrèrent la main, il eut un léger mouvement de recul.

« Bon. Pas la peine de me faire un dessin », pensa Julian. Il fit une ultime tentative.

— Tu es du coin ?

— Non.

Ses mains se resserrèrent sur son sac à dos.

Julian décida d'essayer une toute dernière fois de l'inciter à s'ouvrir.

— J'ai grandi à La Nouvelle-Orléans, annonça-t-il.

Aucune réponse. Julian s'adossa à son siège et ferma les yeux quelques minutes en repensant à La Nouvelle-Orléans. Il vivait seul avec son père, à l'époque. Ils étaient tous les deux face au reste du monde. Physicien à l'université de Tulane, Maurice Gastineaux avait élevé son fils avec tendresse, non sans un certain degré de désorganisation, comme il fallait s'y attendre de la part d'un professeur toujours dans la lune. Maurice Gastineaux était un génie scientifique ; Julian aspirait à l'être. Si ce n'est qu'à la différence de feu son père, totalement cérébral, Julian avait soif d'action. Il ne voulait pas se borner à être un scientifique spécialiste des fusées. Il voulait être une fusée !

Il somnola un moment. Les vibrations de son portable, indiquant un texto, le tirèrent de son sommeil. Il ouvrit le clapet d'un geste. *Tu me manques déjà*, avait écrit Daisy.

Il n'y avait rien à répondre à cela. Elle savait qu'elle lui manquait, à lui aussi. C'était le genre de manque qui s'apparentait à une amputation, un énorme vide de souffrance au-delà du concevable. Ses colocataires à Cornell n'arrêtaient pas de le charrier. Il fallait être fou pour tomber amoureux d'une fille qui vivait à trois heures de trajet en voiture, et qui avait eu un bébé avec quelqu'un d'autre.

Mais, quand il leur montrait une photo de Daisy, ils changeaient d'avis. *Alors là, on comprend !*

C'était le genre de fille qui incitait les gens à se retourner dans la rue pour la regarder, interrompant séance tenante ce qu'ils étaient en train de faire. Une déesse blonde. On l'imaginait bien dans un tableau de la Renaissance, flottant sur une coquille, sa longue chevelure tourbillonnant dans le vent. Ce que les camarades de Julian ne pigeaient pas, c'est que, même si elle avait ressemblé à une Gorgone, il aurait quand même craqué pour elle.

Seulement, elle avait une vie compliquée. Elle avait un bébé. Et pas n'importe lequel. Charlie avait la tignasse rousse et le sang

198

bleu de son père, Logan O'Donnell. Logan était le contraire de Julian à tous égards. Blanc de chez blanc, il avait grandi dans un monde pétri de richesses et de privilèges. Le seul point commun entre eux, c'est qu'ils étaient amoureux de Daisy Bellamy. Agacé, Julian rouvrit brusquement les yeux. Son petit compagnon de voyage s'était absorbé dans la contemplation du paysage. Julian l'observa un moment en se remémorant ce qu'il avait appris lors du séminaire sur les services secrets, qu'il avait suivi dans le cadre de son entraînement. L'enfant manifestait des signes de stress — il gigotait, se mordillait la lèvre. Quelque chose lui rappelait vraiment l'adolescent qu'il avait été. Il avait à peu près le même âge quand son père avait eu l'accident de voiture qui lui avait coûté la vie. Julian avait affronté son angoisse et ses incertitudes en prenant des risques physiques, plongeons vertigineux, figures en skateboard dans une canalisation sèche, tout en sachant qu'elle risquait de se remplir à tout moment.

— Alors, dis-moi, qu'est-ce que tu vas faire en ville, si ça ne te dérange pas que je te pose la question? demanda-t-il.

— Ça me dérange.

— Je voulais juste qu'on bavarde un peu. On a un bon bout de trajet avant d'arriver.

Julian haussa les épaules et concentra son attention sur son portable. Même si ça le mettait un peu mal à l'aise de faire ça, il résolut d'envoyer un message à son frère, Connor Davis. Le beau-frère de ce dernier était Rourke McKnight, le chef de la police d'Avalon. Ce gosse n'avait rien d'un criminel, mais ce n'était probablement pas une mauvaise idée d'informer quelqu'un.

14

Plongée depuis un moment dans la comptabilité de sa mère, Kim décida de prendre un moment de répit. Elle écarta les dossiers qu'elle avait étalés devant elle sur la table de la bibliothèque et s'étira le cou, dans un sens, puis dans l'autre, en massant les muscles tendus de sa nuque, les sourcils froncés.

A l'autre bout de la pièce, Bo était penché sur son ordinateur portable. Il marmonnait dans sa barbe et s'agitait sur son siège depuis une heure. La rotonde, située au rez-de-chaussée, était la pièce désignée pour travailler, et à tout moment on risquait d'y trouver des pensionnaires en train de vérifier leurs mails ou de surfer sur le Web. Kim se doutait toutefois que ce n'était pas un hasard si Bo avait résolu d'y séjourner en même temps qu'elle.

Son estomac se noua quand elle se rassit face à son propre ordinateur et regarda fixement l'écran où s'affichait un tableau.

— Ça va? demanda Bo. Vous m'avez l'air un peu stressée.

Elle hocha la tête, les chiffres s'estompant sous ses yeux.

— Des problèmes de sous, avoua-t-elle.

Puis elle marqua une pause. *Les finances individuelles sont une affaire strictement privée.* Elle entendait encore la voix impérieuse de son père. Elle trouvait l'idée admirable jadis, mais elle comprenait, à présent, pourquoi il refusait si obstinément de parler d'argent.

Figure-toi que j'ai décidé de rompre avec la tradition, papa.

— Je m'efforce d'élucider quelque chose, expliqua-t-elle à Bo. Mon père est décédé il y a plusieurs années, et c'est à ce moment-là que ma mère a découvert qu'il s'était passablement endetté. Nous sommes tombées des nues l'une et l'autre lorsque nous l'avons appris. Elle me l'a caché jusqu'à récemment, en prenant un emprunt dingue basé sur une hypothèque de cette maison. Elle a également acquis une sorte de rente et une police d'assurance qui semble présumer qu'elle vivra cent cinquante ans.

Elle entreprit ainsi de lui révéler tout un chapelet de découvertes déconcertantes qu'elle avait faites en épluchant les comptes de Penelope. Celle-ci avait reçu la visite d'un représentant habile, qui s'était débrouillé pour lui dissimuler les assujettissements inhérents à chaque transaction, jusqu'à ce que l'affaire soit dans la poche et qu'il ait filé. Si bien que, le mois suivant, Penelope s'était vu réclamer des frais de dossier exorbitants assortis de versements mensuels accablants.

— Elle ne m'avait jamais parlé de tout ça, ajouta Kim. Mois après mois, elle a accumulé les retards. Pour finir, elle a résolu de prendre des pensionnaires. Je n'arrive pas à croire qu'elle m'ait caché tout ça.

— Elle ne voulait probablement pas que vous vous inquiétiez, répondit Bo. Ni se sentir gênée. Les gens sont prêts à payer n'importe quel prix pour sauver la face.

— C'est vrai, dit-elle en hochant tristement la tête au souvenir de la soirée explosive à Los Angeles.

Bo s'adossa à sa chaise en croisant les mains derrière sa nuque.

— Ecoutez, je ne prétends pas savoir grand-chose sur la question, mais je parie que vous pouvez vous faire aider. Dans cet Etat, il existe des lois pour protéger les gens des ventes forcées et déloyales de produits financiers.

Etonnée, Kim leva les sourcils.

— Comment pouvez-vous le savoir?

Il désigna un classeur à trois anneaux posé devant lui.

— Ça fait partie de ma formation, répondit-il. La plupart des bleus sont nettement plus jeunes que moi, et encore plus ignorants.

Elle songea aux voitures, aux bijoux, aux bateaux, aux jets, parfois, dont certains athlètes professionnels frais émoulus faisaient étalage. De prétendus conseillers financiers leur tournaient autour comme des vautours, amadouant ces jeunes gens naïfs en leur proposant un choix aussi ahurissant qu'onéreux d'articles de luxe.

— Quelque chose me dit que vous êtes loin d'être ignorant. Auriez-vous un talent caché pour les finances ?

— Pas particulièrement, mais je sais ce que c'est que d'être fauché. On découvre beaucoup de choses sur soi-même, dans cette situation. Et si on a un peu de jugeote on apprend à éviter ça à l'avenir.

Il feuilleta son classeur avant d'ajouter :

— Si vous pensez que votre mère s'est fait blouser, vous devriez contacter l'attorney général de l'Etat de New York.

Il se leva pour lui apporter une feuille sur laquelle figuraient le numéro de téléphone et le mail correspondant, qu'elle recopia.

— Ça me fait vraiment de la peine pour maman, dit Kim. Elle est censée profiter de sa retraite, se détendre. A la place, à cause de mon père, elle est dans les problèmes jusqu'au cou. Et il semble qu'à son insu elle ait encore compliqué la situation en contractant cet abominable prêt.

Kim nota la réaction de Bo.

— Mon père n'était pas un mauvais homme, reprit-elle. Ce n'était même pas un mauvais père. Mais il s'est avéré être un homme d'affaires déplorable, même s'il avait l'art de couvrir ses erreurs.

— Il a fait des choses illégales ?

— Non. C'est juste qu'il vivait au-dessus de ses moyens. Nettement au-dessus.

— C'est monnaie courante dans ce pays, dit Bo avec un sourire désabusé.

— Il s'est laissé dominer par l'orgueil. Je regrette de ne pas l'avoir compris, de ne pas avoir su lire dans son cœur. Seigneur ! Il fut un temps où j'aurais fait n'importe quoi pour lui faire plaisir.

Elle avait mené sa vie de manière à correspondre au mieux

à la vision que son père avait d'elle, convaincue que si elle réussissait à être la fille qu'il souhaitait avoir tout serait parfait. Il avait une influence considérable sur elle, alors que tout ce à quoi il attachait de l'importance était fondé sur des bases aussi erronées que fragiles. Elle s'interrogeait sur le rôle qu'il avait joué dans les choix qui avaient été les siens. Il s'enorgueillissait de sa carrière ; il était ravi, impressionné, qu'elle ait un travail excitant, dynamique, si prestigieux en apparence. L'enthousiasme qu'il avait manifesté à cet égard l'avait probablement incitée à s'y cramponner longtemps après s'en être lassée.

— Il attendait tellement de moi…, avoua-t-elle à Bo. Mes notes devaient être excellentes. En musique et en sports, il fallait toujours que je sois au top. Et puis, il accordait une importance capitale aux relations. A mesure que je grandissais, il me poussait à cultiver les « bons » amis.

Elle avait fréquenté la meilleure école privée de Manhattan, pour la qualité de son éducation, mais aussi pour l'impact que cela aurait sur son ascension sociale.

— Ça n'aurait pas été si mal, dit-elle, s'il avait eu la fortune qu'il prétendait avoir. Mais, tout ça, c'était du flan ! Il voulait que les gens s'imaginent qu'il avait les moyens de nous offrir ce niveau de vie. Pourquoi ? Je serais curieuse de savoir s'il s'est jamais demandé ce qui arriverait quand il ne serait plus là.

Elle parcourut un vieux dossier annoté par une écriture qu'elle connaissait bien.

— Et voilà que je découvre toutes sortes de choses que je n'ai jamais sues à son sujet. Et que j'aurais préféré ne jamais savoir !

— Soyez heureuse de l'avoir connu, ne serait-ce qu'un peu, répondit Bo. Mon père n'était pour ainsi dire jamais là. Mon frère Stoney et moi étions livrés à nous-mêmes. Il faut dire que la surveillance et notre mère, ça faisait deux !

Elle essaya de les imaginer, lui et Stoney, en enfants sauvages — cheveux longs, jeans déchirés, T-shirts noirs, skateboards sous le bras. Adolescente, elle aurait été fascinée par ce genre d'individus. Au lycée comme à l'université, elle n'était sortie qu'avec les garçons les plus classiques. Elle se rendait bien compte que Bo n'avait jamais été le genre de camarade qu'on présentait à ses parents. Son père avait toujours tenu à être informé précisément de ses fréquentations masculines — qui étaient les parents, où ils avaient fait leurs études, quelles professions ils exerçaient, à quels clubs ils appartenaient, quelles étaient leurs opinions politiques...

Un jour, elle s'était enhardie à lui demander pourquoi il était à ce point obnubilé par les relations. Elle s'était attendue à ce qu'il l'envoie promener. Mais il avait longuement réfléchi avant de lui répondre : « C'est une question de sauvegarde et de sécurité. Voilà pourquoi j'y attache autant d'importance. Lorsqu'on a des relations, on offre tellement plus que soi-même... »

En considérant à présent le fatras de papiers qu'il avait laissé derrière lui, ces paroles résonnaient avec une cruelle ironie dans sa tête.

— J'étais trop surveillée, confia-t-elle à Bo. Ça a ses désavantages aussi.

— Rendez-vous un service, répondit-il. Ne soyez pas trop dure avec lui. C'est pénible de se disputer avec un fantôme.

— J'en conclus que vous avez essayé vous-même.

— Ma mère est morte il y a cinq ans, et il m'arrive encore de le faire.

— Désolée.

En regardant le reflet des flammes danser sur son visage, elle se sentit curieusement proche de lui, tout à coup.

— Ce n'est pas grave, dit-il. Ça me donne envie de faire mieux que ça avec A.J.

— C'est ce que vous ferez, assura-t-elle. C'est déjà le cas. Merci pour ça, ajouta-t-elle en désignant les coordonnées qu'il lui avait fournies.

Elle sentit le nœud qui lui serrait l'estomac se desserrer un peu.

— C'est drôle comme les choses se font d'elles-mêmes, parfois. J'ignorais que maman avait des problèmes de cette envergure.

Si j'étais restée à L.A., je ne le saurais toujours pas. Si bien que, même si ce n'était pas du tout dans mes intentions de revenir, j'ai bien fait. Pour maman, en tout cas.

Elle contempla la danse des flammes dans l'âtre.

— Pour moi aussi, peut-être, ajouta-t-elle au bout d'un moment. Je me suis évertuée à organiser ma vie dans les moindres détails, pour tout abandonner, en définitive. Ça devrait me faire mal au cœur. Or c'est tout le contraire.

Il l'écoutait d'une oreille étonnamment compatissante, et c'était un soulagement pour elle de partager le lourd fardeau qui pesait sur elle. De plonger son regard dans ses yeux bleu saphir et d'y lire de l'intérêt. « Pas question de t'enticher de lui, se dit-elle. C'est bien la dernière chose dont tu as besoin dans la vie. » Mais cela faisait tellement de bien de parler à quelqu'un... Il y avait des années qu'elle n'avait pas côtoyé des gens authentiques. Elle avait été si occupée à L.A. qu'elle ne s'en était même pas rendu compte.

— Je comprends, dit-il. Moi aussi j'ai renoncé à essayer de tout planifier à tout prix. De cette façon, tout ce qui m'arrive est une surprise.

Quand il souriait, son regard limpide transmettait un message totalement sincère. Difficile de résister à l'attrait qu'il exerçait sur elle.

— Vous aimez bien les surprises, alors.

— Ça dépend. Se faire enrôler dans le programme d'entraînement des Yankees avec la possibilité d'intégrer l'équipe, je dirais que c'est une bonne surprise. Me retrouver avec la responsabilité d'A.J. sur les bras, ça, c'est moins évident. Ne vous méprenez pas. C'est un rêve qui se réalise, de pouvoir enfin faire sa connaissance, mais j'aurais aimé que ça se passe autrement.

Comme maintes fois depuis qu'elle avait rencontré A.J., Kim se prit à s'interroger sur sa mère. Yolanda Martinez. A en juger d'après le physique de l'enfant — ce teint mat, ses yeux bruns si expressifs, sa bouche pensive, ce sourire craquant mais rare —, elle devait être très belle. Etant donné le dévouement qu'A.J. lui portait, c'était sûrement une bonne mère. Pourtant, elle n'avait jamais voulu que Bo voie son fils et n'avait fait appel à lui qu'en dernier ressort.

— J'ai le sentiment que vous vous apprêtez à me poser une question épineuse, dit-il, interprétant judicieusement son expression.

— Je ne suis pas sûre que ce soit vraiment une question. Je m'interroge sur la mère d'A.J.

— Vous vous demandez pourquoi elle refusait que je sois impliqué dans sa vie, c'est ça? Elle a épousé quelqu'un d'autre quand A.J. était encore bébé, et a estimé préférable de ne pas semer la confusion dans son esprit.

Bo ne semblait pas le moins du monde embarrassé de laisser éclater sa souffrance.

— Elle ne se rendait pas compte qu'un enfant ne se laisse pas dérouter par ce genre de choses, ajouta-t-il.

Il jeta un coup d'œil à sa montre.

— C'est le jour d'école le plus long de l'histoire du monde, ma parole! Depuis quand garde-t-on les enfants si longtemps?

— J'espère juste qu'A.J. s'amuse bien, dit Kim.

— Il est à l'école. Comment voulez-vous qu'il s'amuse?

— Vous pourriez appeler l'établissement pour savoir ce qu'il en est, suggéra-t-elle.

— J'y ai pensé, répondit Bo, mais il est tellement susceptible, en ce moment… Je ne veux pas en rajouter une couche. Je téléphonerai peut-être plus tard.

— Le premier jour d'école, ça fait toujours peur, souligna Kim. Je ne suis pas sûre qu'on puisse faire grand-chose pour alléger la situation.

— Et moi, je ne fais que lui compliquer la tâche…

— Parce que vous partez en Virginie?

Elle sentait bien que cela pesait sur lui.

— Je m'y suis engagé. Je pourrais laisser tomber, évidemment, rester ici auprès de lui, mais ce serait prendre un gros risque, à en croire mon agent. D'un autre côté, si j'y vais, si je réussis dans ma carrière, cela pourrait changer considérablement les choses dans ma vie, ainsi que dans celle d'A.J. Sa mère ne serait plus obligée de se tuer à la tâche. Il pourrait vivre dans une maison, aller à l'université. De toute façon, c'est temporaire. Dino s'occupera de lui pendant mon absence. Il m'a dit qu'il en serait ravi.

Kim hésita. Elle voyait bien qu'il faisait de son mieux pour s'en convaincre. Elle ne pouvait qu'imaginer ce qu'il avait dû ressentir en se retrouvant avec un enfant sur les bras, alors que sa carrière s'apprêtait à prendre son envol.

— Il a tout le soutien qu'il lui faut, dans cette maison, souligna-t-elle sur un ton qui se voulait rassurant.

— C'est gentil à vous de dire ça. C'est une chose qui m'étonne chez A.J. Il a tendance à faire ressortir le bon côté des gens.

— Je l'avais remarqué. Il a une personnalité particulière.

— C'est vrai. Je suis fier de lui, même si je n'y suis pour rien.

L'ordinateur de Kim émit un bip annonçant l'arrivée d'un mail. En jetant un coup d'œil à l'écran, elle vit qu'il provenait de Lloyd Johnson. Elle s'empressa d'appuyer sur la touche « Supprimer ».

Etes-vous sûre de vouloir effacer ce message? apparut dans une fenêtre. Elle enfonça la touche *Entrer.* Oui. Puis elle rabattit le couvercle de l'ordinateur. Les tensions qu'elle avait dans le cou et les épaules revinrent à l'assaut en force.

— Un petit massage vous ferait du bien, à mon avis, dit Bo.

Elle rougit en voyant son air entendu. L'espace d'une seconde, elle fut tentée d'accepter. Rien de tel que la sensation de deux grandes mains masculines pétrissant la zone crispée pour faire disparaître les tensions. Malheureusement, ces grandes mains n'allaient jamais sans un grand gaillard.

— Non, merci, répondit-elle.

— Je ne vous ferai pas mal, lui assura-t-il à mi-voix.

Kim eut un haut-le-cœur. Il avait compris! Soit il avait repéré la marque sous la couche de fard, soit il avait deviné d'instinct la raison qui l'avait incitée à fuir à l'autre bout du pays sans le moindre bagage.

— C'est aussi évident que ça ? demanda-t-elle d'une voix étranglée parce qu'elle avait la gorge sèche, douloureuse.

— Juste à mes yeux, je suppose... Vu ce que j'ai connu dans mon enfance... Disons que je sais comment se comporte une femme quand un salaud lui a tapé dessus. Ma mère semblait attirée exclusivement par ce genre d'individu.

— Je suis désolée pour vous. Ça a dû être terrible.

— Etes-vous en sécurité, maintenant ? s'enquit-il en baissant encore la voix.

— Oui, oui. Absolument. Disons que j'ai vite appris la leçon.

Lloyd était trop occupé, et obnubilé par lui-même, pour courir après elle — c'est ce qu'elle pensait, du moins. Et voilà que cet homme lui demandait si elle était en sécurité, offrant de la réconforter. La sollicitude qu'elle lisait dans son regard lui donnait envie de pleurer.

— Vous voulez qu'on en parle ?

— Non, s'empressa-t-elle de répondre. Ça va, je vous assure... Je n'ai pas besoin qu'on vole à ma rescousse, si c'est ce que vous voulez dire.

— Peut-être pas, répondit-il calmement. Je ne prétends pas savoir tant de choses que ça sur les femmes, mais vous n'êtes pas difficile à déchiffrer.

C'était étonnamment facile de se confier à lui. Il lui avait prouvé qu'il savait écouter. Elle ne ressentait pas le besoin de lui cacher les détails sordides, comme c'était le cas avec sa mère.

— Il s'appelle Lloyd Johnson, dit-elle.

Il était évident, d'après l'expression de Bo, qu'il savait précisément de qui il était question.

— Au départ, il était client dans la boîte de relations publiques où je travaillais. Nous sommes sortis ensemble, et ces derniers mois c'était du sérieux. Nous étions censés emménager ensemble.

Cette pensée lui faisait froid dans le dos maintenant.

— Le soir où je suis partie, nous étions à une réception dans un club privé, poursuivit-elle. Un événement très important pour Lloyd. Pour moi aussi. Il venait de signer un contrat avec Fandango, le créateur de vêtements de sports. J'avais travaillé des semaines pour que ça se fasse.

Cela dépassait largement le cadre d'un projet publicitaire. Elle avait contribué à négocier une affaire importante, déterminante pour son avenir. Elle se souvenait encore des ondes d'excitation qui l'avaient parcourue toute la soirée. Tout avait marché comme sur des roulettes pour Lloyd... comme pour elle. La seule chose qu'elle avait oublié de prendre en considération était pourtant indissociable des athlètes de son calibre — son ego. La fille du sponsor était venue accompagnée d'un jeune homme — un certain Marshall Walters — qui n'était autre que le principal rival de Lloyd, tant sur le terrain qu'en dehors. Ils s'étaient bagarrés tous les deux lors d'un match, un peu plus tôt dans la saison. En conséquence de cette altercation, Lloyd avait été suspendu pour douze matchs. Cela lui avait coûté des millions, et le sujet était encore très sensible.

— J'ai vu leur ultime affrontement aux nouvelles, dit Bo. Dommage qu'ils ne soient pas boxeurs tous les deux.

— Des boxeurs muets, ajouta-t-elle. J'ai toujours pensé que le monde serait un lieu plus agréable si on pouvait se passer des questions que les joueurs de NBA se jettent à la figure en public, du style : « Quel goût ont mes fesses ? » Et je vous interdis de rire !

— Je ne ris pas.

— Je n'aurais pas pris la défense de Lloyd, mais Marshall Walters le provoquait, ce soir-là. Au début, j'ai réussi à les maintenir à l'écart l'un de l'autre. Lloyd était fâché contre moi, mais je m'étais fait la réflexion qu'il valait mieux ça plutôt que de le voir se déchaîner contre Walters. Au bout de quelques verres, Lloyd a décidé que j'étais responsable de la présence de Marshall à cette réception, poursuivit-elle. C'était moi qui avais dressé la liste des invités. Il était bien précisé que la fille du sponsor viendrait accompagnée, mais, bêtement, je n'avais pas pris la peine de vérifier son identité. C'était un coup monté, une embuscade — Walters savait pertinemment qu'en venant il rendrait Lloyd dingue. Quant à la fille, je ne sais pas à quoi elle pensait. Et Lloyd a mordu à l'hameçon. Il était sur le point de défier Walters quand je suis intervenue. C'est la scène qui a été immortalisée par l'imbécile qui l'a filmée avec son portable — le moment où je me suis jetée dans la gueule du loup !

— Vous l'avez provoqué pour qu'il ne s'en prenne pas à Marshall Walters.

Elle se souvenait parfaitement des paroles de Lloyd. Il l'avait injuriée d'une manière qui la faisait encore frémir rien que d'y penser. Puis il avait déclaré devant tout le monde qu'il la « foutait à la porte », en lui garantissant qu'elle ne trouverait plus jamais de travail dans cette branche.

— On ne peut pas dire que ce fut un moment glorieux de ma carrière, poursuivit-elle, mais ça m'a au moins permis d'avoir un éclair de lucidité. Et je me suis rendu compte tout à coup que rien — ni carrière, ni petit ami, ni argent — ne suffirait à me convaincre de rester là et de continuer à faire ce que je faisais. C'est là que je suis partie. Je pensais m'en tirer à bon compte. Je n'avais pas prévu que Lloyd me suivrait dans le parking.

Elle entendait encore sa voix enragée :

— Tu me quittes, c'est ça ? Tu me quittes ?

Il avait répondu lui-même à sa question.

— Tu m'as fichue à la porte, je te rappelle. Bonsoir, Lloyd.

— Pas si vite ! On ne me laisse pas tomber comme ça.

— C'est ce que tu vas voir.

Sur ce, elle avait tourné les talons. Elle n'aurait pas dû le défier ainsi. C'est ce qui l'avait fait sortir de ses gonds. Elle ne s'était pas attendue à un tel déchaînement de violence. C'était comme un accident qu'elle revivait en boucle dans sa tête. Mais comment aurait-elle pu agir différemment ?

Elle se leva et s'approcha de la cheminée sans quitter la flambée des yeux.

— Voilà pourquoi je suis arrivée ici sans rien, murmura-t-elle.

Bo garda le silence. Il n'avait pas besoin de dire quoi que ce soit. Le fait qu'il l'ait écoutée suffisait. Rien n'avait changé, et pourtant elle avait le sentiment que la situation entre eux n'était plus la même.

— Je ne regrette pas ce que j'ai fait, ajouta-t-elle, mais il ne fait aucun doute que j'ai mal choisi mon moment pour débarquer chez ma mère sans un sou vaillant.

Le silence qui suivit lui parut… rassurant. Une amitié était en train de se nouer entre eux, songea-t-elle. Elle sentit qu'il l'observait.

— Qu'est-ce qu'il y a?

— Alors, vous ne voulez toujours pas de ce massage de la nuque, ou je suis bête de poser la question?

Elle n'arrivait pas à détacher son regard de lui.

— Vous n'êtes pas bête.

— Pas aujourd'hui, en tout cas, dit-il en se levant lentement.

Elle en oublia de dire non. Ses yeux l'hypnotisaient au point de lui interdire la parole. Elle imaginait déjà la sensation de ses mains sur sa nuque quand le téléphone sonna, brisant l'intensité du moment.

Ce bruit la ramena brutalement à la réalité. Elle décrocha.

— Ici Kimberly van Dorn.

— Mademoiselle van Dorn, ici Rourke McKnight, du bureau de police.

Elle fronça les sourcils, priant pour que sa mère ne se soit pas attiré de nouveaux ennuis. En jetant un coup d'œil à Bo, elle trouva un sentiment d'équilibre inattendu dans son regard.

— Oui?

— J'appelle juste pour vérifier quelque chose, expliqua McKnight. A propos d'un de vos pensionnaires.

15

Grand Central Station était la référence de beaucoup de gens quand ils cherchaient à évoquer un lieu vraiment bondé et agité. « On se croirait à Grand Central Station, dans cette classe », dirait un prof. La gare, en vrai, était à la hauteur de cette description. A.J. avait l'impression d'une fourmilière humaine dans un cube en marbre, avec tout ce monde qui fonçait dans tous les sens.

A.J. n'avait pas la moindre idée de la direction qu'il devait prendre. Il savait qu'il n'avait pas intérêt à rester planté là, l'air hagard. Aussi se joignit-il au flot de gens qui se dirigeaient vers les sorties. Il aperçut une rangée de téléphones publics le long d'un mur. Plus personne ne s'en servait, de nos jours, sauf ceux qui n'avaient pas les moyens d'avoir un portable. Comme lui.

Il y avait une tripotée d'autocollants sur le mur autour des appareils : des publicités pour des organismes de crédit, la prévention contre le suicide, les drogues, les fugueurs. A.J. se demanda si c'était ce qu'il était devenu — un fugueur. Une vague de peur lui noua l'estomac, venant s'ajouter à la boule de tristesse qui lui obstruait la gorge et au profond regret qui lui brûlait la poitrine. Toutes ces émotions lui donnaient envie de vomir, si bien qu'il suivit les pancartes jusqu'aux toilettes pour hommes.

Voyant qu'un groupe de garçons interrompaient leur conversation pour le dévisager, il changea d'avis et ressortit. Il jeta des coups d'œil éperdus autour de lui, dans l'espoir de trouver quelqu'un qui puisse le renseigner, mais tout le monde lui paraissait louche, d'un seul coup. Une bande d'adolescents surgit d'une des entrées ; certains le toisèrent du regard. Il sentait leurs yeux rivés sur lui à vingt mètres de distance, et quelque chose lui dit qu'ils n'étaient pas comme le type avec lequel il avait voyagé dans le train. Il s'efforça d'avoir l'air cool, adoptant tant bien que mal l'expression rusée, un peu menaçante, la démarche nonchalante de la clique de vauriens qui sévissaient dans son ancienne école. En s'orientant vers la lumière du jour, il se retrouva dans une rue animée, pleine de circulation — des taxis jaunes, surtout, et des camions de livraison. Des coups de Klaxon, de sifflet, des cris embrouillaient l'air, ainsi que la puanteur âcre des gaz d'échappement.

Même s'il n'y avait pas de neige, il faisait drôlement froid. Il n'aurait jamais dû venir ici. Il arrivait des choses terribles aux enfants qui fuguaient dans les grandes villes.

D'un autre côté, que pouvait-il lui arriver de pire que de perdre sa mère ?

Il était un peu plus dans son élément, au moins. Il y avait des tas de gens à la peau foncée autour de lui, des ouvriers en combinaison bleue en train de faire des réparations dans la rue, des gars casqués sur un échafaudage, des gens en train de bavarder devant les étals des vendeurs de café à chaque coin de rue. Tout en marchant, il entendait parfois parler espagnol, juste quelques bribes, comme des arômes de hot dogs dans l'air.

Il sortit le bout de papier de sa poche, une page du Web qu'il avait imprimée la veille au soir avec l'ordinateur de Bo. C'était une adresse à New York : *Casa de Esperanza*. La maison de l'espoir. Bien qu'il n'eût pas prévu ce voyage, il l'avait conservée précieusement, se doutant, Dieu sait comment, qu'elle lui servirait. Il était en train de la relire en priant pour que ce ne soit pas trop loin, quand un coup de vent s'engouffrant à un coin de rue le fit frissonner. A Houston, les gens se plaignaient constamment de la chaleur, mais là, à New York, il fallait se recroqueviller pour se protéger du froid en espérant ne pas geler sur place.

Il observait les gens qui couraient autour de lui pour essayer de déterminer à qui demander un renseignement. Le vendeur de café au coin de la rue ? L'homme d'affaires à la mine sombre, avec sa serviette ? La fille maigre avec une longue écharpe entortillée autour du cou ? Il finit par s'approcher d'une dame aux cheveux gris, vêtue d'un simple manteau et de gants en cuir usés. Quelque chose chez elle lui inspirait confiance. Contrairement à la plupart des passants, elle n'avait pas l'air pressé.

— Madame, je cherche le 116 East Street. Vous pouvez me dire comment y aller ?

— Bien sûr. Continue tout droit jusqu'à la Troisième Avenue. Presque tous les bus, là-bas, vont à East Street. Est-ce que ça va ? ajouta-t-elle en scrutant son visage.

— Ça va, merci.

C'était gentil de sa part de lui poser la question. Ça le fichait généralement en rogne d'être chétif parce que la plupart des gens le croyaient plus jeune qu'il n'était en réalité. Mais cela avait l'avantage de rendre certaines personnes plus gentilles. Tout en s'orientant dans la direction que la dame lui avait indiquée, il s'efforça de se rappeler qu'il y avait des gens bien dans le monde, et que les choses s'arrangeaient parfois toutes seules. A mesure qu'il avançait, pourtant, il se sentait de plus en plus perdu et déplacé. Comme les gens qu'il apercevait en passant sous les porches des églises, recroquevillés sur eux-mêmes. Sans compter qu'il avait faim. Il y avait des vendeurs de nourriture tous les cent mètres, embaumant l'air de délicieux arômes de hot dogs grillés, de cacahuètes, de bretzels. Il y avait aussi des plats plus exotiques, vendus par des gens aux forts accents, armés de grandes poêles en fer où cuisait du poulet ou des brochettes d'agneau. A.J. résista néanmoins à la tentation. Les épaules voûtées pour se protéger du vent, il continua à avancer en mettant méthodiquement un pied devant l'autre.

Il atteignit la Troisième Avenue, mais ne repéra pas tout de suite un arrêt de bus. Il décida de marcher dans le sens de la circulation. Les numéros de rue allaient croissant. C'était déjà quelque chose. Il espérait se rapprocher de ce centre d'accueil pour les Latinos. Pour finir, quand ses orteils commencèrent à s'engourdir, il interrogea de nouveau un passant et sauta dans un bus qu'il espérait être le bon. Il acheta un billet, trouva une place et entreprit de compter les rues tandis que le bus progressait à la vitesse d'un escargot.

Le voisinage changeait tous les deux ou trois pâtés de maisons — de boutiques sinistres à des immeubles résidentiels en passant par des édifices d'aspect officiel et des écoles. Puis le bus s'enfila dans un quartier où des couronnes de fleurs ornaient certains coins de rue. Des *tiendas* familières se mêlaient aux rangées de bâtiments en brique couverts de graffitis. Il aperçut un grand marché couvert avec ses étalages colorés arborant des guirlandes de poivrons ou des robes en dentelle *quinceañera*. Des *piñatas* pendaient aux auvents et des sodas importés s'alignaient sur les comptoirs ouverts.

A.J. descendit du bus en se disant : « Ça y est, j'y suis presque. » Pourtant, il n'avait pas sa place dans cet environnement-là non plus. Un peu plus loin, il repéra une école. Enfin, c'était l'impression que ça donnait, même si elle n'avait pas grand-chose à voir avec celle qu'il fréquentait au Texas. C'était un vieux bâtiment en brique flanqué de terrains de sport entourés d'un grillage au pied duquel des tas de neige s'accrochaient encore. Il partit dans la direction opposée, s'en tenant à la rue bordée d'échoppes. Tout le monde semblait avoir un endroit où aller, un travail à accomplir.

Alors qu'il commençait à se sentir totalement invisible, quelqu'un l'interpella :

— Hé, mec, qu'est-ce que tu fais ? L'école buissonnière ?

En se retournant, A.J. avisa un garçon un peu plus vieux que lui, semblait-il, qui lui faisait signe. Il avait l'air sympa, mais quelque chose chez lui le mettait mal à l'aise.

— Je cherche une adresse, répondit-il en s'efforçant de dissimuler son trouble.

— Ouais. Laquelle ?

A.J. lui montra l'imprimé.

— Je sais où c'est. Viens, je t'emmène, dit le gamin en lui emboîtant le pas. Je m'appelle Denny, au fait.

— A.J.

Il enfonça les mains dans ses poches. Et regarda autour de lui dans la rue. Des bus, des taxis, des camions de livraison. Ils passèrent devant un square en piteux état ; l'herbe piétinée était morte, les allées maculées de fientes de pigeon.

— D'où tu viens, A.J. ?

— Du Texas.

Denny sortit un portable et composa rapidement un texto. Il regardait à peine le clavier tandis que ses pouces enfonçaient les touches. A.J. fronça les sourcils.

— Qu'est-ce que tu fais ?

— J'envoie un message à mes *cholos*. On pourrait traîner un peu tous ensemble.

— Peut-être plus tard. Je ferais mieux d'aller jeter un coup d'œil à ce centre.

— Bon, d'accord, mais faut que je fasse une halte en chemin. Ce n'est plus très loin.

A.J. n'aimait pas trop Denny. Il l'avait senti dans ses tripes avant de se l'avouer. Il avait l'air normal, si ce n'était qu'il s'était maquillé les yeux. C'était carrément bizarre ! Et il exhalait une odeur qu'A.J. n'arrivait pas vraiment à identifier. Un produit de nettoyage, peut-être.

Ses *cholos* ne tardèrent pas à les rejoindre, et c'est alors qu'A.J. sut, sans l'ombre d'un doute, qu'il avait pris la mauvaise décision. C'était de la racaille, pour sûr — deux gars en pantalons baggy et grosses vestes militaires, et une fille couverte de bijoux de pacotille. Elle était archimaquillée avec les cheveux crêpés en hauteur.

— Tu m'avais dit que c'était tout près, rappela-t-il à Denny. Il y a vingt minutes de ça. Je parie que tu ne sais même pas où c'est.

Denny rit, mais son rire n'avait rien de gai.

— Qu'est-ce que tu as à être pressé comme ça ? Ils sont

casse-pieds, là-bas. Des vrais bigots, et ils vont te chercher des noises.

— Viens plutôt te réchauffer, suggéra la fille en poussant une lourde porte.

A.J. se sentit momentanément soulagé, mais ce sentiment fut vite éclipsé par une anxiété lancinante. Ils gravirent un escalier qui sentait le graillon et l'urine.

Des graffitis couvraient les murs. Au troisième étage, la fille déverrouilla une porte toute défoncée qui donnait l'impression d'avoir été forcée et réparée plusieurs fois. Une radio braillait quelque part. Deux adolescents étaient affalés devant une télé dont le son, à fond, rivalisait avec la radio.

— Je vais y aller, dit A.J. en s'attardant sur le seuil.

— Ne sois pas chiant. Reste un moment avec nous. T'as rien à faire à la *Casa*.

— Je préfère aller voir par moi-même.

— Reste là, insista Denny. C'est mieux comme ça.

— Comment ça?

— Comme on te dit de faire.

— Non merci.

A.J. prit sa décision au quart de tour. Au lieu de s'obstiner à la jouer cool pour le bénéfice d'une bande d'inconnus, il oublia sa fierté. Il se rappela une chose que Bo lui avait dite : « Il n'y a pas de honte à prendre soin de soi. Sois toi-même. »

Agissant comme l'enfant terrifié qu'il était, il prit ses jambes à son cou.

Depuis toutes ces années qu'il était sur terre, Bo pensait savoir ce qu'était que la terreur. Il était capable d'identifier l'amour, la haine, et l'effet que cela faisait d'être abandonné. Il croyait connaître la peur par cœur — son goût, son odeur, les picotements qu'elle provoquait dans la nuque et le long de la colonne vertébrale.

Il avait tort. Jamais de sa vie il n'avait été épouvanté à ce point, sachant qu'un petit être sans défense était en danger. C'était une douleur quasi physique, comme quand on mourait de froid ou qu'on suffoquait. Dès l'instant où il avait appris qu'A.J. n'était jamais allé à l'école, cette peur inédite avait supplanté toutes celles qu'il avait jamais éprouvées. Il ignorait jusqu'alors que ce genre d'horreur existait. En imaginant son fils seul au monde, perdu, une multitude de dangers lui vinrent à l'esprit, au point qu'il avait l'impression que sa tête allait exploser.

C'était une sorte de folie, si intense que Kim insista pour l'accompagner au bureau de police. A la seconde où il avait raccroché, après avoir parlé à McKnight, elle lui avait dit :

— Mieux vaut partir tout de suite. C'est moi qui conduis.

Il était trop paniqué pour protester. Kim avait regroupé à la hâte les affaires que le policier leur avait demandé d'apporter — le portable de Bo, ses papiers d'identité, une photo —, et ils avaient filé aussitôt.

Le lieutenant Brenda Flynn avait pris l'affaire en main sans perdre une seconde. Quand un enfant disparaissait, il ne pouvait y avoir ni délai ni retard. Pas de période d'attente. On partait du principe que l'enfant était en danger *maintenant*.

Bo avait quelques photos d'A.J. sur son portable, qu'il remit à un assistant d'une main tremblante ; on les transféra sur une base de données afin qu'elles soient transmises avec l'alerte. Le lieutenant interrogea Bo ainsi que Kim. Il leur parla de Yolanda en leur disant tout ce qu'il savait.

Avait-elle été en contact avec A.J. ?

Non.

A.J. avait-il un téléphone portable ?

Non.

Avait-il des amis, des parents à New York ?

Pas qu'il le sache.

Etait-il malade ? Prenait-il des remèdes ? Avait-il des troubles psychiques ?

Non, non, non.

Chaque question enfonçait un peu plus le couteau dans la plaie.

— Je suis un imbécile, marmonna Bo. Je l'ai cru quand il m'a dit qu'il irait à l'école tout seul, qu'il ne voulait pas être traité comme un bébé.

— Signez ici, dit le lieutenant Flynn, afin que nous ayons votre accord pour accéder à l'historique du navigateur de votre ordinateur.

— Entendu.

Bo comprit qu'il renonçait ainsi à toutes sortes de données privées, mais ça lui était égal. Il essaya néanmoins de se rappeler s'il avait regardé du porno récemment. Non. Il n'avait rien contre le porno, mais cela ne se substituait pas le moins du monde à la réalité, si bien qu'il ne passait guère de temps à visualiser des films en ligne.

L'assistant du lieutenant, par ailleurs expert en recherches d'informations numériques, passa en revue l'historique du navigateur. Il reconstitua une piste en ligne à travers tout un labyrinthe des sites Web.

— Il y a différentes possibilités, dit-il. Votre fils s'est démené.

Il décrivit dans les grandes lignes le parcours qu'A.J. avait suivi sur internet. Pas de jeux en réseau ni de *chats*. L'enfant cherchait désespérément le moyen de résoudre les problèmes de sa mère. Il avait consulté un nombre impressionnant de sites consacrés à l'immigration et à la naturalisation, aux églises et organismes voués au soutien des immigrants, quel que soit leur statut juridique.

Le cœur de Bo sombra dans sa poitrine à la pensée d'A.J., assis des heures durant devant l'écran. Il avait cru qu'il jouait ! Bon sang, c'est ce qu'il aurait dû être en train de faire ! Ce n'était qu'un gamin. Il ne devrait penser qu'à s'amuser, à jouer, à faire des blagues stupides, à des inventions tordues. Pas à la législation sur l'immigration !

— A partir de cette page-ci, il a tout imprimé, précisa l'assistant avant de marquer une pause. Il en a imprimé un paquet.

L'étau glacial qui serrait les tripes de Bo se tordit encore un peu.

— C'est comme chercher une aiguille dans une botte de foin.

— Pas tout à fait.

Le lieutenant Flynn lui tendit une feuille imprimée provenant de MapQuest.

— J'ai déjà transféré les photos vers le serveur d'une équipe spéciale. Tous les bureaux de police de New York les verront.

Bo avait l'impression qu'il allait sortir de sa peau. Il se leva et se mit à arpenter la pièce, sentant que Kim ne le quittait pas des yeux.

— Ça va aller, dit-elle.

— Merci, la bonne fée! lança-t-il.

— Je ne suis pas une bonne fée, répondit-elle. Juste réaliste.

— Oui! Qu'est-ce qu'on voit, derrière ces verres teintés en rose?

Il se comportait comme un salaud, il le savait. Il se tut avant de provoquer davantage de ravages. Mais bon sang! Elle ne comprenait donc rien? Elle avait été élevée comme une fleur de serre, à l'abri de tout ce qui était laid et nuisible dans ce bas monde. Elle avait peut-être fréquenté une école de maintien, allez savoir! Même s'il ne savait pas trop ce que c'était... Les gens avaient facilement ce mot à la bouche, sans vraiment savoir à quoi ils faisaient allusion. Elle était passée d'une enfance protégée à USC à une carrière dans une firme chic de Los Angeles. Elle ignorait tout du monde réel.

Et puis il se souvint du bleu sur son visage, si habilement dissimulé par le fard. Il se trompait à son sujet.

— Désolé, dit-il.

Elle agita vaguement la main.

— Pensez au garçon qui a téléphoné au sujet d'A.J. Julian Gastineaux. C'était juste un inconnu dans le train. Personne ne l'obligeait à envoyer ce texto. Il l'a fait parce qu'il se faisait du souci pour A.J.

Quand elle avait raison, ce n'était pas à moitié. Les tiraillements dans ses entrailles s'apaisèrent un peu.

— Que puis-je faire? demanda-t-il au lieutenant. Je ne peux pas rester là à me tourner les pouces en attendant qu'il se passe quelque chose. Je ne devrais pas aller à New York?

— Laissez-nous faire notre travail, lui répondit Flynn. Je sais que c'est dur, mais le mieux que vous puissiez faire pour votre fils, c'est nous donner la possibilité de faire circuler toutes les informations dans le système. Le NYPD a déjà les photos, l'horaire du train, une description de l'enfant. Nous compléterons ensuite avec les destinations vraisemblables, et...

Le portable de Bo sonna. Il se jeta dessus.

— Allô...

Tous les regards étaient rivés sur lui. Il y eut un temps de battement. Son cœur chavira.

— C'est moi, fit une petite voix. A.J.

Bo se laissa tomber contre le chambranle de la porte en brandissant le pouce à l'intention des autres.

Pendant tout le trajet jusqu'à New York, Bo répéta dans sa tête ce qu'il allait dire à A.J. Il s'imagina en train de lui faire un speech paternel sévère et fiévreux à propos de la prise de décisions et des responsabilités. Il lui expliquerait la nécessité du contrôle et de l'encadrement. Il serait le modèle même de l'adulte responsable.

En définitive, ce qu'il fit à l'instant où il le vit lui fut inspiré exclusivement par l'instinct.

A.J. se trouvait dans le foyer brillamment éclairé et bondé du centre d'accueil. Figé sur place, il serrait son sac à dos contre lui. En voyant Bo entrer, un soulagement mêlé de désespoir adoucit ses traits. Quoi qu'il eût prévu de dire ou de faire, Bo oublia tout en un clin d'œil. Il ouvrit grands les bras, courut vers l'enfant et le serra contre lui. A.J. se cala contre sa poitrine, tout chaud, en vie, sentant le shampooing, la ville et une odeur particulière qui n'avait pas de nom. « Mon fils, pensa Bo. Je tiens enfin mon fils dans mes bras. » Le soulagement le faisait trembler de la tête aux pieds, si doux, si intense que c'en était douloureux.

— Ne refais jamais ça, chuchota-t-il d'une voix râpeuse. Tu m'entends ? Ne refais jamais ça !

A.J. tremblait lui aussi, mais Bo sentit qu'il hochait la tête.

— Allons, dit-il, la gorge sèche sous l'effet de l'émotion. Ç'a été une dure journée... Partons.

En sortant de l'immeuble, il vit des jeunes tourner autour de la BMW. Des durs à cuire en vêtements noirs, amples, striés de traits de couleur. Ce genre de véhicule n'était pas très courant dans le quartier. Bo sentit A.J. se raidir à côté de lui. Dès qu'il eut déverrouillé la voiture, l'enfant s'y engouffra et claqua la portière. Parmi les commentaires marmonnés en espagnol, Bo saisit *gabacho* — un terme péjoratif qu'il connaissait bien —, mais qu'il résolut d'ignorer. Il hocha poliment la tête à l'adresse de la bande, et prit son temps pour s'installer au volant, avant d'emprunter le chemin de la voie express.

— Ça va ? demanda-t-il.

— Oui.

— Personne ne t'a embêté ?

Il remarqua qu'A.J. s'agitait sur son siège et se tourna vers la fenêtre.

— Ces types t'ont-ils cherché des ennuis ? insista Bo.

A.J. lui fit face en ajustant sa ceinture.

— Non.

— Certains d'entre eux avaient l'air assez coriaces, ajouta Bo, dans l'espoir de le faire sortir de sa coquille.

— Tu trouves ?

— Oui. J'ai grandi entouré de gamins de ce genre, expliqua-t-il. Je me faisais botter les fesses presque tous les jours à l'école ou sur le terrain de base-ball.

— Pourquoi ? demanda A.J., manifestant finalement une lueur d'intérêt.

— Les brutes n'ont pas besoin de motif. J'étais probablement un peu couillon, il faut le reconnaître...

Il jeta un coup d'œil de côté, juste à temps pour voir un pâle sourire adoucir la bouche d'A.J.

— Qu'est-ce que tu faisais pour t'en sortir?

— Je partais en courant comme un chien échaudé. Ils me rattrapaient quand même. J'étais plutôt chétif.

— Toi?

— Oui. Un vrai têtard, jusqu'au moment où j'ai poussé tout d'un coup. Vers l'âge de quatorze ans, j'ai commencé à me réveiller la nuit en gémissant parce que j'avais mal aux jambes. Ce sont des douleurs de croissance, me disait mon grand frère. Il s'est avéré qu'il avait raison. L'année d'après, je faisais plus d'un mètre quatre-vingts, et les gens ont cessé de m'embêter. Ils avaient tendance à reculer, plutôt, en se disant qu'ils n'auraient pas le dessus. Heureusement, d'ailleurs, parce qu'aujourd'hui encore je suis parfaitement incapable de me battre.

A.J. sombra dans le silence. Le fil ténu qui les avait liés s'était rompu. Bo espérait qu'il reprendrait spontanément la parole, qu'il lui expliquerait ce qui s'était passé sans qu'il faille le pousser à le faire. Mais cela n'allait manifestement pas se produire.

— Pourquoi as-tu fait ça, A.J.? Pourquoi as-tu fichu le camp comme ça?

Pas de réponse.

— Je ne t'entends pas, reprit-il en s'efforçant de dissimuler son irritation. Parle-moi, s'il te plaît. J'essaie de comprendre.

— Je voulais trouver un endroit où on pourrait m'aider à rejoindre maman.

— C'est ce que je souhaite aussi, A.J., mais faire l'école buissonnière et sauter dans un train, ce n'est pas comme ça qu'il faut s'y prendre. Pourquoi as-tu fichu le camp comme ça, nom d'un chien?

— Parce qu'il ne se passe rien, marmonna A.J. d'une voix tremblotante.

Bo se rangea sur un emplacement réservé aux livraisons et se tourna vers lui.

— Ecoute, il y a des gens qui ne demanderaient pas mieux que d'expédier ta mère de l'autre côté de la frontière, hors des Etats-Unis, et pour toujours. Ils seraient prêts à recourir à n'importe quel prétexte pour se justifier. Si tu fugues, ils te qualifieront de petit hors-la-loi et ils diront : « Pourquoi accorderait-on un droit de résidence à une femme qui a élevé un délinquant ? »

— Chaque fois qu'un enfant fait quelque chose de mal, ils ont le droit de renvoyer sa mère alors ?

— Non, si la mère concernée est citoyenne américaine, on la garde. Ce n'est pas moi qui ai créé ce système, mais on est contraints de s'y plier.

— Il ne marche pas, le système ! Maman n'a rien à se reprocher. Elle faisait son travail tous les jours. Elle bosse plus dur que n'importe qui. Elle payait ses impôts. Je le sais parce qu'elle me les a montrés, une fois !

— C'est quelqu'un de bien, dit Bo, nous le savons. Elle ne mérite pas ce qui lui arrive. C'est la raison pour laquelle nous allons faire tout ce qui est en notre pouvoir pour l'aider. Ce n'est pas parce que tu ne constates aucun progrès qu'il ne se passe rien. Prendre la fuite comme tu l'as fait était sans doute la pire chose à faire.

A.J. faisait preuve d'une maîtrise de fer sur ses émotions.

— Y a pire, à mon avis, dit-il en se tournant vers lui, les yeux plissés.

Bo inspira à fond. Et serra le volant entre ses mains.

— Je sais que tu es très triste à propos de ta mère. Mais réfléchis… Tu peux faire des trucs dingues, comme rater l'école et prendre le train pour New York, cela ne servira à rien à part à montrer aux autorités que tu fais des bêtises. Sinon, tu peux essayer de tirer le meilleur parti d'une situation difficile.

— C'est facile à dire, pour toi.

La terreur qui s'était emparée de Bo plus tôt était en train de se changer en glace.

— Tu crois ça? Eh bien, tu te trompes! Si tu veux penser que cette situation est facile pour moi, eh bien, vas-y, raconte-toi des histoires. Mais rappelle-toi que je suis la dernière personne que tu devrais fuir. Je suis le seul à faire quelque chose pour que tu récupères ta mère. Personne ne s'y consacre davantage que moi.

— Evidemment, pour pouvoir te barrer toi aussi. Il n'y a que ça qui t'intéresse.!

— C'est pour mon travail. C'est *mon* job et je dois le faire. Ton job à toi consiste à aller à l'école.

Le silence s'installa de nouveau entre eux. La nuit tombait vite. Dans la pénombre, Bo entrevit l'éclat d'une larme dans les yeux d'A.J. Cela lui fit l'effet d'un coup de couteau, de le voir souffrir ainsi.

Il enclencha la vitesse et s'engagea de nouveau dans la circulation.

— Ecoute, je me suis peut-être trompé, A.J. Rappelle-toi, je n'ai pas beaucoup d'expérience... Ni l'habitude d'être responsable de quelqu'un. Je n'ai pas vraiment besoin d'aller en Virginie. Laisse-moi trouver un moyen de me débiner.

— Tu viens de me dire que c'était ton job.

— Toi aussi, tu fais partie de mon job.

— Je ne t'ai pas demandé ça.

— Eh bien, tu l'as eu quand même. Je te ramène à la maison. Et ne viens pas me dire que tu n'es pas chez toi à Avalon, parce que *c'est* chez toi. Pour le moment, c'est la seule base dont tu disposes.

16

— Tu as perdu la tête ou quoi ? hurla Bagwell à l'adresse de Bo. C'est dans ton contrat. Tu es obligé d'aller à l'école de la Gloire. Tu ne peux pas faire autrement.

Ils étaient à la Hilltop Tavern, en train de faire une partie de billard avec Ray Tolley et Eddie Haven, tout en buvant une bière. C'était leur soir de sortie, et la première fois que Bo s'était séparé d'A.J. depuis l'incident de New York. Dino devait l'emmener manger une pizza, puis au cinéma.

Même s'il avait cessé de servir au Hilltop, Bo continuait à s'y sentir comme chez lui.

— Rien ne m'y oblige, répondit-il en enduisant de craie le bout de sa queue de billard. Il s'agit d'un accord pré-contrat avec les Yankees, de toute façon. Je l'ai pour ainsi dire appris par cœur. On me demande de suivre une formation dans le domaine des relations avec les médias, et c'est ce que je vais faire.

Il visa et expédia la boule en plein dans le mille.

— Je ne vois pas ce qu'ils ont encore à m'apprendre. Je me suis entraîné pour ainsi dire toute ma vie dans ce sens. J'en ai rêvé dans les moindres détails.

— Tu sais ce qu'on dit à propos des rêves, souligna Bagwell.

— Non. Quoi ?

— Ils sont toujours mieux que la réalité.

— Quelle connerie !

— Voilà que tu recommences. C'est pour ça que tu es censé suivre une formation avec les bleus. Il faut que tu apprennes à ne pas jurer, à ne pas mâcher la bouche ouverte, ce genre de choses...

— Je suis capable de me débrouiller tout seul pour ça, répliqua Bo.

Bagwell ricana.

— Il existe peut-être un cours en ligne !

Il se mit à faire les cent pas le long de la table de billard, manifestement impatient de se mesurer au vainqueur.

Bo comprenait pourquoi. Il joua de nouveau, rata son coup.

— Je peux renoncer à tout ça.

— A cause d'A.J. ? s'enquit Rayburn Tolley en expédiant sa boule droit dans l'angle.

— Exactement. Je pensais que ce serait simple. Je partirais, Dino s'occuperait de lui. Il s'avère que le gosse a perdu les pédales. J'ai peur qu'il ne s'enfuie de nouveau si je m'en vais, et que cette fois-ci il ne réapparaisse pas.

Il but une gorgée de bière avant d'ajouter :

— Je ne peux pas prendre ce risque.

— Tu es un admirable dingo, voilà ce que tu es ! commenta Ray.

Bo secoua la tête.

— Je n'ai rien d'admirable.

Tolley visa à son tour. Et marqua.

— D'accord. A ta guise.

— Tu es un vrai pote, dit Bo en souriant.

— Pourquoi ne pas emmener A.J. avec toi ? suggéra Eddie Haven. J'ai passé mon enfance à suivre mes parents partout. Ça ne m'a pas tué.

La famille d'Eddie, dans le show-business, était constamment sur les routes.

Ray — qui avait arrêté Eddie dans le cadre d'une affaire qui ne datait pas d'hier — rit à gorge déployée.

— Si l'on considère les services à la communauté imposés par le juge comme quelque chose de « normal », alors je suppose que tu t'en es bien sorti, lança-t-il.

— Il n'est pas question que je traîne A.J. où que ce soit, répondit Bo. Il a été suffisamment déraciné comme ça.

— J'ai une solution, intervint Bagwell. Tu peux faire une grosse partie du travail qu'ils font à l'école de la Gloire ici même. Avec l'aide de Kimberly van Dorn. C'est le boulot qu'elle faisait à Los Angeles, non ?

Bo y avait déjà songé. Il s'imaginait passant des heures et des heures avec elle, tandis qu'elle lui apprenait ce qu'il fallait faire et ne pas faire. Tout ce temps d'intimité lui convenait très bien. Se faire houspiller par elle…

— Ce n'est pas une bonne idée. De plus, on m'a laissé entendre que l'objectif était avant tout de rencontrer des gens. Tout l'intérêt est là, et pas de savoir quelle fourchette utiliser ni comment commander le vin.

— Pas d'accord, répondit simplement Bagwell. Kimberly peut t'apprendre des tas de choses.

Pendant ce temps, Ray visa une fois de plus et atteignit sa cible.

Bon sang ! Ray était vraiment dans la partie, ce soir. Il mit deux autres balles dans le mille avant de rater et de repasser la main à Bo.

— Sérieusement, reprit Bagwell, il y a des choses qu'il faut savoir avant de se lancer dans la cour des grands. On peut facilement se faire manipuler.

Bagwell savait de quoi il parlait. Il avait pris part à trois excellents matchs avec les Boston Red Sox avant qu'une blessure ne mette un terme à ses aspirations au sein d'une équipe de ligue 1. Après ce coup dur, il était revenu à Avalon, où il avait travaillé pour la petite entreprise de réparation de son père, se contentant de jouer pour les Hornets l'été et en République dominicaine l'hiver.

— Elle va me rendre folle… Pourquoi elle ? demanda Bo en se renfrognant.

C'était à son tour de jouer. Il tapota le trou où il voulait que sa balle disparaisse et visa. Il avait mal jugé l'angle et la balle heurta la paroi, puis alla errer ailleurs. Raté.

— Pas la peine de faire l'idiot, dit Bagwell. On ferait tous la même chose que toi, si on était à ta place.

17

En sortant de la banque avec sa mère, Kim se sentait relativement optimiste, même s'il fallait se montrer prudente. Bo avait eu raison. En tant que victime d'une escroquerie, Penelope avait droit à un recours. L'information venait donc d'un homme en qui elles pouvaient avoir confiance. Une grande première !

Lors de l'entretien avec le spécialiste, à la banque, ils avaient mis au point un plan de financement qui devrait aider Penelope à se sortir de ce prêt complexe et pénalisant, dès lors qu'elles se montraient prudentes et que la chance était de leur côté.

— Nous devrions fêter ça, suggéra Kim.

— J'ai un budget serré, maintenant, répondit sa mère, et j'ai l'intention de m'y tenir.

Elle ferma son sac à main d'un claquement et se dirigea vers sa voiture.

— Il faut que nous nous arrêtions à l'épicerie en rentrant. Je vais te montrer de quoi je parle.

— Nous respecterons ton budget, promit Kim. Il doit bien y avoir moyen de faire la fête avec très peu d'argent.

Penelope hocha la tête.

— Jadis je t'emmenais prendre le thé au St-Regis, tu te souviens ?

— Je me rappelle surtout que j'avais mal aux pieds dans mes souliers vernis. Et que le harpiste me bassinait avec sa musique.

— Je n'ai jamais vraiment aimé ça non plus.

Penelope mit la clé de contact et démarra.

— On y est pourtant allées des tas de fois. Je pensais que tu y tenais.

— Et moi, je croyais que ça t'amusait. L'une de nous aurait dû exprimer le fond de sa pensée.

— C'est ce que je fais maintenant, dit Kim. Fini les thés rasoir.

— Compris.

Penelope sortit du parking. Même sa conduite était plus souple, plus assurée. Dino Carminucci lui avait donné des cours. Penelope affirmait que c'était un professeur-né, mais Kim supposait que l'intérêt que sa mère lui portait ne s'arrêtait pas là. Il allait falloir qu'elle se fasse à l'idée que sa mère risquait d'avoir une liaison avec quelqu'un.

— Je te trouve bien silencieuse, tout à coup, fit remarquer Penelope. A quoi penses-tu ?

— A toi sortant avec un homme. C'est bien ce qui se passe entre Dino et toi, non ?

Il y eut un silence.

— Nous nous apprécions. Beaucoup. Ne me dis pas que ça te perturbe ?

— Bien sûr que non, s'empressa de répondre Kim. Dieu sait si tu mérites d'être heureuse, maman !

— Je sais que tu es fâchée à cause de ce que tu as découvert au sujet de ton père. Mais tu te souviens, j'espère, que sa manière de gérer ses finances n'était qu'un aspect de sa personnalité. Je n'ai pas passé trente-cinq ans à ses côtés dans un état de souffrance permanent. Pas plus que tu n'as été malheureuse toute ton enfance. A maints égards, nous étions une famille heureuse.

— Vraiment ? Je sais que c'est l'impression que cela donnait parfois, mais quand j'y repense… il n'y avait pas de fondations, maman. Tout n'était que feintes.

— Nous ne faisions pas semblant d'être heureux. Nous… l'étions, vraiment.

Le père de Kim était un homme exigeant, qui tendait à s'ériger en juge. Elle s'en rendait clairement compte à présent. Pourtant, l'obligation de le satisfaire lui avait apporté quelque chose qu'elle avait pris pour du bonheur. Quand elle songeait à quel point elle désirait son approbation, à l'importance que ce désir avait eue à ses yeux, tout cela pour une illusion, elle se sentait hors d'elle.

— Tu plaisantes, maman... n'est-ce pas?

— J'ai passé plus de trois décennies de ma vie avec ton père, et pour l'essentiel ce fut une époque heureuse. Nous avions nos hauts et nos bas, comme tout le monde. Quand je songe à ce temps-là, je discerne peu de signes qui auraient pu laisser supposer que quelque chose allait de travers. Je les ignorais. Ou peut-être que j'étais trop préoccupée par tous les efforts qu'il fallait déployer pour maintenir les apparences. J'en oubliais de reprendre mon souffle. J'aimais ton père, mais me retrouver dans cette situation après son départ, avec tous ses secrets éclatant en plein jour... Tout est si différent, avec Dino... Je ne cherche pas à le comparer à ton père, mais sa vie est un livre ouvert. Il a quatre enfants adultes et une ex-femme extrêmement amère. Il est très honnête avec moi au sujet de son passé. Il ne prétend pas avoir été un saint. Mais je le trouve merveilleux.

— Et moi, je pense qu'il a de la chance de t'avoir, enchaîna Kim.

Elle était sincèrement heureuse pour sa mère, même si, pour une fois dans sa vie, elle avait conscience que le bonheur ne dépendait pas des efforts considérables qu'on pouvait accomplir pour satisfaire un homme et préserver son image. Ce qui était presque une révolution chez elle!

A Los Angeles, elle agissait toujours en fonction de ce qui satisferait Lloyd — de ses besoins au lit à son apparence devant les caméras. Il était humiliant de se rendre compte qu'elle s'en était fait une raison. Plus jamais! On ne l'y reprendrait pas.

Elles firent halte au supermarché, et, fidèle à sa parole, Penelope ne fit aucune entorse à son budget.

Kim commençait à s'habituer à la vie dans cette petite ville. Et à Fairfield House. Elle s'en étonnait elle-même. Tout était une question d'adaptation. Par exemple, en sortant de sa chambre, elle devait s'assurer qu'elle était dans une tenue décente. Au départ, la pension de sa mère lui avait paru de la folie pure. Quelle idée de remplir ainsi la maison d'inconnus qui n'avaient aucun lien entre eux ! Assez vite, pourtant, Kim s'était sentie à son aise dans l'ambiance communautaire qui régnait parmi les résidents. Même si elle ne s'était pas encore prononcée sur l'un d'entre eux.

« Pas maintenant », se dit-elle. Elle n'allait pas penser à Bo Crutcher maintenant. Elle ne devait pas penser à lui *du tout*, mais, pour Dieu sait quelle raison, son esprit ne cessait d'errer dans sa direction. Son triomphe initial, si précaire soit-il, cédait peu à peu le pas à une émotion déconcertante. Elle voulait aller de l'avant, mais ne cessait d'en revenir à ce qu'elle savait faire le mieux — mettre en lumière le côté positif de toute situation. C'était au fondement de sa carrière, en définitive, et elle excellait dans ce domaine. Elle devait être en mesure d'envisager les choses du bon côté. Elle était en train de se rapprocher de sa mère comme elle ne l'avait jamais fait auparavant. De l'aider à surmonter une crise financière. De découvrir les charmes de la vie dans une petite bourgade.

Daphné McDaniel revenait de son travail quand elles arrivèrent à la maison. Sa présence mettait toujours Kim de bonne humeur. En un temps très court, elles s'étaient liées d'amitié. En d'autres circonstances, elles n'auraient peut-être rien eu à faire ensemble. Elles n'avaient pas grand-chose en commun, de prime abord. Du coup, Kim se demandait combien de personnes elle avait négligées par le passé.

— Je peux vous aider avec les courses ? demanda Daphné.

— Volontiers, répondit Kim en lui tendant un sac avant d'en prendre deux elle-même.

Elles gagnèrent la cuisine et entreprirent de ranger les emplettes. Dans un des sacs, Kim tomba sur un puzzle de poche qu'elle tendit à sa mère.

— Regarde, dit-elle en sortant un avion de bois de balsa

qu'elle avait acheté elle-même. Nous avons pensé à A.J., toutes les deux.

— Toutes les trois, tu veux dire! renchérit Daphné en extirpant de sa besace une balle en caoutchouc faite main. Cela fait deux ans que je m'escrime dessus. J'ai décidé de la rapporter à la maison pour lui.

Tous les résidents de Fairfield House semblaient déterminés à accorder à A.J. une attention particulière. Sa fugue était un acte désespéré. Sa tristesse et la souffrance que lui causait l'absence de sa mère les touchaient profondément.

— Nous lui donnerons tout ça quand il rentrera à la maison, ce soir, suggéra Penelope. Dino l'a emmené manger une pizza. Bo et Early sont sortis avec des amis. Nous ne sommes que toutes les trois.

— Simplifions-nous la vie, dans ce cas, proposa Daphné. Je me contenterais volontiers d'un bol de céréales.

— Certainement pas, ma petite demoiselle, répliqua Penelope. Je pensais faire une salade aux épinards avec des quartiers de mandarine. Le genre de plat que les hommes n'apprécient pas beaucoup.

— Une salade de filles? dit Kim. J'adore!

Daphné monta se changer. Ce qui revenait à troquer ses collants et ses chaussures contre un jean noir et des Doc Martens. Kim acheva de déballer les courses. Elle s'aperçut que sa mère était en train d'étudier la note. Elle la plia soigneusement en pinçant les lèvres avant de la ranger.

— Je pourrais t'aider, maman. J'ai des économies. Enfin, pas de quoi éponger tes dettes, mais…

— Je ne te demande pas ça, et tu le sais. L'argent, c'est l'argent… Tu m'aides, rien qu'en étant là. Je me sens tellement bête… Il y a des moments où c'est ce qui m'accable le plus : me sentir bête.

— Ça arrive à tout le monde, pour une raison ou pour une autre, crois-moi. Songe à moi, à mon stupide boulot et à mon goût encore plus stupide en matière d'hommes.

De retour dans la cuisine, Daphné prit une mandarine dans la coupe de fruits.

— De quels hommes parles-tu ? demanda-t-elle.

— D'un type de Los Angeles, répondit Kim en frissonnant. Au départ, c'était un client.

— Lloyd Johnson, hein ? demanda Daphné en s'avançant sur son siège. Comment était-il ?

— Un homme-enfant égocentrique, limite narcissique, ça le résume assez bien. Où avais-je la tête ? C'est ridicule de ma part d'avoir pensé que ça pourrait marcher.

— N'est-ce pas censé se passer ainsi ? répondit Daphné. Je veux dire, si on se lance dans une relation en se disant que ça ne marchera jamais, ça ressemble pas mal au baiser de la mort, non ?

— Effectivement, mais mon histoire faisait partie de celles que tout le monde sait condamnées d'avance. Tout le monde, sauf le couple concerné. Enfin, c'est vrai ! Qui croyait que Dennis Rodman et Carmen Electra resteraient ensemble plus de cinq minutes ?

— Dennis et Carmen, probablement, intervint Penelope. Peut-on vraiment blâmer les gens de croire à l'amour ?

— Non. Mais on peut les blâmer de méconnaître la situation. Ce que j'ai fait pendant longtemps, je suis prête à l'admettre. Lorsque tout se précipite, dans une carrière comme celle de Lloyd, il faut s'attendre à se faire balayer en cours de route. C'est comme une déferlante qui vous emporte.

— Je sais ce qu'il nous faut, déclara Daphné en regagnant précipitamment l'escalier. Je reviens tout de suite !

Kim avait encore du mal à penser à ce qu'il était advenu de sa vie d'avant. Elle se souvenait des flashs qui crépitaient quand Lloyd descendait le tapis rouge avec les enseignes de ses sponsors en toile de fond. Elle entendait encore les questions qu'on lui criait, et ressentait toujours les frissons d'excitation qui la parcouraient. Elle se rappelait s'être mise à l'écart avec les autres membres de l'équipe de Lloyd et avoir retenu son souffle tandis qu'il répondait aux questions les unes après les autres, comme elle lui avait appris à le faire.

En général, sa performance était aussi précise et maîtrisée que son lancer du gauche, et leur relation semblait s'épanouir au même rythme que sa carrière. Ils formaient une équipe soudée. Ils étaient invincibles. Rien ne pouvait les arrêter.

Jusqu'à la soirée en question. Ce souvenir fit vaciller son esprit. Un jour, il faudrait qu'elle affronte ce qui s'était passé — la crise de Lloyd, et le fait qu'elle l'avait sciemment provoquée de manière à dévier sa colère, sauvant du même coup sa carrière. Quel genre d'individu fallait-il être pour faire une chose pareille? Où était passé son amour-propre?

— Je suis navrée qu'il t'ait frappée, dit sa mère, mais en un sens je m'en félicite pour toi. À quelque chose malheur est bon. Je pense qu'au bout du compte tu ne regretteras pas ce fiasco avec Lloyd.

— J'ai pris pour une bénédiction cet homme que je croyais aimer. Un homme qui m'a larguée et licenciée en public! Devant les caméras!

Elle frissonna en priant pour que sa requête auprès de *YouTube*, afin qu'on retire ce clip, soit honorée.

— Peut-être finiras-tu par y voir une bénédiction, intervint Daphné, qui venait de revenir avec un sac en papier brun d'où elle sortit une poignée de citrons verts et une bouteille de tequila.

— Génial! s'exclama Kim. Songez aux économies que nous allons faire en thérapie!

Elle ouvrit les placards et en sortit une planche à découper, un couteau, une salière et trois petits verres.

— Doux Jésus! Il est hors de question que je boive de la tequila, déclara Penelope.

— Bien sûr que si, insista Kim.

— Profitez-en, Daphné et toi. Je rangerai le désordre après.

— Tu ne vas pas te défiler comme ça, répondit Kim en se dirigeant déjà vers le salon, où elle servit habilement trois petits verres avec des gestes maîtrisés dignes d'un barman.

— Ça va me rendre malade, protesta Penelope avec un mouvement de recul.

— Certainement pas, assura Daphné. C'est de l'El Tesoro. Douce comme de l'eau filtrée, vous allez voir.

— Mais bien relevée, ajouta Kim, en train de couper un citron en tranches. Regarde, maman, je te montre.

Elle fit la démonstration du rituel ancestral de la dégustation de tequila — mettre du sel sur le dos de sa main, le lécher, boire une gorgée, mordre dans le citron, faire la grimace à cause de son acidité. A la fin, elle s'adossa, tout sourires, tandis que l'alcool brûlant se répandait en elle.

Daphné l'imita, éclusant son petit verre avec autant d'efficacité que d'habileté.

— A toi, maman!

— Mais je vous ai promis une salade...

— On n'a pas faim, répondit Daphné.

— Elle a raison, enchaîna Kim. Fais-nous plaisir. Allez, maman. C'est une façon de resserrer les liens entre nous.

— D'accord. Mais je refuse de me lécher la main. Je trouve ça dégoûtant.

— Lèche-toi donc la main. Comment veux-tu que le sel colle, autrement? Essaie d'enchaîner les gestes avec souplesse. La clé est de tout faire sans s'interrompre.

Kim fit une autre démonstration, puis elle aligna tout le matériel nécessaire devant sa mère.

Penelope pinça les lèvres. Puis, sans perdre de temps, elle lécha le dos de sa main avant d'y verser une pincée de sel. Elle prit une seconde pour composer son attitude. Puis, tel un plongeur sur le point de faire le grand saut, elle lécha le sel, engloutit la tequila, mordit dans la tranche de citron. Conformément aux instructions, elle fit claquer sa langue avant de se tapoter la bouche avec une serviette en papier.

— Voilà! Satisfaites?

— C'est un bon début. Il faut que tu le fasses encore deux fois, dit Kim.

— Ou trois, ajouta Daphné.

Elles lui préparèrent une autre ration, puis une autre encore quelques minutes plus tard. A la fin, Penelope s'affala sur le canapé en soupirant.

— Me voilà devenue une autre femme. C'est agréable de savoir que je ne suis pas trop vieille pour tenter de nouvelles expériences, déclara-t-elle. Ça donne un sacré coup de fouet!

— On était sûres que tu dirais ça! s'exclama Kim, avant de remplir une fois de plus les trois petits verres et de lever le sien pour trinquer avec Daphné. A nos nouvelles perspectives d'avenir!

— Mieux vaut tard que jamais, enchaîna Penelope en choquant leurs verres.

— Je suis bien d'accord!

— Aux nouvelles expériences! s'écria Daphné.

— A la fin des athlètes pros! ajouta Kim, au souvenir de toutes ces brutes, enfants gâtés et superficiels, qui espéraient la lune et se plaignaient encore quand on la leur décrochait.

La plupart d'entre eux avaient des prétentions qui les poussaient à briser les lois et les cœurs avec autant d'aplomb. Pour se poser en victimes ensuite.

Il arrivait pourtant que ces intentions exprimées à haute voix soient submergées par une force supérieure — le bon sens. Entre deux tournées de tequila, Kim était consciente qu'il ne suffisait pas de clamer ce qu'elle rejetait. Il fallait aussi qu'elle définisse ce qu'elle voulait vraiment.

— N'est-ce pas ironique que tu vives dans une maison remplie de sportifs, alors que tu as juré de ne plus jamais avoir affaire à eux? Dino, Early, Bo…

— Il est tellement beau, commenta Daphné, et elles n'eurent pas besoin de demander à qui elle faisait allusion.

— Propose-lui de sortir avec toi, suggéra Kim en esquissant un geste désinvolte. D'après ce que nous en savons, il n'a personne dans sa vie.

— Non. Ce n'est pas mon type d'homme. C'est un père de famille-né. Je n'aime pas trop les enfants.

Bo, un père de famille ! « Tout est une question de point de vue… », songea Kim.

— De plus, il t'apprécie beaucoup, ajouta Daphné. Ça saute aux yeux !

— Il me connaît à peine, protesta Kim, ignorant l'émoi que cette remarque avait fait naître en elle.

Elle n'avait jamais eu de mal à se faire apprécier de la gent masculine. Même si elle n'y était pour rien, le sort l'avait gratifiée d'une chevelure flamboyante, d'une poitrine opulente et de longues jambes bien galbées. Il ne fallait pas grand-chose de plus pour attirer l'attention d'un homme. Elle en avait fait l'expérience dès le lycée.

— Il t'adore. Je prédis une aventure.

Kim rougit. Elle avait à peine admis l'attirance entre Bo et elle, et s'était imaginé que personne ne s'en était aperçu.

Ça saute aux yeux. Elle s'efforça de passer outre à la remarque de Daphné.

— Une aventure ? A quoi bon ?

— Allons, ma fille ! C'est juste une des choses les plus agréables qui soient au monde.

— Certes, mais le propre d'une aventure, c'est qu'elle s'achève vite, et qu'au final on est…

— Rétamés ? suggéra sa mère.

— Exactement. Une liaison, par définition, a une date d'expiration. Et je trouve ça déplorable.

— Ce n'est pas parce qu'on sait qu'une chose se terminera malheureusement un jour qu'on ne doit pas en profiter, souligna Daphné. J'ai raison. Tu le sais très bien.

Elles perdirent toute notion du temps, oublièrent de dîner et devinrent de plus en plus sottes. Bo et Early rentrèrent, les joues fraîches, rosies par le froid. Kim essaya d'occulter l'effet que la vue de Bo avait sur elle. De se cacher le fait que son pouls s'accélérait en sa présence, et qu'elle avait les joues toutes chaudes. Ça devait être la tequila !

— Bonsoir, messieurs, lança Penelope, feignant de ne pas être affectée par la tequila, ce qui provoqua des fous rires chez Kim et Daphné.

Bo passa en revue le dispositif étalé sur la table en cillant des paupières.

— Tout va bien ? demanda-t-il. A.J. aussi ?

— Bien sûr, dit Kim, s'empressant de le rassurer. Dino et lui ont mangé au restaurant, puis ils sont rentrés à la maison et ils ont fait une partie de *cribbage*…

— De quoi ?

Elle éclata de rire en voyant son expression. Qu'y avait-il de plus touchant qu'un homme dans un état de confusion complète ?

— C'est un jeu de cartes. Ensuite ils sont allés se coucher tous les deux. Quant à nous, on a continué à faire la fête.

— Ah oui ! En quel honneur ?

— Je suis en train de régler mes problèmes financiers, annonça Penelope. Et j'apprends à boire de la tequila. Oh, et Kimberly et sa nouvelle page, il ne faut pas oublier !

— Quelle page ? demanda Bo.

— J'ai tourné une page, déclara Kim en esquissant un geste désinvolte.

— Comment ça ?

— Je vais me réorienter professionnellement en me fixant un meilleur objectif. Je renonce à couvrir les crises de nerfs que des vauriens piquent en public. A m'apitoyer sur le sort de types qui viennent de signer un contrat de plusieurs millions de dollars. A apprendre à des gars qui n'ont jamais fini leurs études secondaires à s'exprimer comme des érudits sortis de la fac.

Daphné et elle trinquèrent de nouveau.

— Bravo, ma fille ! lança Daphné.

— A la fin de mon abnégation au profit des athlètes ! lança Kim. Fini les clients butors ! Plus question de jeter des perles aux cochons !

Elle but son verre à petites gorgées.

— Je me demande d'où vient cette expression, au passage… Qui songerait à donner des perles en pâture à des gorets?

— Judith Leiber, répliqua Bo.

Bagwell considéra Kim en fronçant les sourcils.

— Qu'est-ce que vous avez contre les athlètes?

Elle lui décocha un sourire narquois.

— Combien de temps avez-vous devant vous?

— Combien vous en faut-il? s'enquit Bo.

Il était tellement séduisant… Depuis quand était-il aussi craquant? En les regardant, Early et lui, elle décida que ses ennuis ne venaient pas des athlètes à proprement parler. Ni même des hommes en général. C'était juste qu'elle aspirait à une nouvelle vie qui ne ressemblerait pas à l'ancienne.

— Aucun, parce que j'en ai assez de parler de ça.

— Tant mieux, parce que je suis venu vous faire une proposition.

— Excusez-moi, vous avez bien dit « proposition »? Vous devriez savoir qu'il ne faut pas employer ce genre de mot en présence d'une femme célibataire.

— Trois femmes célibataires, en l'occurrence, leur rappela Penelope.

— Désolé, reprit Bo avec aisance. Je me suis mal exprimé. Cela veut-il dire que vous cherchez chaussure à votre pied?

— Il faudrait déjà que je trouve quelqu'un avec qui sortir, répondit Kim en remplissant son verre.

— Eh bien, dans ce cas…

Elle leva une main, tel un bouclier.

— Un gentil monsieur barbant, sécurisant, qui sait se tenir.

— Bon, peu importe. Il n'empêche que j'ai une proposition à vous faire.

— Rien que d'entendre ça, je me méfie.

— Tout le monde y gagnera, je vous l'assure.

— C'est vrai, intervint Early. Voyez-vous, il a trouvé ce qu'il allait faire à propos de l'école de la Gloire.

— Effectivement. J'ai l'intention d'embaucher quelqu'un pour travailler avec moi ici même, de manière à ne pas être obligé d'abandonner A.J.

— Ah! Excellente idée! s'exclama Penelope, sans se rendre compte de la tension qui montait. Ça me paraît une très bonne solution.

Kim éprouva une vague sensation de nausée. Elle avala péniblement sa salive.

— Vous allez me demander de m'en charger, n'est-ce pas?

— Allons, Kim..., l'exhorta Bagwell. Faites une exception pour Crutch. Il a besoin de vous.

Kim refusa d'identifier l'onde de chaleur qui l'avait envahie.

— J'ai passé la soirée à me faire à ma liberté retrouvée après tant d'années de dur labeur. Et, croyez-moi, les besoins d'un homme ne sont pas précisément le moteur le plus puissant du monde.

Bo traversa la pièce et vint s'asseoir à côté d'elle.

— Cela pourrait s'intégrer dans votre nouveau programme, dans cette page que vous souhaitez tourner.

— Ça ne marchera pas.

— Pourquoi pas?

— Ce numéro de charme aux accents de sincérité que vous me jouez, je n'y céderai pas.

— Je me rends bien compte que nous sommes partis du mauvais pied, mais...

— Vous croyez?

— Tu le trouves antipathique? s'étonna Penelope en la regardant d'un air perplexe. Je ne m'en étais pas du tout rendu compte.

Kim lui répondit sans quitter Bo des yeux.

— Ça n'a rien de personnel.

— Balivernes! riposta sa mère. L'antipathie est toujours personnelle. Tu aurais dû m'en faire part avant qu'il ne s'installe ici avec nous.

— Ça n'aurait rien changé, répondit Kim. Cette vie communautaire est la meilleure solution pour A.J. Je pense que nous sommes tous d'accord là-dessus. C'est lui qui compte, en l'occurrence.

— Et c'est pour lui que j'ai besoin de vous, souligna Bo, profitant de la perche qu'elle lui tendait. Allons, Kim, qu'en dites-vous?

Elle pensa à A.J., si perdu, si seul, au courage dont il avait fait preuve depuis qu'il était séparé de sa mère. A cause de lui, elle n'avait pas vraiment le choix.

— J'ai besoin d'une autre tequila.

18

Le lendemain matin, Kim se réveilla avec un mal de tête épouvantable... et un malaise qu'il lui arrivait d'éprouver de temps à autre à l'époque où elle était étudiante. Qu'ai-je fait ? Elle savait pourtant bien que les gens qui s'adonnaient au rituel de la tequila faisaient des sottises et disaient des choses qu'ils ne pensaient pas toujours. Et qu'ils regrettaient le lendemain. Dans le même temps, elle n'arrivait pas vraiment à regretter d'avoir accepté la proposition de Bo. En se brossant énergiquement les dents, elle scruta son reflet dans la glace, les sourcils levés.

— Tu avais juré de laisser tomber les athlètes, marmonna-t-elle après avoir craché dans le lavabo. Tu manques à ta promesse !

La femme qui lui rendait son regard ne manifestait pas le moindre repentir.

— C'est juste que je fais passer les impératifs d'autrui avant les miens. Non, je ne parle pas de Bo Crutcher ! Je parle de ma mère, pour qui ces rentrées supplémentaires sont nécessaires, et d'A.J. qui a besoin que son père reste dans les parages.

Elle se passa la main dans les cheveux.

— Et tu parles toute seule. Quand est-ce que ça t'a pris ?

Elle sursauta en entendant frapper à la porte. Elle enfila son peignoir à la hâte, mais ne put trouver la ceinture. En serrant le tissu devant elle, elle ouvrit la porte.

— Vérifiez vos mails, lui dit Bo.

Il sortait de la douche, et n'avait pas encore boutonné sa chemise. Elle se demanda s'il l'avait fait exprès.

La vision de sa poitrine nue la fit vaciller sur ses jambes.

— Je les vérifie toujours, dit-elle en s'ordonnant de se ressaisir. Vous n'êtes pas obligé de faire irruption dans ma chambre dès l'aube pour me dire de le faire.

— Mon agent vous a envoyé une vidéo d'une interview de moi, afin de déterminer s'il me faut une formation en relations avec les médias ou non.

« Pas la peine, pensa-t-elle en s'efforçant désespérément de détourner les yeux. Vous n'avez qu'à vous tenir là, comme ça... » Elle baissa la tête pour dissimuler son sourire.

— Je vais y jeter un coup d'œil.

Elle releva les yeux vers lui. Contrairement à elle, il ne faisait pas le moindre effort pour éviter de la dévisager. Son attention la mit mal à l'aise et, péniblement consciente de la légèreté de son peignoir, elle s'éclaircit la voix.

— Vous avez parlé à A.J. de notre accord?

— Oui, et ça lui va. Enfin, autant que ça puisse lui aller, étant donné les circonstances. Il avait besoin d'entendre que je comptais faire mon possible pour rester auprès de lui.

— On dirait que vous faites ça en dernier recours.

— Vous n'êtes un dernier recours pour personne, répondit-il en lorgnant ses jambes nues.

Cette remarque pouvait avoir plusieurs sens, elle l'avait compris.

— Je veux que vous sachiez que, si j'ai accepté, c'est dans l'intérêt d'A.J. Pour aucune autre raison. Et, pour son bien, nous allons faire du bon travail. D'ici à la fin de la journée, j'ai l'intention de décrocher une interview avec le *Baseball Monthly*, à Coopertown.

Elle était restée éveillée une partie de la nuit à penser à lui, malgré la tequila. La perspective d'une nouvelle mission lui faisait l'effet d'un coup de fouet digne d'un expresso, et elle était entrée sans transition dans la phase de la planification, passant en revue les contacts dont elle disposait dans la presse, édifiant une stratégie.

— Sans blague?

Il gratta son torse nu, puis cala ses mains sous ses aisselles en se balançant sur ses talons.

— C'est super, Kim. Je vous en suis reconnaissant.

— Ça ne va probablement pas vous plaire de travailler avec moi. J'ai l'intention de me comporter comme un vrai sergent instructeur, vu que le temps nous est compté.

— Ah oui ? Eh bien, vous vous trompez.

— A quel propos ?

— Je suis certain que ça va me plaire. Je vais me régaler tout du long.

— On se retrouve en bas, dit-elle en lui fermant la porte au nez.

Après quoi elle s'habilla rapidement et descendit dans la cuisine. Tout en se servant une tasse de café, elle chantonna avec la radio.

— Tu es de bonne humeur, on dirait, remarqua A.J. en entrant dans la pièce.

— Il faut croire que je suis juste contente de te voir !

Il sourit malgré lui.

— Ben voyons !

— Alors, ton papa t'a expliqué qu'il allait travailler avec moi, hein ? Relations publiques avec les médias — c'est ce que je faisais avant. Comme ça, il ne sera pas obligé de s'en aller.

— Et c'est ça qui te met d'aussi bonne humeur ?

Oui.

— Non, s'empressa-t-elle de répondre. Mais je trouve que c'est bien qu'il se soit débrouillé pour rester près de toi.

A.J. garda le silence quelques instants tandis qu'il se préparait un bol de céréales. Kim l'observa à la dérobée en repensant au commentaire que Daphné avait fait la veille à propos d'une éventuelle aventure avec Bo. Elle avait devant elle la raison pour laquelle il ne pouvait en être question : elle n'allait sûrement pas batifoler quand un petit garçon vulnérable et effrayé était impliqué dans l'histoire.

Elle continua à l'épier du coin de l'œil. Pensait-il que c'était une bonne ou une mauvaise nouvelle ? Elle n'aurait pas su le dire. Il ne mesurait probablement pas les risques que Bo prenait en coupant à l'école de la Gloire. Au-delà de la formation en relations publiques et en techniques des affaires, il allait passer à côté de prises de contact essentielles dans une carrière de haut vol. Rencontrer les gens qu'il fallait au bon moment pouvait engendrer des appuis et des alliances parfois inestimables.

Elle se donnerait pour mission de lui trouver d'autres occasions de se faire des relations. L'interview dans le *Baseball Monthly* ne devrait pas poser de problèmes. Un rapide échange de mails avec quelqu'un qu'elle connaissait dans la place, et ce serait chose faite. Elle était déterminée, et avait l'intention de mettre les bouchées doubles. Elle visait déjà un événement imminent, une réception baptisée « bal des débutants », destinée aux nouveaux espoirs des Yankees, qui devait avoir lieu à l'hôtel Chez Pierre, à New York. Elle avait pour but de réunir la presse et les sponsors avec les bleus en puissance. Les invitations étaient réservées aux joueurs les plus prometteurs — et elle espérait bien que Bo Crutcher ferait partie de cette équation.

En plus de son bol de céréales, A.J. fit le plein de muffins, de fruits, de yaourt, de jus de fruits, et de lait. Il mit le tout sur un plateau qu'il emporta dans la salle à manger.

— Je n'en reviens pas de ce que tu es capable d'engloutir, observa-t-elle. Où mets-tu tout ça ?

— Je suis un enfant. Je mange beaucoup, répondit-il en haussant les épaules.

— C'est le moins qu'on puisse dire. Je n'ai pas trop l'habitude des enfants, avoua-t-elle.

— Ce n'est pas comme si on était une espèce en voie de disparition.

— Jusqu'à une date récente, mon travail m'accaparait. Cela dit, on pourrait argumenter que mes anciens clients se comportaient comme des gosses, parfois.

Elle réfléchit un instant.

— Mais ce serait une insulte aux enfants, ajouta-t-elle.

Cela lui valut un sourire jusqu'aux oreilles.

— Si tu le dis!

— Je suis sérieuse. Certains d'entre eux étaient insupportables.

— Qui, par exemple?

— Il y en avait un, surtout, un grand tennisman. Il avait une réputation telle qu'on n'arrivait même pas à lui dénicher un chauffeur. On pourrait penser que c'est facile de demander à quelqu'un de conduire un client, mais pas lui. Il avait vingt-six ans, et il piquait des crises comme un bébé.

— Il ne fallait pas le laisser faire.

— C'est le problème avec les adultes qui vous paient pour qu'on prenne soin d'eux. On ne peut pas les mettre sur la touche quand ils ne sont pas sages.

— Personne ne met Bo Crutcher sur la touche! lança Bo qui venait d'apparaître, vêtu d'un vieux jean et d'un sweat-shirt neuf, rasé de près et dangereusement séduisant.

Kim s'absorba dans l'examen de son agenda électronique, non qu'elle eût quoi que ce soit de prévu au programme, en dehors de son projet avec Bo Crutcher.

— C'est une réplique tirée d'un vieux film, *Dirty Dancing*, expliqua Bo à A.J. « Personne ne met Baby sur la touche. » Tu l'as déjà vu?

— J'ai pas l'impression que ce soit mon genre de film.

— Ça le deviendra, répondit Bo en tenant la porte à A.J. et à son encombrant plateau. Garde-moi une place à table.

Pendant que Kim explorait le buffet du petit déjeuner, il se servit un café. En passant derrière elle près du comptoir, il la frôla.

— Donnez-moi la définition de « pas sage », dit-il en se penchant pour lui parler à l'oreille.

— C'est ce que vous êtes en train de faire, répondit-elle. Cessez de faire l'idiot.

— Jamais de la vie!

— Sérieusement, on a du pain sur la planche. Il faut que nous visionnions cette interview pour voir comment vous vous en êtes sorti, et définir ce sur quoi nous devons nous concentrer.

— Parfait. Je vais chercher mon ordinateur.

— Bonne idée. Nous regarderons ça tous ensemble après le petit déjeuner.

Bagwell, Daphné et Dino arrivèrent chacun à leur tour. Penelope refit du café. Kim s'habituait peu à peu à cette maison remplie de gens — les bavardages au petit déjeuner, le cliquetis des couverts, les talents que déployait sa mère dans l'art de servir ses hôtes en toute simplicité. Kim ne manquait pas de remarquer les attentions particulières que Dino lui témoignait, veillant à ce que sa tasse soit toujours pleine, tirant sa chaise chaque fois qu'elle s'asseyait. Il était sérieux à son égard, et s'y prenait comme il fallait.

Après le petit déjeuner, Bo installa son ordinateur sur le buffet de la salle à manger.

— Cette interview a eu lieu en novembre, après les épreuves de sélection, expliqua-t-il. C'est le genre de choses qu'un joueur est censé faire régulièrement.

Pendant que la vidéo chargeait, A.J. endossa son sac à dos.

— Je ferais mieux d'y aller, dit-il. C'est presque l'heure du bus.

« Intéressant », pensa Kim. Il restait une bonne dizaine de minutes avant le passage du bus. Il avait l'air bien pressé. Depuis son escapade à New York, il était devenu un pro du bus. Bo l'avait averti que, s'il fuguait de nouveau, il le conduirait lui-même à l'école tous les jours, ce que l'on tenait à tout prix à éviter lorsqu'on était collégien. Et puis, A.J. n'était pas idiot. Il avait compris que son comportement risquait d'affecter la situation de sa mère. Avec des enjeux aussi élevés, le moindre détail avait son importance.

— Ton rapport de lecture est toujours sur l'imprimante, lui rappela Bo. Et puis, est-ce que tu as pensé à prendre le formulaire d'autorisation que j'ai signé pour cette excursion à West Point ?

— Ouais, répondit A.J. en se dirigeant vers le bureau pour chercher son devoir. A ce soir.

— Bonne journée, ajouta Bo en le suivant du regard.

— Tu es de plus en plus convaincant dans ton rôle de parent, remarqua Bagwell.

— Tu trouves ?

Bo esquissa un sourire, mais l'inquiétude se lisait toujours dans ses yeux. Kim savait qu'il appelait l'école quotidiennement pour s'assurer qu'A.J. était bien arrivé. En un bref laps de temps, il avait fait du chemin et n'avait plus grand-chose à voir avec l'homme qu'elle avait rencontré à l'aéroport. Ce matin glacial, où elle n'aurait jamais imaginé qu'elle finirait par penser constamment à lui...

En se faisant violence pour maîtriser le cours de ses pensées, elle monta le son de l'ordinateur. La vidéo débutait par le logo de MLB accompagné de la musique du générique de l'émission, suivi d'un plan rapproché du nouveau stade. Puis venait un panoramique d'une poignée de joueurs ayant été recrutés pour l'entraînement de printemps. Il fallait se soumettre à un véritable parcours du combattant avant d'être invité à intégrer l'équipe tant convoitée, et ce n'était là qu'un des premiers obstacles. Echouer à n'importe quelle étape pouvait signifier la fin d'un rêve.

Alignés devant deux micros qu'ils devaient se partager, les joueurs répondaient chacun à leur tour aux questions. Ils avaient tous l'air si jeunes et si nerveux, devant le sinistre mur en parpaings gris choisi en guise de toile de fond, face à une table totalement dépouillée...

Kim ne pouvait détacher son regard de Bo sur le petit écran. Elle avait l'impression d'assister à un accident de train au ralenti. Pas une once de son magnétisme ou de son charme naturel ne transparaissait. On aurait dit un ex-taulard en train de se défendre, jusqu'à ses cheveux pendant lamentablement autour de son visage assombri d'une barbe de deux jours. Son discours alternait entre l'anodin et le déplaisant. Interrogé sur ses antécédents, il faisait un résumé de son expérience passée d'un ton monocorde. Quand on lui avait demandé de donner son avis sur un lanceur de son âge s'étant élevé en ligue 1, il avait répondu :

« Je suppose que ces gars-là sont aussi rares que des… *bip*… chez la grenouille… »

— Hé! lança Bagwell. Pourquoi est-ce qu'ils ont mis un « bip »?

— Je crois que j'ai dit « nichons ». Oui, c'est ça : « aussi rares que des nichons chez la grenouille ».

— Vous ne pouvez pas dire des choses comme ça, protesta Kim en haussant la voix pour couvrir le gros éclat de rire de Bagwell. Maintenant, taisez-vous et laissez-moi écouter.

Le reste de l'interview était aussi catastrophique que le début, un odieux cocktail de silences pénibles, de raideur étudiée, de langage inconvenant, sans parler d'une véritable cacophonie de bruits ambiants — piétinements, raclements de gorge, respirations profondes dans le micro, verres d'eau renversés.

« Il y a du boulot… », pensa Kim.

Quand l'interview prit fin, l'image de Bo demeura figée sur l'écran. Il avait l'air hagard d'un homme confronté à un peloton d'exécution. Dans le silence profond qui s'ensuivit, tout le monde autour de la table semblait chercher désespérément quoi dire.

Pour finir, Daphné fit circuler une boîte de pâtisseries provenant de la boulangerie Sky River en se servant au passage.

— Prenez-en un. C'est meilleur pour la santé mentale qu'une heure de psychothérapie.

— Mais nettement plus riche en calories, souligna Penelope en plongeant la main dans la boîte.

— Comment m'en suis-je sorti? demanda Bo, qui ne doutait apparemment de rien.

— Honnêtement? voulut savoir Kim dont l'appétit s'était volatilisé. On aurait dit un prisonnier en plein interrogatoire.

— Allons, je n'étais pas si mauvais que ça!

Il tendit la main vers un doughnut au sucre.

— Si? enchaîna-t-il.

— Si!

Toute la tablée avait répondu en même temps.

— Mais ne vous découragez pas, reprit Kim d'un ton très

professionnel. Cela s'apprend. C'est la raison d'être de l'école de la Gloire, et c'est là que j'interviens. Il s'agit d'un entraînement comme n'importe quel autre. Vous avez trente secondes pour faire en sorte qu'on se souvienne de vous.

Désignant l'image figée sur l'écran, elle ajouta :

— De ça, le seul souvenir qu'on gardera, c'est l'ennui.

— Ouille, ouille, ouille ! gémit Dino en faisant la grimace.

— Je pense que les gens se souviendront qu'il a traité Roger Clemens de « plus con qu'un sac de clous », souligna Daphné.

— C'est la vérité ! protesta Bo. C'est un vrai poivrot, en plus... Je hais toute cette merde !

— Haïssez-la autant que vous le voulez, répliqua Kim, mais débrouillez-vous pour concentrer l'interview sur vous. Vous avez des tas de choses à apprendre, je vous assure. Ce que nous venons de voir est carrément mauvais, et ce n'est rien de le dire.

— Mesdames, messieurs, ici Kimberly van Dorn, depuis la zone d'entraînement, s'échauffant en vue de ce qui promet d'être un grand match, déclama Bo sur le ton d'un présentateur sportif.

— Je refuse de jouer à ce petit jeu-là.

— Waouh ! Devinez qui s'est levé du pied gauche ce matin. Vous avez accepté ce travail, lui rappela-t-il.

— Dans l'intérêt d'A.J. Rappelez-vous, c'est comme ça que vous m'avez convaincue de me lancer dans cette histoire. J'aime beaucoup A.J.

— Et moi, vous ne m'aimez pas ? Rien qu'un petit peu ?

Elle renifla, s'interdisant de penser à la manière dont ses sens s'éveillaient chaque fois qu'elle était en sa présence.

— Le jury n'a pas encore fini ses délibérations. Evitez de vous comporter comme mes clients habituels, c'est tout ce que je vous demande. Vous n'êtes pas comme eux.

— Evidemment. Ils sont riches et ils ont du succès. Ce n'est pas mon cas.

— Mais c'est ce à quoi vous aspirez.

— J'aspire à jouer au base-ball. C'est ce que j'ai toujours rêvé de faire, répondit-il, la passion enflammant son regard. Le reste

— l'argent, la célébrité —, ça viendra peut-être, ou peut-être pas. Quand je joue, je suis heureux.

Kim le dévisagea d'un air interdit.

— Oh, mon Dieu !

— Qu'est-ce que j'ai encore fait ? s'exclama-t-il en levant les deux mains.

— Vous n'en avez vraiment rien à faire d'être riche et célèbre. Je le vois sur votre visage. Vous aimez passionnément le base-ball.

— Et merde, excusez-moi ! Evidemment que j'aime le base-ball ! Pour quelle autre raison aurais-je joué, année après année, pour pas un rond, en servant derrière un bar et en accumulant les petits boulots juste pour acheter des provisions ? Si c'était l'argent qui m'intéressait, j'aurais acheté une concession automobile ou je me serais fait engager sur une plate-forme pétrolière en mer de Chine. Le base-ball pour de l'argent ?

Il partit d'un grand éclat de rire dont lui seul avait le secret, manifestant sa bonne humeur naturelle, si absente de l'interview. Voyant que son hilarité n'était pas partagée, il s'interrompit.

— Quoi ? Qu'est-ce que vous avez à me regarder comme ça ?

Kim ne put se contenir. Lorsqu'elle était sous l'emprise d'une inspiration, elle avait tendance à regarder les gens fixement, bouche bée.

— Génial ! s'exclama-t-elle.

— Qui ça, moi ? demanda Bo en mordant dans son doughnut, couvrant son torse de flocons blancs.

Elle se surprit en train de contempler ses lèvres poudreuses.

— Oui. Enfin, non. Ce que vous venez de dire plutôt. C'est vous ! Vous avez parlé avec votre cœur et vous avez dit la vérité, et c'est ainsi que vous toucherez les gens. Personne n'oubliera votre sincérité.

— Un joueur de base-ball qui aime le base-ball ? En quoi est-ce qu'il diffère des autres ? demanda-t-il.

— Ce n'est pas tant le sentiment qui vous distingue. Beaucoup d'athlètes apprécient le sport qu'ils pratiquent. C'est votre manière de l'exprimer qui m'a plu. Les gens vont adorer.

— Ah oui?

Il prit une serviette en papier pour brosser le sucre glace, ce qui eut pour effet de l'étaler un peu plus sur son sweat-shirt bleu marine.

— Hé, Dino, lança-t-il, je suis un génie! Kim ici présente vient de l'affirmer.

Dino lui jeta un rapide coup d'œil en concentrant son attention sur son pull taché.

— J'avais pour principe de demander à mes clients de me raconter leur histoire, reprit Kim. Malheureusement, la plupart d'entre eux s'y prennent mal. Ou bien leur vie est sans intérêt. Certains — un trop grand nombre d'entre eux — ont commencé à s'entraîner tellement jeunes qu'ils n'ont jamais eu le loisir de décider par eux-mêmes s'ils appréciaient vraiment le sport qu'ils pratiquent ou non.

— Et Bo, lui, a une passion pour le base-ball, intervint sa mère. C'est magnifique!

— Cela me facilite la tâche d'avoir un client que les gens vont aimer. J'en ai par-dessus la tête de chercher à convaincre la presse d'avoir de l'estime pour les gens dont je m'occupe.

— Super, dit Bo. Alors je suis au point?

Elle secoua la tête.

— Loin de là.

— Bon, d'accord... Dites-moi juste ce que je dois faire. C'est votre spécialité, non? Changer un diamant brut en un joyau poli.

Elle le considéra d'un air sceptique.

— Si tant est qu'il y ait une pierre précieuse sous la façade.

— Hé, c'est à vous de le dire, ma poule!

— Règle numéro un, répondit-elle. Cessez d'employer des qualificatifs pareils à l'adresse des dames.

— Si je m'adresse à des hommes en ces termes, on va me prendre pour un pédé.

— Ne dites pas « pédé ».

— Tout le monde le dit. Il y a même une pièce qui s'appelle comme ça.

— C'est une question de contexte. Et de jugement. Evitez ce mot, je vous le conseille.

— Que faut-il que je dise à la place? Ho-mo-sexuel? répliqua-t-il en séparant les syllabes.

— Que diriez-vous d'éviter le sujet purement et simplement? On peut passer pas mal de temps sans avoir à faire allusion à ses orientations sexuelles.

Elle le lorgna d'un air entendu.

— A moins que la question ne soit au cœur de vos préoccupations, ajouta-t-elle.

Il ricana.

— Allons donc! Vous me tuez, ma demoiselle. Vraiment. Vous commencez par me mettre en boîte en me traitant de Lothario. Personnage que j'admire, au fait, même si je ne lui ressemble pas du tout. Il sautait sur tout ce qui portait jupon. Ce n'est pas mon cas. Je n'ai pas ce problème. Pour l'heure, mon principal problème, c'est vous. Alors que vous êtes censée m'aider.

— Certes, mais j'ai besoin de votre coopération.

— Vous l'avez, répondit-il en finissant son doughnut. *Ma poule!*

19

Kim tenait à se mettre au travail de bonne heure chaque matin. Dès 8 heures, elle était au téléphone ou devant son ordinateur en train d'élaborer son programme pour Bo Crutcher. Pour la première fois depuis qu'elle avait fui Los Angeles, elle se sentait enfin impliquée dans quelque chose. Elle était dans son élément. C'était pathétique de constater à quel point cette partie de sa vie passée lui manquait, mais elle ne pouvait rien y faire. Le travail lui procurait une incroyable satisfaction. La pression, les défis l'enivraient. Même la gageure que cela représentait, de faire de quelqu'un comme Bo Crutcher une star, l'enthousiasmait au plus haut point.

Elle consulta l'emploi du temps pour la période hors saison fourni par Gus Carlisle, puis jeta un coup d'œil à son client, dans le salon en train d'apprendre à son fils à jouer *Deep in the heart of Texas* à la basse électrique, histoire de tuer le temps en attendant le bus. Depuis que Bo avait décidé de rester à Avalon, l'attitude d'A.J. s'était quelque peu assouplie. De temps à autre, il oubliait ses angoisses à propos de sa mère, de sorte que les liens entre Bo et lui avaient des chances de se resserrer.

Chaque fois qu'elle se sentait frustrée par son client, Kim repensait à ça.

Le programme incluait un entraînement physique avec un coach particulier, un aspect qui ne poserait pas de problèmes. Malgré ses jérémiades, Bo était un athlète-né, qui ne reculait devant aucun défi en la matière. Il faisait soixante lancers par jour au gymnase, et Kim était impatiente de le voir à l'œuvre sur le terrain. La force et la grâce d'un lanceur talentueux étaient un enchantement. Elle ne se faisait aucun souci pour lui, à cet égard. Les difficultés commenceraient quand il faudrait qu'il se présente aux entrevues avec le management du club et la presse. En plus de la réception prochaine à l'intention des mécènes, des sponsors et des supporters, il fallait qu'il se prépare en vue de la Semaine des nouveaux joueurs. Il avait besoin d'un book pour les médias et d'une formation expresse dans le domaine des relations publiques.

Kim griffonna quelques notes sur le programme avant de les rejoindre dans la pièce à côté en s'attardant un instant sur le seuil au passage. Après la leçon de basse, ils avaient entrepris de déchirer un annuaire en deux. Dans ces moments d'inattention, ils avaient tout du père et du fils, même s'ils n'en étaient pas conscients. En apparence, ils étaient aux antipodes l'un de l'autre. A.J. n'avait pas la silhouette dégingandée de Bo. Son teint de Latino contrastait avec les traits germaniques et les yeux bleus de son père. Pourtant, quand il riait et que ses yeux pétillaient, c'était l'esprit de Bo qui illuminait son visage. Bo se comportait comme un grand enfant en sa présence, faisant preuve d'une patience infinie pour les sottises.

Il souriait jusqu'aux oreilles, et son sourire ne fit que s'agrandir quand il vit Kim.

— Il est temps que je me mette au travail, dit-il à son fils. Il faut que j'apprenne à devenir un joueur de ligue 1 hors pair.

— Je ne vois pas ce qu'il y a de dur là-dedans, répondit A.J. Tu étais déjà lanceur en petite ligue, non?

— Le lancer, j'en fais mon affaire. C'est pour tout le reste que j'ai besoin d'aide. Quel est le programme aujourd'hui, madame la coach?

— Changement de look complet, répondit-elle.

Bo échangea un regard avec A.J.

— Ça ne me dit rien qui vaille.

— Je doute que ça te plaise, l'avertit-elle.

Ils avaient décidé de se tutoyer dès qu'ils s'étaient mis à travailler ensemble.

Elle avait une longue liste de choses à faire pour le préparer au gala de New York, qui serait le coup d'envoi de la Semaine des nouveaux joueurs.

— Essaie toujours !

— Tu as besoin d'une photo de pub.

— J'en ai une. Sur le site internet des Hornets.

— On dirait une photo d'identité judiciaire.

— C'est le cas, en un sens. C'est Ray Tolley, qui joue dans mon groupe, qui l'a prise. Il est flic.

— Il va nous en falloir une autre. Qui ait l'air d'une œuvre d'art.

— C'est toi la patronne.

— Nous allons en faire faire toute une série, par un professionnel.

— Si tu le dis.

— Je vais prendre rendez-vous avec un photographe en ville.

— Inutile.

— Ecoute, on fait ça comme je l'entends, ou…

— J'accepte de me faire tirer le portrait, mais c'est moi qui choisis le photographe.

— Tu en as un sous la main ?

— Daisy Bellamy. La belle-fille de mon meilleur ami, Noah. Elle ne sera pas mécontente d'avoir ce job.

— C'est gentil de ta part de penser à elle, mais la réponse est non. Il nous faut un pro. Il nous faut…

— Attends une minute.

Il alla dans la rotonde et revint avec un beau livre. Kim le reconnut tout de suite — *De la nourriture pour l'esprit*, le texte de Jenny Majesky McKnight à propos de la boulangerie Sky River. Il le lui tendit. Cette fois-ci, elle remarqua qu'il était écrit « Photographies de Daisy Bellamy » sur la couverture. En tournant les pages en papier glacé, Kim fut impressionnée par la qualité des clichés et l'œil du photographe pour la composition.

— Elle a du talent.

— Elle étudie la photographie à l'université. Mais c'est déjà une professionnelle.

— Est-elle disponible ?

— Il faudra qu'on lui demande.

— Parfait. Donne-moi son numéro. Je m'en occupe. En attendant, nous avons du pain sur la planche.

Elle entreprit d'énumérer les éléments qu'il s'agissait de rectifier — apparence physique, biographie, diction, élocution, exercices face à la caméra, problèmes d'attitude générale.

Il l'écouta en fronçant les sourcils.

— Je préférerais me faire arracher une dent, commenta-t-il à la fin.

— A vrai dire, ça fait partie du programme, répondit-elle du tac au tac. Le dentiste, je veux dire. Pour te faire blanchir les dents.

— Chouette alors !

Elle le fusilla du regard.

— On a passé un accord. Tu m'as engagée pour accomplir une mission et j'ai l'intention de m'en acquitter. Je n'en suis pas à ma première expérience. Il faut faire les choses dans l'ordre. Avant les photos publicitaires, il faut s'occuper de tes dents. C'est la première étape, et l'une des plus simples.

— J'utilise une pâte dentifrice qui blanchit l'émail, protesta-t-il.

— Blanchissement permanent.

— Allons-y.

— Qui est ton dentiste ? Nous devons nous assurer qu'il est équipé pour cette technique de blanchissement instantané.

— A supposer que j'aie un dentiste.

Kim fronça les sourcils.

— Ce n'est pas le cas ?

— Je te rappelle que, jusqu'en novembre dernier, je gagnais une misère en jouant au base-ball, et que je vivais de mes pourboires de serveur. Je suis allé voir un dentiste une fois parce que j'avais mal aux dents. Ce qu'il a fait pour régler le problème était cent fois pire que la douleur d'origine, si bien que je n'y suis jamais retourné depuis.

A.J. alla enfiler ses boots près la porte d'entrée.

— C'est l'heure du bus, dit-il.

— Je sens que j'ai une longue journée devant moi, lança Bo. Si je ne suis pas là quand tu rentres, Dino s'occupera de toi.

— D'accord.

— J'aurai mon portable sur moi. Quoique, si Kim est sérieuse à propos du dentiste, il y a des chances pour que j'aie tourné de l'œil.

— Personne n'aime aller chez le dentiste, reconnut Kim. Pas vrai, A.J.?

Si elle pouvait obtenir son appui, cela lui faciliterait les choses.

— Possible, répondit l'enfant en haussant une épaule.

Une pensée alarmante lui traversa l'esprit.

— Et toi, A.J.? A quand remonte ta dernière visite chez le dentiste?

Nouveau haussement d'épaule.

— Je n'y suis jamais allé. Jamais eu mal aux dents.

Kim n'en revenait pas. Tout le monde allait chez le dentiste, non? Elle songea aux milliers de dollars que sa bouche avait engloutis au fil des années, sous la forme de contrôles réguliers chez le meilleur orthodontiste qui soit. Elle supposait que c'était monnaie courante.

— Eh bien, j'ai de bonnes nouvelles pour vous deux, dans ce cas.

Ils se dévisagèrent d'un air terrifié. Elle les gratifia d'un sourire rassurant.

— Considérez ça comme une manière de resserrer les liens entre hommes.

*
* *

Accepter de servir de coach à Bo Crutcher revenait à passer un pacte avec le diable. Kim avait trahi la promesse qu'elle s'était faite de tourner une page dans sa vie et de se lancer dans une autre carrière. En échange, toutefois, elle viendrait en aide à A.J. et gagnerait de l'argent — ce qui n'était pas une mauvaise chose quand on avait quitté son emploi sans préavis.

Elle avait été étonnée de l'importance qu'elle accordait à ce projet, peut-être parce qu'elle avait quelque chose à se prouver, au lendemain de son fiasco avec Lloyd Johnson. En attendant, sa réussite — tout comme un échec éventuel — était inextricablement liée à celle de son client, une donnée incontournable dans son secteur d'activités. Elle s'efforçait d'agir au plus vite sur des éléments qui permettraient à Bo d'avoir l'air accompli et sûr de lui.

Elle avait résolu de l'emmener dîner dans le meilleur restaurant d'Avalon, l'Auberge du Pommier, afin de l'aider à améliorer ses aptitudes dans un cadre social. En se préparant pour la soirée, elle s'habilla avec soin, revêtant une robe en laine noire moulante et des talons en cuir bordeaux. Ses affaires, expédiées par le garde-meubles de Los Angeles, étaient enfin arrivées, sans qu'elle ait l'impression de rétrograder pour autant. Tout lui paraissait nouveau. Elle se fit la réflexion qu'elle cherchait à se donner une allure professionnelle, mais c'était davantage que cela. Elle avait envie d'être à son avantage — pour le bénéfice de Bo.

Lorsqu'il l'aida à ôter son manteau, au restaurant, la lueur qu'elle vit briller dans son regard lui indiqua qu'elle avait réussi.

— Je commence à apprécier cette partie de la formation, dit-il. On pourrait peut-être sauter le repas et…

— Non. Il faut que tu apprennes à utiliser la bonne fourchette, à manger comme un gentleman et à t'exprimer comme il convient.

— Je ne vois pas très bien à quoi ça peut m'avancer.

— C'est important, fais-moi confiance.

— Les fans de base-ball n'ont rien à faire de la fourchette que j'utilise.

— Je t'annonce que tu n'auras pas de fans à moins que quelqu'un ne te sélectionne. Et les sponsors prêtent attention à ces choses-là. Les gens de la presse — qu'ils s'en préoccupent ou pas — noteront les moindres détails te concernant. Tu ne joues pas simplement au base-ball pour le plaisir. Ni pour l'argent. Il est question de ta place dans ce sport, de ton image, et…

Elle s'interrompit, pressa ses lèvres l'une contre l'autre. Inutile de lancer un débat philosophique sur la question.

Le serveur arriva. Kim insista pour que Bo commande un plat auquel il n'avait jamais goûté, ce qu'il fit hardiment.

— Tu joues bien le jeu, remarqua-t-elle.

— C'est juste que je ne connais pas la moitié des trucs qui figurent sur la carte.

Quand leurs commandes arrivèrent, il considéra son assiette en fronçant les sourcils.

— Un problème?

Il l'effleura du bout de sa fourchette.

— On dirait un mulet comme on en pêche dans la baie de Galveston.

— C'est une truite au bleu, et c'est délicieux.

— Ils auraient pu ôter la tête avant de la servir?

— Regarde. Tu vas apprendre quelque chose, dit Kim en s'adossant, tandis que le serveur enlevait délicatement l'arête centrale avant de disposer la chair du poisson sur l'assiette.

Bo goûta.

— Ça n'a pas beaucoup de goût, dit-il. Du citron et du beurre à profusion. C'est à peu près tout.

— On peut faire semblant d'aimer quelque chose même si ce n'est pas le cas, tu sais?

— Je croyais que je devais être honnête. A propos de ma passion, de mes sentiments, tout ça…

— J'ai dit que tu devais faire preuve de jugement. Il y a une différence.

Bo s'adossa à sa chaise dans une posture délibérément relâchée, dans le but de la provoquer, sans doute. Il ne pouvait manifestement pas résister à l'envie de la taquiner.

— Comment est-ce que je fais pour savoir quand tu es sincère et quand tu joues les diplomates ? demanda-t-il.

— Tu n'es pas idiot, répondit-elle. Je pense que tu sauras y voir clair.

— Je ne verrai jamais clair en toi. Désormais, chaque fois que tu me diras quelque chose, je me demanderai si oui ou non c'est la vérité.

Sa remarque la piqua au vif.

— Je ne t'ai jamais menti. Je ne le ferai jamais.

— Mais tu as déjà usé de diplomatie avec moi.

— Est-ce un crime ?

— Non, répondit-il en souriant. Mais je tiens à ce que tu sois parfaitement honnête avec moi, Kim. Crois-moi, je suis prêt à encaisser tout ce que tu voudras m'imposer.

— Très bien. J'ai envie de t'imposer des cours de danse.

— Je ne danse pas.

— Pas encore. A présent, lève-toi et invite-moi à danser.

— Je suis en train de manger ma truite.

— Tu n'aimes pas ça.

— Mais…

— Invite-moi à danser, Crutcher.

A son grand étonnement, il s'exécuta, en lui tendant galamment la main, la paume tournée vers le ciel.

— J'ai vu comment faire dans *Dancing with the stars*, expliqua-t-il.

Elle lui montra quelques pas de danse simples. Il fit plusieurs tentatives pour la rapprocher de lui ; elle s'astreignit à lui répéter qu'il devait maintenir sa posture, ce qu'il trouvait « nettement moins sympa », affirmait-il. Athlète dans l'âme, il apprenait vite, et au bout de quelques essais il parvint à évoluer avec aisance sur la piste.

— Comment je m'en sors, coach ? demanda-t-il en contournant

allègrement un couple d'âge mûr qui paraissait en proie à une fascination mutuelle.

— Tu n'es pas en train de te ridiculiser, c'est déjà ça !

Kim suivit des yeux l'autre couple un instant de trop, et son talon vacilla dans un virage. Elle aurait trébuché si Bo ne l'avait pas rattrapée en la serrant contre lui.

— Oup là ! Je te tiens...

Kim se laissa aller à savourer le contact de ses bras autour d'elle, l'espace de trois secondes. C'était... délicieux. Elle fut troublée, mais non surprise par sa musculature dure comme le roc. Bien que svelte et gracieux, il était incroyablement fort. Elle goûta brièvement cette sensation, puis s'écarta de lui. Une minute de plus, et elle aurait été perdue à jamais.

— C'est la deuxième fois que je te sauve de la chute à cause de tes talons, souligna-t-il.

L'épisode de l'aéroport lui semblait tellement lointain... Elle avait appris tant de choses sur lui, en sondant son passé pour préparer son dossier publicitaire. Son honnêteté à cet égard était si inattendue qu'elle en avait été touchée. Il en ressortait l'image d'un homme qui avait eu une enfance difficile, ce qui ne l'empêchait pas d'être intègre, travailleur, et de ne reculer devant aucun défi. Son genre de client préféré.

Quand ils regagnèrent Fairfield House, après le dîner à l'auberge, Bo avait l'air assez content de lui.

Pas un bruit dans la maison. Dans l'entrée, il lui prit la main et l'attira contre lui en inclinant la tête vers elle.

— Qu'est-ce qui te prend ? s'exclama-t-elle en lui assenant des petits coups.

— Je t'embrasse pour te dire bonne nuit, répondit-il comme s'il avait affaire à une demeurée. C'est ce que font généralement les gens, à la fin d'un rendez-vous galant.

Elle songea un instant à le laisser faire. On découvrait tant de choses sur un homme en l'embrassant... Une fois intimement unie à lui de la sorte, elle pouvait laisser son instinct faire le reste. Elle se demanda si c'était une bizarrerie de sa part. Il y avait quelque chose, dans un baiser — les nuances de goût, de texture, l'angle ou la pression —, qui en disait plus long sur un être que tout un dossier sur ses antécédents. Surtout, embrasser un homme lui indiquait en un clin d'œil si l'attirance qu'elle éprouvait pour lui se justifiait ou non. En règle générale, la réponse était non. Dans le cas de Bo Crutcher, cependant, elle ne pouvait prendre ce risque.

— Pour ton information, dit-elle, petit un, ce n'était pas un rendez-vous galant...

— C'est pourtant l'impression que ça donnait, souligna-t-il. Chaque fois qu'on est ensemble, c'est l'effet que ça me fait, ma chérie.

— Je te demande pardon...

— Parce que je suis en train de craquer pour toi, ajouta-t-il. Et pas qu'un peu !

Ses mots déclenchèrent une réaction presque physique qui n'avait pas lieu d'être.

— Petit deux, nous ne sommes pas juste *des gens*. Je suis une conseillère en relations publiques, et toi, un client.

— Qui se trouvent être attirés l'un par l'autre.

— Parle pour toi !

— D'accord ! La première fois que je t'ai vue à l'aéroport, c'était comme être ébloui par le soleil. Je ne suis pas du genre à croire aux signes, précisa-t-il, mais en arrivant ici, dans cette maison, quand je t'ai retrouvée là, j'ai pensé que ça devait vouloir dire quelque chose. Et puis, je crois aux deuxièmes chances, et j'ai le sentiment que c'est aussi ton cas.

— Tu n'en sais rien du tout. Il se trouve que je pense...

Il effleura ses lèvres du bout des doigts en un geste beaucoup trop tendre.

— Chut ! Je parle pour moi, là. Tu ferais bien d'écouter, parce que je ne dis pas ce genre de choses tous les jours. Tu es très belle, Kim... Tu le sais. Cela dit, le monde est plein de femmes ravissantes, je ne vais pas m'en plaindre. Je peux les admirer et me dire : oui, elles sont jolies, mais je ne me sens pas séduit par elles, pas vraiment. Et puis il y a toi. Tu m'attires irrésistiblement, comme un astre, je te jure. Je ne peux pas te résister et je n'en ai aucune envie. J'ai envie de t'embrasser jusqu'à ce qu'on n'en puisse plus, jusqu'à ce qu'on éprouve le besoin de se rapprocher encore. Et là, je voudrais déboutonner ton chemisier et...

— Arrête là, d'accord ? J'ai compris le message.

Elle avait une furieuse envie de s'éventer. Elle espérait qu'il n'avait pas remarqué le fard qu'elle avait piqué.

— J'adore quand tu rougis, dit-il.

— Va-t'en, répondit-elle avec humeur, en lui tapotant de nouveau sur les mains. Je ne rougis pas. Il fait chaud, ici, c'est tout.

— Il ne fait pas chaud, tu as rougi, et ça me va très bien.

Elle rassembla ses idées pour tâcher de se défendre.

— On en a fini, Bo. Tu as fait du bon travail au restaurant, nous allons constituer un superdossier pour les médias, et ça sera très bien. Alors, bonne nuit. Dors bien et rappelle-toi que nous avons des projets avec A.J., demain.

— Oui, répondit-il d'un ton bon enfant, bien qu'elle perçût une intonation différente dans sa voix. Mais il y a une chose dont tu devrais te souvenir, toi aussi. Notre relation ne se limite pas à celle d'un client et de son agent publicitaire, tu le sais. Tu sais pertinemment que j'ai raison.

— Voilà que tu t'exprimes comme un de mes clients, maintenant, commenta-t-elle, trouvant en elle la force de manifester une pointe d'humour.

— C'est ce que je suis. Mais je n'ai pas envie que tu me compares à qui que ce soit.

— Dans ce cas, cesse de faire comme si tout allait bien tout le temps.

— Regardez-nous ! s'exclama Bo en entrant dans la pièce, A.J. sur ses talons.

Kim était déjà installée devant son ordinateur dans le bureau.

— Nos sourires valent un million de dollars !

Après leur ultime rendez-vous chez le dentiste, Bo avait l'impression qu'il pourrait conquérir le monde entier. A.J. et lui avaient la chance d'avoir des dents saines. Il leur avait fallu un ou deux plombages à l'un et l'autre, mais rien de bien grave. Le Dr Foley avait recommandé de prendre un rendez-vous chez l'orthodontiste pour A.J. Le blanchissement au laser que Bo avait subi avait donné lieu à une transformation subtile, qui ne passait pas inaperçue néanmoins.

— Vos sourires ne valent pas un million de dollars, répondit Kim. Ils sont inestimables !

— Tu entends ça, A.J. ? Nous sommes inestimables.

— Tu n'es pas sorti de l'auberge pour autant, Bo. Nous avons encore du travail, en prévision de la séance de photos.

Bo administra un petit coup de coude à A.J.

— Ça ne sera rien comparé au dentiste, je te parie.

— Ne fais pas l'enfant, le réprimanda-t-elle. Je t'emmène chez un styliste.

— Quel genre de styliste ?

— Pour tes cheveux.

— J'ai besoin de me faire couper les cheveux, tu veux dire… En général, je vais chez le coiffeur pour ça. Quand je suis vraiment fauché, je laisse tomber. C'est comme ça que je me suis retrouvé avec les cheveux longs. Ma petite amie de l'époque trouvait que ça m'allait bien.

— Elle avait raison, dit Kim. Ça te va bien.

A en juger d'après son expression, Bo en conclut qu'elle était en train de se figurer mentalement sa « petite amie de l'époque ». Elle imaginait sans doute des vêtements moulants et des cheveux décolorés. Ce en quoi elle n'avait pas tort.

— Tu as une petite amie en ce moment ? demanda A.J.

Bo marqua un temps d'arrêt. C'était la première fois qu'il manifestait un quelconque intérêt à cet égard. Bo pensa à Kim, à l'attirance qu'il éprouvait pour elle, à celle qu'il aimerait qu'elle ait pour lui.

— Non, répondit-il. Je m'amuse bien plus avec vous deux qu'avec une petite amie, mon pote.

Kim sourit.

— Tu as entendu ça, A.J.? On amuse ton père!

— Sauf quand tu veux m'emmener de force chez un styliste.

— Tu en as besoin, insista-t-elle.

— Je croyais que tu aimais bien mes cheveux longs.

— On va les garder longs, mais améliorer la coupe.

Bo jeta un coup d'œil à A.J.

— Qu'en dis-tu? Tu veux venir t'améliorer avec moi?

— Non, merci. Je crois que je préfère rester ici.

— Ça ne peut pas être pire que le dentiste, commenta Bo.

Après un bref regard dans la direction de Kim, il se ravisa.

— Quoique..., ajouta-t-il.

Des effluves de parfum, de teinture et de Dieu sait quoi d'autre flottaient dans le salon de coiffure. Bo ne s'était jamais douté qu'il fallait rester assis aussi longtemps dans un fauteuil. Le styliste était gay; il s'appelait Goldi. Il avait la tête rasée, si bien qu'on ne pouvait pas savoir s'il connaissait son métier ou non. Il déambula à pas lents autour du fauteuil, en pleine contemplation. Bo avait l'impression d'être un bloc de marbre qu'un Michel-Ange allait transformer. Une bonne coupe de cheveux ne suffisait pas; il fallait qu'elle ait du *style*, de sorte que le styliste passa près d'une demi-heure à étudier son visage sous tous les angles, tout en discutant âprement avec Kim.

— Tu es en bonnes mains, je vois, déclara-t-elle pour finir. Je vais aller voir la photographe pour m'assurer que tout est prêt pour la séance.

Elle jeta un regard interrogateur dans la direction de Goldi.

— Vers 3 heures, dit-il.

Bo jeta un coup d'œil à la pendule. Nom d'un chien! C'était

dans deux heures. Qu'est-ce qui pouvait bien demander autant de temps?

Il ne tarda pas à le découvrir. La coupe en elle-même prit un temps fou. Goldi avait reconnu qu'il convenait de conserver la coupe longue, mais il allait lui conférer « de la classe ». Cela voulait dire tourner interminablement autour de Bo en coupant des petites touffes de la longueur d'un cil ! La mâchoire crispée, Bo fulminait. Il se mordait les doigts d'avoir bu autant d'eau au déjeuner, parce qu'il avait une furieuse envie de se soulager.

La coupe n'était qu'un début. Sous la houlette de Goldi en guise de directeur artistique, deux jeunes filles en blouses roses, surgies de nulle part, entreprirent ensuite de séparer laborieusement des mèches de ses cheveux et de les peindre avec une substance nauséabonde. Après quoi elles enveloppèrent avec soin ces mèches dans du papier aluminium, de sorte qu'il avait tout d'un figurant de *Star Trek*. On l'installa ensuite dans un autre fauteuil où — ce n'était pas une blague ! — on lui abaissa un dôme en plastique sur la tête que l'on régla sur « cuisson accélérée » ! Il resta là, tel un otage, sous ce séchoir en plastique, se demandant ce que ses ravisseurs prévoyaient de lui faire subir ensuite. Allaient-ils faire apparaître un détecteur de mensonges?

Et ce n'était pas fini, loin de là ! Ses kidnappeurs lui infligèrent également une manucure. Non contents de lui faire tremper les ongles et de les frotter, ils lui immergèrent les mains dans de la paraffine chaude, ce qu'il trouva plutôt sensuel, même si c'était franchement bizarre. La manucure — qui aurait imaginé qu'un tel métier existait? — lui coupa ensuite les ongles et les lima. Et puis, avant qu'il ait le temps de réagir, elle y appliqua une couche de vernis.

— Nom de Dieu ! s'exclama-t-il en écartant brusquement sa main. Vous plaisantez? Retirez-moi ça tout de suite !

Elle lui reprit la main de force, l'abattit sur la table.

— Cessez de gigoter. Laissez-moi finir.

— Je ne veux pas de ce fichu vernis à ongles !

— Kim m'avait prévenu que vous feriez probablement l'enfant.

— Je ne fais pas l'enfant! Je me comporte en homme, au contraire!

— Ne vous faites pas de souci. C'est du mat. Pas du brillant.

— Ah bon, dans ce cas, riposta-t-il d'un ton moqueur, c'est différent. Allons, ce n'est pas de mes mains qu'on va prendre des photos!

— Vous n'en savez rien. Vous êtes lanceur. Les mains sont primordiales.

Il passa ainsi une partie de l'après-midi entouré de femmes tyranniques qui l'aspergèrent de toutes sortes de produits, au point qu'en définitive il sentait comme une serre à lui tout seul. Elles l'abrutirent de paroles réconfortantes, si bien qu'il ne broncha même pas quand on lui peignit les sourcils avec un liquide chaud. Après quoi — ouille! —, on lui arracha brutalement des poils. « Ça fait plus net », lui dit-on. Comme si c'était une justification acceptable. Il essaya de s'échapper dans sa tête, selon une technique zen qu'il réservait d'ordinaire à l'activité sportive. Certains avaient un autre terme pour qualifier cette méthode — la « zone », le « lieu sûr ». Pour Bo, il s'agissait d'un niveau de conscience qui lui permettait de sortir de lui-même. Il avait commencé à pratiquer cette technique tout seul, quand il était gamin, dans le but désespéré d'échapper à une existence qui le terrifiait. Holmes, son entraîneur et son mentor, lui avait appris à en faire bon usage afin de mieux se concentrer sur l'art et le mécanisme d'un bon lancer.

Dans le salon de coiffure, cela ne l'aida en rien. Impossible de s'échapper.

Le passage sous le séchoir fit presque virer au blanc les mèches emballées dans de l'aluminium. Bo faillit se sentir mal quand il vit ce que cela donnait après le rinçage. Sans se laisser troubler, Goldi brandit son sèche-cheveux, tel un guerrier armant son fusil, et s'attaqua à son crâne. Le souffle chaud obligea Bo à fermer les yeux. Au bout d'un moment, Goldi posa le sèche-cheveux et le regarda bien en face en disant :

— Il faut que je vous enduise un peu.

Sans une once d'ironie.

— Allez-y, répondit Bo en s'armant de courage. Je suis prêt à encaisser.

Il s'agissait en fait d'appliquer un « produit » clair, puis de vaporiser de la laque. De la laque ! Nom d'un petit bonhomme ! Quelle humiliation ! Si on lui avait dit qu'une carrière en ligue 1 requérait un truc pareil, il aurait tout de suite répondu que c'était une plaisanterie. Hormis que c'était vrai !

Son épreuve s'acheva par le retrait rituel de la méga-blouse en plastique.

Kim réapparut quelques minutes plus tard. Elle resta plantée sur le seuil, sa jolie bouche grande ouverte.

— Oh mon Dieu ! s'exclama-t-elle en un souffle qu'il trouva incroyablement sexy. Tu es fabuleux !

Cela, au moins, c'était le lot de consolation. Il sourit en glissant les mains dans les poches arrière de son jean.

— Figure-toi qu'on m'a « enduit ».

— Tu aurais dû faire ça depuis longtemps, dit-elle en s'élançant dans la pièce, les bras tendus.

Mais cette démonstration de gratitude ne s'adressait pas à Bo.

— Vous êtes un génie, dit-elle à Gordi en l'étreignant. On dirait une superstar.

— Et moi, on ne m'embrasse pas ? protesta Bo. Je me suis fait couper les petites peaux pour te faire plaisir !

— Faux. Tu l'as fait pour ta carrière, rectifia-t-elle, avant de lui prendre la main pour l'inspecter. Vous avez fait un supertravail, Marie, ajouta-t-elle à l'adresse de la manucure.

Puis elle leva les yeux vers Bo.

— Tu as la main toute douce…

Elle la lâcha rapidement.

— Allons-y, en espérant qu'il ne neigera pas. Ce serait dommage d'abîmer ta coiffure !

— Franchement dommage !

Le studio de photo était un vaste espace reconverti dans un des bâtiments du camp Kioga, situé tout au bout du lac. Les routes avaient été déblayées et sablées, car le camp accueillait depuis peu des hôtes toute l'année. Cette ancienne résidence de vacances familiales, qui avait vu le jour dans les années vingt, était désormais un havre pour les amateurs de sports d'hiver. Un jeune couple, Connor et Olivia Davis, gérait l'établissement. Olivia appartenait à la famille Bellamy, un clan étroitement soudé. C'était la cousine de Daisy, la jeune photographe chargée de prendre des photos de Bo pour son press-book.

— Daisy va nous éblouir par son travail, assura Bo à l'adresse de Kim. C'est une commande importante pour elle.

— Tant mieux pour elle, répondit-elle. Comme elle débute, il faudra peut-être être patients. Ça risque de nous prendre tout l'après-midi, si on veut être sûrs d'obtenir les clichés que nous voulons.

— Si je suis capable de patienter chez Goldi, je devrais pouvoir en faire autant pour une séance de photos.

— Je te rappellerai ce que tu viens de dire, si nécessaire.

Ils passèrent sous l'enseigne voûtée. Des lettres en fer forgé ouvragé indiquant : *Camp Kioga. Depuis 1924.*

— Ça a tellement changé…, fit remarquer Kim.

— Tout a été entièrement rénové.

Le pavillon principal d'origine abritait désormais un restaurant. La terrasse avait été agrandie. Des nuages de vapeur s'élevaient du Jacuzzi logé sous le belvédère, à proximité du lac. En jetant un coup d'œil à Kim, Bo vit qu'elle était songeuse.

— Mes parents m'envoyaient ici l'été quand j'étais petite, dit-elle. C'était merveilleux.

Bo essaya d'imaginer un séjour dans un tel camp de vacances.

Lorsqu'il était adolescent, ses étés à lui étaient consacrés à de petits boulots, destinés à couvrir ses frais d'inscription à la petite ligue. Il travaillait dans un garage pour un salaire de misère, ou faisait du porte-à-porte en demandant s'il pouvait se rendre utile en échange de quelques dollars. Il ignorait purement et simplement ce que pouvait être un été de loisirs.

Du coup, il se demanda à quoi A.J. passait ses étés. Il était prêt à parier qu'il n'avait jamais été dans un camp de vacances.

Le studio de Daisy occupait une vaste pièce presque vide dans un bâtiment qui datait des origines du camp. Entouré de fenêtres, il était empli d'une lumière blanche hivernale reflétée par le lac. Daisy et son équipe étaient en train de préparer leur matériel quand ils entrèrent. Toute une gamme de lampes montées sur des trépieds, des réflecteurs de toutes les tailles et des toiles de fond. Des ventilateurs et divers accessoires reposaient sur une table à côté d'un ordinateur portable. Le vieux parquet craqua lorsque Kim et Bo s'avancèrent dans la pièce.

Dès qu'elle vit Bo, Daisy en resta bouche bée.

— La vache! s'exclama-t-elle.

— Tu as vu ça? Deux heures à me faire pomponner dans un salon de coiffure, et me voilà beau comme un dieu!

— Je n'irais pas jusque-là, répondit Daisy. Il va te falloir une touche de maquillage et un petit relooking. On verra, après ça, si tu es beau comme un dieu.

Elle leur présenta Chantal, maquilleuse et habilleuse, ainsi que Zach, son assistant.

Daisy avait une attitude très professionnelle. Bo sentit qu'elle inspirait confiance à Kim. Après avoir vu son équipement photo, les éclairages, l'ordinateur, tous les cordons électriques, les réflecteurs, elle se détendit visiblement et voulut savoir en quoi elle pouvait se rendre utile.

Bo avait cru que Daisy plaisantait à propos du maquillage, jusqu'au moment où Chantal ouvrit l'immense sacoche qui contenait tout son attirail — brosses, rouges à lèvres, fards à joues, barrettes, ouate, tubes divers, outre des ustensiles indéfinissables. Il se tourna vers Kim, qui s'abstint de tout commentaire, se contentant de lui désigner un tabouret d'un hochement de tête.

— Doux Jésus ! dit-il dans un souffle.

Mais il coopéra. Sa carrière était en jeu, après tout. Son avenir. Résigné à son sort, il subit docilement l'humiliant rituel. Après l'épreuve qu'il avait subie dans le salon de coiffure, plus rien ne pouvait le dérouter. Il se réfugia mentalement dans son *endroit sûr* pendant que Chantal lui appliquait une couche de fond de teint sur le visage, avant de souligner le contour de sa bouche avec un crayon. Comme chez Gordi, toutefois, son retrait mental n'eut guère d'effet. Lorsqu'elle approcha quelque chose de pointu de son œil, il se rebiffa.

— Alors là, pas question !

— Elle a presque fini, intervint Kim d'un ton encourageant. Reste tranquille encore quelques instants.

— Laisse tomber. Vous ne me mettrez pas d'eye-liner. Ça suffit comme ça !

Tout ce cirque commençait à lui flanquer la chair de poule. Il ôta la serviette dont on l'avait enveloppé.

— Si je ne suis pas assez joli comme ça, je ne le serai jamais.

Kim céda en esquissant un petit geste de la main.

— C'est toi le client.

A mesure que la journée avançait, il percevait un subtil changement dans leur relation. Il avait accepté la transformation imposée. Il lui avait fait confiance. Et, à la manière dont elle l'observait quand elle pensait qu'il regardait ailleurs, il voyait bien qu'elle le trouvait sexy. Il espérait ne pas se tromper, en tout cas.

Daisy commença à prendre des photos, avec l'aide de Zach.

— Tu es superbe, remarqua-t-elle.

— Tu trouves ? demanda-t-il, tout sourires, un peu plus détendu maintenant que la fille à l'objet pointu s'était écartée de lui.

Kim acquiesça d'un signe de tête.

— J'ai toujours trouvé qu'un homme en tenue de base-ball avait quelque chose de bizarrement séduisant. Je n'ai jamais su pourquoi. En toute autre circonstance, un type aurait l'air d'un imbécile, en short et chaussettes longues. Mais une tenue de base-ball...

Daisy et elle opinèrent de concert. Elles allaient s'entendre à merveille, ces deux-là, c'était évident. D'autant plus qu'elles avaient le projet commun de faire de lui un dieu du base-ball !

La vie était étrange parfois, pensa-t-il. Il n'y avait pas si longtemps, il passait la serpillière dans un bar qui empestait la bière. Voilà qu'à présent on allait faire de lui un dieu. Dès l'instant où il revêtit l'uniforme à rayures gris et marine tant convoité, il eut l'impression d'être quelqu'un d'autre. Cette tenue lui rappela la raison de tout ce manège.

— Je n'ai qu'une seule envie : jouer au base-ball, marmonna-t-il.

— Tu sais très bien que ta carrière ne se limite pas à ça.

— Je ne m'étais pas rendu compte à quel point.

— Les photos sont un élément essentiel, ajouta Kim. Un superbe cliché peut largement contribuer à mettre une carrière en avant, si tant est que le joueur a le talent nécessaire pour l'étayer.

— On ne devrait prendre en compte que le talent.

— Tu sais très bien qu'il n'en est rien, répondit-elle. Tout est une question d'image. Tu te souviens de Cal Shattuck ? Il était chauffeur routier dans le secteur de la viande jusqu'au jour où ce fameux cliché a paru en couverture de *Vanity Fair*. Le lendemain, c'était une star.

— Je me rappelle cette photo, intervint Daisy. Il était nu comme un ver.

— La feuille de vigne était stratégiquement placée, tout de même, souligna Chantal.

— N'allez pas vous faire des idées, lança Bo.

— Certainement pas ! répondit Daisy en frissonnant. Beuh !

A cause de l'amitié qui liait Bo à Noah, elle l'avait toujours considéré comme quelqu'un qui ne faisait pas partie de sa génération. Un homme plus âgé, un copain de son beau-père.

Finalement, elle annonça que la séance pouvait commencer

pour de bon. Bo ne tarda pas à se rendre compte que ce n'était pas un travail pour les mauviettes. Il n'en revenait pas que quelque chose d'aussi simple puisse être fastidieux et complexe à ce point-là. En regardant la photo d'un joueur sur une carte de base-ball ou une affiche, jamais il ne s'était imaginé tout le travail que cela impliquait. Les modèles qui posaient pour gagner leur vie devaient être fous à lier !

Tout le monde s'activa sans relâche. Ils le tournèrent dans tous les sens sans lui laisser le temps de souffler, lui faisant prendre des poses, telle une figurine articulée. Sur un tabouret. Debout. Une batte à la main, puis avec une batte et un gant. Avec casquette, puis sans. Ensuite, ils prirent des initiatives plus créatives. Bo jouant de la basse. A la fenêtre, en train de contempler les bois enneigés, comme s'il attendait avec impatience la venue du printemps. Chaque fois qu'ils faisaient une pause pour visionner les prises sur l'ordinateur, il prenait du recul, déconcerté par les dizaines de clichés.

— Ce n'est pas tout à fait ça, déclara Kim.

— Allons ! Je suis pas si mal !

— Elle a raison, intervint Daisy. C'est convenable, mais on peut faire mieux.

— Je te trouve… raide, ajouta Kim.

— Tu dis ça comme si c'était une mauvaise chose !

— On dirait que tu as peur de l'appareil. On voit qu'on est en train de te prendre en photo.

— Je suis censé avoir l'air de quelqu'un qui est assis là par hasard, c'est ça ?

— C'est exactement ça. Les meilleures prises font oublier qu'elles résultent d'une séance de photos.

Daisy passa à d'autres images.

— C'est mieux quand tu as ton matériel entre les mains. Ce n'est pas encore ça, mais c'est mieux.

— Voilà ma préférée jusque-là, indiqua Kim en désignant une photo de lui avec sa basse. Tu vois comme tu sembles naturel ?

Il ne voyait pas vraiment, mais il hocha la tête quand même.

— Elle est bonne parce que tu lances de la main gauche et que le point est sur ta main gauche. Et puis, tu as l'air concentré.

— Certains modèles entrent dans leur rôle en se racontant des histoires dans leur tête, précisa Daisy. C'est subtil, mais cela ajoute une autre dimension.

Quand ils se remirent au travail, Bo essaya de se raconter une histoire. Mais avec Kim près de lui, ne le quittant pas des yeux, la seule histoire qu'il arrivait à se raconter aurait été interdite aux moins de dix-huit ans. Dans son imagination, elle était vêtue de cuir et de dentelles, plaquée contre un mur. Plus tard, il l'allongeait sur un matelas doux comme un nuage et lui faisait l'amour si lentement, si tendrement qu'elle en pleurait.

— Oh! fit-elle en s'humectant les lèvres. Nous y voilà!

— Ah oui? s'exclama-t-il en gloussant. Je suis en train de me raconter une histoire...

— Continue, l'exhorta-t-elle. Ça marche. Tu me transportes ailleurs et ça me donne envie de te suivre.

— Mon histoire se finit bien, dans ce cas.

Au bout d'un moment, ils eurent épuisé tous les accessoires, y compris ses deux amplis, la souffleuse et la totalité des articles vestimentaires qu'ils avaient apportés, y compris son T-shirt « Under Armour » et ses chaussures à crampons. Daisy jeta un coup d'œil par la fenêtre.

— Il y a un peu de soleil, mais ça ne va pas durer, dit-elle. J'aimerais faire une série de photos en extérieur. Il faut qu'on se presse.

Un regard venant de Kim persuada Bo de ne pas protester au sujet du froid. Daisy leur expliqua que « l'heure dorée », les nuances d'ambre du soleil sur le point de se coucher, était un don du ciel à cette période de l'année. L'hiver, le soleil était timide, mais quand il lui arrivait de se montrer la lumière était intense, créant une atmosphère naturellement forte, où que l'on braque l'objectif.

— C'est fabuleux, dit Kim en enfilant sa parka.

— Le problème pour toi, Bo, c'est d'avoir l'air à l'aise malgré le froid, expliqua Daisy.

Elle fit une série de clichés devant le lac en lui disant qu'il fallait qu'il donne l'impression de rêver à l'été en plein cœur de l'hiver.

— Je suis en train de crever, là! bougonna-t-il en serrant les dents pour ne pas grelotter. Je n'en peux plus.

— Tu es superbe, assura Daisy. Dépêchons-nous avant que tu aies le nez rouge. Allons par là.

En dépit de la température ambiante, Bo se rendait bien compte que le paysage en toile de fond était exceptionnel. La cascade de Meerskill descendait des sommets secrets des monts avoisinants pour se déverser dans une gorge profonde qu'enjambait une passerelle. L'hiver, elle se changeait en une épaisse paroi de glace composée de couches si nombreuses qu'on aurait dit qu'elle recelait un tout autre monde dans ses entrailles.

— C'est génial, les mecs! s'exclama Zach en orientant un réflecteur vers Bo, tandis qu'il marchait devant les chutes figées par la glace.

— Essayez avec ces lunettes noires, suggéra Chantal en lui en jetant une paire.

— Il ne nous reste plus que quelques minutes de soleil, dit Daisy. Donne ton maximum. Fais ce que tu as envie de faire.

— Je donnerais n'importe quoi pour aller me mettre au coin du feu histoire de dégeler.

— Pauvre chou! lança Kim d'un ton taquin.

Il ramassa de la neige et en fit une boule qu'il expédia à toute volée dans sa direction.

— Hé!

Elle lui en renvoya une qu'il rattrapa avec une facilité déconcertante d'une main gantée, si douce que la boule resta presque intacte.

— Je te déconseille de te lancer dans une bataille de boules de neige avec moi! cria-t-il.

— Tu ne me fais pas peur, répliqua-t-elle.

Il façonna une autre boule, la lissa avec soin et la lança droit sur elle. Elle explosa contre son épaule, à l'endroit précis qu'il avait visé.

Ses éclats de rire lui donnèrent envie de poursuivre l'assaut. Elle avait l'air d'un top model elle-même, hilare, parfaitement à l'aise dans la neige. C'était elle qu'il aurait fallu mitrailler, pas lui!

Au moment où les rayons de soleil dorés tombèrent à l'oblique sur la neige, Daisy annonça que c'était dans la boîte.

— Vous n'allez pas le croire! Les meilleures photos de la journée sont celles que je viens juste de prendre. Cela arrive souvent, que le meilleur survienne à la fin.

Sans doute parce que le sujet n'en pouvait tellement plus qu'il était prêt à tout pour en finir! Bo grelottait de froid quand ils rentrèrent. Dieu merci, il put enfin se débarrasser du maquillage et se brosser les cheveux pour éliminer la laque. Après s'être rhabillé chaudement, il alla rejoindre Kim et Daisy devant l'ordinateur où elles étaient en train de passer les photos au peigne fin.

— Voilà! C'est exactement ce que nous cherchons, dit Kim en s'écartant pour laisser Bo regarder l'écran.

Il fit la grimace. Il y avait quelque chose de pénible dans le fait d'examiner des photos de soi, les unes après les autres, surtout celles qui révélaient une partie de lui-même à son insu.

— J'ai vraiment l'air d'aussi mauvaise humeur, tout le temps? s'enquit-il.

— Ce n'est pas de la mauvaise humeur, répondit Daisy.

— C'est de l'intensité, renchérit Kim en cliquant sur d'autres photos. Là, c'est du désir, et là, de la fougue!

Il rougit. C'était l'une des prises où on l'avait aspergé de vapeur d'eau en guise de sueur avant de déboutonner son chandail.

— De la fougue, c'est tout moi!

— Il y en a quelques-unes où tu es hilare, souligna Daisy en les lui montrant. Tu es beau quand tu ris.

— Le rire va à tout le monde.

Elle secoua la tête.

— Tu serais surpris.

Les photos en extérieur lui paraissaient étranges, mais d'après Kim c'était ce qui en faisait la qualité. Le contraste entre la tenue de joueur de base-ball et le paysage digne de l'Arctique était saisissant. On aurait dit qu'il avait atterri sur une autre planète.

— Celle-là est superbe, dit Kim en désignant une photo de lui marchant d'un pas déterminé vers l'objectif, ses longs cheveux volant dans le vent derrière lui, son regard d'un bleu intense. C'est ma préférée.

La cascade gelée, étincelante sous le soleil couchant, formait une impressionnante toile de fond.

— Je l'adore, moi aussi, reconnut Daisy. Et celle-là, où il lance une boule de neige comme s'il s'agissait d'une balle de base-ball…

— Merci du fond du cœur, Daisy, dit Bo.

— Je te remercie de m'avoir fait confiance, répondit-elle. J'aurai fini les retouches d'ici à la fin de la semaine.

— Tu me fais penser à ta mère. Aussi travailleuse que talentueuse.

Cela la fit rire.

— Pardonne-moi. Je n'ai pas l'habitude qu'on me compare à maman.

Bo en fut surpris. Daisy et Sophie étaient pourtant taillées sur le même modèle — toutes deux d'une intelligence farouche, ambitieuses, et aussi déterminées l'une que l'autre à trouver un équilibre entre leur travail et leur vie de famille.

— Vous avez fait un travail remarquable, dit Kim à l'adresse de Daisy.

Puis, se tournant vers Bo, elle ajouta :

— Tu as raison, à son sujet.

— Je suis entouré de femmes de génie, dit-il. Je ne peux tout de même pas vous repousser à coups de bâton.

— Ben voyons !

Daisy entreprit de ranger son matériel avec soin.

— On verra ces photos partout, j'en suis sûre, affirma Kim.

Olivia arriva sur ces entrefaites pour voir comment la séance s'était passée. Après avoir regardé les photos sur l'écran, elle donna son approbation.

— Tu as fait de lui une star, dit-elle à Daisy.

— Non, je lui ai donné *l'apparence* d'une star, rectifia Daisy. C'est à Kim qu'il revient de faire de lui une star.

— Et moi, là-dedans ? intervint Bo. Je compte pour des prunes ?

— Oui, répondirent-elles à l'unisson.

— Bon, d'accord, je me tais.

Il se rendit néanmoins utile en aidant Zach à charger l'équipement de Daisy dans sa camionnette. Quelques minutes plus tard, les autres les rejoignirent dehors.

— Peux-tu rester ? demanda Olivia à Daisy. Je te propose un verre et une bonne détente dans le Jacuzzi.

— C'est tentant, mais je dois aller chercher Charlie à 6 heures. Il a passé l'après-midi avec son père.

Remarquant l'expression de Kim, elle ajouta :

— Charlie est mon fils. Il a un an et demi.

— J'espère faire sa connaissance un jour, répondit Kim. J'adore les enfants.

Bo étudia son visage. Elle lui avait affirmé qu'un pieux mensonge valait mieux que la vérité, dans certains cas. Depuis lors, il se posait des questions sur certaines de ses remarques, comme « J'adore les enfants ».

Tandis que la camionnette s'éloignait, Olivia se tourna vers Bo et Kim.

— Et vous deux ? Ça vous dit ?

— Pourquoi pas ? répondit Bo.

Dino devait emmener A.J. manger une pizza et faire du bowling, de sorte qu'ils n'étaient pas pressés.

Kim lui flanqua son coude dans les côtes.

— Elle en serait ravie, ajouta-t-il en feignant de n'avoir rien senti.

— Parfait, dit Olivia en leur désignant le chemin.

Un quart d'heure plus tard, ils étaient dans le vaste Jacuzzi sous le belvédère au bord du lac, vêtus de maillots de bain empruntés. En hôtesse idéale, Olivia leur avait servi du champagne frais avant de s'éclipser discrètement.

— Cet endroit est magnifique, commenta Bo en goûtant le champagne.

En toute honnêteté, il préférait la bière, mais il n'avait pas oublié les recommandations de Kim sur les bonnes manières. Il flottait dans l'eau merveilleusement chaude, tout en admirant la nature sauvage qui entourait le site nimbé de mauve dans le crépuscule. Quelques bungalows le long du lac étaient occupés. Il apercevait des gens attablés dans le restaurant, par les fenêtres brillamment éclairées.

— Je ne suis jamais venu ici l'hiver, mais l'été dernier, au moment de la réouverture, on a fait appel à moi pour donner des cours de base-ball pour initiés.

— Quand j'étais petite, je barrais les jours sur mon calendrier jusqu'à ma venue ici.

— J'aurais bien aimé te connaître à l'époque, dit Bo, imaginant une fillette aux genoux noueux et à la tignasse flamboyante.

— J'en doute. J'étais une vraie pimbêche !

Il appuya la tête contre le rebord du bassin en l'observant, les yeux mi-clos.

— J'adore !

— Les pimbêches ?

La vapeur montait en volutes de la surface de l'eau autour d'elle.

— Non. Toi. Je t'adore.

Il posa sa coupe de champagne et, glissant les bras autour d'elle, il l'attira contre lui.

— Bo…

— Chut… Attends.

Il l'entraîna vers l'autre côté du bassin, puis la fit pivoter de manière à ce qu'ils soient tous les deux face au lac.

— Voilà. C'est mieux.

— Quoi donc ? Qu'est-ce que tu fais ?

— Je tiens à ce que ce soit parfait, la première fois que je t'embrasse.

— La… quoi?

— C'est important, et je veux traiter la chose en conséquence.

Je veux que tu te souviennes que, lors de notre premier baiser, la lune était en train de se lever sur le lac, que le silence était tel qu'on entendait tomber la neige, et qu'on était dans le plus bel endroit au monde.

— Mais pourquoi? insista-t-elle, même si le trémolo de sa voix prouvait qu'elle le savait déjà.

— Parce que tu es différente des autres femmes. Nous sommes différents, ensemble. J'ai embrassé des filles dans des voitures, des cinémas, sur des pas de porte, dans les gradins après un match. Jamais dans un endroit comme celui-ci.

— Je… je ne sais pas quoi répondre à ça.

— Tu n'es pas censée dire quoi que ce soit. Tu es supposée me rendre mon baiser. Et puis, on se serrera l'un contre l'autre et on regardera la lune se lever. Et, jusqu'à la fin de nos jours, on se souviendra de notre premier baiser.

— Bo Crutcher, dit-elle en se laissant aller contre lui, tu es un vrai romantique…

— Absolument, avoua-t-il. Et tu sais pourquoi?

— Non.

— Parce que, quand je suis avec toi, j'ai des idées à l'eau de rose sans que ça me gêne le moins du monde.

— Ça ne me gêne pas non plus, murmura-t-elle d'une voix tremblante qui lui alla droit au cœur. Tu as raison. C'est le plus bel endroit du monde, et je suis heureuse que nous soyons là. Et…

Elle s'interrompit.

— Et…?

— Et j'aimerais bien que tu m'embrasses, au lieu de te contenter d'en parler.

Il lui effleura la joue et prit son menton en coupe.

— C'était exactement ce que je pensais.

283

Il la saisit par la taille et l'attira contre lui en la serrant si étroitement qu'ils respiraient à l'unisson. Son cœur battait la chamade au point qu'elle devait l'entendre. Peu lui importait.

Leurs lèvres se touchaient presque. Il murmura son nom, puis posa sa bouche sur la sienne, provoquant un petit halètement chez elle. Elle noua ses bras autour de lui à son tour et il approfondit son baiser, langoureusement. Sa bouche avait un goût délicieux, ses cheveux sentaient la neige, et ce fut l'instant parfait dont il avait rêvé depuis le moment où son regard s'était posé sur elle. Il sut qu'aussi longtemps qu'il vivrait, et quoi qu'il puisse lui arriver dans l'existence, il n'oublierait jamais cet instant.

Avec un gémissement presque douloureux, il rompit le charme du baiser, la pressa encore contre lui avant de s'écarter un peu.

Elle soupira en posant la tête sur son épaule. Ils restèrent ainsi de longues minutes sans dire un mot, à contempler la lune sur le lac, et ses reflets auréolant les cimes au loin. C'était un paysage d'une telle splendeur qu'il avait quelque chose de mystique.

— Qu'est-ce que c'est que ce sourire ? demanda-t-il en baissant les yeux sur elle.

— C'est juste… Tu avais raison à propos du baiser.

Il sourit à son tour.

— Ah oui ?

— Je ne l'oublierai jamais.

— Moi non plus. Je vais y penser pendant très, très longtemps. A jamais, même. Je n'arriverai probablement pas à dormir cette nuit.

Bo avait toujours pensé connaître l'amour. Il avait aimé d'autres femmes, mais jamais avec une telle intensité. Jamais avec cette sensation délicieuse, presque douloureuse en même temps, qui lui gonflait la poitrine.

Kim s'aperçut qu'il avait le regard rivé sur elle.

— Tu ne regardes pas la lune, dit-elle.

— C'est toi que je regarde.

Il prit de nouveau possession de ses lèvres, encore et encore. Des baisers doux, romantiques, mais fougueux, aussi, et incroyablement sexy. Au point qu'il aurait tout donné pour qu'il n'y ait rien entre eux, absolument rien. Il avait embrassé quantité de femmes dans sa vie, mais avec Kim c'était comme s'il s'agissait de la première fois. Il la sentait réagir malgré elle à ses caresses avant que le bon sens ne le lui interdise. Il ne se souvenait pas d'avoir eu envie de faire l'amour à une femme à ce point. Il percevait un désir équivalent chez elle, mais sans doute prenait-il ses désirs pour la réalité, parce qu'après un ultime baiser passionné elle s'écarta de lui.

— C'était... bon, dit-elle. Mais il n'est pas question que je sorte avec toi.

— Pourquoi flirtes-tu sans arrêt avec moi, dans ce cas ?

Il se rapprocha d'elle par-derrière et l'enlaça.

Elle s'adossa contre lui en soupirant.

— Voilà pourquoi, dit-elle à voix basse. Parce que c'est tellement...

Elle laissa sa phrase en suspens tandis qu'il se penchait pour lui mordiller l'épaule.

— Allons, mon cœur ! On va sortir ensemble. Qu'est-ce que tu en dis ?

C'était si facile d'aimer les femmes. Elles avaient une voix suave. Elles étaient douces où il fallait, et elles sentaient si bon... Et puis, elles avaient un goût de...

Il gémit, se pencha encore un peu et déposa un autre baiser juste au-dessus de la clavicule.

— Ce n'est pas une bonne idée, dit-elle. Cesse de me bécoter. Je n'arrive pas à réfléchir.

— C'est l'objectif.

— Pas le mien. Tu es mon client. Je ne sors pas avec mes clients.

— Et Lloyd Johnson ? Qu'en fais-tu ?

Quand elle se libéra finalement, il vit la surprise se peindre sur son visage.

— C'est à cause de lui que j'ai établi cette règle, répliqua-t-elle.

Au-delà de ce qu'elle lui avait confié elle-même, Bo avait fait quelques recherches de son côté. Johnson était le roi de la NBA, le *nec plus ultra* en matière de talent sportif et de marketing. D'après les blogs qu'il avait consultés sur internet, Lloyd et Kim avaient eu une relation sérieuse jusqu'à leur rupture violente en public. Tous les commentateurs incriminaient Kim, qu'ils taxaient de femme jalouse, manipulatrice, pour ne pas dire tyrannique. A l'évidence, ces gens-là ne l'avaient pas vue à l'aéroport le matin qui avait succédé au drame, dans sa robe de soirée légère, se cachant derrière des lunettes noires.

— Ecoute, reprit-il, quoi que Johnson t'ait fait, quoi qu'il ait représenté pour toi, je ne suis pas lui.

— Je ne te le fais pas dire ! Pour la bonne raison que nous ne sortirons pas ensemble. C'est une de mes nouvelles règles de conduite. Pas d'engagement avec un client. Je refuse que tu fasses partie de ma liste de mauvais choix.

— Très bien. Je me passerai de tes services, dans ce cas.

Elle pouffa de rire.

— Tu me préfères à ta carrière, si je comprends bien.

Bo songea qu'il pourrait gagner ses faveurs en faisant vibrer la corde romantique. « Rien à faire de ma carrière : c'est toi que je veux. » Mais il n'avait jamais su mentir. Alors, il l'attira contre lui en chuchotant :

— Je veux tout — la carrière, la fille…

Elle échappa à son étreinte.

— Bon, d'accord. Tu as envie de coucher avec quelqu'un, c'est tout.

— Réfléchissons un instant. Je suis là avec mes mèches blondes, dans un Jacuzzi, avec la fille la plus sexy que j'aie jamais vue, qui, au passage, embrasse comme une déesse et a le goût d'une friandise venue du ciel. Et tu penses que j'ai envie de faire l'amour ?

— Dis-moi que je me trompe.

— Ecoute, tu en es tellement loin que je ne peux même pas te dire à quel point ! Et, au cas où tu te poserais la question, il y a *déjà* une histoire entre nous. On a quelque chose à vivre ensemble. J'ai eu ce sentiment même lorsque nous étions encore étrangers l'un à l'autre, à l'aéroport. Alors, pour l'amour du ciel, ne viens pas me dire : « Je ne sors pas avec mes clients. » Je ne l'accepterai pas.

— Je ne te demande pas de l'accepter.

— Très bien.

— Parfait.

Sur ce, elle alla s'installer de l'autre côté du bassin. Des gouttelettes perlaient dans ses cheveux, sur ses cils. Elle était si belle que Bo dut se faire violence pour ne pas gémir.

— Arrête de me dévisager, marmonna-t-elle en plissant les yeux.

— Pas possible. Désolé.

— Peu importe. Tu peux me fixer autant que tu veux. Je ne changerai pas d'avis.

— Je sais. C'est à moi d'y parvenir — te faire changer d'avis.

— Ne perds pas ton temps.

Elle reposa la tête sur le bord arrondi du Jacuzzi et contempla les étoiles.

— Quand j'étais petite, je croyais que les étoiles étaient des trous dans le ciel, que leur clarté appartenait à un autre monde dont nous n'entrevoyions qu'une toute petite partie, grâce à ces trouées, comme le soleil à travers un sténopé.

Il tendit le bras pour caler une mèche de ses cheveux derrière son oreille.

— Tu as peut-être raison.

— Ben voyons… Je suis un génie de l'astronomie, c'est bien connu !

— Que savent-ils, ces gens-là ?

— Ils connaissent l'astronomie, pour commencer.

— Moi, je m'imaginais que les étoiles étaient des yeux en train de m'observer, dit Bo.

— Nous sommes tous les deux des génies, alors.

Elle se hissa hors du Jacuzzi la première. La vapeur s'écarta d'elle par ondes, la faisant d'autant plus ressembler à une créature d'un autre monde. Une « déesse à la chevelure titienne » — formule qu'il avait lue dans un vieux recueil de poésie. Elle incarnait une sorte de beauté surnaturelle qui faisait presque mal aux yeux, sans qu'il parvienne à détourner le regard pour autant. Quand elle s'empara d'un des grands peignoirs blancs pour s'en envelopper, il crut qu'il allait pleurer, ce qui ne lui était pas arrivé depuis qu'il avait atteint l'âge adulte.

20

Depuis la fugue d'A.J., qui l'avait terrorisé, Bo redoublait de vigilance. Même dans son sommeil, ses sens étaient en éveil. Il suffisait que l'enfant pousse un soupir dans la petite alcôve voisine pour que Bo se réveille en sursaut. Il se disait à tout instant de se détendre. A.J. semblait s'être résigné à son sort. Ses professeurs le disaient coopératif et calme. Il était en train de trouver sa place, selon eux.

Il n'avait même pas tenté de faire l'école buissonnière. Pourtant Bo se faisait du mauvais sang, convaincu qu'A.J. n'avait pas du tout trouvé sa place. Il le sentait sur ses gardes, toujours un peu distant, se cachant derrière une réserve qui n'était qu'une armure.

Bo savait ce que c'était que d'être un enfant sur des charbons ardents, agité, vigilant, bouillonnant d'impatience. Il savait ce que c'était que d'être prêt à tout pour que quelque chose se produise, même aux pires imprudences. Il avait connu ça lui-même autrefois, Dieu lui en était témoin !

Tous les matins, il attendait à la fenêtre qu'A.J. soit monté dans le bus scolaire. Le soir, il s'y plantait de nouveau en attendant de le voir en redescendre et se diriger vers la maison. Il avait l'estomac noué tant que l'enfant n'était pas là.

Cet après-midi-là, le soleil venait de faire une rare apparition, changeant le jardin en un champ de diamants.

Quand Kim surgit derrière lui, interrompant sa surveillance, Bo s'en félicita. Elle n'avait pas son pareil pour lui faire oublier ses angoisses. Après la séance de photos, il s'était raisonné en se disant que le raz de marée d'émotions qui s'était abattu sur lui quand il l'avait embrassée résultait peut-être de la décompression après une rude journée. Ce n'aurait pas été la première fois que son corps lui mentait. Seulement, au lieu de s'apaiser, ses sentiments pour elle n'avaient fait que s'intensifier. Compte tenu de ses multiples préoccupations du moment, il n'avait pas encore trouvé le moyen de régler le problème.

— Tu rôdes? demanda-t-elle en le rejoignant. Depuis qu'A.J. a fugué à New York, tu rôdes comme un lion en cage.

— C'est un reproche?

— Non, je te comprends. Même si ça ne sert pas à grand-chose.

— Il me fait de la peine, avoua-t-il. Il continue à détester cet endroit.

— Il te l'a dit?

— Pas la peine. C'est évident. Il écrit à sa mère, et nous n'avons aucun moyen de savoir si ses lettres lui parviennent. Ça me tue, et je peux imaginer ce que ça doit lui faire. Il n'a pas de copains, et il ne fait pas vraiment grand-chose à part ronger son frein... Ce n'est pas une vie!

— Comment sais-tu tout ça?

— Il attend qu'il se passe quelque chose... Les gens passent leur vie à attendre, et puis ils regardent en arrière et se demandent ce qu'ils ont fait de toutes ces années.

— C'est la voix de l'expérience qui parle?

— C'est l'une des raisons pour lesquelles j'ai opté pour une ligue de base-ball indépendante, au lieu d'emprunter la voie traditionnelle. Si on attend qu'une équipe de ligue 1 vienne nous chercher, on est tellement concentrés sur l'avenir qu'on passe à côté de ce qu'on a sous notre nez. J'ai connu des joueurs tellement occupés à préparer leur prochaine stratégie qu'ils en oublient où ils sont. C'est le bon côté de la longue attente que j'ai traversée avant que les Yankees me sollicitent. J'ai cessé de penser au but à atteindre et j'ai appris à vivre ma vie ici, maintenant.

— Je trouve ça bien, répondit-elle à voix basse, mais comment faire pour inciter A.J. à raisonner de la même manière?

— Bonne question.

Il se détourna de la rue.

— Je n'ai pas envie qu'il repense à cette période de sa vie, plus tard, en n'y voyant rien d'autre que des problèmes. Un enfant mérite d'être heureux.

Il remarqua qu'elle l'observait d'un air songeur, un doux sourire aux lèvres. Où avait-elle été, durant toute sa vie à lui ? Et comment faire pour qu'elle y reste ?

— Qu'est-ce qu'il y a ? demanda-t-il.

— Je te trouve bien philosophe, répondit-elle. D'où est-ce que ça sort, tout ça ?

— Je n'en sais rien.

Il songea à sa mère, tout à coup. Presque jusqu'à sa mort, elle avait vécu au jour le jour, convaincue qu'elle trouverait l'homme qu'il lui fallait, le bon job, l'existence qui lui convenait, à condition d'avoir un peu de patience. Petit, déjà, il avait senti qu'elle ne le voyait pas vraiment, un peu comme s'il était transparent. Il se souvenait d'avoir ardemment désiré plus d'attention, mais elle était incapable de lui donner ce dont il avait besoin.

Puis il pensa à la manière dont Kim se comportait avec A.J., au temps qu'elle passait avec lui, à l'aider à faire ses devoirs. « J'adore les enfants », avait-elle dit à Daisy.

— Si on faisait un feu dans le salon ? suggéra-t-elle, ignorant le cours de ses pensées. Ça fera sûrement plaisir à A.J. de goûter devant la cheminée.

Le salon s'ornait d'une grande cheminée ancienne au manteau de marbre ; un bon tas de bûches s'entassait dans un coffre à proximité. Bo se mit en devoir de préparer le feu.

— Je ne peux pas l'obliger à aimer cet endroit, je m'en rends bien compte, et rien n'ira, pour lui, tant qu'il n'aura pas retrouvé sa mère. Il n'empêche que je voudrais pouvoir faire quelque chose pour qu'il se sente davantage chez lui.

Elle lui tendit une boîte d'allumettes de cuisine.

— Trouvons une activité sympa pour lui, ce week-end. Le temps semble prometteur.

— Prometteur! La température va brusquement grimper au-dessus de zéro? Je pourrais l'emmener à l'arcade vidéo. Ou au cinéma.

Il frotta une allumette et mit le feu à une boulette de papier froissé qu'il glissa sous les bûches.

— Je ne parle pas de ce genre de distractions-là. Les enfants peuvent faire ça n'importe où. Il faudrait qu'il se lance dans quelque chose de nouveau, qu'il ne peut faire qu'ici.

Il la considéra d'un œil soupçonneux.

— A quoi est-ce que tu penses exactement?

— A un après-midi de snowboard sur la Saddle Mountain.

Bo partit d'un grand éclat de rire en rejetant la tête en arrière.

— Tu vas me faire mourir de rire, je te jure.

— Je ne plaisante pas. Les garçons de son âge adorent le snowboard. Moi aussi, du reste. Je parie qu'il s'en sortira comme un chef.

— D'accord, mais c'est toi qui l'emmènes là-haut. Moi je resterai ici auprès du feu.

Il gratta une autre allumette, puis se pencha pour souffler sur la petite flamme.

— Hors de question, répliqua-t-elle. L'objectif, c'est que vous fassiez quelque chose ensemble. Il a été privé de toi assez longtemps. Tu viens avec nous.

La minuscule flamme grandit, léchant le bois sec.

— Je suis un sportif professionnel, je te rappelle. Et si je me démets un genou? Si je me fais mal à l'épaule?

— Ne sois pas ridicule! Il ne t'arrivera rien.

— On est censés travailler mon look.

— Je croyais que tu voulais montrer à A.J. les agréments de la vie à Avalon.

— Je ne vois pas ce qu'il y a de génial à dévaler une montagne sur une planche! dit-il, en frissonnant rien qu'à cette pensée.

— On va aller faire du snowboard avec lui.

— Je vais me casser la figure et me geler les fesses, grommela-t-il.

La bûche s'enflamma en craquant bruyamment.

A.J. entra à cet instant, son sac à dos sur une épaule, son anorak ouvert.

— Génial, lança-t-il. J'aimerais bien voir ça !

— Andouille ! bougonna Bo.

Kim le tapa sur le bras.

— Surveille ton langage !

Se tournant vers A.J., elle ajouta :

— On ne t'a pas entendu arriver. Comment ça s'est passé à l'école ?

Elle leva aussitôt la main.

— Pas la peine de répondre. On était en train de réfléchir à des trucs sympas à te faire faire, pendant que tu es ici. On pensait aller faire du snowboard à la Saddle Mountain. Ça te dirait ?

Une lueur d'excitation brilla dans le regard d'A.J., mais il s'empressa de la masquer.

— Pourquoi pas ?

Kim adressa un sourire suffisant à Bo.

— Deux contre un. Perdu !

Bo se sentait pris dans une embuscade. Il se prépara néanmoins, empruntant du matériel à Noah Shepherd, qui avait amplement de quoi partager, et n'éprouvait aucune compassion pour la répugnance de son ami à l'égard du froid et de la neige. Dans son jardin en pente, il enseigna les rudiments du snowboard à Bo et son fils, ce qui ne fit qu'accroître l'appréhension de l'un et l'enthousiasme de l'autre. Le samedi venu, A.J. se leva dès qu'il ouvrit l'œil, faisant assez de bruit pour réveiller Bo avant même que le soleil soit levé. Et, à 9 heures, ils furent parmi les premiers à gagner la station.

Il y avait un engin appelé télésiège qui ramassait les skieurs et les snowboardeurs, et les transportait au sommet de la montagne enneigée au mépris de toutes les lois de la physique. Bo eut l'impression qu'on allait le déposer dans un volcan. Saddle Mountain, si pittoresque vue de la fenêtre, lui semblait aussi sinistre que les monts gelés de la Terre du Milieu dans le *Seigneur des anneaux*. Il se tourna vers ses deux compagnons qui bavardaient, tout excités, en admirant le paysage. On aurait dit des gamins en visite à Disneyland.

— On va mourir! s'exclama-t-il. Vous en êtes conscients, n'est-ce pas?

— Cesse de faire l'enfant, protesta Kim. Tu ne vas pas mourir. On ne te laissera pas faire.

Elle était d'une beauté ahurissante, même dans sa tenue de snowboard. A.J. était mignon, lui aussi, dans son équipement prêté par Max Bellamy. Quant à Bo, toute cette histoire le rendait terriblement méfiant. Il n'y avait rien de naturel là-dedans. Dans le télésiège, ils avaient tous un pied attaché à un snowboard, tandis que l'autre pendait dans le vide. Kim lui avait promis qu'une fois en haut ils attacheraient l'autre, ce qui l'inquiétait encore plus. Il garda pourtant obstinément le silence, à cause de l'expression qu'il voyait sur le visage de son fils. Pour la première fois depuis son arrivée à Avalon, A.J. s'était animé, et son regard brillait d'excitation.

— La vue est magnifique, n'est-ce pas? s'exclama Kim tandis qu'A.J. se tournait en tous sens pour regarder la vallée en contrebas.

— Ouais…, répondit-il. On a l'impression de voler.

— Quand il fait beau comme aujourd'hui, on voit même le lac. Là, c'est le centre-ville, ajouta-t-elle en désignant le village de poupée niché à une extrémité du vaste champ immaculé. Là, c'est la place, et on distingue le parc Blanchard. Le filet de fumée provient de la patinoire, de l'endroit où les gens vont se réchauffer et louer des patins.

« Ne t'avise pas de lui promettre d'aller faire du patin. » Bo essaya de lui transmettre ce message avec les yeux, la fusillant du regard au-dessus de la tête de l'enfant.

— C'est très sympa, le patinage, ajouta-t-elle, ignorant,

consciemment ou non, son regard d'avertissement. Ton père et moi, nous t'y emmènerons un de ces jours. Demain, peut-être.

— Génial!

— Tu crois que ça te plaira?

— J'en doute, répliqua Bo.

— J'aimerais bien essayer, dit A.J.

— Entendu.

— Hors de question, intervint Bo.

— Allons! protesta Kim. On va s'amuser comme des petits fous.

— C'est ce que tu disais à propos du snowboard, et pour le moment je ne m'amuse pas du tout.

— On n'a même pas commencé, souligna A.J.

— Je serai content quand ça sera fini.

— Ça va être super, insista A.J.

Kim décocha un coup d'œil triomphal à Bo avant de reprendre sa visite guidée.

— A l'extrémité du lac, c'est le camp Kioga. Les chutes de Meerskill sont ouvertes aux amateurs d'escalade sur glace, cette année.

— Escalade sur glace?

A.J. s'anima de plus belle.

« Oh, mon Dieu, pas ça! » pensa Bo.

— Quand une cascade gèle, une épaisse paroi de glace se forme. C'est là qu'a eu lieu la séance de photo. On m'a dit que c'était une merveilleuse manière de faire de la varappe, un vrai défi, mais très amusant. J'ai toujours eu envie d'essayer.

— Moi aussi, renchérit A.J.

Ils se tournèrent tous les deux vers Bo, l'air d'attendre quelque chose.

— Pourquoi pas? dit-il. Je ne vois pas de meilleur moyen de m'esquinter juste avant ma première saison en ligue 1.

— Il y a un carnaval d'hiver en ville, poursuivit Kim. Je n'ai jamais été là au bon moment, mais il paraît que c'est fabuleux.

— J'étais là l'année dernière, dit Bo.

— C'est comment ? demanda A.J.

— En fait, je suis resté au chaud, répondit Bo. Ils organisent des tournois de hockey sur glace, ce genre de choses… Oh, et une course dingue, qui s'appelle le « triathlon de l'homme de fer » ! Noah y participe tous les ans. Il faut faire coup sur coup de la raquette, une course en traîneaux tirés par des chiens et du ski de fond, précisa-t-il en frémissant.

— Des traîneaux tirés par des chiens ? s'exclama A.J., tout excité.

Kim hocha la tête.

— Absolument. Je parie que Noah serait prêt à vous y emmener, ton père et toi.

— Certainement pas, protesta Bo.

— Génial ! lança A.J.

— Eh bien, pour un gosse qui n'aime pas le sport, tu m'as l'air drôlement intéressé ! remarqua son père.

— Est-ce qu'on pourrait aller faire du chien de traîneau avec Noah ?

— On verra.

— Vous êtes prêts ? lança Kim en soulevant la barrière de sécurité. On est presque au sommet. Je vous ai montré comment descendre du télésiège, vous vous souvenez ? Levez-vous et écartez-vous prestement du siège. Prêts ?

« Non », répondit intérieurement Bo.

— Oui, dit A.J. en se penchant en avant.

— On y va.

Kim passa son bras autour des épaules d'A.J. et l'aida à se glisser avec souplesse hors du siège.

Bo se retrouva les quatre fers en l'air.

— Ouille, gémit-il. C'est nul, ce truc !

— Ça va aller, dit Kim en lui tendant la main. Relève-toi et mettons nos planches.

Quelques minutes plus tard, ils étaient fin prêts, en haut d'une pente marquée d'une pancarte verte.

— C'est la piste la plus facile, leur expliqua-t-elle.

Bo considéra le long versant vertigineux avec une terreur qui lui nouait les entrailles. Il désigna une civière tirée par une motoneige.

— C'est la patrouille qui achemine un blessé vers la vallée, expliqua Kim. Mieux vaut ne pas repartir comme ça.

Bo avait une furieuse envie de ficher le camp sur-le-champ. Un coup d'œil à A.J. suffit pourtant à lui clouer le bec. Ses yeux brillaient de mille feux. Il n'y avait pas d'autre formule pour décrire la lueur intense qui illuminait son regard. Kim avait sans doute mis le doigt sur quelque chose. Il tenait peut-être sa chance de nouer des liens avec son fils, de lui donner des raisons d'apprécier cet endroit. Et peut-être aussi son père.

— C'est la première fois de ma vie que je suis au sommet d'une montagne, dit A.J. J'ai l'impression de dominer le monde.

Kim prit une photo de lui avec son portable.

— Tu domines bel et bien le monde. Allons, les gars! Jetons-nous à l'eau.

Tout autour d'eux, skieurs et snowboardeurs dévalaient la pente à toute allure, comme s'ils flottaient sur la piste. Bo et A.J. passèrent plus de temps sur les fesses que debout. Il y avait une compensation, toutefois. Pour l'aider à tenir en équilibre sur sa planche, Kim lui enlaçait régulièrement la taille en s'efforçant de le maintenir droit. Ils finirent par arriver en bas de la pente. Bo n'avait qu'une seule envie : laisser tomber, mais il ne fallait pas y songer. Elle les obligea à reprendre le tire-fesses et à remettre ça. Encore et encore.

A.J. se débrouillait plutôt bien.

— Hé, regardez! hurla-t-il à la troisième ou quatrième descente, glissant le long de la pente tel un surfeur au ralenti. Ça marche.

— Comment se fait-il qu'il apprenne aussi vite? s'enquit Bo, frustré.

— Son centre de gravité est bas. Ça aide, répondit Kim.

— Ouais… Et moi, qu'est-ce qui va m'aider?

— Moi.

Elle lui saisit la taille, le soutenant jusqu'à ce qu'il trouve son équilibre. Elle le tenait à bras-le-corps, plus forte qu'il n'y paraissait, le guidant le long de la pente, l'encourageant au fur à mesure, manifestant une patience et une tolérance dont il ne l'aurait pas crue capable.

— Serre-moi plus fort, dit-il alors qu'ils s'acheminaient vers le plat. Je n'ai pas envie de tomber.

Il était trop tard, malheureusement. Il était déjà en train de tomber. La surface enneigée se rapprocha inéluctablement de lui, de plus en plus vite. Kim et lui s'effondrèrent ensemble, heurtant le sol dans une explosion de poudreuse.

A.J. n'osa pas rire franchement, mais il ne put dissimuler son amusement.

— On croirait l'abominable homme des neiges! lança-t-il, laissant des ondes d'hilarité dans son sillage tandis qu'il s'élançait de nouveau sur la piste.

— Ça fait des jours que je m'efforce de le faire rire, dit Bo. Il suffisait en définitive que je m'étale dans un paquet de neige.

Il sentit de la neige lui dégouliner dans le cou.

— C'est humiliant.

— Mais ça valait le coup, répliqua Kim en lui tendant la main pour l'aider à se relever.

— Parce que ça me permet de me cramponner à toi, tu veux dire?

Elle leva les yeux au ciel.

— Non. Tiens. Regarde.

Au pied de la colline, A.J. était en train de bavarder avec des gamins de son âge. Bo oublia sa détresse un instant en les voyant rire ensemble. Il songea qu'il n'y avait rien de plus doux dans la vie que de voir son fils rire. Les copains pouvaient changer beaucoup de choses.

Les enfants étaient toujours en pleine conversation quand Bo s'immobilisa en vacillant près d'A.J.

— J'ai réussi à arriver en bas, dit-il. Entier. Mais tu m'as battu d'un kilomètre.

— Euh… ouais!

Le sourire d'A.J. s'effaça. Il ne savait pas trop comment réagir à la situation.

Bo ôta ses lunettes.

— Bo Crutcher, dit-il en saluant les gamins. Et voici Kimberly van Dorn.

Les garçons se présentèrent à leur tour. Bo n'aurait pas su dire s'ils étaient plus impressionnés par le fait qu'ils parlaient avec Bo Crutcher ou par le look d'enfer de Kim. L'un d'eux, un dénommé Vinny Romano, se déclara un fan invétéré des Hornets.

— J'ai assisté à tous les matchs à domicile l'été dernier, déclara-t-il. Vous avez fait une sacrée saison!

— Merci, dit Bo.

— J'ai participé au cours de lancer que vous avez donné l'été dernier, lança un autre gamin du nom de Tad.

— Je sais, confirma Bo. Je me souviens de toi. Tu es gaucher comme moi. A.J. aussi.

A cet instant, il eut envie de leur donner à tous un généreux pourboire pour avoir redoré son blason aux yeux de son fils.

— Ils voudraient que j'aille avec eux sur cet autre téléski, dit A.J. en en désignant un plus long. Et puis au *half-pipe*, où on peut faire des figures et tout ça…

Bo mourait d'envie de dire non, mais Kim lui jeta un coup d'œil plein de sous-entendus. Etonnant ce qu'elle réussissait à véhiculer en un seul regard.

— Je serai prudent, promit A.J. Je garderai mon casque.

— Retrouve-nous à la cabane quand les remonte-pentes seront fermés, dit Kim. On sera en train de se détendre au coin du feu.

— En fait, on va y aller tout de suite, annonça Bo.

— Pas du tout, répliqua Kim en le poussant vers le télésiège. Il nous reste deux heures avant que ça ferme.

Bo se retint de gémir.

— Bon, alors, à tout à l'heure, dit-il à A.J. Fais bien attention.

Tandis que les autres garçons s'éloignaient, Bo entendit l'un d'eux s'exclamer : « C'est ton père ? Tu as de la veine. » Kim lui assena un petit coup de coude.

— Tu as entendu ça ? Ses copains pensent qu'A.J. a de la chance de t'avoir comme père.

— Je me demande ce qu'il en pense, lui.

— Il t'apprécie de plus en plus, répondit-elle. Surtout depuis aujourd'hui, ça se voit.

Elle le fit trimer le restant de l'après-midi, le houspillant, criant, le grondant et le complimentant tour à tour. C'était l'entraîneur le plus impitoyable qui soit. A chaque chute, il faisait tout un numéro pour se relever, se cramponnant à elle plus longtemps que nécessaire. Bon sang, c'était si bon de la tenir dans ses bras ! Il était presque content d'être là. Presque.

Pour finir, il réussit à dévaler toute la pente sans incident. Arrivé en bas, il souriait jusqu'aux oreilles.

— J'ai l'impression d'avoir marqué le point de la victoire.

— Tant mieux.

Elle lui tapa dans la main, sans le laisser se reposer sur ses lauriers pour autant.

— Essayons une autre piste.

— Je serais plutôt pour une bonne bière fraîche au coin du feu, répondit-il en désignant la cabane qui lui faisait de l'œil, avec ses fenêtres chaudement éclairées et son filet de fumée sortant de la cheminée.

— Tu es si bien parti ! Tu ne vas pas t'arrêter en si bon chemin, tout de même.

— Relooking complet, et maintenant ça ! Quel autre tour est-ce que tu as dans ton sac ?

— Voyons : patinage, raquette, escalade…

— J'aurais mieux fait de me taire.

En serrant les dents, il supporta une autre remontée mécanique, encore plus longue et plus à pic que la précédente. L'autre versant de la montagne offrait des défis inédits.

— Tu veux ma mort, lança-t-il d'un ton accusateur.

— Je n'ai encore jamais perdu de client. Pas en snowboard, en tout cas.

Sur ce, elle l'entraîna sur les pistes intermédiaires sans lui laisser le temps de s'inquiéter ou de s'en dissuader lui-même. D'autant plus qu'un élément invisible, mais colossal, était en jeu dans cette affaire : sa fierté. Avec une détermination farouche, il se lança donc à la conquête de la montagne. Et, inexplicablement, malgré le froid paralysant et les chutes fracassantes, il finit par arriver à *rider* sur un snowboard et à s'amuser comme ça ne lui était pas arrivé depuis longtemps.

— Regarde-toi, s'exclama Kim en tapant dans ses mains gantées. On dirait que tu as fait ça toute ta vie !

Il tenta d'accélérer un peu l'allure, se voyant déjà comme le Surfeur d'argent — sûr de lui, agile, d'une grâce innée.

— A.J. est au *half-pipe*, lança Kim. Allons lui montrer ce que nous avons appris.

Ils trouvèrent les garçons en train de s'élancer avec audace, chacun son tour, sur la piste aménagée, un couloir creusé dans la neige et conçu de manière à faciliter les figures en l'air.

— Regardez ça ! cria A.J. quand il les vit approcher.

Sous les encouragements de ses copains, il surfa dans le *half-pipe*, réussissant quelques rotations bien nettes malgré quelques chutes.

Bo se sentit follement fier.

— C'est mon fils, déclara-t-il.

— Et comment ! répondit Kim.

— A mon tour !

Avant de perdre son sang-froid, il s'approcha résolument du bord où il vacilla quelques secondes.

— Vas-y ! s'écria A.J. dont la voix fit écho dans la tranchée. Allez, tu peux le faire !

Bo emplit ses poumons d'air, tandis que Kim lui faisait une petite démonstration, multipliant les loopings de part et d'autre de la tranchée en forme de U. Elle donnait l'impression que c'était facile et amusant. Bo avait toujours eu un faible pour les sportives. Dans sa jeunesse, il s'était entiché de toutes sortes d'athlètes féminines — Gabriela Sabatini, Jackie Joyner-Kersee. Kim pouvait s'intégrer sans peine dans ce club d'élite, car elle était aussi douée qu'intrépide. Sans compter que, contrairement aux autres, elle était accessible !

S'armant de courage, il franchit le rebord à son tour et descendit la pente. Il sut instantanément qu'il avait mal calculé son coup. Au lieu de glisser d'un côté et de remonter de l'autre, il se retrouva au milieu du couloir, prenant de la vitesse à chaque seconde. Il entendait vaguement des cris d'avertissement, même s'il ne comprenait pas ce qu'on lui disait.

Jamais il n'était allé aussi vite sans l'aide d'un moteur à combustion interne. S'il s'étalait maintenant, il allait se briser en mille morceaux. Il fallait qu'il trouve le moyen de ralentir. En désespoir de cause, il tenta de faire basculer le poids de son corps comme Kim lui avait montré et, miraculeusement, il tourna, interrompant sa descente vertigineuse. Il remontait un versant, à présent, si abrupt qu'il allait sûrement ralentir comme sur la voie de décélération d'une autoroute.

Sauf que les choses ne se passèrent pas du tout comme ça...
Si incroyable que cela puisse paraître, il prit encore de la vitesse sous l'effet de la force centrifuge, enfreignant de tant de manières les lois de la physique qu'il aurait mérité de se faire arrêter.

Il entendit la clameur au moment où il survolait le bord du *half-pipe*. Il vit un patchwork de bleu et de blanc, le ciel, la neige et, sous lui, absolument rien. Il volait, léger comme l'air, en route vers le paradis.

« Bon, se dit-il. C'est le moment où je suis censé me réveiller et me rendre compte que je rêve. » Hormis que, d'une hauteur impressionnante, il retomba à terre tel un oiseau abattu.

Bang !
Provoquant une explosion de neige autour de lui.
Quelques secondes plus tard, A.J., Kim et les deux autres garçons s'étaient rassemblés autour de lui.

— Ça va ? s'enquit A.J. d'une voix tremblante d'inquiétude. Papa ? Ça va ?

Bo resta immobile encore quelques secondes. Il n'avait rien, mais cela faisait tellement plaisir d'entendre son fils l'appeler « papa »…

— Hé, papa ! répéta l'enfant en le secouant un peu. Est-ce que ça va ?

— Pas de problème, répondit-il en souriant. Tout baigne.

— Ouf ! Tu as été génial !

Bo frotta ses lunettes couvertes de neige et braqua son regard sur Kim.

— Bon, suis-je autorisé à aller à l'intérieur, maintenant, coach ?

— Laisse-moi t'aider à te relever, dit A.J. en lui tendant la main.

Bo n'en revenait pas. Pour son fils, il s'était aventuré loin de sa zone de confort. Une pensée saisissante lui vint à l'esprit : les pères faisaient ça quotidiennement, même si sa propre expérience avait été tout autre. L'idée qu'il se faisait d'un père venait non pas de ce qu'il avait connu, mais de ce qui lui avait manqué.

Elle lui venait d'A.J. lui-même. Peu importait qu'il ait failli y rester, qu'il soit en train de se geler les fesses dans une congère. Peu importait s'il mourait d'envie d'aller se réfugier à l'intérieur et de boire une petite bière. En regardant A.J., il se dit que ce sourire valait tout l'or du monde.

21

Après le dîner, Kim trouva Bo installé devant la cheminée, les mains derrière la nuque, un grand sourire las flottant sur ses lèvres. En l'observant à son insu depuis le seuil, elle sentit une vague de désir monter en elle.

« Je suis une idiote... », pensa-t-elle. A quoi bon se voiler la face ? Elle avait un faible pour les athlètes. Et cette espèce-là en particulier — cheveux longs, jambes interminables, la plus néfaste ! — avait toujours causé sa perte.

En prenant soin d'effacer de son visage tout indice de l'attrait qu'il exerçait sur elle, elle entra et alla se percher sur le bras du sofa.

— Tu as l'air drôlement content de toi...

— C'est ce que les Texans appellent un sourire de conquérant, expliqua-t-il. Et je l'ai bien mérité aujourd'hui, ma petite dame.

Il attrapa la télécommande pour mettre de la musique. La voix de Neil Young monta des baffles. Bo était un fan de la guitare à pédale, un instrument auquel Kim ne s'était jamais beaucoup intéressée jusqu'à ce qu'il la lui fasse découvrir.

— J'ai mal partout, voilà pourquoi je l'ai mérité. J'ai mal à des endroits de mon corps dont j'ignorais l'existence.

Elle se surprit à penser à ces « endroits ». Elle s'en voulait d'avoir de telles pensées, mais ne pouvait s'en empêcher.

— Le snowboard a ce genre d'effet, répondit-elle.

Il servit deux verres de liqueur de menthe et lui en tendit un.

— A toi, pour m'avoir forcé à vaincre ma peur.

Elle but une gorgée.

— En dehors de tes jérémiades, tu t'en es bien sorti.

— Et toi? Comment te sens-tu? demanda-t-il.

— Très bien, répondit-elle, agréablement fascinée par les flammes qui dansaient dans l'âtre. Une journée sur les pistes, ça me fait un bien fou. Comment va A.J.?

— Il dort à poings fermés. Tu as bien vu, au dîner. Il piquait du nez dans ses lasagnes. Il a eu du mal à se traîner en haut. Il a failli ne pas atteindre son lit, et il dormait avant que sa tête se pose sur l'oreiller. Mais c'est une bonne fatigue. Il s'est bien amusé, aujourd'hui.

— C'était l'objectif, non?

— Les choses se sont encore mieux passées que tu ne l'avais prédit. Ça faisait plaisir de le voir avec des enfants de son âge.

— Il est formidable, Bo. Tu dois être fier de lui.

— C'est le cas, même si je n'y suis pour rien. C'est grâce à Yolanda.

Kim garda le silence. Il était rare qu'il fasse allusion à elle en l'appelant par son prénom.

— C'est une bonne mère, cela ne fait aucun doute, ajouta-t-il. Elle l'a bien élevé. Le moins qu'on puisse dire, c'est qu'elle ne mérite pas ce qui lui arrive.

— Elle te sera reconnaissante d'avoir pris soin de lui aussi bien, j'en suis sûre.

— Je suppose. Je ne sais plus qui elle est.

— Mais tu l'as aimée, déclara Kim.

C'était une question, en un sens.

— Nous n'étions que des gamins. Mais oui, je l'ai aimée, comme des adolescents peuvent être amoureux.

— A-t-elle été la première… enfin, tu vois ce que je veux dire…

— Je te trouve bien curieuse, ce soir.

Elle avait envie de tout savoir sur lui, elle ne pouvait le nier.

— Alors?

— Bon, d'accord, elle n'était pas la première, répondit-il. Mais c'était la première fois que cela venait de moi. Et je ne t'en dirai pas plus, alors cesse de m'interroger.

— D'accord, mais fais-en autant.

— Je ne te poserai aucune question dans la mesure où ce qui compte pour moi, c'est toi *maintenant*. Je n'aurais jamais pensé que je remercierais quelqu'un de m'avoir traîné au sommet d'une montagne et forcé à dévaler les pistes en snowboard, mais, sincèrement, merci. Je n'avais jamais vu A.J. aussi heureux.

— Je t'en prie.

Il orienta son verre dans sa direction.

— Je lève mon verre à ta santé. Seulement, je ne peux pas le lever plus haut.

— Ton lancer va-t-il en souffrir?

Elle rit en voyant son expression.

— Et cela sert-il à quoi que ce soit de se plaindre? ajouta-t-elle.

— Je suis *blessé,* tout de même!

Elle ne put se retenir de l'examiner des pieds à la tête.

— Où ça?

— Partout. Surtout au… cou et aux épaules. Tu ne pourrais pas me faire un petit massage…

— Je pourrais, mais je ne vais pas le faire.

— Allez! Tu me masses, et puis ce sera mon tour. Je me rends compte de ce que j'ai l'air d'insinuer…

— Je n'ai mal nulle part.

— Moi si, et j'ai besoin d'aide. Ne sois pas si dure.

— Tu es un grand bébé, tu sais ça?

Elle se leva pourtant et alla se placer derrière lui pour pétrir avec douceur les muscles puissants de son cou et de ses épaules. Le prétexte étant que ce rapprochement suffirait peut-être à satisfaire ce stupide désir qu'elle éprouvait d'être près de lui, de le toucher. A l'instant où cette pensée lui vint à l'esprit, elle sut qu'elle se mentait à elle-même.

Bo soupira d'aise.

— Un grand bébé, tu as parfaitement raison…

Au lieu de l'apaiser, le contact de sa peau sous ses mains lui donna envie de choses qu'elle n'était pas censée désirer.

— J'ai du mal à croire que le snowboard t'ait endolori les épaules, dit-elle.

— Il y a des endroits où j'ai encore plus mal, répondit-il en penchant la tête en arrière pour la regarder. Mais ce serait discourtois de te demander de me masser là.

Elle oscilla légèrement vers lui malgré elle en espérant qu'il ne s'en était pas aperçu. Il avait pris une douche en rentrant, et sentait merveilleusement bon.

— Je ne pensais pas que la courtoisie faisait partie de tes soucis.

— En temps normal, non.

Comme si c'était la chose la plus évidente qui soit, il ajouta :

— Et puis je t'ai rencontrée, et maintenant j'y attache beaucoup d'importance.

Elle le lâcha et alla s'asseoir à l'autre bout du canapé. Ce devait être une nouvelle manière de courtiser les femmes — leur promettre de s'amender pour elles.

— Je suis à ta disposition, poursuivit-il.

Elle faillit s'étrangler en buvant une gorgée de liqueur.

— Pour quoi faire ?

— Tu es censée m'apprendre à être un gentleman, non ?

Bon sang ! Elle avait fait fausse route. Il n'était pas du tout en train de jouer les jolis cœurs, pas plus qu'il ne cherchait à s'améliorer dans le but de lui plaire. Il pensait à sa carrière. Evidemment. Elle aurait dû s'en douter.

— Pas ce soir.

Elle remonta ses genoux contre sa poitrine et noua ses bras autour. Mais, même dans cette position confortable où elle se sentait protégée, elle ne pouvait détourner son attention de sa bouche.

— Que peux-tu m'enseigner ce soir ? demanda-t-il en lui rendant son regard.

— Je croyais que tu étais fatigué. Que tu avais des courbatures.

— Ça va déjà mieux. Le massage m'a fait du bien. Je suis juste... Kimberly...

Il se leva et s'approcha d'elle, la piégeant en douceur dans l'angle du canapé. D'un côté, elle sentait la chaleur émanant de la cheminée. De l'autre, celle de Bo, tel un mur solide de chaleur. Il mettait à mal la promesse qu'elle s'était faite de lui résister.

Elle essaya pourtant. Vraiment, en serrant les poings, en le repoussant. Mais depuis le bain dans le Jacuzzi c'était encore plus difficile de garder ses distances. Ce geste de résistance ne fit apparemment qu'attiser son désir, tant et si bien qu'il s'empara de ses lèvres.

Elle justifia tant bien que mal cette impulsion. Peut-être ne perdrait-elle pas les pédales, cette fois, comme après la séance de photos. Elle allait s'apercevoir qu'elle avait eu tort de s'intéresser à lui. Ce ne serait pas la première fois qu'elle se serait laissé piéger par un beau visage. Il avait un programme chargé devant lui, beaucoup trop de choses en cours dans la vie, une kyrielle de priorités à faire passer avant elle. Alors à quoi bon ?

Il s'avéra que ce ne fut pas un baiser comme les autres, mais de ceux qu'elle préférait et qui sous-entendait : « J'ai envie de toi depuis l'instant où je t'ai vue pour la première fois. » Le flirt dans le Jacuzzi n'avait été qu'un prélude. Il était tendre, généreux, complètement honnête sur ses sentiments, même s'il ne s'exprimait guère verbalement. Il la serra dans ses bras tout en l'embrassant, lui prouvant son attirance avec chaque centimètre de son corps.

Elle avait la tête qui tournait, en proie à une passion pure, intense, qui n'avait rien à voir avec la séduction qu'exerçaient d'ordinaire sur elle ses petits amis — y compris Lloyd, dont le souvenir s'envola aussitôt comme une mince volute de fumée. Tous ses désirs passés étaient réduits en cendres quand elle embrassait Bo Crutcher. La première fois, elle avait pensé que c'était un coup du hasard, que le champagne, le clair de lune lui avaient embrouillé l'esprit, outre la clôture d'une journée de travail dans un secteur d'activités qu'elle adorait.

Elle ne pouvait plus nier qu'il se passait tout autre chose à cet instant. C'était tellement inattendu qu'elle s'écarta de lui en poussant un cri, écartelée entre l'envie de foncer vers la porte et celle d'en redemander. Une ultime impulsion faillit avoir raison d'elle. Ses membres s'alourdirent, et elle n'avait plus qu'une seule envie : se fondre en lui. Puisant dans ses dernières réserves de volonté, elle tenta une fois de plus de se libérer.

— Pas si vite, chuchota-t-il sans la lâcher. Je rêvais de t'embrasser de nouveau depuis l'autre jour, dans le Jacuzzi. Et je dois te dire que je ne suis pas déçu, ma chérie.

Elle essaya de nier la tendre affection qu'elle avait perçue dans sa voix.

— Ce n'est pas une bonne idée. Combien de raisons faut-il que je te donne ?

— Aucune, parce que ça n'y changerait rien, répondit-il avec aisance. Et j'ai menti. Il y a tout de même quelque chose qui m'a déçu.

Elle se libéra de son étreinte et s'assit, les bras croisés en bouclier sur sa poitrine. Voilà qu'il s'exprimait comme le genre d'homme auquel elle s'était juré de renoncer. Egocentrique. Critique — *hypercritique*. Vis-à-vis d'elle en particulier.

— Tu es déçu par moi, dit-elle.

— Par nous, rectifia-t-il.

— Je ne comprends pas.

Il sourit, puis déplia ses bras avec douceur. Il se pencha pour déposer un baiser sur sa bouche, le jeu taquin de ses lèvres sur les siennes érodant peu à peu toute résistance. C'était si bon qu'elle sentit ses doigts de pied se recroqueviller dans ses chaussettes en laine.

— Ne te méprends pas, mon cœur, j'aime flirter avec toi. Si je suis déçu, c'est parce qu'en fait je veux te faire l'amour.

Kim ne broncha pas, mais elle savait qu'elle était à deux doigts de céder à la folle envie d'arracher ses vêtements.

— Je trouve ça choquant, dit-elle d'un air faussement offensé.

— Choquant d'avoir envie de toi ou de te le dire?

— Les deux.

Elle s'aperçut qu'elle se cramponnait désespérément à lui. Elle réussit à lâcher prise pour le saisir de nouveau l'instant d'après. C'était de la folie, mais elle ne pouvait s'en empêcher.

— Allons dans ma chambre, chuchota-t-elle. Mais tu ne passeras pas la nuit avec moi. Et pas un mot à qui que ce soit.

— C'est le règlement?

— Oui, répliqua-t-elle, relevant le menton en un geste de défi.

Il émit un rire grave.

— Oui? Eh bien, j'ai quelques règles de mon cru à t'imposer.

Il allait tout gâcher en faisant l'imbécile. Tant mieux, pensa-t-elle. Du coup, elle ne serait plus attirée par lui et de cette manière personne ne souffrirait.

— Quel genre de règles? voulut-elle savoir.

— Règle numéro un : tu me dis comment tu veux que je te fasse l'amour. Je ne plaisante pas. Je veux savoir ce qui te plaît, et il faut que tu me le dises sans jouer les timorées. Si tu ne peux pas faire autrement, tu pourrais essayer de me le faire comprendre par gestes.

Il lui fit la démonstration en glissant les mains sous son chandail.

Totalement décontenancée, elle n'arrivait plus à parler ni à bouger.

— Règle numéro deux : il faut que tu acceptes qu'on ne s'occupe que de toi. Pas de réciprocité, rien de tout ça. Parce que, crois-moi, si je te fais l'amour, j'aurai déjà tout ce que je veux.

Avec une douceur étudiée, il baissa la main et déboutonna son jean.

— Règle numéro trois : pas d'orgasmes simulés. Je ne supporte pas ça. Je ne prends pas de raccourcis, et je ne suis pas pressé. Ce qui m'amène à la règle numéro quatre.

Il se pencha pour chuchoter, son souffle chaud lui caressant l'oreille.

Avant son ultime suggestion qui la fit rougir jusqu'à la racine des cheveux, elle pensait qu'elle avait encore des chances de lui résister. Plus maintenant. Elle ne se souviendrait même pas d'être sortie de la pièce, lui prenant la main pour l'entraîner en haut dans sa chambre. Elle avait à peine entendu le léger grincement des ressorts quand ils s'étaient laissés tomber sur le lit.

Il l'avait embrassée avec fougue, et elle avait cessé de penser. La journée passée dans le froid à s'activer énergiquement avait fini par avoir raison d'elle. Sans parler de l'effet lénifiant de la liqueur, étonnamment relaxante. Leurs corps paraissaient se souder parfaitement l'un à l'autre. Il était grand, chaud, et paraissait se satisfaire de rester là, allongé près d'elle, la serrant contre lui. Comme il l'avait promis, il ne lui fit aucune demande pressante, manifestant juste une affection étonnamment attendrissante.

— Qu'est-ce que c'est que ce pull? demanda-t-il en tripotant le devant.

Elle regarda ses mains remonter le long de son torse.

— Un prétexte pour que tu puisses me caresser.

— Non, je veux dire, oui, j'en ai bien l'intention. Mais en quoi est-il? C'est tellement doux…

— En angora.

— C'est agréable. Ça me rappelle une peluche géante que j'avais gagnée à un stand de tir.

Elle ne sut que penser de sa remarque, mais au final elle la fit rire.

— C'est la première fois de ma vie qu'on me traite de peluche géante.

— Je considère ça comme un compliment. Tout le monde aime les peluches. J'aime bien tes yeux verts, aussi. Ils me font penser à mon parfum préféré de Jelly Beans.

Il l'embrassa de nouveau, et elle le laissa faire en pensant que la nouveauté passerait peut-être, et qu'elle aurait moins désespérément envie de lui.

Il était pourtant en train de lui arriver une chose extraordinaire. Quelque chose à quoi elle ne s'était jamais vraiment attendue, qu'elle n'avait jamais ressenti auparavant. Ce n'était pas juste du désir, mais bien davantage : un sentiment de confort et de sécurité qui ne s'expliquait pas. Sentiment qui s'intensifia lorsqu'il se rallongea et l'attira contre lui, de sorte qu'ils s'imbriquaient l'un contre l'autre aussi précisément que les pièces d'un puzzle.

Il effleura sa tempe du bout des lèvres.

— On est bien.

— Mmm…, fit-elle.

— Aujourd'hui aussi, c'était bien, ajouta-t-il. Même si j'ai failli me rompre le cou. J'aime assez le snowboard en fait.

Elle prenait plaisir à sentir les vibrations de sa voix grave contre sa joue posée sur sa poitrine.

— Malgré toutes tes jérémiades, ça t'a plu ?

— Ça m'a fait plaisir d'entreprendre quelque chose de nouveau avec A.J., répondit-il. Et avec toi. Je t'aime bien. Beaucoup, même.

Elle soupira en souriant, les yeux fermés. Elle resta immobile quelques minutes, se laissant bercer par le rythme doux de sa respiration, tout en prêtant une oreille distraite aux sons rassurants de la vieille maison. La soufflerie émettait une douce vague de chaleur.

— On te dit probablement ça sans arrêt, reprit-il.

— On ne m'a jamais dit que mes yeux ressemblaient à des Jelly Beans verts, je te le jure.

— Tu as compris ce que je voulais dire.

Effectivement. Elle savait aussi que, même si elle vivait jusqu'à cent ans, elle ne ressentirait plus jamais ça. C'était étrange d'avoir une telle pensée, vu qu'elle n'était pas âgée. Et pourtant elle en était intimement convaincue. Cette idée l'attrista parce qu'elle avait envie de tellement plus qu'une aventure passagère avec lui… Elle voulait que cela dure toujours, et ce n'était pas possible.

— Moi aussi, je t'aime beaucoup, avoua-t-elle, en un murmure intime. Ça m'est tombé dessus comme ça… Je veux dire que je ne m'y attendais vraiment pas. Je pensais que tu serais comme tant d'autres de mes clients, obnubilé par ta personne, et pour tout te dire un saligaud. En définitive, tu t'es révélé être un brave type. Tu es gentil, et tu fais de ton mieux avec A.J. Tu me fais rire et…

Elle marqua un temps d'arrêt, pesant ses mots, se demandant si elle avait raison de lui avouer tout ça. Il était silencieux, il savait si bien écouter.

— J'aime ta manière de m'embrasser, reprit-elle. Non, je mens, là. En fait, *j'adore* la manière dont tu m'embrasses. Je crois bien que je suis amoureuse de toi, que je le veuille ou non.

Elle se réjouissait qu'il fasse aussi sombre et que le silence de la nuit soit si profond, pour dissimuler son fard et atténuer ses chuchotements. C'était plus facile de s'ouvrir à lui dans ces conditions. Elle s'étonna de s'entendre lui faire un tel aveu, mais maintenant qu'elle avait commencé elle ne pouvait plus s'arrêter.

— Je suis censée te coacher pour t'aider dans ta carrière, et c'est toi qui m'apprends quelque chose. Ou plutôt qui me rappelles quelque chose. A savoir que tous les hommes que je rencontre ne sont pas forcément des monstres insensibles.

Elle sourit dans l'obscurité, attentive aux palpitations de son cœur contre sa joue. Il sentait si bon, et savait précisément comment l'envelopper dans ses bras pour qu'elle se sente chérie, en sécurité. Il ne lui faisait que du bien.

— Tu es étonnamment doué pour écouter, ajouta-t-elle. J'espère que je ne te mets pas trop mal à l'aise en te dévoilant le fonds de mon âme ainsi.

En dehors de sa douce respiration et des battements réguliers de son cœur, il ne proféra pas un son. Kim se mordit la lèvre en fermant hermétiquement les yeux. Oh, mon Dieu! Elle en avait trop dit! Il n'allait pas lui répondre. Elle s'était montrée trop honnête, et de toute évidence elle lui avait fait peur. Il était sans voix. Horrifié, probablement.

— Je me suis lâchée trop vite, reconnut-elle. Ça fait probablement trop d'informations à la fois. C'est à cause de la liqueur. D'accord?

Silence.

— Bo?

Toujours pas de réaction.

Elle se fit violence pour s'extraire de la position confortable dans laquelle elle se trouvait, et se redressa à demi en s'accoudant sur le lit.

— Bo? As-tu entendu ce que je viens de te dire?

Elle distinguait vaguement ses traits à la faveur d'un réverbère qui jetait une lueur ambrée dans la chambre.

Il dormait à poings fermés.

— Pour l'amour du ciel…, murmura-t-elle. C'était la meilleure conversation que j'aie jamais eue avec un homme, et tu as roupillé tout le long! Pas étonnant que ce soit facile de te parler…

Il ne réagit pas. Il paraissait totalement détendu dans son sommeil. Vulnérable. Un peu enfantin. Plutôt que de s'amoindrir, son attirance pour lui ne fit que s'amplifier.

Très doucement, elle reposa sa tête sur sa poitrine.

— Me voilà dans de beaux draps, chuchota-t-elle en tirant la couette pour les couvrir tous les deux.

Bo rêvait qu'on l'avait amputé d'un bras. Le bras gauche. Celui dont il servait pour lancer. Dans son rêve, il n'en faisait pas grand cas. Ce n'était donc pas le cauchemar type de l'athlète perdant ses capacités. Il s'agissait d'autre chose. De quoi, il n'aurait su le dire.

Il émergea lentement de sa torpeur en serrant plus fort son oreiller tout doux, comme pour rester sous l'emprise d'un instant merveilleusement relaxant. Jamais il n'avait dormi dans un lit aussi moelleux, aussi chaud…

Un petit soupir s'élevant de l'oreiller fit voler en éclats le rêve du bras amputé. La seconde d'après, il était pleinement réveillé, les yeux grands ouverts.

Il s'était endormi. Comment était-ce arrivé, nom d'un chien ? Il avait finalement réussi à persuader Kimberly van Dorn de passer la nuit avec lui, et il s'était endormi sur-le-champ. Il ne pouvait même pas mettre ça sur le compte de la boisson. Pas cette fois-ci. Ils n'avaient bu qu'un petit verre. Pas une goutte de plus.

Son bras gauche était lourd comme la pierre, complètement engourdi.

En soulevant un peu la tête, il comprit pourquoi. Elle dormait au creux de son bras, blottie contre sa poitrine, une main posée sur son ventre.

C'était une grande première ! Il n'avait jamais dormi avec une femme sans coucher avec elle.

Voilà qu'il tenait Kimberly endormie dans ses bras. Il l'avait embrassée à en perdre le souffle, mais c'était tout. Il ne s'était rien passé d'autre.

Il n'en revenait pas. C'était une terrible erreur, de toute évidence. Elle lui avait donné sa chance, et il avait dormi comme un loir ! Il avait fait ça à Kimberly ! La seule femme qu'il voulait garder auprès de lui. En temps normal, les femmes ne faisaient que passer dans sa vie. Ils buvaient généralement un peu ensemble, ils riaient, ils faisaient l'amour, bien sûr, mais inévitablement elles finissaient par découvrir certaines choses à son sujet. Et par s'en aller. Il n'avait pas raté une occasion pareille depuis…

Il se prit à songer à un certain jour d'avril, quand il avait quinze ans. Il avait passé toute la journée seul à la maison, comme d'habitude. Sa mère était à son travail — cette année-là, elle vendait des cosmétiques Mary Kay et sillonnait la banlieue avec une trousse d'échantillons dans le coffre de sa voiture. Stoney avait filé quelque part avec sa dernière « protectrice » en date. C'était ainsi qu'il appelait les femmes plus âgées que lui avec lesquelles il sortait, des femmes qui lui donnaient de l'argent et le laissaient conduire leur Cadillac quand il voulait.

Ce jour lointain d'avril, Shasta Jamison, une amie de sa mère, était passée à l'improviste, comme cela lui arrivait de temps à autre. Les deux femmes se connaissaient depuis très longtemps, c'est du moins ce qu'elles affirmaient, mais quand Bo demandait ce que cela voulait dire elles se contentaient de lui répondre vaguement : « Depuis toujours. »

Shasta était jolie, dans le style fumeuse fatiguée. Elle avait les cheveux décolorés, une agréable silhouette. Bo la trouvait un peu triste. Trop seule. Il lui arrivait d'avoir une meurtrissure louche sur le visage. Peut-être était-ce parce qu'elle avait mal aux côtes qu'elle bougeait aussi lentement. Elle était amoureuse de l'amour, c'est ce que disait la mère de Bo. En attendant, elle s'entichait toujours de types qui la malmenaient.

Ce jour-là, elle portait un sweat-shirt alors qu'il faisait une chaleur étouffante. La fermeture Eclair était largement ouverte, dévoilant un haut de maillot rouge tendu sur une opulente poitrine. En voyant ces seins hâlés tout luisants, il avait eu l'eau à la bouche.

En faisant de son mieux pour ne pas fixer ce décolleté, il avait baissé le volume de la musique en disant :

— Maman n'est pas là. Je ne sais pas à quelle heure elle rentrera.

— J'ai le temps, avait-elle répondu. Je vais l'attendre.

— Euh… d'accord, mais vous risquez d'attendre longtemps.

— Fais comme si je n'étais pas là.

Plus facile à dire qu'à faire ! Il était en train de lire un livre sur la psychologie des sportifs tout en écoutant les Talking Heads. Ce serait mal élevé de s'y remettre tant que Shasta était là.

— Je ne faisais rien de spécial.

Son regard avait dérapé, et il s'était empressé de corriger son angle de vision en espérant qu'elle n'avait rien remarqué.

Elle avait remarqué. Et descendu sa fermeture Eclair d'un ou deux centimètres supplémentaires.

— Tu as le droit de regarder, avait-elle dit en faisant un pas vers lui. Ça ne me gêne pas.

Elle allait lui attirer des ennuis. Pas besoin d'être un génie pour le savoir. Mais il ne pouvait pas s'empêcher de la dévorer des yeux.

Elle n'avait rien contre, de toute évidence, comme elle le lui fit comprendre en se frottant sensuellement le bras de bas en haut, avant d'effleurer sa lèvre inférieure du bout des doigts.

— Tu as le droit de toucher aussi, avait-elle susurré en se rapprochant encore de lui.

— Madame, je…

— Ne m'appelle pas « madame ». Ça me donne l'impression d'être vieille. Je n'aime pas ça.

— Oui, mad…, d'accord.

Il avait la voix grave, mais vu sa nervosité elle remontait à la fin de chaque phrase.

En souriant, elle avait posé une main sur sa poitrine, puis s'était hissée sur la pointe des pieds pour lui déposer un baiser sur la joue. Il avait senti le parfum des cigarettes fumées des heures plus tôt, mêlé à l'arôme plus récent d'un bonbon à la menthe. Son odeur, alliée au mouvement délicat de ses lèvres qui lui effleuraient la joue, était si sexy qu'il avait senti ses genoux se dérober sous lui.

— Tu as tellement grandi…, avait-elle murmuré. Tellement.

Comme si elle avait lu dans ses pensées, elle avait gloussé en le poussant doucement en direction de sa chambre. Une petite pièce bien rangée, car il avait horreur d'égarer ses affaires. Il avait épinglé des posters de Nolan Ryan et de Randy Johnson au mur, et ses trophées de la petite ligue étaient alignés sur l'étagère au-dessus de son lit.

Shasta l'avait embrassé à pleine bouche, en fourrant sa langue entre ses lèvres. Bo s'était enflammé, chaque extrémité nerveuse de son être en proie à un besoin qu'il n'avait jamais ressenti auparavant. Des mains aux doigts légers avaient suivi le contour de ses épaules, puis s'étaient acheminés vers le bas, faisant le tour de la ceinture de son pantalon avant de défaire le bouton du haut. Des sirènes s'étaient déclenchées dans sa tête, submergeant tout le reste. Ses mains à lui, maladroites et fébriles, cherchaient ce qu'elles devaient faire. Il avait rencontré la fermeture Eclair du sweat-shirt et l'avait fait descendre avec une lenteur infinie jusqu'à ce que le vêtement s'ouvre, exposant le soutien-gorge à balconnet.

Il avait passé des heures à imaginer comment cela se passerait, la première fois. La réalité n'avait rien à voir avec ce qu'il avait imaginé. C'était... époustouflant. C'était la chose la plus grandiose qui lui soit arrivée, encore mieux que le point décisif qu'il avait marqué à l'Astrodome quand il avait douze ans. Il n'arrivait pas à croire qu'elle le laissait faire ça. C'était un ange, une déesse, un rêve devenu réalité.

Il avait noué ses mains tremblantes autour de sa taille et remonté jusqu'à ses épaules, caressant sa peau d'une douceur infinie. Quand il avait senti qu'il était sur le point de perdre le contrôle de lui-même et de se ridiculiser, il lui avait saisi les deux bras pour ne pas perdre l'équilibre. Elle avait fait la grimace en poussant un petit cri — de douleur, et non de plaisir.

Le doute l'avait submergé alors comme un seau d'eau glacée. Il avait reculé d'un pas, le souffle court.

— Nom d'un chien, je vous ai fait mal?

— Quoi?

Elle avait levé les yeux vers lui, les paupières mi-closes.

— Non, chéri, ce n'est rien.

Aussi doucement que possible, il l'avait prise par la main, orientant son bras vers le rai de lumière qui filtrait entre les rideaux. Dans la partie la plus tendre du haut de son bras, elle avait un bleu net, de la taille d'une grande main.

— Qui est-ce qui vous a fait ça? avait-il demandé.

Elle avait ri d'un air méprisant.

— Ça n'a pas d'importance. Revenons-en à ce que nous faisions.

Une partie de son être, totalement déchaînée, ne demandait

que ça. Mais quelque chose avait fait taire les sirènes dans sa tête et remis sa cervelle en branle.

— On ne peut pas faire ça, madame, avait-il dit.

Elle l'avait dévisagé. A sa grande consternation, ses yeux s'étaient remplis de larmes. Elle lui avait paru vieille, tout à coup, et tellement triste, attendant désespérément quelque chose de lui. Pas seulement du sexe. De la compréhension, du réconfort, et des centaines d'autres choses qu'il n'était pas à même de lui donner.

— Qu'est-ce que tu racontes? Tu en as envie, tu le sais! Tu en crèves d'envie. Je n'avais pas senti une érection pareille depuis le lycée.

Il avait les joues, les oreilles en feu.

— Madame Jamison, on sait tous les deux que ce n'est pas bien de faire ça.

— Il n'y a pas de mal à se faire du bien, avait-elle répliqué. Tu ne le savais pas, ça? Tu ne comprends pas?

Son insistance avait quelque chose d'effrayant.

— Pas « mal » dans ce sens. Je veux dire que ça n'arrangera pas ça, avait-il répondu en désignant la meurtrissure.

— Pauvre petit con! avait-elle explosé d'un ton coupant comme une lame. Qu'est-ce que tu en sais?

— Désolé, madame. Je ne voulais pas vous manquer de respect.

— Ferme-la, tu veux.

D'un geste brutal, elle avait récupéré son haut sur le lit, enfoncé ses bras endoloris dans les manches. En pleurant sans retenue, les traits tordus.

— Tu es un imbécile, tu sais ça? Tu as fichu en l'air un après-midi agréable. Et, crois-moi, je ne suis pas près de te le proposer une deuxième fois!

Il n'avait pas su quoi dire d'autre. Il était un imbécile, en effet : chaque cellule surexcitée de son corps le lui disait. Mais il était incapable, parfaitement incapable de coucher avec Mme Jamison, tant qu'elle était aussi triste et aussi meurtrie. Ce serait injuste, quoi qu'elle en puisse en dire.

Il avait au moins appris quelque chose. Il avait appris, si incroyable que cela puisse paraître, que faire l'amour n'était pas la réponse à tous les problèmes. Ce qu'il trouvait carrément bizarre, vu qu'il ne pensait qu'à ça ! En entendant Shasta claquer la portière de sa voiture, puis lancer le moteur avec rage, il avait eu de la peine pour elle. Conscient de ne pas pouvoir l'aider, il s'était senti déprimé.

En sentant la femme lovée contre lui à cet instant, il s'interrogeait encore sur l'incidence que cet après-midi-là avait eue sur lui. Et s'il avait réagi différemment ? Accepté ce qu'elle lui proposait ? S'il lui avait donné... quoi ? Il avait quatorze ans et une érection de tous les diables ! Il n'avait strictement rien à lui donner.

Cela remontait à des lustres, mais de temps en temps — comme à cet instant — il se demandait s'il avait appris quoi que ce soit sur les femmes. Qu'avait-il à offrir à Kimberly ? Devait-il se défiler tout de suite, avant qu'il ne soit trop tard ?

Il faisait encore nuit. Les chiffres verts d'une pendule numérique, flottant dans l'obscurité à l'autre bout de la pièce, indiquaient 5 : 47. A.J. devait encore dormir. Il ferait bien d'aller se glisser dans son propre lit, où il aurait dû être.

Si ce n'est qu'il se sentait merveilleusement bien où il était. Il resta quelques minutes sans bouger, répugnant à réveiller Kim et à briser le nid de chaleur créé par leurs corps confortablement enlacés. Elle était si douce, et sentait si bon... La tentation de l'embrasser, de terminer ce qu'il avait commencé la veille au soir, le brûlait à l'intérieur comme un feu de forêt.

« A.J. », se rappela-t-il. Pas question qu'il découvre son absence en se réveillant. Bo glissa lentement sur le côté, en prenant mille précautions, extirpant son torse et ses épaules en s'efforçant de les remplacer par des oreillers au fur et à mesure. Inévitablement, Kim remua et finit par se réveiller.

Il se sentit bêtement flatté quand sa première impulsion en

s'arrachant au sommeil fut d'attraper sa chemise, comme pour le garder près d'elle.

Il perçut l'instant où elle se souvint de la position dans laquelle ils étaient. Elle se raidit et poussa un petit cri en se redressant sur le lit.

— Salut, dit-il.

— Salut.

— Je... euh... je suis désolé de t'avoir réveillée. J'aurais voulu éviter. Je comptais monter, enfin, tu sais... avant qu'A.J. se réveille.

— Bien sûr, évidemment, c'est ce qu'il y a de mieux à faire.

Une faible lueur s'insinuant par la fenêtre nimbait sa silhouette. Elle leva le bras, se passa la main dans les cheveux, les ébouriffant d'une manière qu'il trouva incroyablement sexy.

— C'est ce que j'ai pensé aussi. Bon, alors...

Il se leva, glissa ses pieds dans ses Chuckies, le seul article vestimentaire qu'il avait enlevé la veille au soir !

— Je ferais mieux d'y aller.

— D'accord.

Il y eut un temps d'arrêt.

— Bo ?

— Oui ?

— Te souviens-tu du moment où tu t'es endormi hier soir ?

Il se racla la gorge.

— A peine. Je suis tombé comme une masse. Ça ne m'est jamais arrivé auparavant, je te jure. Le snowboard m'a mis sur les rotules.

— Tu t'es endormi tout de suite, alors.

— Oui.

Que fallait-il qu'il fasse ? S'excuser ? Il s'en voulait à mort de ne pas lui avoir fait l'amour, mais il doutait que ce soit le genre d'excuses qu'elle avait envie d'entendre. Mieux valait faire comme s'il ne s'était rien passé.

— Dans ce cas, tu n'as pas vraiment suivi la conversation, ajouta-t-elle discrètement.

— La conversation ?

— Unilatérale. Je pensais à haute voix.

Ça alors ! Il n'avait pas la moindre idée de ce qu'elle avait pu lui raconter. Il avait raté sa chance, apparemment.

— Je suis tout ouïe, maintenant.

Elle secoua la tête.

— Pas grave. Ce n'était pas important.

Un frisson le parcourut. *Ce n'est pas important.*

— Selon mon expérience, quand une femme dit ça, ça veut dire exactement le contraire.

— Tu fais exprès d'être blessant, ou ça te vient naturellement ?

— Ce que je dis n'a rien de blessant.

— Vu que je me sens blessée, ça doit bien être le cas. Ça marche comme ça.

Dieu qu'elle était difficile ! Une vraie tête de mule ! Pourquoi fallait-il qu'elle lui donne du fil à retordre à ce point ?

— Pour ta gouverne, dit-il, sache que c'est la première fois que ça m'arrive. D'ordinaire, quand je passe la nuit avec une femme, on fait des tas de choses à part dormir.

— Pour ta gouverne, répéta-t-elle d'un ton moqueur, je n'en ai rien à faire de tes conquêtes précédentes.

— Pardon…

Il se racla la gorge.

— Je… euh… je ferais mieux de monter, reprit-il, convaincu qu'elle serait épouvantée s'il lui avouait ce qu'il avait à l'esprit. Tu sais, au cas où A.J. se réveillerait…

— Certainement.

— Alors à tout à l'heure.

— A tout à l'heure.

Il avait envie de lui dire une foule d'autres choses. Qu'il avait adoré dormir avec elle. Bien sûr, il aurait donné cher pour lui faire l'amour, mais, à défaut, le simple fait de dormir à côté d'elle lui avait procuré un sentiment d'intimité qu'il n'avait jamais connu auparavant avec une femme. Tandis que, debout à côté du lit, il la regardait, gracieux enchevêtrement d'ombres dans le clair-obscur, une vérité s'imposa brutalement à lui : il pouvait tomber amoureux de cette femme. Eperdument amoureux. Peut-être en avait-il déjà pris le chemin. Restait à savoir si c'était une bonne idée.

22

Kim n'avait pas envie d'attendre que Bo revienne du gymnase. Aussi sauta-t-elle dans sa voiture en emportant le tas de mails et de messages qui lui étaient destinés. Chaque journée apportait son lot de préparatifs supplémentaires en prévision de l'entraînement du printemps. Elle se sentait de plus en plus enthousiaste. Il en était toujours ainsi quand elle se lançait dans un projet. Mais cette fois-ci cela ne s'arrêtait pas là. Il y avait Bo en plus, qui la rendait folle. Elle pensait à lui sans arrêt. Il était parti depuis deux heures, et lui manquait déjà! Le courrier qu'elle lui apportait n'était qu'un prétexte.

Les photos prises au camp Kioga s'étaient révélées encore meilleures qu'ils ne l'avaient espéré. Tirées avec art par Daisy, et présentées comme il convenait pour les médias par Kim, elles avaient largement contribué au succès du book du nouveau joueur. Divers organes de presse avaient manifesté un vif intérêt. En définitive, Kim avait accordé une exclusivité temporaire au magazine du dimanche du *New York Times*, qui offrait la meilleure diffusion et proposait le plus grand nombre de pages — y compris une couverture et un reportage spécial par l'une des journalistes fétiches de la rédaction, Natalie Sweet.

Les photos avaient fait sensation. Du jour au lendemain, tout le monde voulait savoir qui était Bo Crutcher et où il avait été pendant tout ce temps-là. L'article était parfait, même si le texte avait été réduit au minimum, de manière à laisser les images raconter toute l'histoire.

La couverture s'accompagnait d'un titre somme toute prévisible, mais néanmoins percutant : « La comète de l'homme des glaces ». Ils avaient choisi une photo des plus inattendues, celle de Bo lançant une boule de neige devant la cascade figée par la glace. Quant à l'article, il mettait en avant son franc-parler, son engouement de toujours pour le base-ball et ses talents particuliers de lanceur gaucher. On s'était abstenus de mentionner que son enrôlement n'était au départ qu'une stratégie destinée à permettre à l'équipe d'effectuer un transfert à la mi-saison. Kim avait insisté pour qu'on élude ce détail, et elle avait eu gain de cause. L'article donnait l'impression générale d'un sujet fascinant traité avec style.

Preuve que cette publicité avait eu l'impact escompté, la messagerie du portable de Bo et sa boîte de réception avaient manqué d'exploser.

Kim le trouva à l'endroit habituel sur le terrain de handball qu'on avait équipé d'un filet afin qu'il puisse effectuer ses soixante lobs quotidiens. Le dos tourné à la porte, il ne l'avait pas vue arriver. Elle attendit quelques minutes, se bornant à le regarder. Et c'était un régal de le voir, en short et T-shirt déchiré, avec son bandana autour du front. Il expédiait la balle avec une grâce et une puissance à couper le souffle. La concentration, l'intensité semblaient faire de lui quelqu'un d'autre, un être nanti de facettes multiples qu'elle n'avait même pas commencé à explorer.

Ecartant de son esprit un fantasme inopportun, elle se racla la gorge.

— J'apporte le courrier, dit-elle. Je viens de passer à la poste vérifier la boîte.

Il se retourna et lui décocha ce sourire irrésistible qui avait la faculté de lui valoir des légions de fans.

— J'étais sur le point d'arrêter.

Il attrapa une serviette et ils s'assirent ensemble sur un banc pour passer le courrier en revue. Elle fit de son mieux pour ne pas se laisser distraire par l'odeur suave de sa sueur, qu'elle trouvait follement sexy.

L'essentiel de la correspondance était flatteuse et valorisante. Il y avait un certain nombre de lettres un peu bizarres.

— Encore une proposition de rendez-vous, dit-il.

— Celle-ci est libellée de manière plutôt... créative, répondit-elle en désignant la grande enveloppe qu'il venait d'ouvrir.

— Du jamais-vu, reconnut-il en désignant l'invitation rédigée sur une petite culotte. Tu savais que ça allait arriver?

— Le coup de la petite culotte, je ne l'avais pas prévu. Nous voulions faire sensation dans la presse... Et tu sais quoi? Ça a marché.

— Marché... Comment ça? Désolé si je te semble obtus, dit-il en jetant sa serviette autour de son cou. Je suis un peu étourdi par toute cette attention.

Elle lui tendit un message de son agent. Gus Carlisle était au courant du projet depuis le départ et avait chaleureusement approuvé le travail accompli par Kim jusque-là.

« Bravo, monsieur l'homme des glaces. Tu vas à la réception chez Pierre. C'est uniquement sur invitation, et on n'y est pas convié à moins qu'on s'intéresse à toi de très près.»

— J'ai attendu toute ma vie qu'on veuille bien s'intéresser de très près à moi.

Même si elle savait qu'il avait prononcé ces mots d'un ton qui se voulait léger, elle sentit une boule lui obstruer la gorge.

— Tu as fini d'attendre, dit-elle en s'efforçant d'empêcher sa voix de trembler.

Elle adorait cette phase de son travail, lorsque le rêve de quelqu'un devenait réalité. En même temps, elle avait déjà vu des hommes comme lui, des athlètes talentueux, passer du jour au lendemain de l'obscurité à la notoriété. Ils ne s'en sortaient pas tous très bien.

En feuilletant des documents de presse, Bo tomba sur son CV.

— Tu es diplômée en journalisme télévisé.

— Ça te surprend?

— D'USC.

— Effectivement.

— Comment se fait-il que tu ne passes pas à la télé ?

— C'est le cas, en un sens. Quand je forme un client pour les médias.

— Je te parle de toi. Devant la caméra, ou un micro, au moins. Couvrant les événements sportifs ou d'autres… Ne me dis pas que tu n'y as jamais pensé.

— J'en ai fait un peu, en stage. Ça m'a beaucoup plu, mais il fallait que je gagne des sous, et c'est ce que la boîte de relations publiques m'a proposé.

— Et maintenant… ?

— Maintenant, ma mère a besoin de moi. Je ne peux pas aller battre la cambrousse à Tombouctou, au service d'une agence de presse, en concurrence avec des journalistes frais émoulus.

— Ça ressemble à un prétexte.

Elle lui prit son CV des mains.

— Tais-toi et continue d'ouvrir ton courrier.

— J'ai une meilleure idée.

Il la souleva dans ses bras et la fit virevolter tout en plantant un long baiser fougueux sur ses lèvres. Dès qu'il la libéra, elle regarda autour d'elle pour s'assurer que personne ne les avait vus. Ils gardaient secrète leur relation, si mal définie pour l'instant. Pas parce qu'ils en avaient honte, mais parce qu'elle était nouvelle, et fragile, comme quelque chose qui risquerait de s'envoler si on l'observait de trop près.

Le point d'orgue du carnaval d'hiver d'Avalon était une grande fête organisée à la caserne des pompiers. On y servait à boire et à manger, et des groupes de musiciens de la région s'y mesuraient lors d'un concours qui donnait lieu à une collecte de fonds. Kim s'y rendit en compagnie de sa mère, de Daphné et de Dino. Alors qu'elle confiait son manteau à l'employée du vestiaire, à l'entrée, une vague d'appréhension la prit au dépourvu.

— Que se passe-t-il ? demanda sa mère en tendant sa veste en laine à la préposée.

Vêtue d'une robe fuchsia toute neuve, elle était particulièrement jolie ce soir-là, le regard pétillant, les joues roses. Sa nouvelle vie dans cette petite bourgade semblait vraiment lui convenir.

— Rien. C'est juste… En fait, ce n'est pas rien. Il se passe tellement de choses…, avoua-t-elle. Je ne m'attendais vraiment pas à ça. Je pensais venir panser mes plaies et puis repartir, mais ça ne s'est pas du tout déroulé ainsi.

— Il est arrivé ce qui devait arriver, lui répondit sa mère en lui effleurant la main. Et je m'en réjouis, Kimberly.

Kim lui était reconnaissante de son soutien tranquille, inaltérable. Elle en avait bénéficié toute sa vie, mais jusqu'à une date récente elle n'avait pas mesuré à quel point il comptait dans sa vie. Bo Crutcher n'avait pas été son unique souci, cet hiver. Elle avait pris un engagement vis-à-vis de sa mère. Elles étaient plus proches que jamais, et le niveau de compréhension qu'elles avaient atteint l'incitait à se sentir à la fois plus courageuse et plus vulnérable. Elle résolut d'être franche avec elle jusqu'au bout.

— C'est la première fois que je sors depuis cette ultime réception désastreuse à Los Angeles, dit-elle. Je me rends compte que ce n'est pas du tout la même chose ici, mais je viens de ressentir une drôle d'impression.

— Très désagréable, à en juger d'après ton expression, remarqua sa mère en passant son bras sous le sien. Ne t'inquiète pas. Je veille sur toi, ma chérie.

Elles pénétrèrent dans la salle, bras dessus bras dessous. Une estrade occupait un angle de la pièce, avec au mur une bannière ornée d'un logo qui sautait aux yeux : « Industries O'Donnell ». Le propriétaire des Hornets sponsorisait la soirée, et il était évident que Penelope avait raison — ce n'était pas le type de réception auquel Kim était habituée. Les gens ne cherchaient pas à se donner un genre, pas plus qu'ils ne se bousculaient pour se faire remarquer. L'ambiance était détendue. Une énorme cheminée jetait des lueurs chaleureuses dans la salle. De longues tables étaient garnies d'une multitude de plats ; il y avait du café et du vin chaud à profusion.

Kim aperçut A.J. en compagnie de ses nouveaux copains. Elle reconnut Vinny Romano, ainsi que Tad. Ils rôdaient autour du buffet, se donnant des coups de coude tout en grignotant. Elle croisa son regard et lui fit un petit signe. Son sourire briserait des cœurs un jour, comme celui de...

— Hé, Kim, par ici ! lança Daphné. Viens que je te présente à mes sœurs.

Emily, Taylor et Martha McDaniel étaient âgées respectivement de neuf, dix et onze ans.

— Tu nous manques, à la maison, Daffy, déclara Emily, la plus jeune. Quand est-ce que tu reviens ?

— Difficile à dire, Em. Je n'ai pas vraiment de projet.

— Papa aussi, il aimerait bien que tu reviennes, renchérit Martha.

— Il n'a qu'à le dire, répondit Daphné, se parlant en partie à elle-même. Mais il n'en fera rien.

Puis elle s'anima.

— Hé, on est ensemble, ce soir, et on va s'amuser comme des petites folles !

— D'accord, lança Emily.

— Kim est nouvelle. Il va falloir que vous la présentiez à tout le monde. Elle travaille avec Bo Crutcher, le gars des Hornets. Elle va l'aider à devenir une star du base-ball.

— Papa va nous apprendre à comprendre les matchs, annonça Taylor.

— Ce n'est pas très compliqué, répondit Kim. J'adorais le base-ball, quand j'avais ton âge. Je continue d'ailleurs à me passionner pour ce sport.

— Tu es dingo, déclara Daphné. Comme la plupart des fans de sports. C'est vrai, pourquoi investir tant d'émotion dans une équipe ? C'est un moyen sûr d'avoir le cœur brisé.

— Il y a des tas de moyens d'avoir le cœur brisé, souligna Kim.

Elle se tourna vers les sœurs de Daphné. Ecoutez, on regardera quelques matchs d'avant la saison ensemble, d'accord ? Elles hochèrent énergiquement la tête toutes les trois. Daphné les envoya attendre que le concours de musique commence. Kim fut surprise et ravie de reconnaître autant de visages. Dès qu'elle la vit, Daisy Bellamy se précipita vers elle.

— J'espérais que vous seriez là, dit-elle, tout sourires. Bonsoir, madame Van Dorn.

— Bonsoir, Daisy. Et félicitations pour vos photos. Le magazine les a magnifiquement mises en valeur.

— C'est grâce à Kim.

— Ça ne se serait pas fait sans les photos. Nous formons une équipe, à nous tous, dit Kim.

La joie de Daisy faisait plaisir à voir. Kim savait l'effet que cela faisait de trouver une niche dans sa carrière. Il y avait longtemps qu'elle n'avait pas connu ça, mais elle se souvenait encore de ce qu'elle avait éprouvé à l'époque où elle était stagiaire à la télévision et suivait un reporter sportif dans des vestiaires embués pour interviewer les joueurs.

— Votre cousine Olivia est là ? reprit-elle. Je voulais la remercier de nouveau de nous avoir donné accès à ce site incroyable pour la séance.

— Elle avait l'intention de venir, répondit Daisy, mais elle est allée voir sa sœur à l'hôpital de Kingston. Jenny et Rourke ont eu une petite fille hier soir.

Elles levèrent leur verre à la santé de la nouvelle arrivée, puis Kim se tourna avec intérêt vers l'homme qui accompagnait Daisy. Elle se sentait une certaine affinité avec lui — un roux, comme elle. Il avait des yeux rieurs, et regardait Daisy avec une évidente adoration.

— Voici Logan O'Donnell, dit Daisy. Le papa de Charlie.

Ils n'étaient peut-être pas ensemble, après tout. C'est ce que laissaient entendre le ton de Daisy et le choix de ses mots. Et plus encore la tristesse presque tangible qui émanait d'eux. Ce devait être incroyablement difficile, de partager un enfant tout en vivant séparés. Kim comprit, d'une certaine manière, pourquoi la mère d'A.J. avait maintenu Bo à l'écart.

— J'aurais dû m'en douter à la couleur des cheveux, dit-elle. Vous avez un magnifique petit garçon.

Elle était sincère. Elle avait vu Charlie plusieurs fois lors de ses rencontres avec Daisy au sujet des photos. C'était un très beau bébé, le genre d'enfant qui incitait les femmes de son âge à rêver d'en avoir un elles-mêmes. Elle désigna la bannière derrière le podium.

— O'Donnell Industries, est-ce votre société ?

— Celle de mon père.

Il allait ajouter quelque chose quand une annonce jaillit des haut-parleurs sur l'estrade.

— Mesdames, messieurs... Voici les premiers candidats de notre concours — un pur produit musical d'Avalon, l'Inner Child.

La foule poussa des exclamations quand les lumières s'allumèrent. L'apparition du groupe eut raison des derniers doutes qui avaient assailli Kim à propos de la soirée. Son enthousiasme devait transparaître, car sa mère la poussa doucement vers le devant de la salle.

— Vas-y, lui chuchota-t-elle à l'oreille. Je sais que tu étais impatiente de les entendre.

Kim hocha la tête et se rapprocha de la scène. Elle salua plusieurs personnes au passage, étonnée de voir que tant de visages lui étaient familiers. Elle avait trouvé quelque chose d'inattendu dans cette ville : un sens communautaire. Une atmosphère chaleureuse régnait au sein de l'assemblée. Les gens se voulaient mutuellement du bien. Elle tomba sur Sophie Bellamy-Shepherd, souriant fièrement à Noah, le batteur du groupe.

— C'est la première fois que je les vois se produire, lui dit Kim.

— Vous allez être impressionnée, je pense.

A.J. se trouvait déjà devant, juste au pied de l'estrade, avec un groupe de copains. Kim et Sophie les observèrent tandis que les

331

musiciens accordaient leurs instruments avant de faire quelques riffs rapides.

— Comment va-t-il ? demanda Sophie.

— Il garde beaucoup de choses pour lui, répondit Kim.

Elle sentit une vague d'émotion monter en elle tandis que son regard s'attardait sur l'enfant, les yeux rivés sur son père.

— Il donne le change, mais il a besoin de sa mère, Sophie, poursuivit-elle. On ne peut pas le nier. C'est comme si la lumière en lui s'affaiblissait de jour en jour, malgré tous les efforts que Bo déploie pour entretenir sa bonne humeur. Là, il s'amuse, mais demain, quand il se réveillera, sa mère lui manquera plus que jamais.

— Elle doit souffrir le martyre, elle aussi, souligna Sophie. Avant de venir m'installer à Avalon, j'ai vécu loin de mes enfants, et c'est la chose la plus pénible que j'aie eu à endurer dans ma vie. J'aimerais pouvoir vous assurer que tout sera bientôt réglé, mais le système fonctionne si lentement... C'est insoutenable. Pour l'heure, l'ordonnance d'appel en urgence s'est perdue quelque part au tribunal, ce qui m'incite à me demander quel sens ils donnent au mot « urgence ».

Kim s'était penchée d'un peu plus près sur la situation depuis quelque temps, si bien qu'elle avait une meilleure idée du bourbier qu'était le système d'immigration. Cela faisait partie des choses auxquelles elle n'avait jamais vraiment réfléchi jusqu'alors. Jusqu'à ce que cela affecte la vie d'un enfant auquel elle tenait.

— Certains de mes clients ont eu des démêlés avec les services d'immigration, dit-elle. Sans vouloir paraître sceptique, il semblerait que les athlètes de haut niveau aient moins de fil à retordre avec le DSI que le commun des mortels.

— Oui. Cela paraît assez évident.

— L'un d'eux a bien failli être renvoyé, pourtant. Un joueur de base-ball originaire de la République dominicaine. Pico — cela faisait des années que je n'avais pas pensé à lui.

— Qu'est-ce qu'il est advenu de lui ?

— J'ai travaillé avec lui quand j'étais stagiaire dans la firme où j'ai finalement été embauchée. Raul de Gallo — il faisait partie d'une des équipes de ligue mineure des Dodgers. Ses camarades l'avaient surnommé Pico de Gallo, à cause de sa taille. Il était très prometteur, mais ses démêlés avec les services d'immigration le mettaient dans un état tel que ses performances s'en trouvaient affectées. Et puis, au moment où il était sur le point d'être reconduit à la frontière, la décision a été cassée.

— Vous vous souvenez du motif?

— Cela avait quelque chose à voir avec sa mère, je crois. Il s'est avéré qu'elle était née dans les îles Vierges, ce qui lui permettait de faire valoir ses droits pour une naturalisation. C'est le souvenir que j'en ai gardé, en tout cas.

— Nous faisons des recherches sur les antécédents familiaux de Yolanda Martinez. L'étude de ces archives est un cauchemar supplémentaire.

— Je veux continuer à espérer, dit Kim.

— Ça va commencer, lança Sophie en désignant la scène.

Kim était aussi fascinée qu'A.J. semblait l'être. L'improbable groupe se composait de Bo, à la basse, de Noah, à la batterie, d'un policier du nom de Rayburn Tolley, au clavier, et du guitariste et chanteur, Eddie Haven. Bo soutenait qu'Eddie était le seul vrai musicien de la bande, et ce dernier le prouva en donnant une interprétation enlevée de *When I come around* de Green Day.

La grande surprise, c'était Bo Crutcher. Il avait le look de l'emploi, avec son jean reprisé, son T-shirt noir et son bandana sur le front. Ses grandes mains tenaient la basse avec assurance, et son visage était l'image même de la concentration. Kim pensait beaucoup à ces mains depuis quelque temps — à l'effet qu'elles lui faisaient quand elles la touchaient, alliant irrésistiblement force et tendresse. Elle avait écrit à leur sujet, qui plus est, dans les textes qu'elle avait rédigés pour accompagner son book. Les mains d'un lanceur étaient des instruments de précision ; elles faisaient partie de la subtile alchimie du lancer, entre la manière instinctive de tenir la balle, les doigts caressant les coutures incurvées dans une position parfaite, la lâchant précisément au bon moment avec une puissance maximale. Elle les regardait à présent courir sur les cordes de la basse avec tout autant de délicatesse.

Elle s'aperçut qu'elle lui souriait sans pouvoir le quitter des yeux, surtout quand A.J. et ses copains se déchaînèrent en dansant en rythme avec la musique.

A la fin de la chanson, pendant les applaudissements, elle se pencha vers Sophie.

— Je ne savais pas trop à quoi m'attendre. Et vous aviez raison. Je suis agréablement surprise.

— Ils ne remporteraient probablement pas un Grammy Award, répondit Sophie en hochant la tête, mais ils sont amusants à regarder.

Le morceau suivant était un slow magnifique, si romantique que Kim en eut la gorge serrée.

— Qu'est-ce que c'est que cette chanson? demanda-t-elle à Sophie. C'est étonnant.

— Une création d'Eddie. Pas mal, hein?

— Pas mal du tout.

Elle n'en détourna pas moins son attention du guitariste aux cheveux blonds pour la braquer sur Bo, dont le visage était intense sous l'effet de la concentration, comme lorsqu'il lançait la balle.

A la fin du concert, Sophie alla rejoindre son mari. Kim éprouva une pointe de jalousie en voyant Noah la serrer tendrement dans ses bras. Même si elle était loin de chercher chaussure à son pied, elle regrettait de ne pas avoir quelqu'un à retrouver ainsi de temps à autre, juste pour le plaisir. Sachant que, où qu'elle se trouve dans une foule, il y aurait toujours quelqu'un qui l'attendait, avec qui elle se sentirait à l'aise en toutes circonstances.

Sa mère s'approcha d'elle et serra sa main dans la sienne.

— Je lis tes sentiments dans ton regard.

— Certainement pas.

Puis, avec un sourire contrit, elle se corrigea :

— Enfin, peut-être que si... Je pense que cela a à voir avec l'intense concentration d'un athlète, qu'il lance une balle de base-ball ou joue de la musique. Pourquoi ai-je tant de mal à y résister ?

— Moi, je pense que cela a à voir spécifiquement avec Bo Crutcher, déclara Penelope.

— Il faut que je me contienne, dans ce cas. Le paradoxe de mon travail, c'est que, dès lors que j'ai fait du bon travail pour un client, il continue son chemin. A partir du moment où il sait y faire avec les médias, il n'a plus besoin de moi. C'est ainsi que ça marche. L'erreur que j'ai commise avec Lloyd Johnson a été de me cramponner. J'aurais dû lâcher prise. On ne m'y reprendra plus.

— C'est valable uniquement s'il s'agit d'une relation strictement professionnelle. Si elle est personnelle, alors ce n'est que le début.

— Le début de quoi ? demanda Dino. Lui as-tu parlé de nous ?

Penelope en resta bouche bée.

— Non, mais tu viens de le faire, je suppose.

Kim les dévisagea tour à tour tandis que la vérité se faisait jour dans son esprit.

— Maman ?

Les yeux de Penelope pétillaient.

— Dino m'a demandé de l'épouser.

— Et elle a dit oui, ajouta-t-il en l'enlaçant.

Kim sentit les larmes lui monter aux yeux.

— Oh, maman... Pardon, donnez-moi une minute. Je veux dire, je savais que tous les deux... Pardon, répéta-t-elle. Ce n'est pas tous les jours qu'on apprend que sa mère va se marier.

— J'avais l'intention de te le dire ce soir. Ça doit te paraître un peu précipité, mais je suis sûre de moi, tout à fait sûre. Et, si j'ai appris une chose, c'est que la vie est courte et que c'est absurde de retarder l'amour.

Le regard de Kim passa de sa mère à Dino, et vice versa. Leur bonheur formait comme une aura autour d'eux. Les lumières colorées qui clignotaient dans la salle illuminaient le visage de

Penelope et, au-delà de sa mère, Kim vit en elle une belle femme aux joues rosies par l'excitation. Illuminée par l'amour.

Elle éclata brusquement en sanglots et les serra dans ses bras.

— C'est une merveilleuse nouvelle. Je suis si heureuse pour vous deux!

— Dans ce cas, effacez ces larmes et dansons, suggéra Dino.

Ils gagnèrent la piste tandis que le groupe suivant entamait *Smoke on the water*, de Deep Purple. Kim aperçut Bo et A.J. ensemble près de la scène. Elle remarqua quelque chose de nouveau dans la manière dont le petit garçon regardait son père : de l'admiration et une tendresse qu'elle ne lui avait jamais vues. En les observant tous les deux, elle se sentit envahie par l'émotion. Quel chemin ils avaient parcouru, en un laps de temps si court! Sous ses yeux, ils étaient devenus père et fils, et c'était le plus doux des miracles. Bien sûr, elle pouvait se dire que c'était la nouvelle concernant sa mère qui l'avait attendrie, mais cela ne s'arrêtait pas là.

Sans le vouloir, en freinant même des quatre fers, elle était tombée amoureuse de l'un et de l'autre. De Bo, qui se donnait tant de mal pour faire ce qu'il fallait pour son fils, et d'A.J., toujours perdu sans sa mère, qui faisait néanmoins de son mieux pour s'intégrer dans ce monde étranger. Elle ne l'avait pas cherché, mais elle ne pouvait y échapper. Le mélange de bonheur et de tristesse lui faisait comme un vide dans l'estomac. Bo Crutcher avait le pouvoir de lui briser le cœur, et pourtant, pour la première fois de sa vie, elle ne s'en préoccupait pas. Elle n'avait qu'une seule envie : être avec lui. Peu lui importaient les répercussions.

Comme s'il avait senti ses yeux posés sur lui, il releva les yeux et croisa son regard. Les sentiments qu'elle éprouvait étaient-ils toujours aussi flagrants? Pouvait-il les lire? Il s'approcha d'elle.

— A.J. est invité à dormir chez un copain. J'ai dit oui.

— Je suppose que tu connais l'ami en question? Et sa famille?

— Le gosse s'appelle Tad Lehigh. Je connais sa tante, Maureen.

Elle est bibliothécaire. Et je viens de parler avec sa mère. Ils sont déjà partis. J'ai noté leur numéro. Il lui prit la main, caressant du bout des doigts l'intérieur de son poignet. A Deep Purple avait succédé une interprétation passable de *I don't wanna miss a thing* d'Aerosmith. Quand il se pencha pour lui chuchoter quelque chose à l'oreille, elle eut le sentiment qu'il n'y avait personne d'autre dans la pièce. Ni au monde, à part lui.

— Alors, on danse?

Ce n'était pas une question. Pas vraiment. Ce ne fut pas non plus vraiment une danse. Il évoluait pourtant avec la grâce d'un athlète-né et, sans lui lâcher les mains, l'attira contre lui.

« Ça y est, pensa-t-elle. Je suis fichue. »

— Maman va épouser Dino, dit-elle en se hissant sur la pointe des pieds. Je viens juste de l'apprendre.

— C'est super, répondit-il d'un ton désinvolte. Ils vont très bien ensemble.

Elle porta son attention sur sa mère, que Dino faisait virevolter comme s'ils dansaient sur un bateau de croisière.

— Ça fait bizarre de voir sa propre mère tomber amoureuse.

— Mais non! Rien de plus naturel. Regarde-les. Dino est l'un des meilleurs hommes que j'aie jamais connus. Plus près, ajouta-t-il sans lui laisser le choix, la pressant étroitement contre lui.

Le vide dans son estomac se creusa un peu plus.

— J'ai bien aimé votre concert, dit-elle. Vous êtes loin d'être mauvais.

— Ce qui veut dire qu'on est assez bons?

— Exactement.

Elle sourit, en proie à un élan d'affection.

— Pourquoi as-tu choisi la basse?

— Mon frère en a rapporté une à la maison un jour quand j'étais gamin. J'ai appris à jouer à l'oreille, en écoutant de vieux CD.

— Tu as une bonne oreille, dans ce cas.

Elle noua les mains derrière sa nuque.

— Peut-être, répliqua-t-il. Mais Eddie est le meilleur. Il peut tout jouer, à la guitare. Si nous l'emportons, ce sera grâce à lui. Il sourit.

— J'ai déjà l'impression d'avoir gagné quelque chose, en attendant.

— Tu n'as pas tort.

Pendant qu'ils dansaient dans les bras l'un de l'autre, elle eut de nouveau cette sensation que le monde autour d'eux disparaissait. Ils étaient dans une pièce remplie de gens, et pourtant elle avait l'impression qu'ils étaient seuls.

— Tu as l'air heureuse, ce soir, remarqua-t-il.

Et elle sentit son souffle chaud contre son oreille.

— Je le suis.

— Je pourrais te rendre encore plus heureuse.

Elle se blottit contre lui en frissonnant.

— Je n'en doute pas, Bo Crutcher.

— Ce en quoi tu as raison, dit-il en l'entraînant vers la sortie.

Ils n'attendirent même pas de voir si son groupe avait remporté le concours, et recueilli du même coup une somme importante destinée à une œuvre de charité. Kim mit son bon sens en sourdine et rentra avec lui dans une voiture faite davantage pour la Californie que pour les Catskills. La maison vide et obscure les accueillit avec des souffles d'air chaud provenant de la chaudière. En bas des marches, il la prit dans ses bras.

— Hé! protesta-t-elle.

— J'en ai toujours rêvé.

— Tu vas te faire mal.

— Ça m'étonnerait, répondit-il. Ce qui me ferait mal, ce serait de retarder encore ce moment.

Il monta lentement l'escalier jusqu'à sa chambre, au deuxième étage. En gardant ses bras autour d'elle, il la posa à terre. Ils ôtèrent leurs manteaux.

— Je promets de rester réveillé, cette fois-ci! s'exclama-t-il.

Il se pencha et l'embrassa avec une ardeur qu'elle sentit se répercuter jusqu'aux extrémités de son corps. Puis il la plaqua contre le mur en intensifiant son baiser.

Soudain, tout lui parut terriblement réel — ce qu'elle ressentait, ce qu'ils étaient en train de faire, ce qu'ils s'apprêtaient à faire. Le doute s'insinua dans son esprit. Elle avait peur, se sentait vulnérable. Une image de Lloyd surgit, mais elle la repoussa. Elle la chassa complètement en plongeant son regard dans celui de Bo, où elle ne vit rien d'autre que de la tendresse. Elle posa tout de même ses deux poings sur sa poitrine et l'écarta d'elle, mais inexplicablement cela fit plus l'effet d'une provocation que d'un rejet. Il lui saisit les poignets et les maintint délicatement contre le mur, au-dessus de sa tête, en se penchant pour l'embrasser de nouveau. Elle savait que si elle protestait, même faiblement, il la lâcherait. Seulement, elle n'en avait aucune envie. Les émotions qui l'avaient assaillie à la caserne des pompiers ne faisaient que s'intensifier de minute en minute.

— Nous ne sommes pas censés faire ça, dit-elle en levant les yeux vers lui quand il libéra ses lèvres.

— Sortir avec moi n'est pas la fin du monde.

— Peut-être pas. Mais ça va mal se finir et des gens vont souffrir. Pas n'importe quelles gens. Toi et moi. A moins qu'on n'arrête là, tout de suite.

— Pas possible. Allons, si être avec moi est la pire chose qui te soit jamais arrivée, tu as drôlement de chance !

— Je ne dis pas que c'est ce qu'il y a de pire. Quand ce sera fini... là, peut-être.

— On a intérêt à ce que ça ne s'arrête jamais, dans ce cas.

Tout était tellement simple, avec lui. Si simple et si possible... Elle aurait donné cher pour que son optimisme déteigne un peu sur elle.

— Comment ?

— Commençons par faire l'amour ce soir. Tout de suite.

Sa main glissa vers le bas de sa robe et remonta lentement, taquine et caressante, tandis qu'il s'emparait de nouveau de sa bouche, si bien qu'elle oublia tout. Il écarta ses lèvres des siennes une fraction de seconde, et elle eut une chance de protester, mais elle n'en fit rien. Elle en était incapable, pour la bonne raison qu'il lui fit une suggestion à l'oreille qui lui retourna les sangs. Si cet homme incarnait la plus mauvaise décision qu'elle ait prise de sa vie, et alors ? Il avait des mains magiques, et ce qu'il venait de lui chuchoter lui avait fait perdre la tête.

— Bon, d'accord, dit-elle en inclinant la tête en arrière, ivre du soulagement de l'abandon, tandis qu'il lui déposait des petits baisers dans le cou.

Et c'était bel et bien un soulagement qu'elle éprouvait, parce que, pour la première fois depuis longtemps, elle avait la conviction d'être en mesure de faire de nouveau confiance à un homme.

Bon, d'accord... Ce furent les derniers mots cohérents qu'elle prononça cette nuit-là.

Il fit glisser sa robe à terre ; elle enleva ses chaussures. Eperdue de désir, elle lui ôta sa chemise et son jean, promenant ses doigts sur sa peau ferme, ses muscles durs, l'attirant plus près d'elle. Tout la fascinait, chez lui — son physique fabuleux, le goût de sa bouche, le bruit de sa respiration, le soupir qu'il poussait quand il prononçait son nom. Ils se laissèrent tomber sur le lit, bras et jambes enchevêtrés. Ils échangèrent encore des milliers de baisers, rirent entre les halètements et les cris de plaisir, et Kim se perdit en lui — en un lieu où elle se sentait comblée, en sécurité, un lieu qu'elle ne voulait plus jamais quitter.

Elle s'empêcha de penser à ce qui se passerait ensuite. Peut-être qu'un jour le souvenir de cette nuit-là serait aussi net et douloureux qu'une souffrance physique, mais pour l'heure elle voulait tout, ces baisers, ces rires, ces longues heures torrides avec lui. Les regrets viendraient sans doute plus tard, mais, pour le moment, cet homme incarnait tout ce qu'elle avait jamais désiré.

Au cours des jours suivants, Kim se débrouilla tant bien que mal pour accomplir ses tâches de la journée, mais elle vivait en attendant le soir, quand elle pourrait de nouveau être seule avec Bo, quand ils seraient une fois de plus en mesure d'explorer leur passion dévorante, qui paraissait se renforcer chaque fois qu'ils étaient ensemble. Une fois que tout le monde dormait dans la maison, il la rejoignait dans sa chambre, et les heures obscures et secrètes de la nuit leur appartenaient. La satisfaction sexuelle était une chose, mais cela dépassait largement cette dimension. Elle était la proie d'une émotion qu'elle n'avait jamais connue auparavant, en tout cas pas avec une telle intensité, ni une telle certitude. Une nuit, dans la maison silencieuse, alors qu'elle était allongée là, la tête sur la poitrine de Bo, à écouter les battements de son cœur, une impression de lucidité totale s'était imposée à elle. Les sentiments avaient déferlé inexorablement tel un raz de marée.

— Bon, qu'est-ce qui ne va pas ? lui avait-il demandé, sentant sans doute la chaleur humide de ses larmes sur sa peau.

— Tout.

Elle songea à se taire, mais ne voyait aucune raison de lui cacher la vérité. Plus maintenant.

— Je t'aime, Bo.

Il ne broncha pas, mais elle sentit le rythme de son cœur s'accélérer.

— Je suis heureux que tu me le dises.

— Ce n'est pas… la première fois, se sentit-elle contrainte d'ajouter.

— Pour moi non plus. Je dirais que nous nous sommes pleinement entraînés, tous les deux.

Elle rit.

— C'est une manière de voir les choses.

— J'entends par là que ça m'est égal que ce ne soit pas la première fois. Ce que j'espère, ce que je te demande, Kimberly van Dorn, et c'est ce que j'aimerais le plus au monde, c'est que ce soit la dernière.

Elle s'attendait si peu à ce qu'il prononce ces mots que ses larmes redoublèrent.

— Tu es sérieux, n'est-ce pas ?

— Evidemment que je suis sérieux ! Tu sais, je me suis entiché de toi quand je t'ai vue à l'aéroport, avant même de savoir ton nom. Ta vue a suffi à m'ébranler.

— Comment ça, « entiché » ?

— Allons, rouquine ! Tu sais pertinemment l'effet que ça fait !

— Pas du tout. Sois plus clair.

— Tu as envie de m'entendre parler d'amour, c'est tout.

— Je plaide coupable. J'ai envie que tu me parles d'amour dans le sens où ça veut dire quelque chose.

— Ça veut tout dire. Alors écoute bien, parce que, tous ces trucs émotionnels, ça n'est pas mon fort.

— Tu t'y entends mieux que tu ne le penses.

— D'accord. La première fois que mon regard s'est posé sur toi, j'ai eu l'impression que tu éclipsais tout le reste. Je ne voyais plus que toi. J'ai commencé à chercher des choses autour de moi qui s'accordaient avec la couleur de tes yeux — une feuille, un Jelly Bean à la saveur menthe. Ne ris pas. Tu as dit que tu voulais que je t'explique.

— Je ne ris pas. Je tiens à ce que tu m'expliques. Bo…

Le portable de Bo sonna à ce moment. La sonnerie qui correspondait à Sophie.

« Je dois vraiment être amoureuse, pensa Kim. Je connais les sonneries de son téléphone par cœur. »

Il l'écarta doucement et se mit sur son séant en tendant déjà la main vers ses vêtements.

Kim jeta un coup d'œil au réveil lumineux sur la table de nuit. Ce n'était pas de bon augure. Elle alluma.

— Salut, Sophie, dit-il. Que se passe-t-il ?

Kim vit son dos se raidir comme si on lui avait asséné un coup de couteau. Au moment de raccrocher, il se tourna vers elle. Il était blême.

— C'est Yolanda, dit-il. On l'a reconduite à la frontière.

23

C'était encore pire qu'ils ne l'avaient craint. Des rumeurs circulaient dans le centre de rétention. Yolanda avait entendu dire que sa détention aux Etats-Unis risquait de durer des années. Prise de panique, elle avait opté pour une reconduite immédiate volontaire, persuadée que cela lui permettrait de faire une demande de réintégration. Quand son avocat, au Texas, avait découvert ce qu'elle avait fait, elle avait déjà quitté le pays.

Faute d'avoir des papiers d'identité mexicains, elle s'était retrouvée dans un centre de détention de l'autre côté de la frontière. Elle devait attendre que l'Instituto nacional de migracion s'occupe de son cas, à présent. Il n'était pas question de réintégration, en tout cas pas dans l'immédiat.

Bo annonça la nouvelle à A.J. aussi délicatement que possible. Ils étaient dans le pré voisin de la maison, en train de faire un bonhomme de neige. Cela ne lui ressemblait guère de s'exposer ainsi volontairement au froid. Il l'avait fait dans l'intérêt de l'enfant. Depuis sa journée de snowboard, A.J. s'était découvert un appétit insatiable pour les nouvelles aventures, en particulier celles qui se déroulaient dehors, dans la neige, quand on mourait de froid.

Tandis qu'ils faisaient rouler une boule de la taille d'un rocher, Bo lui expliqua ce qui s'était passé.

— Je suis vraiment désolé, mon petit.

— Comment est-ce qu'elle peut être encore détenue alors qu'on l'a expulsée ? demanda-t-il en flanquant son épaule contre la boule qui n'en finissait pas de grossir, tel un footballeur contre un mannequin lors d'un entraînement.

— C'est juste en attendant qu'ils retrouvent son certificat de naissance et ceux de ses parents, répondit Bo.

C'était plus compliqué que ça, en réalité, mais il ne voulait pas lui en dire trop à la fois.

— Est-ce que je peux l'appeler ? J'ai vraiment besoin de lui parler.

— Il n'y a que quelques cabines publiques au camp. Il faut avoir une carte. Le problème, c'est que ces cartes s'achètent dans un magasin.

Les traits d'A.J. se durcirent.

— Et ils ne veulent pas la laisser y aller parce qu'elle est détenue, devina-t-il.

— C'est nul, je sais. L'avocat au Texas fait tout ce qu'il peut pour annuler l'expulsion.

D'après un rapport de l'associée de Sophie, les détenus attendaient des jours avant d'avoir accès à un téléphone. On passait ses appels devant tout le monde et il fallait hurler pour se faire entendre. Bo s'abstint néanmoins de le préciser à A.J., sachant que cela ne ferait que le bouleverser davantage.

La boule était presque trop grosse pour être roulée, à présent. Ils se mirent côte à côte pour glisser leurs mains dessous, afin de lui faire faire un dernier tour.

— Il y a tout de même un côté positif, dit Bo. Le centre d'Aguacaliente a fixé une limite à la durée de son séjour afin que les recherches concernant les certificats de naissance puissent être hâtées. Tu comprends ce que ça veut dire ?

— Je sais ce que tout ça veut dire, répondit A.J. en se laissant tomber à genoux pour commencer une autre boule.

— Je suis de tout cœur avec toi, mon vieux, vraiment.

Bo l'aida à finir le bonhomme de neige. Pendant tout le temps où ils s'activèrent ensemble, il en oublia le froid. Il oublia qu'il avait horreur de l'hiver. Il oublia tout en regardant l'enfant. Enfin, presque tout. Il ne pouvait oublier que, assise au coin du feu, Kim les observait par la fenêtre.

Elle était le seul rayon de soleil dans toute cette grisaille.

Contre toute attente, ils étaient en train de tomber amoureux. Il en avait assez de refréner les sentiments qu'il éprouvait pour elle. Il était fou d'elle officiellement, désormais. Il n'avait qu'une seule envie : passer chaque minute de la journée avec elle, mais ils étaient conscients l'un et l'autre du fait qu'A.J. devait passer en premier.

— Tu es prêt ?

— Ouais.

Il fallut qu'ils s'y prennent à deux pour hisser la portion médiane du bonhomme.

— Tu es drôlement fort, commenta Bo.

— Pour ma taille.

— Je n'ai pas dit ça.

— Mais c'est ce que tu voulais dire.

— J'ai dit ce que j'ai voulu dire. Tu es fort. Et c'est bien.

Il ajouta la tête, de la taille d'une boule de bowling.

A.J. ne fit aucun commentaire, mais Bo eut l'impression qu'il se redressait un peu. Il s'en félicitait, parce qu'après la nouvelle concernant Yolanda il était plus important que jamais qu'il ait confiance en lui. Qu'il se sente en sécurité.

— Il lui faut des bras, dit A.J.

— Comment ?

— Des bras, répéta A.J. On doit lui mettre des bras.

— Il est très bien comme ça.

— Tu dis ça parce que tu veux rentrer te mettre au chaud.

— Oui, je sais bien, je suis bizarre... J'aime bien avoir chaud.

A.J. secoua la tête.

— Des bras.

Bo poussa un soupir alors qu'ils s'élançaient à l'autre bout du pré en quête de branchettes. Ils en dénichèrent deux qu'ils plantèrent de part et d'autre du bonhomme de neige.

— C'est fait, déclara-t-il en reculant pour juger de l'effet.

— Pas tout à fait.

A.J. posa une casquette de base-ball des Hornets sur la tête du bonhomme, et glissa une petite boule entre les doigts de bois de sa main gauche.

— Voilà. Maintenant il ressemble à quelque chose.

A.J. affichait un mélange de courage et de tristesse, et sa détermination à faire bonne figure émut Bo aux larmes. Où trouvait-il cette force ?

— On s'est bien amusés, fit remarquer A.J.

— On peut peut-être rentrer, maintenant ?

— Chochotte !

Kim avait baptisé la campagne destinée à aider le fils de Bo « Opération A.J. », et pour ça Bo l'aimait d'autant plus. Tout le monde, à Fairfield House, voulait apporter son soutien à l'enfant, en butte à tant de peurs et d'insécurités. Il faisait songer à la victime d'un accident qui aurait perdu un membre, ce qui n'empêchait pas Kim de penser qu'elle pouvait améliorer les choses. Et parfois elle y parvenait. A certains moments, Bo et elle réussissaient à surprendre A.J., à le ravir, à le faire sourire. A la différence de son père, A.J. n'avait pas d'aversion à l'égard de la neige, et chaque jour ils rentraient de l'école en courant pour prendre part à des balades en raquette ou en motoneige dans les Catskills.

— Je me disais que ce serait peut-être une bonne journée pour aller patiner sur le lac, dit-elle un après-midi. Quand il fait beau et froid comme ça, les conditions sont idéales. Qu'en pensez-vous ?

— Je m'en passerais volontiers, répondit Bo.

A.J. était juché sur un tabouret de la cuisine en train de dévorer son goûter préféré — des Cheetos.

— J'aimerais bien essayer, dit-il.

— C'est de la bombe, A.J. ! Tu vas adorer, déclara Kim en jetant un regard triomphant dans la direction de Bo.

Tout fut organisé en peu de temps. Kim appela même Noah et Sophie pour leur proposer de les accompagner. Bo avait compris, entre-temps, qu'il aurait été inutile de résister.

Le lac fourmillait de patineurs. La colline voisine était émaillée d'enfants remontant leurs luges et leurs assiettes avant de s'élancer sur la pente, avides de faire encore quelques descentes avant que la nuit tombe. Des touristes avaient bravé le froid pour venir photographier le chef-d'œuvre hivernal de la ville, une sculpture de glace de la taille d'une maison en forme de fort colonial. Kim aida A.J. à mettre les patins qu'ils avaient loués, puis elle l'entraîna sur la glace. La patience et l'attitude protectrice qu'elle manifestait vis-à-vis de lui l'aidèrent à s'ouvrir et à lui donner confiance en soi, si bien qu'il ne tarda pas à glisser sur le lac en riant aux éclats. Debout au bord de la zone de patinage, Bo les suivait des yeux. En plissant les yeux et en ouvrant un peu son cœur, il parvenait à imaginer qu'ils formaient une famille.

— Je n'aurais jamais pensé te voir ici, remarqua Noah en le rejoignant. Je te croyais allergique à l'hiver.

— Je le suis, répondit Bo, encore sous le coup des pensées sentimentales qui lui avaient envahi l'esprit. Heureusement que je ne veux pas d'autres enfants, parce que je suis en train de me geler!

— En tout cas, ton gosse, lui, l'hiver, il adore!

— Qui l'aurait cru? Mais il ne va pas trop bien. Depuis qu'il sait que sa mère a été expulsée, il est… Je l'entends s'agiter dans son lit, la nuit. Je le trouve pâlot. Il a les yeux cernés. Je ne vais pas te mentir, Noah, je suis inquiet.

Noah prit sa remarque très au sérieux. Excellent vétérinaire, il avait une compassion toute naturelle pour les créatures blessées. Pourtant, lorsqu'il reprit la parole, ce fut le père en lui qui s'exprima.

— Au départ, quand Buddy et Aissa sont arrivés, dit-il, faisant référence aux petits Africains que Sophie et lui avaient adoptés, ils avaient des problèmes. Surtout Buddy. À cinq ans, il était assez grand pour se souvenir de trop de choses.

Bo était surpris. De son point de vue, les Shepherd avaient tout de la famille américaine parfaitement bien intégrée.

— Comment ça, des problèmes?

— Toute la violence, reprit Noah. La perte. Cela les hante. Je ne dis pas que l'expérience de A.J. est comparable à celle de mes enfants, mais ce genre de séparation, de perte, vous affecte en profondeur.

Noah avait raison, songea Bo. A.J. manifestait des symptômes de traumatisme.

— Qu'est-ce qu'il faut que je fasse, à ton avis?

— Tu fais déjà ce qu'il faut. En étant auprès de lui, en le soutenant.

Ils virent A.J. rejoindre timidement un groupe d'enfants de son âge. Kim s'élança seule avec la grâce d'une patineuse professionnelle.

— A part ça, comment ça va? reprit Noah. Ta formation et tout ça?

— Je ne m'étais pas rendu compte que jouer au base-ball avait aussi peu à voir avec le base-ball. Oh, et puis j'en pince pour mon prof.

— J'avais compris, dit Noah.

Il n'avait pas l'air tellement surpris.

— Ne t'inquiète pas. Ça se passe toujours comme ça dans les histoires de Pygmalion.

— Pig… quoi? s'enquit Bo en se renfrognant.

— C'est un personnage de la mythologie. Un gars du nom de Pygmalion qui sculpta la femme idéale en pierre. De nos jours, c'est une façon de faire allusion à un relooking. Tu l'as eu, ton changement de look. Tu es son homme idéal, à présent. Et sans vouloir t'offenser, mon pote, il était franchement temps!

Bo pensa aux expéditions dans les boutiques, à la visite chez le coiffeur — ou plutôt le *styliste* —, aux leçons sur les bonnes manières, l'élocution, les relations avec les sponsors et les médias.

— Tu dis ça comme si j'avais quelque chose qui n'allait pas avant.

— Pardon, mon vieux. Tu étais parfait.

— Je ne dirais pas ça, mais bon sang… Elle est en train de faire de moi quelque chose…

« Quelqu'un qu'elle supporte d'avoir auprès d'elle », pensa-t-il.

— Elle te plaît vraiment, alors, dit Noah. Il va falloir que tu prennes une décision à ce sujet, dans ce cas.

— Je sais ce que je veux faire, mais je ne suis pas son type, répondit Bo. On dirait la Belle et le Clochard.

— Je sais comment finit cette histoire, grâce à mes enfants. Ils ont plein de petits chiots et vivent heureux jusqu'à la fin de leurs jours.

— Ben voyons ! Comme si c'était ce qui allait nous arriver...

— Tu peux être sûr que non, si tu continues comme ça.

— C'est juste que je n'ai jamais vu un tel miracle se produire.

— Tu l'as pourtant sous les yeux, répondit Noah en ouvrant grands les bras.

Il n'avait pas tort. Un an plus tôt, Noah était sans attaches, comme Bo, et errait telle une âme en peine dans sa grande maison. Il était marié, maintenant, il avait des enfants, et Bo ne l'avait jamais vu aussi heureux. Mais Bo voyait mal comment il pourrait lui arriver la même chose. Noah était un type parfaitement équilibré, ce qui était loin d'être son cas.

— On a couché ensemble, avoua-t-il.

— Comment était-ce ?

— La première fois, très... *reposant*. On n'a fait que dormir.

— Qu'est-ce que tu racontes ?

— Je te jure que c'est vrai. Après ça... pas du tout reposant, ajouta Bo sans pouvoir réprimer un sourire.

— Hé, Bo, mets tes patins ! cria A.J. depuis le lac. On va faire la course.

— J'ai besoin d'une bière, dit Bo, changeant de tactique.

Noah éclata de rire.

— Ça ne serait pas désagréable, c'est sûr.

Se résignant à son sort, Bo s'empara de ses patins de location. Sophie et Kim le rejoignirent sur un banc au bord du lac. Kim avait les joues qui brillaient ; le rire dansait dans ses yeux. Elle était distinguée, sportive, sexy à en mourir.

— J'arrête, annonça Sophie. A ton tour, Noah. Deux contre un, c'est trop pour une vieille dame.

— Hé, tu n'as pas le droit de jouer cette carte-là ! protesta son mari.

— Allez, viens, papa, on y va ! crièrent les enfants.

— Je ne joue pas. Je suis une vieille dame.

Elle le poussa en direction des petits pour qu'il aille patiner avec eux, puis alla chercher du chocolat chaud. Elle était passablement plus âgée que Noah, et Bo soupçonnait que cela la perturbait plus qu'elle ne le laissait paraître. Ce en quoi elle avait tort. Ils formaient un très beau couple.

— A ton tour, dit Kim en se tournant vers Bo. Mets tes patins.

Il lui jeta un regard mauvais, mais se pencha pour enlever ses boots.

— C'est très important pour A.J., ajouta-t-elle en lui tapotant le bras.

— C'est pour ça que je le fais, répondit-il en achevant d'attacher ses lacets.

Puis il observa A.J. un instant.

— C'est monstrueux, ce qui lui arrive, mais je ne suis pas mécontent de l'avoir auprès de moi. Enfin, je ne prétends pas être le papa de l'année ou quoi que ce soit, mais on ne s'entend pas si mal, tu sais ? En dépit de tous ces problèmes avec sa mère.

— On dirait que ça te surprend.

— Je ne m'attendais pas… Je veux dire, je ne sais pas du tout me comporter en père.

— Quelqu'un, quelque part, t'a appris comment aimer un enfant.

— A.J. Il me fait sortir de moi-même, tu comprends ? De ma tête. Cet enfant m'apprend beaucoup de choses.

Elle éclata de rire.

— C'est bon à savoir! Et maintenant va donc apprendre à patiner.

— Je sais patiner.

Sur ce, il se leva et se dirigea vers le lac en vacillant un peu. Il espérait de tout son cœur qu'il n'allait pas se ficher par terre.

24

Depuis qu'il savait que sa mère avait été expulsée et se trouvait dans un centre de rétention pour femmes au Mexique, A.J. voyait le monde différemment. Tout lui semblait gris — le ciel d'hiver, la neige sale dans les rues, un gris qu'on ne voyait jamais sous le soleil texan. Bo essayait bien de le distraire, avec succès parfois, mais chaque minute qui passait était assombrie par le fait que sa mère se trouvait dans une situation terrible, sans qu'il puisse faire quoi que ce soit pour la tirer de là.

Jour après jour, il approchait de l'arrêt du bus tel un condamné marchant vers la potence. Même s'il reconnaissait qu'il avait fait une bêtise en prenant la fuite, même s'il se forçait à trouver ses marques à Avalon, il était continuellement hanté par la même pensée, et il aurait tout donné pour être ailleurs. Conscient que ses moindres faits et gestes pouvaient avoir une incidence sur le statut de sa mère, il faisait preuve d'une sagesse exemplaire. Il allait devoir s'y prendre autrement pour la retrouver, même s'il n'avait pas encore déterminé comment. En attendant, il vivait au jour le jour, faisant une croix chaque matin sur le petit calendrier de poche qu'il conservait dans son sac à dos.

Le collège où il allait était un bloc vieillot de béton et de brique, se dressant au milieu d'un terrain couvert de neige, jalonné d'arbres dénudés et de râteliers à vélos si profondément enfouis qu'on ne voyait que la barre du haut. A ses yeux, c'était comme une autre planète, la planète de glace Hoth dans *La Guerre des étoiles*. L'intérieur du bâtiment était un labyrinthe de couloirs remplis de casiers qui faisaient un bruit d'enfer en se fermant, et de gamins si différents de lui qu'ils auraient aussi bien pu être des aliens. Des radiateurs sifflants emplissaient les classes de vapeur, exsudant une chaleur humide, assez désagréable. A.J. subissait les interminables cours de professeurs qui s'exprimaient d'un ton monotone avec leur accent yankee. A la moindre occasion, il fonçait au laboratoire d'informatique pour se brancher sur internet, espérant toujours trouver un moyen, quelqu'un, quelque part, dans le cyberespace, pour les aider, sa mère et lui.

Il avait toujours rêvé d'avoir un ordinateur à lui, mais ils n'avaient pas assez d'argent pour ça, bien évidemment. Même s'il en avait possédé un, ils n'auraient pas eu les moyens de payer l'abonnement à internet. Il se débrouillait avec les ordis de l'école et de la bibliothèque, mais il n'en avait jamais eu autant besoin que maintenant. Il fallait qu'il sauve sa mère. Toute la différence était là. Il avait songé à essayer de joindre quelques copains par mail et avec Skype, mais ils n'étaient pas vraiment du genre à écrire ni à parler au téléphone. Au Texas, ses *cholos* et lui traînaient ensemble, mais en règle générale ils ne parlaient pas beaucoup et passaient encore moins de temps à taper sur un clavier.

Bo le laissait libre de se servir de son ordinateur. Du coup, A.J. s'était vu traquer par la police d'Avalon. Il était probablement tout aussi repérable à l'école, mais il avait le sentiment que c'était moins risqué.

Cet après-midi-là, il entra discrètement dans le laboratoire d'informatique, pour s'apercevoir que tous les postes étaient occupés par des enfants équipés de casques, en apparence studieux, même si la plupart d'entre eux étaient en train de faire un jeu ou d'essayer de franchir les murs pare-feu établis par l'école pour accéder aux *chats*. Une fille monopolisait son ordinateur préféré, celui du box du fond entouré sur trois côtés comme une forteresse. Elle était rondelette et toute frisée. Elle était en troisième, et s'appelait Chelsea Nash. Il la reconnut parce qu'elle donnait parfois des coups de main à la clinique vétérinaire du Dr Shepherd. Il l'avait vue nettoyer les niches des chiens à grande eau, travailler dans la grange, porter des brouettes de crottin jusqu'au grand tas fumant qui surgissait de la neige tel un Vésuve.

Elle était copine avec Max Bellamy, le fils de Sophie. C'était un truc qu'A.J. avait remarqué dans cette petite ville. Tous les gens étaient liés d'une manière ou d'une autre.

Sauf lui. Il n'avait rien à faire là. Il ne cherchait pas à s'intégrer. A quoi bon ? S'il commençait à se sentir un peu chez lui, il risquait de perdre de vue le fait que sa mère était à des milliers de kilomètres et qu'il ne la reverrait peut-être jamais. C'était ce qui lui faisait le plus peur. Il commençait déjà à la perdre par bribes, et devait faire des efforts pour la revoir clairement dans son esprit. Il ferma les yeux pour essayer d'imaginer sa main calant une mèche de cheveux derrière son oreille, l'éclat de ses yeux quand elle lui souriait. Il avait autant besoin d'elle que de respirer, et se sentait sans arrêt oppressé, l'estomac noué.

Il résolut de tuer le temps en se débarrassant de ses devoirs. Il avait de l'espagnol, ce qui n'était pas sorcier pour lui, et du vocabulaire anglais, qui lui demandait nettement plus de travail, malheureusement. La prof avait cette drôle de technique qui consistait à vous faire apprendre un mot par jour ; elle était convaincue que le meilleur moyen de connaître un mot consistait à en analyser les racines et à s'en servir dans une phrase. Celui d'aujourd'hui était *rustre*. D'après le manuel, cela voulait dire « individu grossier », « brute ». Il venait d'un ancien mot qui voulait dire « campagne ». Le genre mal dégrossi. A.J. n'était pas très sûr de ce que cela signifiait, et vérifia dans le dictionnaire. « Mal élevé, brusque, indigne dans son comportement ou son attitude... »

Il tapota son crayon sur le bord de la table en essayant de trouver une phrase qui convienne. « L'enfant rustre en avait assez d'attendre son tour pour avoir l'ordinateur », pensa-t-il. Il se leva et se mit à faire les cent pas. « Etre ignoré par les autres élèves le rendait rustre. »

Il avait appris des tas de mots importants ces derniers temps, comme « détention », « reconduite », « expulsion ».

— Tu attends cet ordi ? lui demanda Chelsea Nash en ôtant son casque. Tu me tournes autour comme un vautour. Je ne supporte pas. Ça me met en boule.

Elle avait une manière particulière de s'exprimer, c'était sûr. Il désigna la pancarte qui indiquait une limite d'une demi-heure par poste.

— Et après ? s'exclama-t-elle en ramassant son sac à dos. J'ai raté le bus. Il a fallu que j'appelle mon grand-père pour qu'il vienne me chercher. Je crois qu'il a oublié.

— Rappelle-le, suggéra A.J. en haussant les épaules.

— Mes grands-parents ne veulent pas que j'aie un portable, dit-elle. Ils ne veulent même pas qu'on ait internet à la maison. Ça me fiche en rogne.

A.J. lui tendit son téléphone.

— Tu peux utiliser le mien, si tu veux.

Depuis l'incident de New York, Bo l'obligeait à avoir un portable en permanence sur lui.

— Merci.

Elle composa le numéro, et comme de bien entendu son grand-père avait oublié. Elle soupira d'un air exaspéré en rendant le portable à A.J.

— Et maintenant il va mettre une heure à venir parce qu'il fait du vingt à l'heure ! Surtout quand les routes sont mauvaises. Il est tombé encore dix centimètres de neige sur la route du bord du lac, cette nuit.

Un vrai moulin à paroles, pensa A.J. en s'asseyant. Elle s'adressait à lui comme si elle le connaissait depuis toujours.

— Au fait, je m'appelle Chelsea, dit-elle.

— Je sais. Je veux dire, je t'ai vue à la clinique vétérinaire.

— Oh ! Tu connais le Dr Shepherd ?

— Sa femme s'occupe de trucs juridiques pour mon père, répondit A.J. en espérant qu'elle ne se montrerait pas trop curieuse.

— C'est qui, ton père ?

Super! Elle allait fourrer son nez dans ce qui ne la regardait pas.

— Il s'appelle Bo Crutcher.

Il commençait à trouver normal d'appeler Bo son père. En tout état de cause, c'était l'explication la plus simple, alors il s'y tenait.

— Oh! Bo Crutcher! Je l'adore.

Le visage s'illumina, et il la trouva presque jolie, malgré ses joues rondes.

— C'est vraiment un type bien, ajouta-t-elle. Toujours en train d'aider. Il est très connu!

Il fallait vivre dans un bled pareil pour que quelqu'un comme Bo passe pour « très connu ». Evidemment, s'il réussissait vraiment dans l'équipe des Yankees, sa réputation serait légitime.

— Qu'est-ce que tu veux dire par « aider »?

— L'année dernière, par exemple, à la vente aux enchères pour le refuge animalier, il a fait don de cours particuliers de base-ball au plus offrant, si bien que les gens se sont mis à renchérir comme des dingues. Et puis, l'autre jour, quand son groupe a remporté le concours à la caserne, c'était au bénéfice des enfants diabétiques. Ce genre de choses. Tout le monde trouve ton père génial, conclut Chelsea. Alors, tu es venu vivre ici avec lui pour de bon?

— Non, s'empressa-t-il de répondre. Juste le temps que… juste quelque temps.

— Ouais! Fais-moi confiance. Je sais ce que « quelque temps » veut dire. Mes parents m'ont laissée *quelque temps* à la garde de mes grands-parents. Ça fait des années!

Rien de tel qu'un mot d'encouragement de la part d'une inconnue. D'une inconnue pipelette, qui plus est. Elle lui expliqua que ses grands-parents étaient vieux jeu et très stricts. En revanche, elle ne parla pas beaucoup de ses parents, de la raison pour laquelle ils l'avaient abandonnée, ni de l'endroit où ils se trouvaient.

Finalement, elle réorienta la conversation sur lui, la mine curieuse.

— Tu es nouveau, non ? Comment tu t'appelles ?

— A.J. A.J. Martinez.

— « A.J. » ? Ça veut dire quoi ?

Il avait fallu qu'elle lui pose la question ! Il ne connaissait même pas cette fille. Pourquoi lui révélerait-il quoi que ce soit à son sujet ? Il n'en avait rien à faire, de ce qu'elle pensait de lui.

— On m'appelle A.J. pour une raison, marmonna-t-il.

— C'est un truc carrément stupide ou zarbi, comme Ajax Joseph, ou Apollo Jehosephat, ou Able Janitor...

Il essaya de ne pas rire.

Elle fit glisser un carnet sur la table dans sa direction.

— Tiens, écris ton nom sur cette feuille. Je regarderai vite fait, et puis je détruirai la preuve.

Elle avait de la suite dans les idées ! Il nota ses deux prénoms complets et poussa le carnet vers elle. Elle fut incapable de se taire, bien évidemment, malgré sa promesse.

— Angel ? s'exclama-t-elle d'une voix suraiguë, si bien que tous les regards se tournèrent vers eux.

Quand elle s'en aperçut, elle se mit à chuchoter :

— Tu t'appelles Angel ?

— Ça se prononce *Anjel*, bougonna-t-il, comme si la prononciation espagnole arrangeait quoi que ce soit à l'affaire. Angel Jacinto. On avait fait un pacte, je te rappelle.

— D'accord. *An-rrrell*. Pardon, A.J.

Elle déchira la feuille en minuscules confettis.

— Je trouve ça joli, en espagnol. Tu le parles couramment ?

Il hocha la tête. Durant toute son enfance, il n'y avait jamais eu de barrières entre l'anglais et l'espagnol. Il franchissait librement ce fossé en pensées comme en paroles, et avant d'être scolarisé il ne s'était pas rendu compte qu'il parlait deux langues différentes. A l'école, on lui avait appris que l'anglais était le moyen de progresser dans la vie, mais l'espagnol faisait toujours écho dans son esprit, plus expressif d'une certaine manière, plus significatif. C'était la langue de ses rêves.

357

— T'en as de la chance ! commenta Chelsea. Tu as pris espagnol en première langue ?

A.J. se borna à hocher la tête. Son professeur, M. Diaz, était originaire de Puerto Rico. Il parlait l'espagnol différemment de lui, mais c'était le seul cours où il était certain d'avoir la meilleure note sans avoir à étudier.

C'était drôle de penser que Chelsea le considérait comme chanceux. Il n'avait pas cette impression. Il avait plutôt la sensation d'être un poisson hors de l'eau, même en cours d'espagnol. Et elle n'avait pas l'air de se rendre compte que des tas de gens dans ce pays, même au Texas, voyaient une raison de le haïr dans le fait qu'il parlait couramment l'espagnol.

Chelsea se révéla aussi douée pour écouter que pour parler. Sans vraiment anticiper ce qu'il allait dire ni comprendre pourquoi il avait besoin d'en parler, il lui raconta ce qui était arrivé à sa mère. C'était la première fois qu'il confiait à quelqu'un, étape par étape, ce qu'il était advenu ce jour-là.

Il s'était levé à la même heure que d'habitude. Il avait entendu sa mère chanter dans la cuisine, *Livin' la vida loca* avec Ricky Martin à la radio, un air qui seyait à sa voix naturellement joyeuse. Elle était jeune et jolie et s'habillait comme les jeunes pour aller au boulot, en jean et baskets. A l'usine d'empaquetage de riz où elle travaillait, elle avait un casier. Elle se changeait en arrivant, revêtant une combinaison et un filet pour les cheveux. Depuis que Bruno était parti, elle faisait un maximum d'heures supplémentaires, mais, le matin avant l'école, elle le consacrait toujours à A.J.

Ils avaient pris leur petit déjeuner ensemble. Elle l'avait interrogé sur ses mots de vocabulaire parce qu'il y avait toujours un contrôle le vendredi. Sa mère n'était jamais allée au bout de ses études. Elle soutenait qu'en l'aidant à faire ses devoirs elle améliorait son anglais. Du coup, les devoirs prenaient de l'importance. Il avait eu tout juste, sauf le mot *exhumer*. Elle le lui avait fait épeler trois fois et lui avait donné un exemple. « Les chats exhumèrent une carcasse de poisson et firent un festin nauséabond. »

C'était une matinée ordinaire, et A.J. en aurait sans doute oublié tous les détails, si ça n'avait pas été leur dernier jour ensemble. Il était allé à l'école normalement, avait couru d'une classe à l'autre, puis à la cantine, à la récré, à l'étude, comme toujours. Le cauchemar avait commencé en dernière heure, quand Mme Alvarez était venue le chercher en cours de sciences. Elle lui avait expliqué qu'il y avait eu une rafle à l'usine où travaillait sa mère. Elle avait été prise en charge par l'ICE — l'organisme chargé de l'immigration et des douanes — et mise en détention.

A.J. n'avait jamais vraiment réfléchi au sens du mot *détenu*. Il n'avait pas tardé à apprendre que, dans le cas de sa mère, cela voulait dire qu'elle avait disparu de la circulation.

Mme Alvarez n'avait pas semblé particulièrement inquiète, au début. Elle était persuadée qu'il y aurait quelqu'un pour s'occuper de lui. Tout le monde avait des parents ou des amis à l'église. A.J. faisait exception. Il était l'enfant unique d'une fille unique. Sa grand-mère vivait du côté mexicain. Bruno, son ex-beau-père, n'avait plus donné de nouvelles depuis qu'il les avait laissés en rade. C'est ainsi qu'A.J. s'était retrouvé dans un avion, en pleine nuit, pour rejoindre Bo Crutcher, le père qu'il n'avait jamais connu.

— Ça fait flipper, commenta Chelsea. Et puis, ce n'est pas juste. Ta mère n'avait rien fait de mal.

Il était bien dommage que son opinion ne compte pas.

Sans lui demander la permission, elle tira une chaise devant l'ordinateur et se connecta sur internet. On aurait dit un chien qui aurait déniché un os. Elle tapa « lois de l'immigration » et « citoyen naturalisé », résolue à comprendre pourquoi la mère d'A.J. pouvait être considérée comme une citoyenne normale un jour, et une hors-la-loi le lendemain. Mais surtout, comme A.J., Chelsea cherchait à savoir comment faire pour qu'elle puisse être autorisée à rester sur le territoire américain.

— Ecrivons une lettre à ton sénateur. Comment est-ce qu'il s'appelle ?

— J'en sais rien.

— Eh bien, débrouillons-nous pour le savoir.

Chelsea était plutôt douée en informatique, et en un rien de temps ils avaient envoyé un message par le biais des sites Web d'un représentant du Texas et d'un sénateur. Pour faire bonne mesure, ils l'adressèrent aussi aux sénateurs de l'Etat de New York.

— Il est écrit ici qu'un problème médical garantirait une permission spéciale, poursuivit Chelsea, « dès lors que c'est un problème que seul un spécialiste américain peut résoudre ».

Ils se penchèrent tous les deux vers l'écran en examinant les photos « avant » et « après » de frères siamois. La famille était originaire d'un lointain atoll du Pacifique ; un célèbre chirurgien de l'hôpital Vanderbilt avait séparé les bébés.

— J'ai pas l'impression que ça puisse aider ma mère, commenta A.J., soulagé quand Chelsea se décida à fermer la fenêtre en question.

Même si l'histoire se finissait bien, les photos l'avaient choqué.

— Est-ce qu'elle peut prouver qu'elle est en danger dans son pays ? demanda Chelsea. Demander l'asile temporaire ?

Asile… Ce mot faisait partie de la liste de vocabulaire de la semaine précédente. Un lieu où on enfermait les fous. « Des fous ont pris l'asile en main. »

— Ça ne marchera pas, affirma-t-il.

— Attends ! J'ai une idée !

Elle imprima une page qu'elle lui tendit.

— Donne ça à Bo.

A.J. parcourut la feuille.

— Ben voyons ! Tu t'imagines qu'il va l'épouser juste pour qu'elle puisse rester en Amérique !

— Ça pourrait marcher.

— Ou pas.

— Tu en as parlé à Bo ?

A.J. avait du mal à parler avec lui, de quoi que ce soit. Il sentait qu'ils se rapprochaient, quelquefois. Comme quand ils avaient fait un bonhomme de neige ensemble. Et puis, il y avait eu ce moment, quand Bo était venu le chercher en ville, où il s'était senti vraiment proche de lui, en sécurité dans ses bras. Ça lui avait fait tellement de bien, cette longue étreinte. Dans ces moments-là, A.J. sentait qu'il commençait à bien aimer Bo. A vraiment bien l'aimer. Mais était-ce assez pour parler de choses comme ça?

Il s'obligea à prendre mentalement du recul en se rappelant qu'il ne voulait pas s'attacher à Bo. C'était de la folie de s'attacher à quelqu'un qu'on s'efforçait de fuir et qu'on avait l'intention de ne jamais revoir.

D'un autre côté, si Chelsea avait raison? Si ça pouvait marcher? Il aurait une vraie famille. Deux parents. Cette pensée lui fit mal au ventre, tellement il en avait envie.

— Il va croire que j'ai perdu la tête.

— Pourquoi? demanda Chelsea. Tu m'as bien dit que ta mère était célibataire, non? Bo aussi. Alors ils pourraient.

— C'est bête, ce que tu dis. Ce n'est pas parce qu'ils sont célibataires qu'ils doivent être ensemble. Ça fait treize ans qu'ils ne se sont pas vus.

Il baissa la tête pour lui dissimuler son visage parce que, sans s'en rendre compte, elle avait découvert son rêve le plus secret : avoir un père et une mère.

— Eh bien, je te parie qu'ils étaient fous l'un de l'autre quand… euh… enfin, tu vois. Je ne vois pas pourquoi ils ne pourraient pas retomber amoureux.

— Tu es dingue.

— Tu as une meilleure idée? Et votre avocate, elle a trouvé mieux?

Elle était dingue, mais elle n'avait pas tort.

— C'est plus compliqué que ça, je parie. On ne laisse pas les gens se marier juste pour qu'un des deux puisse rester dans le pays.

— Il y a des pires raisons de se marier, assura-t-elle.

25

— Mazette! On a fait du chemin depuis le Kansas! commenta
Bo en contemplant la suite qu'A.J. et lui occupaient à l'hôtel
Pierre. Elle se situait au 34ᵉ étage et donnait sur Central Park.
Ils étaient montés en ascenseur avec un vrai garçon d'ascenseur.
Les chambres à l'ancienne étaient luxueusement meublées, y
compris différents accessoires dont ils n'auraient jamais imaginé
avoir besoin, comme ces petits tapis en lin au pied des lits pour
éviter de poser leurs pieds nus sur la moquette. Le menu du
room-service comportait des mots qu'A.J. aurait été bien incapable de prononcer; l'hôtel était beaucoup trop stylé pour qu'il
y ait juste un minibar. Le garçon d'étage qui avait apporté leurs
bagages leur avait précisé que, s'ils voulaient de la glace ou un
sachet de cacahuètes, il leur suffisait de prendre le téléphone. On
leur apporterait ce qu'ils désiraient.

C'est à Kim qu'ils devaient tout ça. La réception organisée à
l'hôtel ce soir-là, à l'intention de la presse et des sponsors, était
une étape clé dans la carrière de Bo. Entre les jeunes recrues
surdouées et les bleus sur la brèche, il faisait figure d'outsider, mais
Kim s'était assuré qu'il occupe le centre de la scène. On devient
une star en se comportant comme telle, avait-elle déclaré.

Elle lui avait aussi dit qu'elle l'aimait. *Elle l'aimait.* Il n'avait
pas mesuré à quel point il avait eu envie d'entendre cette phrase
avant que Kimberly van Dorn ne la prononce. A l'instant où elle
avait dit ces mots, il avait eu le sentiment qu'il allait lui pousser
des ailes.

En attendant, A.J. lui maintenait les pieds sur terre. Bo avait insisté pour qu'il les accompagne dans l'espoir de lui faire oublier temporairement ses inquiétudes relatives à sa mère. La tactique ne fonctionnait pas vraiment. Cela se voyait à son expression — la tension, le désespoir —, même si Bo avait juré qu'il ne trouverait pas le repos tant qu'il n'aurait pas fait revenir Yolanda.

— T'as compris ? « On a fait du chemin depuis le Kansas... » C'est une réplique du *Magicien d'Oz*.

— Ah...

Devant la grande fenêtre aux épaisses tentures, A.J. contemplait les arbres nus de Central Park.

— J'ai vu le film, ajouta-t-il.

On frappa à la porte. Une soubrette leur apportait d'autres serviettes.

— Voilà, messieurs, dit-elle à voix basse avec un fort accent espagnol.

A.J. croisa son regard. Elle était petite, avec les cheveux tirés en arrière. Son prénom, Juanita, était brodé sur son uniforme. Durant cet échange, si bref fût-il, Bo sentit le courant passer entre elle et l'enfant. Deux êtres étrangers l'un à l'autre reliés par les liens profonds d'une langue commune. La jeune femme esquissa un sourire, puis elle baissa la tête avec déférence. Alors qu'elle s'apprêtait à sortir de la chambre, Bo lui tendit un billet de vingt dollars.

— Merci, monsieur, murmura-t-elle, puis elle s'empressa de fermer la porte derrière elle.

Bo lisait à livre ouvert sur le visage de A.J. — ses regrets, sa frustration, sa colère. La soubrette n'était qu'un rappel. Ce devait être insoutenable pour lui de voir que Bo obtenait tout ce qu'il voulait alors que Yolanda souffrait dans un centre de rétention de l'autre côté de la frontière.

— Je sais que tu es inquiet pour ta mère, mais ça va aller, je t'assure, dit-il. Le Mexique est un pays libre.

— Elle n'est même pas libre de venir voir son fils.

— On y travaille, A.J. Le changement de statut de ta mère

est un contretemps. Tu dois croire que nous viendrons à bout du problème.

A.J. se tourna brusquement vers lui. Il avait les yeux tout gonflés à force de retenir ses larmes. Sa silhouette fragile se détachait dans la pâle lumière extérieure. Il ne mangeait pas assez, et Bo fut frappé à cet instant par sa maigreur. Pour la première fois, il se rendit compte avec effroi que la santé de l'enfant était menacée. Et rien ne guérissait un cœur brisé.

A.J. choisit de se réfugier dans la colère.

— Je ne suis même pas sûr que tu essaies vraiment de l'aider !

— J'ai fait mon possible pour l'aider depuis le premier jour, et tu le sais. Je viens d'embaucher un détective privé parce que Sophie veut avoir davantage d'informations sur les antécédents familiaux de ta mère.

— Tu ferais n'importe quoi pour te débarrasser de moi, pas vrai ? riposta A.J. en plissant les yeux.

— Ne sois pas ingrat, lâcha Bo, la panique cédant à la fureur. Ta mère est de retour au Mexique et je sais que ça te rend malheureux, mais jouer les imbéciles n'arrangera rien ! Je suis prêt à tout pour la faire revenir, crois-moi. Rien ne m'arrêtera.

— Tu meurs d'impatience que je fiche le camp, insista A.J.

— Si c'était le cas, je ne t'aurais pas invité à venir en ville avec moi ce week-end. Je t'aurais laissé à Avalon.

— Pourquoi est-ce que je croirais ce que tu me dis ?

— Parce que je t'aime, bordel !

On aurait qu'il lui avait flanqué une claque.

— Tu m'aimes ?

— Eh bien, oui, je t'aime. Tu es mon fils. Ma chair et mon sang. Et tu es un supergamin. Et quand tu auras retrouvé ta mère je veux continuer à te voir, quoi qu'elle en dise.

— Quand est-ce que tu as décidé ça ? Tout à coup, tu veux m'aimer ?

— Ça n'a rien de soudain. Depuis que tu es né, j'ai *voulu* t'aimer, mais ta mère avait ta garde. Elle avait ses raisons, mais ça ne m'a pas empêché d'avoir envie que nous ayons des relations père-fils, au moins une partie du temps. J'aurais donné n'importe quoi pour que notre première rencontre ait lieu dans d'autres circonstances, mais je suis content d'avoir la possibilité de passer du temps avec toi. Bref, oui, j'ai toujours voulu t'aimer. Je m'efforce de faire au mieux...

Il ne savait pas expliquer la situation autrement. Apprendre à connaître A.J. s'apparentait à tomber amoureux, d'une certaine manière. Une sorte d'attente, quelque chose qui le touchait profondément. Il était impatient de se lever le matin, avide de découvrir ce que la journée apporterait. De voir le visage de son fils.

A.J. garda le silence un long moment. Bo s'arma de courage, espérant que, par ce discours qui en disait plus long sur ses sentiments qu'il n'avait eu l'intention d'en révéler, il n'avait pas franchi une barrière indicible.

— Bon, d'accord, dit finalement A.J.

— Nom d'un chien! Tu es vraiment casse-pieds, parfois!

— Ah ouais? Eh ben, toi aussi.

A.J. faisait de lui un être qu'il reconnaissait à peine et qu'il n'aurait jamais pensé être — un père. Un homme meilleur que celui qu'il avait été avant que cet enfant ne surgisse dans sa vie. Il ne prétendait pas être doué en la matière, mais il n'avait aucun doute sur les sentiments qu'il lui inspirait.

— Je vais m'efforcer d'aider ta mère jusqu'au bout. Dis-moi que tu me crois.

A.J. le considéra un long moment. Bo sentit qu'il se passait toutes sortes de choses dans sa tête, mais il se contenta de répondre « Je te crois » d'un air toujours aussi pitoyable.

— Aurais-tu préféré que je ne t'emmène pas ce week-end? demanda Bo d'un ton plein de défi. Aurais-tu aimé te passer de tout ça? ajouta-t-il en désignant la suite d'un geste circulaire.

— Non, reconnut A.J. C'est cool.

— Bon. Et je tiens à ce que tu saches que ça le serait nettement moins pour moi si tu n'étais pas là.

Il était profondément sincère en disant ces mots. Si sa relation avec Kim lui avait appris une chose, c'était la nécessité de dire haut et fort ce qu'on pensait.

— O.K.

Mais A.J. était encore sur ses gardes.

— Bon, je ferais mieux de m'habiller pour le beau monde. Qu'en dis-tu? Quant à toi, occupe-toi de choisir ce que tu veux commander en room-service, et les films que tu souhaites voir pendant que je serai à la réception.

Il finit par lui arracher un sourire en trouvant une station de radio branchée et en s'habillant en rythme sur la musique de *Superfreak*. Il mit de l'après-rasage en se tapotant exagérément les joues, avant de lancer le flacon à A.J. qui fit un peu la grimace tout en en appliquant un peu sur sa figure.

— J'espère que je ne vais pas me planter, ce soir, dit Bo.

— Je suis sûr que non.

— Il va y avoir des tas de VIP.

— Arrête de baliser.

Kim lui avait indiqué la tenue vestimentaire requise. Il était bien conscient qu'il devait se conformer à ses instructions. Il brandit un veston qui lui avait coûté plus cher que sa première voiture. La chanson, à la radio, touchait à sa fin. Des publicités suivirent, et il baissa le son. Il sentit le regard de son fils posé sur lui et perçut un changement d'humeur chez lui.

— Qu'est-ce qu'il y a?

— Tu pourrais tout arranger, tu sais, répondit A.J. d'une petite voix à peine audible.

Bo s'interrompit en plein nœud de cravate.

— Que veux-tu dire?

— Pour maman, je veux dire. Tu pourrais régler le problème.

— Si je savais quoi faire, je le ferais.

— Il y a un moyen.

A.J. marqua une pause, inspira à fond.

— Tu pourrais te marier avec elle.

— Désolé, mon petit gars... Qu'est-ce que tu dis?

Il espérait avoir mal compris. Mais le tourbillon de terreur dans ses entrailles lui indiquait le contraire.

— Si tu épousais maman, elle aurait le droit de vivre légalement dans ce pays. Ça peut marcher, je te jure. Les gens le font tout le temps.

La manière dont il avait débité ça, sans reprendre son souffle, prouvait qu'il y avait un bout de temps qu'il retournait cette idée dans sa tête, et qu'il cherchait le moyen d'aborder le sujet.

« Pauvre petit bonhomme ! » pensa Bo. Il avait probablement bâti tout un scénario, les imaginant tous les trois en famille. Bo connaissait bien ces rêves-là. Il les avait eus lui-même, enfant.

— Ça ne peut pas marcher, dit-il. Le système est conçu de manière à empêcher les gens de procéder de cette façon.

— On est dans un pays libre, rétorqua A.J. On a le droit d'épouser qui on veut, non ?

— Les autorités ont les moyens de déterminer si un mariage est sincère ou s'il a juste pour objectif de contourner la loi.

— Tu sais te montrer sincère, insista A.J. Tu as étudié la question, je t'ai vu faire. Kim t'a appris à être sincère.

— Ce n'est pas la même chose. Il était question de formation en relations publiques, pas de… Désolé, A.J. Je comprends ton raisonnement, mais ça ne peut pas se passer comme ça.

— Tu l'as aimée, autrefois, non ?

Cette question brutale resta un moment en suspens.

— Ta mère, tu veux dire ?

— Oui. Tu l'as aimée. Assez pour que je sois là. Tu pourrais peut-être l'aimer encore assez pour la faire revenir et rester, le temps qu'elle change de statut. Ce ne serait pas si dur. J'ai vérifié sur internet. On trouve même les formulaires sur le site Web de l'agence d'immigration et de naturalisation. Il suffit de les remplir et de les envoyer. Je sais que c'est possible.

— Il ne faut pas croire tout ce qu'on lit sur internet.

— Rappelle-toi ce que tu m'as dit tout à l'heure.

Le désespoir transparaissait dans sa voix, à présent.

— Tu as dit que tu ferais n'importe quoi pour moi.

— J'aurais dû être plus précis : je ferais n'importe quoi de légal et de moral.

— C'est légal. J'ai besoin d'être avec maman. Dis-moi que tu vas y réfléchir, au moins.

A.J. s'assit sur un des lits et s'empara d'un oreiller. Il avait l'air minuscule et totalement perdu sur ce grand lit.

Bo s'agenouilla devant lui, lui effleura l'épaule.

— Ta mère a de la chance de t'avoir, A.J., elle a vraiment de la chance. Et vous allez bientôt vous retrouver, tous les deux, je te le promets.

— Ça veut dire que tu vas le faire ? Que tu vas te marier avec elle ?

— Ça veut dire que je continuerai à faire tout mon possible pour trouver une solution.

— Je l'ai trouvée, la solution.

— Tu as trouvé une rumeur sur le Web. J'interrogerai Sophie à ce sujet, d'accord ? Voilà ce que je vais faire.

A.J. serra l'oreiller contre sa poitrine.

— Tu vas froisser ton pantalon.

Bo se releva, déposa un baiser sur la tête de son fils, un geste qui lui parut aussi naturel que s'il le faisait depuis toujours. Il aurait aimé absorber toute la souffrance de l'enfant et l'emporter quelque part, très loin.

Son portable se mit à pépier — un texto de Kim. *Le spectacle commence.* Il était en train de se rendre compte qu'une des choses les plus difficiles dans le rôle de parent, c'était d'être écartelé dans des directions différentes selon les moments. Il fourra le téléphone dans sa poche.

— Il faut que je descende, mon lapin. Commande ce que tu veux en room-service, loue-toi un film. Je serai dans la salle de bal. Appelle si tu as besoin de quelque chose, quoi que ce soit.

— J'ai pas faim, bougonna A.J. Tu sais ce dont j'ai besoin.

Bo effleura sa joue de ses phalanges, dissimulant la terreur qu'il ressentait à la vue de cet enfant qui dépérissait sous ses yeux.

— A tout à l'heure, d'accord ?

A.J. hocha la tête, les épaules voûtées, diminué. Son regard se porta sur la photo dans sa pochette plastique, posée sur la table de nuit. Il l'emportait partout où il allait.

— On trouvera une solution, répéta Bo. Ça va aller.

Ces paroles sonnaient creux. Vides. Il scruta le visage de son fils et y vit la vérité : *Ça n'allait pas.* A.J. avait le cœur brisé. Ça n'irait pas tant qu'il n'aurait pas récupéré sa mère.

C'était une chose que Bo n'avait pas comprise jusqu'à ce qu'A.J. entre dans sa vie — que, lorsqu'on était père, il n'y avait rien de pire que de voir souffrir son enfant, même si on était prêt à tout pour que ça cesse. Ne pas être en mesure de mettre un terme à cette souffrance, c'était de la frustration pure. L'enfant allait continuer à souffrir, encore et encore, à moins que…

Bo avait l'estomac noué quand il s'élança dans le couloir en direction des ascenseurs. En chemin, il appela Sophie pour lui demander si ce qu'A.J. suggérait était possible.

— Ça paraît dingue, je sais, mais j'ai besoin de savoir. Est-ce que c'est vrai ? Si je l'épouse, elle pourrait revenir aux Etats-Unis ?

— Oui, mais la procédure est compliquée…

Elle évoqua une demande de résidence, un visa temporaire, une période de deux ans pour s'assurer que l'union était légitime. Elle avait déjà étudié cette possibilité, à l'évidence.

— Pourquoi est-ce que tu ne m'en as pas parlé avant ? demanda-t-il.

— Ça ne me semblait pas une option viable. Bo…

— Mais c'est tout de même une option.

— Oui, mais…

C'était tout ce qu'il avait besoin d'entendre. Un « oui », de la part de Sophie.

— Approfondis la question, s'il te plaît. Je te rappelle plus tard, dit-il avant de raccrocher, alors que l'ascenseur arrivait.

Il y entra en adressant un petit signe de tête au minuscule Philippin appelé Timbô, d'après son badge.

— Bonjour, marmonna-t-il en s'essayant de se ressaisir.

Il fallait qu'il brille à la réception, dans l'intérêt d'A.J. autant que pour lui-même.

— Bonsoir, monsieur, lui répondit le garçon d'ascenseur.

Lorsque les portes s'ouvrirent, quelques étages plus bas, Kim était là qui l'attendait.

On aurait dit qu'elle sortait d'un rêve. Sa robe longue, moulante, rappela à Bo l'instant où il avait posé les yeux sur elle la première fois. Elle lui avait paru hors de portée, ce jour-là. Pourtant, elle était là, maintenant, lui donnant la sensation d'être le plus heureux des hommes. Et, d'un seul coup, il se ressaisit pour de bon. Sa seule présence rendait tout possible.

— Tu es superbe, dit-il en se penchant pour l'embrasser sur la joue, humant une bouffée de parfum au passage.

— Je peux t'en dire autant, répondit-elle.

Se tournant vers Timbô, elle ajouta :

— Ça a marché, le coup de fil?

— Oui, madame. Ma femme et moi avons parlé pendant plus d'une heure, répondit-il avec un joyeux sourire en s'écartant pour leur permettre de sortir. Bonne soirée, mademoiselle van Dorn.

— Tu es conseillère conjugale, en plus? s'enquit Bo.

— Ça fait un an qu'ils vivent séparés, expliqua-t-elle. Je lui ai montré comment appeler gratuitement l'étranger sur internet. C'est tellement triste, de penser qu'ils sont restés si longtemps loin l'un de l'autre…

Bo prit brusquement conscience de ce que cela devait représenter, d'aimer quelqu'un dont on était séparé, sans pouvoir le voir ni le toucher. Il regrettait d'être dans cet hôtel bondé, et non pas seul avec Kim. Il avait tellement de choses à lui dire… Tant de raisons de l'aimer… Il l'aimait parce qu'elle accomplissait des choses difficiles, qu'elle n'avait pas forcément envie de faire, et cela pour les bonnes raisons. Il l'aimait parce qu'elle ne s'était pas contentée de faire de lui un pro. Tout comme A.J., elle avait fait de lui un homme meilleur. Il l'aimait aussi parce qu'elle était attentive aux garçons d'ascenseur, alors que la plupart des gens leur prêtaient à peu près autant d'attention qu'à un cendrier.

Pourtant, ce soir, pour la première fois, il se rendait compte que l'amour ne suffirait peut-être pas à les lier l'un à l'autre. La situation d'A.J. et Yolanda s'était compliquée, plus encore depuis qu'A.J. lui avait mis cette idée en tête. Si ce dernier avait raison, cela changeait la donne entre Kim et lui. Il pensa à ce que cela signifierait, véritablement, d'épouser une femme qui était pour ainsi dire une étrangère à ses yeux et qui l'avait empêché pendant douze ans de voir son fils. Puis il songea à ce que ce serait de vivre sans Kim, la femme qui lui avait finalement appris à aimer sans peur, de tout son cœur.

Dans l'intérêt d'A.J., il ferait ce qu'il devait faire, mais il ne pouvait s'empêcher de redouter le prix à payer.

— Hé, n'aie pas l'air aussi grave ! le réprimanda-t-elle en lui prenant le bras, alors qu'ils se dirigeaient vers la salle de bal. C'est le grand soir, pour toi. Tu vas les éblouir.

— Je vais faire de mon mieux, madame le coach.

La soirée fut un triomphe sur le plan professionnel. Personne, pas même Kim, ne sembla remarquer que Bo était sens dessus dessous, son esprit à des milliers de kilomètres de là, le cœur malade à l'idée de ce qu'il allait devoir faire dans l'intérêt d'A.J. Kim l'avait bien briefé. On ne montre aux gens que ce qu'on veut qu'ils voient, on ne leur dit que ce qu'on a envie qu'ils entendent. Le temps passa en un tourbillon de poignées de mains, d'échanges courtois, de promesses enthousiastes de rencontres futures. Au bout d'une heure ou deux, il avait la poche pleine de cartes de visite — stars du base-ball, journalistes de la télévision nationale, démarcheurs de voitures de luxe, d'alcool, de produits de rasage et de toutes sortes de choses qui n'avaient rien à voir avec le base-ball et tout avec l'image. Il se félicitait d'avoir Kim auprès de lui. Sa présence suffisait à lui donner confiance. Elle évoluait dans la pièce comme la professionnelle qu'elle était et semblait savourer chaque minute.

Pour la première fois, il la voyait dans son élément, parfaitement à l'aise avec des hommes qui portaient le nom de fondateurs de sociétés d'investissements, et non de ballades de musique country. Plus que jamais, il sentit que, non contents d'être issus de milieux différents, ils *appartenaient* à des mondes différents.

Elle faisait de vaillants efforts pour donner l'impression que lui aussi était dans son élément, le présentant aux journalistes sportifs et aux experts en marketing.

— Vous avez une sacrée fan en cette dame, nota Stu Westfield, producteur chez ESPN. A l'entendre, vous êtes le Messie, apportant sur le terrain un subtil mélange de fraîcheur, de force et d'expérience.

— C'est mieux que de dire tout bonnement que je suis vieux, commenta Bo.

Westfield pouffa de rire, lui serra la main, puis celle de Kim.

— Vous êtes aussi talentueuse que belle, ajouta-t-il à l'adresse de cette dernière, si vous me permettez de m'exprimer ainsi. Avez-vous déjà fait des reportages en direct ?

— Pas depuis l'époque où j'étais stagiaire. Je travaillais avec Vin Scully, répondit-elle.

Ce qui lui valut un haussement de sourcils admiratif, car Scully était une légende dans le domaine des commentaires sportifs.

Westfield glissa la carte de visite de Kim dans sa poche.

— Qui est votre agent ?

Elle rit.

— Je n'en ai pas.

— Je vous appellerai directement, dans ce cas, dit-il en agitant la main à leur adresse, avant qu'ils soient happés par Joe Girardi, le manager de l'équipe, suivi d'une poignée de sponsors potentiels.

— Tu as été fabuleux, dit Kim alors qu'ils quittaient la réception. Je suis fière de toi.

Bo n'en revint pas de l'effet que ces propos eurent sur lui. Il se sentait fou d'amour et de gratitude, même s'il avait les sangs retournés parce qu'il lui avait caché quelque chose toute la soirée. La suggestion désespérée d'A.J. avait entrouvert une porte, et Bo savait ce qu'il lui restait à faire.

Loin d'en être consciente, Kim avait l'air de flotter dans le couloir moquetté.

— Ils ne sont pas près de t'oublier, ajouta-t-elle. Je ne les laisserai pas faire. C'est parti!

— Ce n'est rien de le dire, murmura-t-il, l'estomac noué.

Dans l'ascenseur, elle soupira et pressa son dos contre lui, tandis que le garçon d'ascenseur regardait droit devant lui. Parvenue à son étage, elle tira Bo par la main et sortit de la cabine en l'entraînant dans son sillage. Elle s'arrêta, se dressa sur la pointe des pieds et chuchota à son oreille.

— Je me disais qu'on pourrait peut-être aller dans ma chambre et...

Faisant appel à tout son self-control, Bo la prit doucement par les épaules et recula d'un pas.

— Tu sais que je n'aimerais rien de plus au monde. Mais il faut que je retourne auprès d'A.J.

Son visage se décomposa.

— Je pensais...

Il savait pertinemment ce qu'elle pensait. Et comment! Mais, jusqu'à ce qu'il ait déterminé précisément la marche à suivre, il lui fallait mettre une certaine distance entre cette femme qu'il adorait et lui. Il n'arrivait pas à réfléchir, en sa présence.

— Ecoute, je devrais y aller..., acheva-t-il en se penchant pour l'embrasser doucement sur la bouche.

Elle pencha la tête de côté en scrutant son visage. Elle le connaissait bien, et il était évident qu'elle avait compris qu'il se tramait quelque chose.

— A demain matin, alors. On peut faire la grasse matinée. On prendra un train pour Avalon dans l'après-midi.

— D'accord. Très bien.

Sans réfléchir, incapable de résister, il prit sa joue en coupe dans le creux de sa main.

Elle la couvrit de la sienne.

— Dernière chance… Tu es sûr de ne pas vouloir venir prendre un petit verre?

Il n'avait envie que d'une chose : passer la nuit avec elle. *Sa vie* avec elle.

— Je te l'ai dit. Je ferais mieux d'aller voir comment va A.J.

Il n'avait aucun moyen de lui expliquer convenablement ce qu'il projetait de faire. S'il n'avait jamais rompu de promesse de sa vie, la raison en était simple. Il n'avait jamais promis quoi que ce soit à qui que ce soit.

Quelque chose ne tournait pas rond. Kim le sentait bien. Elle suivit Bo des yeux alors qu'il regagnait l'ascenseur, la mine sombre, déterminé, tel un homme en route pour le peloton d'exécution.

— Une seconde! lança-t-elle.

Elle vit ses épaules se raidir; puis il se retourna.

— Il faut vraiment que j'y aille.

— Pas avant que nous n'ayons parlé. Allons dans ma chambre. On sera plus tranquilles.

Elle était gênée de lui avoir fait des avances. Il était ailleurs, elle aurait dû s'en rendre compte. Quelque chose avait changé, cela sautait aux yeux, et elle sentait un poids peser sur elle. Elle ouvrit sa porte et traversa aussitôt la pièce pour gagner le balcon. Ce serait trop troublant de lui parler à proximité du grand lit moelleux, si tentant.

L'air de la nuit l'assaillit. Elle accueillit avec bonheur sa morsure sur ses joues, contrant les effets du champagne. Au loin, elle apercevait des couples blottis dans les calèches tirées par des chevaux, qui se promenaient dans Central Park éclairé par des réverbères. Cela paraissait terriblement romantique, mais elle s'empêcha de s'attarder sur cette pensée. Pas maintenant.

— Que se passe-t-il ? demanda-t-elle.

— J'emmène A.J. au Texas, répondit-il à voix basse.

Cela signifiait quelque chose pour lequel il ne s'était pas donné la peine de prendre des faux-fuyants, allant droit au but. Elle avala péniblement la boule qui lui obstruait la gorge depuis qu'il s'était comporté de manière si étrange dans l'ascenseur. Elle discernait pourtant du regret dans sa voix, dans son attitude, dans la crispation de sa mâchoire, qui l'incita à être sur ses gardes. Mais elle ne pouvait pas parler. Il n'y avait rien à dire. Elle attendit.

— Il faut que je fasse quelque chose, reprit-il. Pour A.J. Il me reste quelques semaines avant le début de l'entraînement en Floride et je... je dois en faire plus pour Yolanda. A.J. maigrit à vue d'œil et ça va le tuer. Ça va me tuer. Il faut qu'il retrouve sa mère.

Elle ne l'avait jamais vu comme ça, jamais aussi sérieux, aussi intense.

— Que comptes-tu faire ? L'emmener au Mexique ?

Il leva les mains, comme pour la toucher, puis recula en baissant les bras. Pourquoi refusait-il de la toucher ? Elle ne pensait qu'à ça, à ses bras l'étreignant, à ses mains la caressant. Pourtant, il lui paraissait étrangement distant.

— Tout va bien ? demanda-t-elle. Tu me fais peur...

— Pardonne-moi, dit-il. Je m'en veux d'être aussi bizarre. Ramener Yolanda pour de bon — c'est la seule solution, à mon avis, pour sauver A.J.

— C'est ce que tu t'efforces de faire depuis le premier jour. De quoi parles-tu ?

— Je vais épouser sa mère.

Il affichait un air parfaitement convaincu qui mettait encore plus l'accent sur la souffrance qu'elle lisait dans ses yeux.

Le monde bascula. Kim aurait voulu faire semblant de ne pas avoir entendu. Impossible. Elle savait exactement quels étaient ses plans à présent.

— J'ai vérifié auprès de Sophie, expliqua-t-il. Ça marchera. Mais il y a un certain nombre de règles à suivre.

— Quel genre de règles?

— Des formulaires à remplir — une demande de visa, une dérogation. Outre… une cohabitation de deux ans impérative. Pour s'assurer que c'est un mariage en bonne et due forme, et pas seulement le moyen d'obtenir une carte verte.

Il marqua une pause, et attendit.

— Parle-moi, Kim. Que se passe-t-il dans ta tête?

Et moi, dans tout ça, et nous? Quelle importance a notre amour, à tes yeux?

Elle s'abstint néanmoins de poser ces questions, parce qu'en définitive la seule chose qui comptait, c'était A.J.

— Je comprends, dit-elle finalement.

Et c'était la vérité, à un certain niveau. Mais à un autre elle était dévastée. Son cœur était tout engourdi. Elle ne le sentait plus battre dans sa poitrine. Elle savait pourtant qu'après cette torpeur passagère il se briserait.

— Tu comprends ce que cela signifie pour nous, alors, reprit-il.

Elle était à deux doigts de s'effondrer. Elle tremblait, pas seulement à cause du froid, parce que tout était bouleversé et qu'elle ne pouvait rien faire pour l'empêcher.

— Il n'y a pas de « nous ». Ce n'est pas possible, dit-elle.

Il hocha la tête, le regard assombri par la peine.

— Je t'aime, Kimberly. Plus que les mots ne peuvent le dire. Mais je ne te demanderai pas de m'attendre. Je ne peux pas t'imposer ça. Je ne le ferai pas. Tu mérites mieux.

Il avait raison, sans aucun doute, même si cela n'aurait pas dû se passer ainsi. Elle s'abstint pourtant d'ergoter ou d'essayer de le faire changer d'avis. La Kimberly d'avant aurait piqué une crise, elle aurait insisté pour chercher une meilleure solution, le moyen de donner la priorité à ses besoins. Elle avait cessé d'être cette personne-là. Cela la dépassait, ses désirs ne faisaient plus le poids. Les besoins d'A.J. passaient avant les siens. Elle était bien consciente du chemin que l'enfant avait parcouru. Il avait fait des progrès à l'école, découvert de nouveaux sports, s'était fait des amis. Mais lorsqu'elle plongeait son regard dans le sien, même quand il souriait, elle percevait un vide, un vide qui n'avait cessé de s'amplifier depuis qu'il avait appris l'expulsion de sa mère. S'il y avait une chance de sauver ce garçon, Bo devait la saisir.

— Je suis désolé, mon amour, reprit-il en la fixant de ses yeux empreints de douleur. Je t'en prie, dis-moi que tu me pardonneras un jour.

Elle sentit une vague de colère monter en elle, violente, brûlante, mais elle passa en un instant. Il n'y était pour rien. Il cherchait juste à faire au mieux pour son fils. Et ils savaient tous depuis le départ que ce dont A.J. avait le plus besoin, c'était sa mère.

— Il n'y a rien à dire, murmura-t-elle.

« Ne pleure pas, se dit-elle. Ne rends pas les choses encore plus difficiles qu'elles le sont… »

— Je te demande pardon, Kim.

— Tu n'as pas à me demander pardon. Je suis fière de toi et de la décision que tu as prise.

— J'essaie juste de rendre justice à mon garçon. Je… euh… il y a autre chose.

Elle attendit encore, comprenant à son expression que ce ne serait pas non plus une bonne nouvelle.

— Compte tenu des circonstances, il est sans doute préférable que nous cessions de travailler ensemble.

Difficile de passer à côté de l'ironie de la situation. Ce n'était pas la première fois qu'elle se faisait larguer et licencier au cours de la même conversation. Pourtant, les circonstances n'auraient pas pu être plus différentes. Dans le cas de Lloyd, il y avait eu de la rancœur, de la malveillance. Avec Bo, il s'agissait avant tout des intérêts d'un enfant, sachant qu'il n'y avait qu'un seul choix possible. Elle se sentit flotter, bizarrement en suspens entre le monde tel qu'il s'exposait désormais et celui qui aurait pu être.

« Lâche prise, se dit-elle. Lâche prise. »

Incapable de prononcer un mot, elle réussit néanmoins à acquiescer d'un signe de tête.

— Il faut que j'y aille, dit-il. On a plein de trucs à faire.

Il esquissa un sourire teinté de tristesse.

— Je t'aime, Kim. Je voudrais tellement…

Il marqua un temps d'arrêt, se reprit.

— Ça me fend le cœur.

Elle hocha de nouveau la tête, recouvrant l'usage de la parole.

— Tu devrais y aller, dit-elle. Je ne voudrais pas te retenir.

26

Des amas de neige se cramponnaient obstinément dans les coins à l'ombre du jardin, et sur les hauteurs au-dessus du lac des Saules. Là où le soleil dardait ses rayons, pourtant, jonquilles et tulipes avaient surgi en une débauche de couleurs.

Six semaines après avoir dit au revoir à Bo et à A.J., Kim souffrait encore profondément de les avoir perdus. A eux deux, ils avaient pris possession de son cœur comme elle ne l'aurait jamais cru possible. Après qu'elle eut été pour ainsi dire anéantie à Los Angeles, Bo lui avait redonné foi en l'amour. L'amour avait cela de curieux qu'en dépit de la douleur de son départ elle ne regrettait en rien de l'avoir laissé entrer dans sa vie. En l'espace de quelques courtes semaines, elle avait réussi à s'attacher à lui avec une intensité et une honnêteté qui l'avaient fondamentalement transformée. En ce sens, il en était ressorti quelque chose de positif. L'amour qu'il lui avait inspiré l'avait bonifiée, si bien que le vide douloureux qu'elle éprouvait était presque supportable.

Presque.

Elle arrivait encore à voir sa grande main virile, assurée, couvrant la sienne et à sentir ses lèvres effleurer les siennes. Elle entendait toujours le son de son rire, si chaud à son oreille, et ce souvenir provoquait un sourire doux-amer. Elle se demandait où il était à présent, ce qu'il faisait.

En fait, pas vraiment. En s'en allant, il l'avait quittée pour de bon, et il fallait qu'il en soit ainsi. Pas de contact. Ni coups de téléphone ni mails. Rien. Elle savait que la seule chance de s'en remettre sur le plan émotionnel consistait à couper net, d'un seul coup, sans rouvrir la plaie. Elle s'interdisait de rêver de renouer avec lui. Ils avaient reconnu tous les deux que ça ne marcherait pas, pas s'il allait fonder la famille dont A.J. avait besoin — sans que cela paraisse louche aux yeux d'autorités à l'affût de toute irrégularité. Elle avait demandé à Bo de ne pas l'appeler ni lui écrire. Il fallait qu'il tourne la page et entreprenne ce qu'il se devait d'entreprendre pour le bien d'A.J.

Après la réception, ils avaient pris sans tarder toutes les dispositions — passeports, et tout le reste, avant de s'envoler pour le Texas. Désormais le dernier étage de la maison était vide, abandonné, comme s'ils n'y avaient jamais vécu, comme s'ils ne l'avaient jamais empli de leurs voix et de leurs rires.

D'après la pile de manuels qu'elle avait lus sur la manière de se reconstruire après une séparation, elle était censée avoir tourné la page, elle aussi. Elle aurait dû se sentir prête psychologiquement, à ce stade, disposée à rencontrer des gens nouveaux, à se mettre en quête d'un nouvel amour. Mais c'était impossible. Elle n'y arrivait tout bonnement pas. Bo avait anéanti tous les autres hommes à ses yeux. Chaque fois qu'un homme lui souriait, elle pensait à son sourire. Quand quelqu'un flirtait avec elle, elle se souvenait de sa voix, de son rire facile, du pétillement de son regard quand il la voyait entrer dans une pièce. Personne ne pouvait rivaliser avec de tels souvenirs. Avec Bo, elle s'était jetée dans l'amour comme jamais auparavant. Cela valait-il la peine de tant souffrir ? C'est ce qu'elle devait décider, à présent.

La seule solution qu'elle avait trouvée à court terme, c'était de s'occuper au maximum. La soirée chez Pierre avait eu au moins une incidence positive. Fidèle à sa parole, Stu Westfield, le producteur, l'avait appelée pour lui proposer un poste — pas dans la formation ni les relations publiques —, mais devant un micro. Il souhaitait qu'elle travaille pour l'annonceur des Yankees en qualité de commentatrice sportive. Elle ne lui avait pas encore donné sa réponse. C'était le job dont elle avait toujours rêvé, mais elle hésitait à opérer dans le même monde que Bo. Cela lui paraissait impossible.

Toutefois, elle n'avait pu se résoudre à rejeter d'emblée cette opportunité. En attendant de se décider, elle avait mis toutes ses compétences au service de *Casa de Esperanza*, qui cherchait des fonds pour son refuge destiné aux jeunes sans famille — des enfants nés aux Etats-Unis dont les parents avaient été expulsés. Elle travaillait avec des avocats et des volontaires qu'elle préparait à présenter leur plaidoyer à la presse. Car, si la triste histoire de A.J. allait bien se finir, d'innombrables autres malheureux vivaient dans le monde obscur des enfants perdus.

Sur un plan plus personnel, elle prit un plaisir inattendu à contribuer à l'organisation du mariage de sa mère. Lorsqu'elle lui avait fait remarquer que tout s'était décidé rapidement, celle-ci lui avait répondu d'un air taquin : « J'ai attendu longtemps un homme comme lui. Soit je fais le pas maintenant, soit je vis dans le péché, ce qui te mettra plus encore dans l'embarras... »

Elle brancha la télévision de la cuisine sur la chaîne ESPN, qui continuait à être sa chaîne préférée, pour lui tenir compagnie pendant qu'elle faisait l'argenterie en prévision de la noce. Un bulletin d'informations attira son attention. Lors des demi-finales de la NBA, Lloyd Johnson avait fait un coup défendu, provoquant ainsi une rixe, encouragée par son principal rival, Marshall Walters. Mis sur la touche et dans l'obligation de s'acquitter d'une amende colossale, Johnson s'était retrouvé avec le nez cassé, de surcroît. De plus, il avait grandement terni sa réputation en anéantissant les chances de victoire de son équipe lors du championnat. Kim refusait de s'appesantir sur cette histoire. Lloyd s'enfonçait de plus en plus, voilà tout, et elle se félicitait de ne pas avoir à en gérer les conséquences.

Un résumé des matchs de base-ball du début de la saison suivit quelques minutes plus tard. Kim dressa l'oreille. Elle s'imaginait sans peine dans le box de la presse, et se sentit d'autant plus tentée d'accepter la proposition de Westfield. Les Braves avaient mis les Cardinals en déroute : 9-0. Cincinnati s'était incliné face à Boston ; il y avait un bref sujet sur des frères jumeaux appartenant à deux équipes rivales. Après une pause publicitaire, il fut question de la dernière victoire des Yankees. Le flash d'une minute et demie qui suivit à propos d'un joueur vedette la fascina. « Considéré il y a quelque temps encore comme un choix improbable au sein de ce club, Bo Crutcher a entamé son périple en ligue 1 en qualité d'entraîneur. Cela n'a duré qu'une semaine, jusqu'à ce qu'un lanceur débutant soit mis sur la touche pour cause de blessure. Crutcher l'a remplacé au pied levé et il a assuré, commençant ainsi très fort la saison. La balle à effet de ce grand gaucher dégingandé, aux gestes faussement doux, a déjà fait parler d'elle. Il se pourrait qu'elle soit tout bonnement irrattrapable… »

Kim se mit à frotter plus fort avec son chiffon, l'émotion se changeant en énergie. Bo et elle s'étaient promis de ne pas chercher à se joindre. Dans l'intérêt d'A.J., il fallait qu'il tente de recréer une famille, ce qui l'obligeait à rompre définitivement avec elle. Le voir sur le petit écran ne faisait qu'enfoncer le couteau dans la plaie, mais elle ne put résister. Impossible de détourner son regard… La caméra l'adorait. La presse l'adorait. Ses fans aussi. Comment en serait-il autrement ? Pourquoi le reste du monde réagirait-il différemment d'elle ? Elle ne pouvait se contenir, et les autres non plus. Elle se demandait comment se déroulaient ses journées. Yolanda et lui s'étaient-ils installés à New Rochelle ou bien à Larchmont ? Leurs deux années de cohabitation avaient-elles commencé ? A.J. avait-il enfin la famille dont il avait tant rêvé ?

Elle chassa ces pensées de son esprit et se concentra sur l'émission. Bo donnait l'impression d'être né pour jouer au base-ball. La grâce de ses gestes incita le commentateur à parler de poésie en mouvement. On s'émerveillait de le regarder évoluer comme un danseur de talent. Cette vision fit palpiter le cœur de Kim.

Après un aperçu de la fin du match vint un clip tourné au pavillon. Kim ne put réprimer un sourire quand Bo prononça une phrase qu'elle lui avait inspirée : « J'ai une mission à accomplir : faire en sorte que l'équipe ait une chance de gagner. Ça a marché aujourd'hui. »

Il paraissait aussi authentique et naturel qu'en chair et en os.

— Vous semblez nettement plus redoutable sur le terrain, remarqua le journaliste. Est-ce de là que vous vient le surnom d'« Homme des neiges » ?

— Je ne cherche pas à être redoutable. Je fais mon boulot, c'est tout.

— Qu'en est-il de votre vie privée ? Avez-vous une femme ? Une petite amie ? De la famille...

Bo le gratifia de son fameux sourire, celui auquel personne ne pouvait résister dès lors qu'il le laissait atteindre ses yeux, comme elle le lui avait expliqué un jour.

— Ce n'est pas pour rien qu'on parle de vie *privée*, mon ami. Merci d'être venu aujourd'hui. On se reverra au prochain match.

Il s'était débrouillé pour couper court à l'interview sans se montrer grossier.

Elle savait qu'il allait bien, au moins. C'était déjà quelque chose. A Los Angeles, elle avait mis ses idéaux en sourdine. Elle avait appris à mentir et à broder pour le bénéfice de ses clients. Ce qu'il y avait de rafraîchissant chez Bo, c'est qu'il était authentique et pouvait se prévaloir d'une solide histoire qu'elle était fière de l'avoir aidé à mettre en relief. Elle essaya de faire naître en elle un sentiment d'accomplissement, mais il était bien ténu et fugace.

Elle éteignit la télévision. Il était temps d'arrêter de se mentir. Elle n'était pas remise. Loin de là.

Le matin du mariage, il faisait frais. Le vent soufflait par rafales, mais la promesse du printemps adoucissait le fond de l'air. La boulangerie Sky River venait de livrer la pièce montée, et Kim était seule dans la cuisine à admirer les décorations colorées du gâteau, bizarrement en harmonie avec la palette de tons de la maison.

Elle se fit un thé qu'elle but à petites gorgées, espérant que le temps se réchaufferait un peu pour qu'elle puisse mettre la robe cocktail achetée pour l'occasion. Elle entendait le reste de la maisonnée s'activer en préparation du grand événement. Les tables et les chaises louées étaient déjà installées ; amis et voisins étaient venus apporter leurs contributions au buffet campagnard. Il était prévu que le groupe de Bo, nanti d'un nouveau bassiste du nom de Brandi, vienne jouer.

Elle se remit à penser à lui, du coup. Un jour viendrait peut-être où, le matin en se réveillant, elle s'apercevrait que son esprit était ailleurs, mais ce ne serait pas le cas aujourd'hui.

En entendant une portière claquer, elle jeta un coup d'œil sur la pendule. Encore une livraison ? A moins que…

La porte de la cuisine s'ouvrit à la volée, et un tourbillon de vent s'engouffra dans la pièce.

Abasourdie, Kim lâcha sa tasse dans l'évier.

— Qu'est-ce que tu fais là ? demanda-t-elle, sentant les larmes lui monter aux yeux.

— Surprise ! répondit A.J., un sourire jusqu'aux oreilles. Je parie que tu ne t'attendais pas à me voir.

Elle traversa la pièce en courant pour le serrer dans ses bras, enchantée de le sentir solide sous son étreinte, de humer son odeur de petit garçon. Il lui avait manqué plus qu'elle l'aurait jamais imaginé. Plus que… Elle l'écarta d'elle. Il avait beaucoup changé et grandi. Il s'était remplumé, paraissait plus vibrant de vie, plus sûr de lui, et dans son regard brillait une lumière venant de l'intérieur qu'elle ne lui avait jamais vue.

— Je n'arrive pas à le croire ! Que se passe-t-il ?

— On vient vivre à Avalon. Maman et moi… C'est une idée de Bo. Il a tout arrangé. Tout !

— Oh !

En dépit de la joie de le revoir, elle sentit son cœur chavirer. Elle commençait tout juste à croire qu'elle allait se remettre de ce qui s'était passé, et voilà que… A quoi Bo pensait-il, en amenant dans cette ville la femme qu'il avait épousée ? Cherchait-il vraiment à la torturer à ce point ?

— Il a dit qu'il deviendrait fou de ne plus me voir si on restait au Texas, reprit A.J. en souriant timidement. A moi aussi, il me manquerait drôlement.

— Et toi, ma jolie ? lança Bo en entrant à son tour, sa haute stature semblant remplir la pièce. Est-ce que je t'ai manqué ?

Kim en resta comme pétrifiée, avec le sentiment de ne plus avoir d'air à respirer. Elle agrippa le dossier d'une chaise pour ne pas chanceler.

— Je suis désolé de te prendre ainsi au dépourvu, ajouta Bo. Dino tenait absolument à ce que je sois là pour la noce. Sans compter que nous avons des tas de choses à nous dire.

Il désigna la porte d'un signe de tête, auquel A.J. réagit au quart de tour en déguerpissant.

— Il a l'air en pleine forme, dit Kim, ayant finalement retrouvé sa voix. Je ne l'avais jamais vu aussi heureux.

Bo hocha la tête.

— Il avait besoin de sa mère. Nous avions raison, toi et moi, à cet égard. A propos, Kim...

— Oui, à propos...

Elle s'efforçait de garder son sang-froid, mais il était irrésistible, debout, là, à quelques mètres d'elle. Elle s'aperçut qu'elle le dévorait des yeux. Oh, elle tenait encore tellement à lui !

— Je comprends que tu veuilles vivre plus près de New York, Bo, mais ici ?

Sa voix se brisa sur une note d'angoisse. Elle imaginait mal comment cela se passerait le jour où elle rencontrerait Yolanda, sachant l'une et l'autre ce qu'elles savaient et prétendaient ne pas savoir.

— Je ne pouvais pas faire ça, dit Bo, je ne pouvais pas le laisser là-bas au Texas où je ne le verrais jamais. Je viens de découvrir mon fils, j'apprends à l'aimer, et je n'aurais pas supporté d'être loin de lui.

Elle recula. S'il la touchait, elle était perdue.

— Tu n'aurais pas dû venir ici, Bo...

— Il faut que je t'explique la situation, à propos de Yolanda,

poursuivit-il en se rapprochant d'elle. Ecoute-moi juste, d'accord ?
Je ne l'ai pas épousée.

Les mots firent écho dans son esprit, mais elle crut avoir mal compris.

— Tu ne...

— Je n'ai pas eu à le faire. Cela dit, soyons clairs, je l'aurais fait si cela avait été nécessaire pour qu'elle puisse rester en Amérique. Je l'aurais fait dans l'intérêt d'A.J.

Un nœud glacé lui serrait l'estomac.

— Vas-tu... le faire maintenant ?

Il fourra ses mains dans les poches de sa veste. Une veste Yankees, flambant neuve.

— Vois-tu, quand je suis descendu au Texas, les enquêteurs mandatés par l'avocat m'ont informé qu'ils avaient constaté certaines irrégularités dans les archives relatives à la famille de Yolanda, et qu'il fallait intensifier les recherches sur ses antécédents familiaux.

— Quel genre de recherches ?

— La clé résidait dans les actes de naissance de ses parents. Yolanda avait toujours pensé qu'ils étaient nés au Mexique, mais ce n'était qu'une hypothèse. Sa mère a effectivement vu le jour à Nuevo Laredo, au Mexique. En revanche, il s'avère que son père, Hector Martinez, qui n'est plus de ce monde, était né à Laredo, du côté américain, même s'il a grandi au Mexique. Ça a pris un temps fou pour mettre la main sur ces registres, mais nous y sommes parvenus. Grâce à ça, Yolanda a droit à un visa temporaire, et elle peut demander la naturalisation.

— C'est... c'est extraordinaire, Bo. Pourquoi ne m'as-tu pas appelée ?

Elle s'arma de courage à la perspective d'un autre coup de semonce inattendu.

— Je mourais d'envie de te dire ce qui se passait, ma chérie, mais nous nous étions mis d'accord. Je ne devais pas appeler. La situation changeait de jour en jour, et je ne voulais pas te perturber inutilement ou te faire une promesse que j'aurais été obligé de rompre. J'avais la sensation d'être perdu dans un labyrinthe, avec tous ces papiers et ces règlements. Je ne pouvais pas crier victoire tant que Yolanda n'était pas officiellement de retour aux Etats-Unis. C'est finalement le cas. Tu aurais dû voir la tête d'A.J.! ajouta-t-il. J'aurais voulu que tu sois là quand ils se sont retrouvés!

Il marqua une pause, comme distrait l'espace d'un instant.

— Je ne peux même pas te la décrire, Kim. On aurait dit qu'une lumière s'était allumée en lui. Depuis lors, elle brille!

— Elle va vivre… ici. A Avalon.

— Absolument. Pour le moment, elle loge à l'Auberge du lac des Saules. Je ne pouvais pas supporter d'être à l'écart de mon fils, répéta-t-il. C'est presque aussi intolérable que d'être loin de toi.

Son cœur eut un raté. Se rendait-il compte à quel point il lui faisait mal? Que s'imaginait-il?

— Ne recommençons pas, dit-elle en croisant les bras sur son ventre tout en reculant encore un peu.

Elle avait senti qu'elle allait bientôt arriver à s'en sortir sans lui, et voilà qu'il était de retour, prêt à chambouler sa vie une fois de plus. Elle formula en bredouillant la seule pensée cohérente qui lui vint à l'esprit :

— Je suis encore en robe de chambre.

— Et moi, je suis toujours amoureux de toi.

Il la saisit avec douceur par les épaules. Comme s'il percevait les objections qui montaient en elle, il effleura ses lèvres du bout des doigts.

— Laisse-moi finir. Je n'ai jamais voulu te quitter, dit-il, mais j'ai pris cette décision, malgré moi. Il le fallait, pour le bien d'A.J. Ce n'est plus le cas, et quand je m'en suis rendu compte j'ai pris peur.

— Toi? Peur de quoi?

Elle scruta son visage, se demandant comment elle avait survécu ne serait-ce qu'un jour sans lui.

— Que nous ne soyons pas faits pour être ensemble. Le soir de la réception chez Pierre, en te regardant manœuvrer dans la salle, j'ai perdu foi en nous. Tu as presque réussi à me convaincre que nous étions trop différents, que nous venions de mondes trop éloignés. Mais je vais te dire une chose... Rien de tout ça n'a d'importance. Je suis l'homme qu'il te faut. Nous nous sommes peut-être trompés à maints égards, mais nous avions raison à propos de la seule chose qui compte. Je t'aime, Kim. Je t'aimerai toujours.

Elle sentit une larme couler sur sa joue.

— Moi aussi je t'aime, mais...

— Il n'y a pas de « mais », et je n'ai toujours pas fini. Il faut que je te demande quelque chose.

Elle n'arrivait plus à respirer et ne pouvait détacher son regard du visage de Bo.

— Je suis tout ouïe.

Il rit doucement, prit ses deux mains dans les siennes.

— Bon. Voilà... J'aimerais savoir ce que tu comptes faire le reste de ta vie ? J'ai de grands projets, vois-tu, mais rien ne peut marcher sans toi. Tu es au centre de tout ce que j'envisage de faire : construire un foyer, t'aimer jusqu'à la fin de tes jours, ce genre de choses. Tu gagnes un enfant en prime, et c'est le meilleur gamin du monde.

Kim s'imagina avec Bo — un homme qui était devenu son meilleur ami, son amant, le gardien de tous ses espoirs et de ses rêves. Ce bonheur lui faisait presque peur. Elle n'osait pas croire qu'elle le méritait, ou que cela puisse durer.

— Tu sais, quand je me suis levée ce matin, je ne m'attendais pas... pas à tout ça.

— Oh, mon amour !

Il plongea la main dans sa poche et en sortit une minuscule boîte à bijoux.

— Est-ce que tu me comprendrais mieux si je te demandais de m'épouser ?

Le diamant lui faisait de l'œil dans son écrin en velours.

— Dis oui, l'exhorta Bo. Allez, tu me tues !

Elle se jeta à son cou et lui chuchota « oui » à l'oreille, tant de fois qu'elle n'aurait su dire combien. Et, lorsqu'elle leva les yeux vers lui, tout un monde de possibilités s'épanouit dans son cœur. Tout s'ouvrait à elle. Tout allait arriver. A partir de maintenant.

... / ...

... / ...

... / ...

DANS LA MÊME COLLECTION
Par ordre alphabétique d'auteur

... / ...

... / ...

DANS LA MÊME COLLECTION
Par ordre alphabétique d'auteur

* *titres réunis dans un volume double*

** *titres réunis dans le volume intitulé : Magie d'hiver 2007*

*** *titres réunis dans le volume intitulé : Passions d'été*

**** *titres réunis dans le volume intitulé : Magie d'hiver 2008*

***** *titres réunis dans le volume intitulé : Magie d'hiver 2009*

****** *titres réunis dans le volume intitulé : La Maison sur l'île*

******* *titres réunis dans le volume intitulé : Promesses d'été*

******** *titres réunis dans le volume intitulé : Magie d'hiver 2010*

6 TITRES À PARAÎTRE EN FÉVRIER 2011

Composé et édité par les
éditions Harlequin

Achevé d'imprimer en Allemagne
par GGP Media GmbH, Pößneck
en novembre 2010

Dépôt légal en décembre 2010
N° d'éditeur : 15364